Jennifer Schreiner

Ich bin dann mal ganz anders

ELYSION
www.Elysion-Books.com

ELYSION-BOOKS

Print; Neuauflage: Juli 2022
eBook; 1. Auflage: Juli 2022

VOLLSTÄNDIGE AUSGABE
ORIGINALAUSGABE

UMSCHLAGGESTALTUNG: Ulrike Kleinert
www.dreamaddiction.de

LAYOUT &WERKSATZ: Hanspeter Ludwig
www.imaginary-world.de

ISBN (gedrucktes Buch) 978-3-96000-205-57

www.Elysion-Books.com

Jennifer Schreiner

Ich bin dann mal ganz anders

ELYSION
www.Elysion-Books.com

Inhalt

Fettnäpfchen

Es war ein wunderschöner Tag. Kühl, mit leichten Herbststürmen und kräftigen Schauern. Wie geschaffen für einen Kaminabend mit Kakao und Wärmekissen an den Füßen. Ein perfekter Tag, um vom Regen in die Traufe zu kommen und von dort aus direkt im allerdicksten Fettnäpfchen zu landen.

Als ich pitschnass zu Hause ankam und mit abgebrochenem Schuhabsatz die Tür aufschloss – es waren meine heißgeliebten, unersetzlichen Glücksbringerschuhe, die ich vor einigen Jahren auf einem verwinkelten Straßenmarkt in Frankreich erstanden hatte –, ahnte ich nicht, dass der Zenit meines unerfreulichen Tages noch lange nicht erreicht war.

Fluchend humpelte ich in die Diele und versuchte, mit einem einzigen Schritt gleichzeitig die Schuhe auszuziehen, keine Tropfen auf dem frisch gebohnerten Parkett zu hinterlassen und von draußen nach drinnen und auf den weißen Teppich zu gelangen. Mit diesem heiklen Balanceakt wollte ich vermeiden, den Zorn meiner Mutter auf mich zu ziehen, die sehr pingelig sein konnte, wenn es um ihre exquisite Inneneinrichtung ging. Bevor ich dabei auch noch multitaskingfähig nach dem Lichtschalter an der Tür zum Wohnzimmer greifen konnte, sprangen auf einmal Schatten aus allen Ecken und zahlreichen Verstecken des großen Raumes hervor. Kurz war ich geschockt, nur um anschließend von dem aufflammenden Licht geblendet zu werden.

Das fröhliche »Überraschung!« der versammelten Freunde – ich erkannte neben meiner Mutter meine beste Freundin Nina und Gregor, den aktuellen Freund meiner Schwester – verstummte halb ausgerufen und machte einem schockierten Stöhnen Platz. Es klang wie der enttäuschte Seufzer einer Zombiemeute, wenn die Beute knapp entkommen war.

»Du hast mir nicht verraten, dass deine Tochter eine Mischung aus Känguru und einbeiniger Weitspringmeisterin ist«, lachte jemand.

Ich konnte den Besitzer der unglaublich schrillen Stimme nicht ausmachen, zuckte aber erschrocken zusammen und bewies, dass ich auch durchaus ein beachtliches Talent zur Spagatkönigin hatte. Dabei tropfte ich nicht nur auf den sauberen Holzboden, sondern landete mit dem nicht zerbrochenen, dafür umso schmutzigeren Schuh auf dem Teppich.

»Ja, sie war schon früher immer so ungeschickt.« Meine Mutter tauchte neben dem Fremden auf, sah dabei so elitär aus wie eine der alten Hollywood-Diven und lachte auch genauso gekünstelt. »Glaub mir, Berhard. Wenn es irgendwo ein Fettnäpfchen gibt, Anna findet es.«

Die weiteren Anwesenden, Freunde meiner Schwester und irgendwelche Verwandten, allesamt mit fröhlich wirkenden Herzchenballons, Fähnchen und Schildern mit Trauringen ausgestattet, kicherten zustimmend. Ich räusperte mich. Obwohl ich mich enorm vorgeführt fühlte, war Anna schließlich anwesend und durchaus in der Lage, selbst zu reden.

Meine Mutter schien davon nicht überzeugt zu sein.

»Anna, mein Schatz. Sag doch was!« Sie trat neben mich und half mir, die missliche Lage ein wenig zu richten, indem sie meinen nassen Mantel abklopfte und sich mir als Stütze anbot.

»Das kommt davon, wenn man bei dem Wetter mit solchen Schühchen rausgeht«, schimpfte sie und hielt anklagend den Schuh nach oben. Der Absatz baumelte fröhlich an der Seite herab. »Sie ist ja immer so modebewusst, die Anna.«

Ich sah zu Bernhard, der von meinem Modebewusstsein nicht ganz überzeugt zu sein schien, und konnte spüren, wie meine Wangen heiß wurden. Wahrscheinlich hatte ich mich optisch inzwischen meinem roten Schal angepasst. Und Tomatenrot war nun wirklich noch nie en vogue gewesen.

Außerdem konnte es nur einen einzigen Grund geben, warum meine Mutter noch keinen mittelschweren Wutanfall ob des versauten Teppichs und der unterbrochenen Überraschung bekommen hatte: Ich war wie ein blindes Huhn in einen ihrer Verkupplungsversuche gehüpft und befand mich direkt vor einem potentiellen Kandidaten, der mich nun für ein tomatenrotes, einbeiniges Weitspringweltmeisterschaftskänguru mit Tendenz zum Spagatmachen hielt.

Gut gemacht, Anna.

Zum ersten Mal wandte ich meine volle und ungeteilte Aufmerksamkeit Richtung Bernhard – und überlegte, ob er einen zweiten Kandidaten gefressen hatte.

Nein, entschied ich. Bernhard war nicht fett, er war durchtrainiert. So durchtrainiert wie Conan der Barbar. Bernhards Problem war nur, dass er bei 1,69 m breiten Muskeln auch 1,69 m groß war und mir damit genau bis zu den Augenbrauen ging. Allerdings konnte ich mich aufgrund dieser Figur mühelos hinter ihm verstecken. Eine Eigenschaft, die man besonders in peinlichen Momenten nicht außer Acht lassen sollte und die durchaus auf meiner Top-Ten-Liste der potentiellen Eigenschaften meines Traummannes stand.

»Hallo«, grüßte ich, warf einen missmutigen Blick auf die Meute sowie das hängende Banner, welches ein Bild von meiner Schwester und ihrem aktuellen Freund aufgedruckt hatte, und schlüpfte mehr oder weniger elegant aus dem anderen Halbstiefel.

»Ja, wahrlich elegante Schühchen«, kommentierte Bernhard und für einen Moment flammte Hoffnung in mir auf. Sollte Conan etwa Humor besitzen?

Ich blickte auf, doch was ich irrtümlich für einen Charakterfehler gehalten hatte, den meine Mutter nie tolerieren würde, erwies sich als Sarkasmus. Immerhin galt er meiner Mutter.

»Sie ist nicht das Model, das du mir versprochen hast. Eher eine Marilyn Monroe.« Bernhard grinste und glaubte anscheinend, seine Bemerkung durch dieses Lippenverziehen in einen Spaß für alle zu verwandeln. Hallo? Hier war niemand taub. Ich auch nicht. Hilfesuchend sah ich meine Mutter an, weil ich vor der versammelten Mannschaft plötzlich keinen einzigen Ton mehr herausbekam. Gott, war das peinlich.

»Nein, aber sie ist beweglich!«, meinte meine Mutter hilfsbereit.

»Mama!«, flüsterte ich empört und fragte mich, ob man sich zu Tode schämen konnte. Ich spürte, wie ich noch röter wurde.

»Ist schon gut, Kindchen.« Sie tätschelte meine Hand. »Berhard ist nur ein wenig nervös, genau wie du.«

Ich? Ich hatte bis vor wenigen Sekunden nicht einmal gewusst, dass Bernhard existierte, geschweige denn, dass ein Job als übellauniger Vorgartenzwerg in unserem Haus zu vergeben war.

»Er ist deine Begleitung für die Party heute Abend.«

»Welche Party heute Abend?« War ich schwer von Begriff, oder hatte ich etwas verpasst? Wieso fand bei uns zu Hause eine Party statt und wieso hatte ich nichts davon gewusst, schließlich wohnte ich hier?!

»Was denkst du, warum wir hier alle stehen und Überraschung schreien?«, meinte meine Mutter.

»Oh«, machte ich. Immer noch komplett verständnislos. »Und warum wusste das jeder außer mir?«

»Weil du ungeschickt und tollpatschig bist und dazu neigst, solche Überraschungen zu ruinieren?!«, schlug meine Mutter laut vor. »Weil du dich entweder verplapperst oder einen Hinweis liegenlässt oder es auf irgendeine andere Weise schaffst, alle Vorbereitungen zu ruinieren?! Erinnerst du dich an den zwanzigsten Geburtstag deiner Schwester oder an die Feier zu ihrer bestandenen Prüfung? Du hast es geschafft, ihr den Eid des Hippokrates kaputt zu machen.«

Aber doch nur, weil jemand – sie – mein Mikrofon nicht ausgemacht hatte, als ich zur Toilette gegangen war! Ich blickte mich um, aber obwohl ich damals trotz der peinlichen Situation alle auf meiner Seite gehabt hatte, widersprach meiner Mutter niemand. Und ausnahmsweise lachte auch keiner. Was die Sache nur noch schlimmer machte. Mitleidige Blicke konnten durchaus körperlich weh tun. Immerhin hatten die Gäste den Anstand, sich dabei langsam wieder in die Löcher zurückzuziehen, aus denen sie gesprungen waren.

»Was für eine Überraschung denn überhaupt?« Ich versuchte, die Leute, das Banner und die Herzballons, Schilder und Flaggen mit zwei ineinander verschlungenen Ringen zu einem großen Ganzen zusammenzusetzen. Und ich ... mir blieb der Mund offen stehen.

»Nach nur drei Monaten ein Heiratsantrag? DAS wird eine Überraschung!«, platzte es aus mir heraus.

»Oh, eine Überraschung?«, fragte die melodischste Stimme, die ich kannte, aus dem Flur. Wesentlich leiser als ich zuvor und gänzlich ohne Zwischenfälle musste meine Schwester unbemerkt von uns allen das Haus betreten haben. Sekunden später und viel zu früh sah sie ins Wohnzimmer. »Ich liebe Überraschungen!«

Sie erwischte die meisten Gäste beim Versuch, sich hastig zu verstecken. Und da das Licht an war, war die Überraschung augenblicklich sichtbar. Meine Mutter warf mir einen Blick zu, als sei jede dieser Kleinigkeiten meine persönliche Schuld und vor allem absolute Absicht gewesen.

»Überraschung!«, verkündeten die halb sichtbaren Gäste auch gleich deutlich weniger enthusiastisch als beim ersten Mal.

»Oh, wie schön!« Sabine schlug die Hände vor dem perfekt geschminkten Mund zusammen, als könne sie es kaum fassen, welch ein Aufwand wegen ihr oder wegen irgendetwas, das mit ihr zusammenhing, betrieben wurde.

Waren denn alle anderen wirklich *so* blind? Dass Sabine genauso eingeweiht gewesen war wie alle anderen – also alle außer mir –, zeigte doch schon ihr Outfit. Es bestand ausnahmsweise nicht aus einer Jeans und einem Arztkittel. Mein Blick wanderte über ihre sorgfältig hochgesteckten blonden Haare, das hübsche helle Kleid und von dort zu den ebenso hübschen und hellen Schühchen. Irgendwie hatte es meine Schwester nicht nur sauber hierher geschafft, sondern auch trocken durch den Regen.

»Ist das für mich?« Sie deutete auf alles, was sich vor ihr befand, die Gäste eingeschlossen, und errötete. Doch im Gegensatz zu meinem Rot beschränkte sich ihres auf die Wangen und stand ihr ganz ausgezeichnet.

Konnte man Rotwerden vor einem Spiegel üben? Falls ja, musste meine Schwester Stunden vor ihrem Abbild verbracht haben. Ihre Röte war pure Perfektion.

»Sabine«, ihr Freund trat vor und hielt neben seinem Sabine-und-Gregor-Fähnchen einen weiteren Gegenstand in der Hand. Mich ignorierend, schob er sich zwischen meine Schwester und mich und kniete nieder. Alles hielt kollektiv die Luft an. Sogar ich.

Gregor ließ das Schmuckkästchen aufschnappen und dank seiner knienden Position konnte jeder den schicken silbernen Ring sehen, der vermutlich ein Vermögen gekostet hatte. »Willst du meine Frau werden?«

Sabine fächelte sich mit den Händen Luft zu, dabei wuchs ein langsames Strahlen auf ihrem Gesicht. Ich würde jede Wette eingehen, dass sie auch diesen Effekt stundenlang vor einem Spiegel eingeübt hatte.

»Nichts lieber als das!«, hauchte sie laut und vernehmlich. Mit einer Eleganz, die Grace Kelly zu Ehren gereicht hätte, ließ sie sich von Gregor den Ring über den Finger streifen. Er passte wie angegossen und wirkte wie extra für sie gemacht. Wahrscheinlich war er es auch.

»Siehst du?«, zischte mir meine Mutter leise ins Ohr. Laut genug, um auch die restliche Stimmung beinahe abzutöten. »So fängt man sich einen gut aussehenden, netten und vermögenden Mann und perfekten Schwiegersohn.«

»Danke«, meinten Sabine und Gregor unisono, ohne einander aus den Augen zu lassen. Offenbar kümmerte es sie herzlich wenig, dass meine Mutter wirkte wie der Teufel, der gerade zwei Seelen wenn auch nicht einkassiert, so doch zumindest erfolgreich verkuppelt hatte, um andere direkt in die Hölle des Neides zu führen.

Erst als alles applaudierte, riss ich mich von dieser Vorstellung los und stimmte ein. Schließlich meinte meine Mutter es ja nur gut mit mir. Nur ihr *gut* war halt nicht meines.

Als hätte sie meine Gedanken gelesen, schob sie mich ein Stückchen vorwärts. »Ihr könnt mir beim Essen helfen, Kinder. Berhard, Anna: Zeit, euch abseits des ganzen Rummels romantisch zu beschnuppern.«

Bevor ich begriff, dass Mama mich nicht nur verkuppeln, sondern auch allein meinem Schicksal überlassen wollte, war sie schon wieder durch die Tür verschwunden. Dabei war es ihr irgendwie gelungen, mein Blind Date ebenfalls in die Küche zu verfrachten.

Verwirrt starrte ich Bernhard an und korrigierte meine Meinung. Ich war nicht nur mit Zwergen-Conan verabredet worden, sondern ich war wahrscheinlich seine letzte Chance auf die große Liebe. Schließlich war er die wandelnde Katastrophe und nicht ich. Und wahrscheinlich war auch genau das der Grund, warum er so übel gelaunt war. Wenn ich schon die letzte Alternative war, konnte es nicht gut um seine Zukunft stehen, oder?

»Also Bernhard, wollen wir?«, sprach meine gute Erziehung und deutete auf die bereitgestellten Teller, die Bestecke und die Tür zum Esszimmer.

»BERhard«, tadelte er, setzte sich aber in Bewegung und nahm einen großen Stapel Teller an sich.

»Wie der Bär?«

»Ihre Mutter hat mir nicht verraten, dass Sie rote Haare haben«, lenkte Berhard ab.

»Habe ich aber.« Ich blies eine Strähne aus meinem Gesicht und trat durch die Tür in den liebevoll gestalteten Raum. Genaugenommen waren die Haare das einzige an mir, das ich wirklich mochte. Schöne dicke Haare mit widerspenstigen Locken. Ein wenig beleidigt stellte ich die großen Gefäße mit dem Besteck ab.

»Ich mag Blond«, meinte mein Blind Date. Aber seine Stimme klang so neutral, dass ich es ihm einfach nicht übelnehmen konnte.

»Und ich Männer mit einem echten Namen, Bärhard.«

Wir sahen uns an. Und tatsächlich. Seine Mundwinkel zuckten. Dann lachte er. »Sie haben Humor.«

»Ja, nicht wahr?« Jetzt, wo nicht mehr dreißig Leute um mich herumstanden und meine Mum auf einen Fehler von mir lauerte, konnte ich sogar wieder schlagfertig sein – oder überhaupt sprechen.

Wir musterten uns. Und obwohl mir nicht wirklich gefiel, was ich sah, beschloss ich, es auf einen zweiten Eindruck ankommen zu lassen. Jeder hatte eine Chance verdient. Schließlich konnten nicht alle Männer volles Haar haben. Oder überhaupt Haare. Also genug Haare für den ganzen Kopf.

Ich schniefte leicht, als mein Verstand wieder einsetzte und meine Erziehung verdrängte. Was dachte ich da überhaupt? Die Frisur, wenn man sie denn so nennen wollte, war fürchterlich und auf keinen Fall einen zweiten Eindruck wert. Im besten Fall einen Mach2-Rasierapparat. So etwas hatte ich das letzte Mal bei Herrn Jobert gesehen. Damals war ich vierzehn gewesen und Herr Jobert, seines Zeichens Lateinlehrer, stand kurz vor der Pensionierung. Und selbst da war es schon absolut unmöglich gewesen, seine Seitenhaare über die Glatze auf dem Oberkopf zu kämmen.

»Wäre es nicht einfacher, die Haare kurz zu tragen, oder komplett abrasiert als echte Glatze?«, erkundigte sich eine Stimme.

Einen Moment lang wunderte ich mich, wer das gesagt hatte. Doch erst beim entsetzten »Anna« meiner Mutter wurde mir klar, dass die Worte aus meinem Mund gekommen waren. Mit einem anklagenden Ausdruck bog die Frau, die mich geboren hatte, um die Ecke und musterte mich, bis ich meinen Blick abwandte und lieber die Innendekoration, bestehend aus 333 liebevoll arrangierten Putten, betrachtete. Erst als ich in ihren Augen demütig genug wirkte, wandte sie sich Berhard zu und nutzte die Flasche und die beiden Gläser, die sie trug, um ihm eins ihrer speziellen Schnäpschen für besondere Anlässe zu kredenzen. Sekunden später stellte meine Mutter ihre Fähigkeit unter Beweis, jedwede Handlung mit einem stummen Vorwurf zu versehen. Zum Beispiel Schnäpschen Einschütten. War die Handlung bei Berhard noch fröhlich und schwungvoll gewesen, schwang bei meiner Flüssigkeit eindeutig eine Botschaft mit. Eine Warnung, mich ab sofort vernünftig zu benehmen.

Dabei konnte ich nichts dafür. Wirklich nicht. Aus irgendeinem Grund trug ich als einzige Person in der Familie ein Ehrlichkeitsgen in mir. Hatte ich von meinem Vater geerbt. Behauptete zumindest meine Mutter. Mein Vater konnte sich nicht mehr gegen diese Verleumdung wehren, er hatte die Familie verlassen, als ich zehn Jahre alt war. Wahrscheinlich, weil außer ihm und mir niemand ehrlich war.

»Nein, nein, ich denke, bei meiner Kopfform wäre das keine Option. Ich würde albern aussehen. Wie Bruce Willis.« Berhard trank seinen Schnaps auf Ex und verzog keine Miene. Dann begann er zu strahlen. »Sehr lecker!«, lobte er.

»Ich kann jetzt nicht behaupten, dass Bruce Willis albern aussieht«, murmelte ich ein wenig kleinlaut. Immerhin war meine Mutter noch im Raum. Obwohl sie dabei war, ihre engelhaften Nippesfigürchen auf dem Sideboard zu rearrangieren, und sich dabei langsam gen Tür vorgearbeitet hatte, war ihre teuflische Präsenz hinter mir noch deutlich zu spüren.

Ich nippte an dem Getränk und verschluckte mich beinahe augenblicklich. Geschmack und Konsistenz erinnerten eher an ein Beizmittel als an einen Schnaps. Ich stellte das Pinnchen auf den Tisch und versuchte, ein Husten zu unterdrücken.

»Was machen Sie ansonsten den lieben langen Tag, wenn Sie gerade nicht auf den Haaren oder dem Namen anderer Leute herumhacken, meine rothaarige Schöne?« Berhard zwinkerte meiner Mutter zu und mir wurde spontan übel. Er war hier, weil er *sie* attraktiv fand. Und mit *ihr* flirtete.

Mama kicherte wie ein Schulmädchen, schien das Ganze aber für einen wahnsinnig lustigen Scherz zu halten. »Ach, Berhard.«

Mein Magen vollführte eine Kapriole und nur mühsam konnte ich ein Würgen zurückhalten, als mir meine Fantasie einen bärartigen Zwergen-Conan mit Halbglatze als neuen Stiefvater vorgaukelte.

»Lesen«, presste ich trotzdem zwischen zusammengekniffenen Lippen hervor.

»Sie studiert!« In der Stimme meiner Mutter schwang so etwas wie schlecht gespielter Stolz mit. Sie musste kurz den Raum verlassen haben, denn auf einmal erfüllte Essensgeruch die Luft und die ersten beiden Schüsseln wurden neben mir auf den Tisch gestellt. Frikadellen und Kartoffeln.

»Ah, interessant«, behauptete Berhard.

Ich hielt die Luft an. Jetzt würden all die unangenehmen Fragen kommen. Sie kamen immer.

Zu meiner Überraschung beugte sich Berhard vor, nahm eine Gabel, piekste in eine Frikadelle und biss ab, ohne Knigge zu Rate zu ziehen. »Ich bin Immobilienmakler. Selbständig.«

Erleichtert atmete ich aus. Keine Fragen an mich. *Danke, lieber Gott!*, dachte ich und dankte ihm Sekunden später auch für meine Fähigkeit, Redende auszublenden. Sie hatte mir nicht nur an der Universität schon manchen guten Dienst erwiesen, sondern kam mir auch hier zugute. *Dumdidum…*

Eine halbe Stunde später, alle anderen unterhielten sich gut oder tanzten im Wohnzimmer, redete Berhard immer noch auf mich ein und verhinderte, dass ich vom Esszimmer zur Party gelangte. Meine beste Freundin Nina war inzwischen schon zweimal vorbeigeschlendert, hatte mich aber nicht loseisen können, und selbst Sabine sah aus, als hätte sie Mitleid mit mir.

»Großartig«, murmelte ich, als sie mir mit einem aufbauenden Lächeln ein volles Pinnchen aus der schier unerschöpflichen Schatzkiste meiner Mutter in die Hand drückte und gleich wieder verschwand, um mich meinem Schicksal zu überlassen.

Inzwischen fragte ich mich, ob der Kerl auch einen »Aus«-Knopf hatte. Doch anscheinend hatte er mein beharrliches Schweigen als intensives Zuhören gedeutet und war nicht mehr zu bremsen.

Und natürlich war ich viel zu gut erzogen, um ihn zu korrigieren. Stattdessen meinte ich: »Tja, jetzt weiß ich mehr über Häuser und den deutschen Immobilienmarkt, als ich je hatte erfahren wollen.«

»Ist alles immens wichtig zu wissen.«

»Ja, für einen Immobilienmakler.« War ich aber nicht. Schon vergessen? Hallo?

»Bietet ihr auch Praktika an?«, erkundigte sich meine Mutter, die sich mit dem Nachtisch zu uns gesellt hatte. Natürlich würde sie von dem ganzen Süßkram nicht ein einziges Gramm zunehmen, Berhard würde es sich locker abtrainieren – und ich? Ich würde meine Süßkramgrammzahl zunehmen und per Gedankenübertragung oder geheimem Vodoozauber die von Mama und Berhard gleich dazu.

»Könnte Anna nicht bei dir ein Praktikum machen?«

»Ein Praktikum?« Ich gab mir keine Mühe, mein Entsetzen zu verbergen. Das ging nun wirklich zu weit.

Berhard räusperte sich, peinlich berührt. Offensichtlich hatte dieses Mal meine Mutter in ein Fettnäpfchen gegriffen. Geschickt umschiffte sie die Hürde. »Unbezahlt natürlich.«

»Natürlich.« Berhard rang sich ein Lächeln ab. »Aber wir sind ein sehr kleines Büro.«

»Umso besser, dann ist es viel intimer.« Meine Mutter zwinkerte mir zu, um mir zu symbolisieren, dass sie den selbständigen und gut verdienenden Fisch am Haken hatte. Wenn ich einmal in seinem Büro platziert war, würde selbst ich es nicht mehr schaffen, die Sache zu vergeigen, oder?

Nina, die abermals an mir vorüber schlenderte, prostete mir mit ihrem Sekt zu. Für jeden Außenstehenden eine höfliche, eventuell sogar zustimmende Geste, für mich ihre Art des unauffälligeren Augenverdrehens.

Ich habe keine Zeit für ein Praktikum, ich habe Vorlesungen und Seminare«, protestierte ich und warf Nina einen hilfesuchenden Blick zu. Vergeblich. Um mir offen beizuspringen, hatte sie viel zu viel Respekt vor meiner Mutter.

»Dummerchen!« Wieder lächelte meine Mutter Berhard gewinnend an. »Manchmal ist sie wirklich naiv und süß.«

»Hallo, die naive Süße kann dich hören«, protestierte ich, hätte aber genauso gut mit der Wand reden können. Weder meine Mutter noch mein vermeintlicher Verehrer in spe ließen sich dazu herab, mich zu registrieren.

»Ich meinte natürlich erst in zwei Wochen, wenn die Semesterferien beginnen. Da hat sie drei Monate frei.«

»Ich schreibe in der Zeit Hausarbeiten und bereite mich auf Klausuren vor!«, meinte ich, erhielt aber wieder keine Reaktion.

Niedergeschlagen betrachtete ich das Blickduell, welches sich in bester High-Noon-Manier direkt vor mir abspielte. Clint Eastwood war ein Weichei gegen meine Mum, wenn sie sich einmal etwas in den Kopf gesetzt hatte. Heute war es offensichtlich der Fakt, dass Berhard und ich gut zusammenpassen würden. Na ja, zumindest dass Berhard einen guten Schwiegersohn abgäbe.

Ich räusperte mich, bis ich endlich die Aufmerksamkeit der beiden wieder auf mich gelenkt hatte. »Ich WILL kein Praktikum machen!«

»Aber Schatz ...«

»Komm mir nicht mit *aber Schatz ...*«

Zu meiner Überraschung gab sich meine Mutter geschlagen. Auch wenn ihr Blick mir eine Standpauke versprach. Später.

»Gibt es nicht noch ein Dessert?«, erkundigte ich mich scheinheilig mit Blick auf das leergefegte Buffet. Wenn sie sich vor dem Conan-Gartenzwerg nicht blamieren wollte, würde sie spätestens jetzt in dieser Richtung improvisieren.

»Natürlich!« Sie lächelte mich mindestens genauso scheinheilig an. Meine Mutter konnte nichts aus der Ruhe bringen. Sie hatte immer einen Plan B.

Meistens sogar noch einen Plan C und für die ganz harten Fälle einen Plan D. Hatte bislang auch immer funktioniert. Außer bei mir. Ich schätzte, sie war inzwischen schon einmal das ganze Alphabet durch und wieder irgendwo bei B angelangt.

Trotzdem behielt ich mein Lächeln tapfer bei, bis sie den Raum verlassen hatte, erst dann wandte ich mich wieder Berhard zu.

»Danke für die Praktikums-Rettung«, meinte er und griff nach meiner Hand. »Sie sind ganz in Ordnung.«

»Baggern Sie jetzt mich an oder meine Mutter?« Ich befreite meine Finger aus seinem Griff. Trotz des flauen Gefühls in der Magengrube konnte ich ihm nicht ernsthaft böse sein. Nur ein Depp hätte versucht, ihn mit mir zu verkuppeln, ohne zu bemerken, wer wirklich das Objekt seiner Begierde war. Herzlich willkommen in meiner Welt.

»Ihre Mutter ist eine Klassefrau.«

»Ja, ist sie.«

»Eine tolle Figur.«

»Mm…« Meine Mutter und meine Schwester hatten die tolle Figur, ich hatte zwei tolle Figuren. Ich warf einen Blick in die Mitte des Raumes, wo sich eine der besagten Figuren eben aufbaute, um mit ihrem Verlobten zu tanzen. Sie wirkte so unglaublich glücklich, dass ich sie einen Moment lang ernsthaft beneidete. Während sie sich eine gut aussehende, reiche und vor allem nette Sahneschnitte geangelt hatte, blieb mir der Trostpreis als Beschäftigungstherapie.

»Wissen Sie, ich habe es auch nur mit Sport zu einer Traumfigur geschafft. Vorher war ich ein wenig … füllig.« Offenbar war Berhard meinem Blick gefolgt und hatte ihn falsch interpretiert.

Hallo? Hatte er das wirklich gesagt, oder hatte ich es mir nur eingebildet?

»Ich bin nicht füllig!«, behauptete ich betroffen. Hatte jemals jemand zu Rubens Frauen gesagt, sie seien füllig? Oder die Venus von Milo wegen ihrer breiten Hüften geschmäht? Marilyn Monroe war doch wohl immer noch erotischer als Kate Moss. »Ich bin gut proportioniert.«

Berhard zuckte mit den Achseln und schob mir eine Visitenkarte zu. Anscheinend war er Hobbyanwerber in seinem Fitnessclub.

»Das ist die Karte von meinem Personal Trainer, der hat bislang noch jeden auf Vordermann gebracht.«

Ja, so weit, bis man einen Erbsenkopf auf einem zu breiten Muskelkörper hatte, dachte ich trotzig.

»Anna!«

Trotz des empörten Ausrufs meiner Mutter und der plötzlichen Aufmerksamkeit aller Anwesenden in Hörweite benötigte ich einige Sekunden, um den bösen Blick Berhards auf mich zu beziehen. Und auf die Worte, die wie von selbst meinen Mund verlassen hatten.

»Das habe ich nicht laut gesagt, oder?«

Doch, natürlich hatte ich. Perfekt. Soviel zu gut erzogen. Aber immerhin ehrlich. Mussten die Gene sein.

»Ich denke, ich lasse die Damen jetzt allein und verabschiede mich.«

Er tippte sich an einen imaginären Hut und deutete eine Verbeugung in Richtung der beiden frisch Verlobten an. »Herzlichen Glückwunsch zur Verlobung und noch eine schöne Feier.«

»Auf Wiedersehen«, murmelte ich, kreuzte aber die Finger hinter meinem Rücken, in der Hoffnung, dass Gott meinen Lügenwunsch als Höflichkeit verstand und nicht als echte Option.

Die Konversationen um mich herum begannen erneut, als Berhard das Zimmer verließ, leiser als zuvor, und ließen mich außen vor. Meine Mutter hetzte hinter ihrem Wunschschwiegersohn – Slash – Freund – Slash – Verehrer hinterher.

»Entschuldigung, Berhard. Ich weiß wirklich nicht, was manchmal in meine Tochter fährt«, flötete meine Mutter laut genug, um die Musik und jedes Gespräch der Feiernden zu übertönen.

»Dabei habe ich überhaupt nicht gesagt, dass irgendetwas mit ihrer Figur nicht stimmt. Ich habe nur gesagt, dass ich füllig war, bevor ich mit dem Training angefangen habe.« Er klang ziemlich verschnupft.

Und ... Oh mein Gott! Er hatte Recht. Mit keinem Wort hatte er etwas von mir gesagt. Auch wenn man es so auslegen konnte. Also ... ich es so auslegen konnte ... also ... ach verdammt!

»Sie ist sehr empfindlich, was ihre Figur angeht?!«

»Das wird es sein«, stimmte meine Mutter versöhnlich zu.

Die Stimmen wurden leiser, während meine Mutter ihren jungen, sportlichen Barbaren zur Tür begleitete, blieben aber gut hörbar.

»Sie muss wirklich mal Sport machen. Das macht ausgeglichener.« Berhard klang besorgt und hilfsbereit.

»Das sage ich ihr ständig. Wirklich. Mindestens einmal am Tag«, behauptete die Frau, die mich erzogen hatte und sich offensichtlich – und sehr laut – gerade meinetwegen in Grund und Boden schämte.

»Und wenn sie nicht zufrieden ist, kann sie das doch ganz leicht ändern und weniger essen. Obwohl ich Marilyn-Monroe-Figuren eigentlich sehr sexy finde.«

»Wem sagst du das?«

»Oder die Haarfarbe ändern. Obwohl es bei ihr wirklich sehr hübsch aussieht. Passt zu ihr.«

»Mit roten Haaren hat man es eben nicht leicht.«

Ich konnte hören, wie sie sich mit einem Bussi voneinander verabschiedeten. Einen auf die rechte Wange, einen auf die linke Wange. Und weil Berhard so ein Netter war, gleich noch einmal.

Nina drückte mir ein weiteres von Mums Schnäpschen in die Hand. »Du siehst so aus, als wenn du es gebrauchen könntest.«

Ich schniefte leise ob meines schlechten Gewissens – Berhard war doch gar kein so Schlechter gewesen … stand auf Marilyn-Monroe-Körper und fand meine roten Haare hübsch –, trank das Gebräu aber auf Ex. Tatsächlich ging es mir hinterher deutlich besser. So viel besser, dass ich mir noch einmal einschenkte.

Als meine Mutter zurückkam und mich mit einem bösen Blick bedachte, traute ich mich, zu fragen: »Wer von uns beiden hat eigentlich die Torschlusspanik?«

Sie zuckte resigniert mit den Schultern. Eine Geste, die bei ihr seltsam elegant und merkwürdig traurig wirkte. »Ach Schatz, ich will doch nur dein Bestes.«

Für einige Sekunden hatte ich das Bedürfnis, sie zu drücken, über ihre silbernen Locken zu streichen und sie zu beruhigen. Nur Ninas Anwesenheit war es zu verdanken, dass ich es nicht tat, sondern erwachsen und selbständig blieb, meiner Meinung treu. »Das weiß ich doch. Aber dein Bestes ist eben nicht mein Bestes.«

»Auf wen wartest du denn? Den Traumprinzen?«

Ja. Ja, eigentlich war es genau das.

Sie tätschelte mir die Wange, als habe sie meine Gedanken gelesen, und untergrub mein tapferes Erwachsensein. »Ich verrate dir ein Geheimnis: Es gibt keinen.«

»Es gibt keinen, oder es gibt keinen für mich?« Ich kniff die Lippen zusammen und bemühte mich, nicht kindisch aufzustampfen.

Sie blieb mir eine Antwort schuldig und blickte traurig Richtung Gregor und Sabine. Beide der lebende Beweis dafür, dass es für manche in der Familie einen Traumprinzen gab. Nach nur drei Monaten Beziehung.

»Mama, ich weiß jetzt mehr über den deutschen Immobilienmarkt als über Literatur«, lenkte ich ab. Ich musste sie einfach dazu bekommen, mit diesen albernen Verkupplungsaktionen aufzuhören. Denn sie trugen zu einem großen Teil dazu bei, dass mich alle bemitleideten und für beziehungsunfähig hielten. Selbst ich hatte mich bereits einige Male bei solchen Gedanken erwischt.

Doch statt Einsicht zu zeigen, ging meine Mutter auf Konfrontationskurs. »Aber doch nur, weil du nicht viel über Literatur weißt.«

Nina hakte sich bei einer sich nähernden Nachbarin unter und manövrierte sie unauffällig von uns fort. Dabei sah sie so aus, als wünsche sie nichts sehnlicher, als nicht Zeuge des Streits zu sein.

»Ich studiere das!« Jetzt stampfte ich doch auf.

»Ja schon … aber doch nicht ernsthaft.«

»Natürlich ernsthaft.«

»Seit neun Jahren?« Meine Mutter betrachtete mich mitleidig. Anscheinend glaubte sie mir kein Wort. Oder befürchtete, dass ich es selbst glaubte.

Ich zuckte mit den Achseln. Es gab halt verdammt viel Literatur.

»Schätzchen, wie soll je etwas aus dir werden?«, fragte sie mich und ihre Stimme klang so mitfühlend, dass sie mehr weh tat als ihr Blick zuvor. »Deine einzige Chance ist es doch, einen Mann wie Berhard zu finden. Selbständig, gut aussehend, einigermaßen vermögend und bereit, über dein Äußeres hinwegzusehen.«

Mir blieb der Mund offen stehen. »Über *mein* Äußeres hinwegzusehen?«

Meine Mutter überhörte die Bemerkung und hakte an meinem wunden Punkt nach. Korrektur: an einem weiteren meiner wunden Punkte. »Was willst du werden?«

»Reich und berühmt«, antwortete ich wie aus der Pistole geschossen.

»Hat bisher noch nicht geklappt und wird auch nie klappen. Was ist Plan B?«

Ich seufzte. Ab jetzt konnte man den Dialog mitschneiden und für später aufheben. Wir hatten ihn alle halbe Jahr. Eigentlich immer zu Familienfeiern oder zu besonders peinlichen Ereignissen.

»Bin ich zu spät oder muss sie noch antworten?«, erkundigte sich eine freundliche Stimme hinter mir.

Jaaa… genau solche peinlichen Momente meinte ich. Ich drehte mich zu meiner großen Schwester um. Dass Sabine mich um einen ganzen Kopf überragte, trotzdem nur soviel wog wie ich und noch dazu einen Traumjob hatte, machte meine Laune nicht besser.

»Du siehst heute bezaubernd aus.« Ich konnte das Strahlen meiner Mutter körperlich in meinem Rücken spüren. Es versetzte mir einen tiefen Stich.

»Ich sehe doch immer bezaubernd aus«, hauchte meine bezaubernde Schwester und beugte sich vor, um an mir vorbei unserer Mutter einen Wangenkuss zu geben. Sekunden später bekam ich auch einen.

»Du siehst heute auch toll aus, Mama.«

Einen Moment lang bewunderte Sabine offensichtlich die lässig hochgesteckte silberne Masse und das elegante Make-up mit der Silbernote, dann wandte sie ihre Aufmerksamkeit mir zu. »Allerdings kann man das von dir heute nicht behaupten.« Sie musterte mich so besorgt, dass ich schon wieder ein schlechtes Gewissen bekam. »Was ist passiert?«

»Dankeschön auch.« Ich besann mich auf meine Höflichkeit und räusperte mich. »Herzlichen Glückwunsch zur Verlobung.«

»Danke!« Sie lächelte ihr perfektes Lächeln, wirkte aber immer noch besorgt. »Ist wirklich alles in Ordnung mit dir?«

Ich nickte stumm und hielt mich in meinen Augen wirklich tapfer. Natürlich sah ich im Gegensatz zu ihr und meiner Mutter nicht gut aus. Sah ich natürlich nie.

Endlich beruhigt drehte sich Sabine zu unserer Mutter. »Ihr seid schon bei der Inquisition?«

»Ja.«

»Oh weh.« Kurz wirkte Sabine, als wolle sie sich am liebsten wieder aus dem Staub machen, dann warf sie mir einen unglücklichen Blick zu, der ihre innere Zerrissenheit zeigte. Sie war meine Schwester – aber auch Tochter meiner Mutter. Und der würde sie auf gar keinen Fall in den Rücken fallen. So etwas tat man als perfekter Mensch und noch perfektere Tochter einfach nicht.

»Berhard ist so ein toller Mann. Ihr würdet so gut zusammenpassen«, behauptete meine Mutter.

»Er machte einen netten Eindruck«, stimmte meine Schwester um des lieben Friedens willen zu.

»Er möchte eine elfenhafte Blondine zur Freundin haben.« Unwillkürlich fuhr ich mir mit den Fingern durch meine dicken roten Locken, die Dank meines Regenspazierganges leicht verfilzt waren.

»Wer möchte das nicht?«, meinte Sabine nachlässig, ohne nachzudenken, und lächelte Gregor zu. Und obwohl er sich auf der anderen Seite des Raumes befand und dreißig Leute zwischen ihnen standen, bemerkte er ihren Blick und lächelte zurück.

»Mein Traummann möchte das nicht!« Wieder widerstand ich dem Drang, trotzig aufzustampfen.

»Kind, für deinen Traummann bist du schon zu alt.« Meine Mutter sah mich unerbittlich an. *Oh wow.* »Du musst realistisch bleiben.«

»Und einen vierzigjährigen dicken Immobilienmakler mit schütterem Haar und ungepflegten Zähnen nehmen?« Ich schüttelte mich innerlich bei dieser Überlegung. Da würde ich doch lieber für immer und ewig Single bleiben und bis an mein Lebensende weiter bei Mama wohnen.

»Ach komm, so schlimm ist er nicht. Er verdient sein eigenes Geld, ist charmant und nett …«, versuchte Sabine zu vermitteln.

»… und hat sehr konkrete Vorstellungen von seiner Traumfrau«, ergänzte ich.

»Es ist nicht falsch, im Leben zu wissen, was man möchte«, meinte meine Mutter.

»Und du weißt es noch nicht so genau, oder?!«, ergänzte meine Schwester hilfsbereit und ohne jeden Vorwurf in meine Richtung. »Hat sich inzwischen etwas ergeben?«

Ich funkelte meine Schwester an. Sie schüttelte ihr goldiges Haar beziehungsweise die Strähnen, die kunstvoll aus ihrer Hochsteckfrisur hingen, und warf mir ihr professionellstes Ich-bin-Ärztin-Lächeln zu.

»Ich weiß immerhin genau, was ich NICHT möchte.«

»Und ein wenig zu viel Körperfett hast du wirklich.« Wieder glitt ihr Blick über mich und meine Figur und wieder wirkte sie extrem besorgt. Ein wenig, als berechne sie bereits geistig meine geschmälerte Lebenserwartung.

»Ich bin NICHT moppelig!«

»Wann warst du das letzte Mal auf der Waage? Du musst wirklich mehr auf dich und deine Gesundheit achten. So ist das nicht gesund.« Der leise und vor allem besorgte Ärztinnen-Tadel in ihrer Stimme war nicht zu überhören.

»Mein BMI ist vollkommen in Ordnung.«

»Das Spektrum ist bekanntlich groß und in der Mitte lebt man am gesündesten, und wenn man am oberen Ende entlangschrappt …«

»Dünne Schnepfe«, murmelte ich.

»Der BMI ist nicht bestechlich oder verhandelbar, alles wissenschaftlich bewiesen«, lächelte sie, ohne sich aus der Ruhe bringen zu lassen.

Etwas, das ich an ihr stets bewundert hatte, und das mich gleichzeitig immer wieder in den Wahnsinn trieb.

»Kinder.« Meine Mutter klatschte in die Hände und wir unterbrachen unsere freundschaftliche Diskussion, die wir schon seit fast zwanzig Jahren miteinander führten. Als perfekter Mensch war es anscheinend vollkommen unverständlich, dass andere Menschen eben nicht von Natur aus perfekt waren und es vielleicht auch niemals sein würden.

»Ihr seid beide in Ordnung, wie ihr seid. Hauptsache gesund«, beschwichtigte meine Mutter. Dann wandte sie sich mehr zu Sabine. »Wie war denn dein Tag sonst so?«

»Ich habe heute drei OPs gehabt, eine durfte ich sogar durchgehend leiten.«

»Wow.« Unsere Mutter wirkte ehrfürchtig und schien um ein oder zwei Zentimeter zu wachsen.

Ja, wow. Ich hatte eine meiner Hausarbeiten wiederbekommen, mit einer Eins, und eine Klausur mit einer Zwei plus. Sehnsüchtig dachte ich an die beiden Dokumente in meiner Tasche.

»Verdammt!«, fluchte ich herzhaft. Der Regen! Ohne auf meine Mutter oder Sabine zu achten, drehte ich mich auf dem Absatz um und hetzte zur Garderobe. Meine Tasche lag achtlos neben zahlreichen Schuhen auf dem Boden und eine hastige Untersuchung des Inhaltes beförderte zahlreiche feuchte Unterlagen und mein tropfendes, heiß geliebtes italienisches Vokabelbuch ans Tageslicht. »Verflixt«, fluchte ich abermals. Natürlich waren auch die wichtigen Dokumente pitschenass geworden und die Seiten klebten zusammen. Die mit Rotstift geschriebenen Notizen am Rand der Klausur waren verlaufen.

»So typisch«, murmelte ich und schluckte heftig an der Enttäuschung. Dieses Mal über mich selbst.

»Was ist das?«, meine Schwester kniete sich neben mich und betrachtete das Desaster.

»Eine Klausur.«

Sie verdrehte die Augen, versorgte mich aber augenblicklich mit Taschentüchern und Weisheiten. »So etwas tut man in eine Klarsichthülle.«

Klar, in eine Klarsichthülle. Wie das gesamte Leben meiner perfekten Schwester. Das gesamte perfekte Leben in einer perfekten Klarsichthülle. *Wenn ich ein perfektes Leben hätte, würde ich es auch in eine Hülle stecken,* dachte ich und musste mir eingestehen, dass sich das bei meinem Leben wohl kaum jemals lohnen würde. Der Gedanke stimmte mich nur ein bisschen traurig. Hauptsächlich machte er mich wütend.

»Und wenn man keine hat?«

»Man hat immer eine. Und man ist organisiert.« Sie tupfte wie wild auf der Seite herum, aber es gelang ihr im Gegensatz zu mir, die mit Rotstift geschriebenen Anmerkungen nicht zu verwischen.

»Ja, *man*. Aber Anna doch nicht!«, meinte meine Mutter.

Sie kicherte, als hätte sie gerade einen tollen Witz gerissen. Meine Schwester schenkte mir ein mitleidiges Lächeln über ihr Tupfen hinweg. Es war schlimmer als jeder Kommentar meiner Mutter. Ich zuckte zusammen.

»Leg sie einfach auf die Heizung und hoffe, dass sie nicht zusammenkleben, wenn sie wieder trocken sind«, schlug eine beherzte Stimme vor.

Ich schluckte die Tränen runter. »Danke, Nina!«

Sie reichte mir ihre Hand und half mir auf die Beine. Ungefragt drückte sie mir einen weiteren Schnaps in die Hand. Er schmeckte nach Himbeere und das war mit Sicherheit eine Geschmacksrichtung, die weder der erste, noch der zweite oder der dritte gehabt hatten. War aber lecker.

Sabine legte die zusammengepappten Seiten auf die eine Heizung, die von ihr geretteten ordentlich nebeneinander auf die zweite Heizung.

»Was ist denn hier los?« Sabines Freundin Hagar bog neugierig um die Ecke und bezog bei uns Stellung.

»Nichts!«, fauchte ich. War ja klar, dass die zu meinem Glück nicht fehlen durfte.

»Ach, Anna hat nur ihre Unterlagen dem Regen ausgesetzt«, meinte meine Mutter nonchalant, als würde sie über das Wetter reden. Tat sie irgendwie ja auch.

»Wichtige?«, erkundigte sich die hagere Nervensäge mit einem Ausdruck, den nur eine perfekte und liebenswerte Blondine wie meine Schwester als unschuldig bezeichnen würde.

»Nein, ich mache immer nur einen Aufstand wegen unwichtiger Unterlagen«, behauptete ich und wünschte mir, genau diese Art von Schlagfertigkeit in jeder Lebenslage zu besitzen. Aber genau hier war meine Belastbarkeitsgrenze erreicht.

Deswegen beschränkte ich mich darauf, Hagar wütend anzufunkeln.

Sie lächelte zurück. Sanft. Ein absolut falscher Ausdruck für ihr Gesicht. Doch weder Mama noch Sabine bemerkten es. Anscheinend hielten sie Hagars Lächeln für echtes Mitgefühl oder Bedauern. Ha!

»na ja … solange du deine bestandenen Kurs- und Klausurscheine alle vorlegen kannst, steht ja deiner baldigen Prüfung nichts im Wege, oder?«, meinte sie und bewies damit nicht nur ein erstaunlich mieses Taktgefühl, sondern auch, dass Sabine sie in mehr von meinem privaten Kram einweihte, als mir lieb war.

Ich drehte mich zu ihr um. Sie zuckte mit den Schultern. »Ach komm, als große Schwester darf man doch mal stolz sein?« Sie deutete auf die Unterlagen. »Es fehlt doch in Wirklichkeit nur noch eine einzige Übersetzungsklausur, damit du dich zur Endprüfung anmelden kannst, oder? Das ist ein Grund, sich zu freuen! Du bist bald ein Magister!« Sie strahlte mich an und für einen Moment fühlte ich mich wirklich wie etwas Besonderes. So musste sich Sabine den ganzen Tag lang fühlen.

»Mmm…«, machte ich. Ein Laut, den man als Zustimmung oder Ablehnung interpretieren konnte – so konnte ich später das eine oder andere vielleicht doch noch leugnen.

»Ich habe nämlich neulich mit Gregor darüber gesprochen und der hat sich schlau gemacht. Wusstest du, dass du noch nach der Studienordnung von 2004 studierst?« Sabine lächelte immer noch, als sei sie für den Friedensnobelpreis nominiert worden. Dabei hätte ich diesen Preis wohl eher für mein derzeitiges Ruhigbleiben und meinen halbwegs lässigen Gesichtsausdruck verdient.

Danke auch, Gregor. Dabei war er doch bislang mein liebster Lieblingsschwager gewesen. Geistig verdrehte ich die Augen.

»Ich bin so stolz auf dich«, behauptete Sabine und umarmte mich spontan. Eine Geste, die mich vor Scham beinahe im Boden versinken ließ. Vor allem, weil ich manchmal so gemeine Gedanken hatte … siehe Friedensnobelpreis.

»Was ist das denn für eine Übersetzung? Welche Sprache?« Zielstrebig wie eine Hexe und unaufhaltsam wie eine Naturkatastrophe hatte meine Mutter genau die Frage gestellt, vor der ich mich gefürchtet hatte.

»Französisch-Deutsch«, murmelte ich resigniert.

Eine sprachlose Sekunde lang starrten alle das vom langjährigen Lernen abgenutzte Italienischbuch an, dann gab es kein Halten mehr.

Das Lachen von meiner Mutter und Hagar verfolgte mich ebenso wie der entgeisterte Blick meiner Schwester, bis ich endlich in meinem Zimmer war und eine Tür zwischen mich und den Rest der Welt gebracht hatte.

Zukunftspläne

Meine beste Freundin sah angespannt zu, wie ich bemüht elegant und ziemlich angetrunken zu meinem kleinen Sofa trippelte. Dabei sah ich vermutlich weniger aus wie Grace Kelly als vielmehr wie eine watschelnde Ente, zumindest bemerkte ich, wie Ninas Augenbrauen langsam nach oben wanderten. Schließlich war ihre Miene so vorwurfsvoll, dass ich sogar meine erste Einschätzung von mir selbst noch einmal nach unten korrigierte: Da sie wegen meines aktuellen Zustandes aussah wie die vorwurfsvolle Miss Piggy, musste ich wohl Kermit der Frosch sein.

Bei dem Gedanken wuchs der Kloß in meinem Hals noch ein wenig mehr an und schaffte es, schwerer und kälter zu werden. Weil Kermit der Frosch bei all seinen Fehlern dünn war – und vor allem liebenswert.

Es dauerte einen Moment, bis ich begriff, dass das leise, kreuzunglückliche Schluchzen mein eigenes war. Schlagartig zog es mir die Beine weg. Zum Glück gelang es mir, auf der weichen Sitzgelegenheit zu landen. Leider seitenverkehrt und mit dem Kopf voran. Sofort nutzte ich die Gelegenheit, mein Gesicht in den Kissen zu vergraben und herzhaft zu schniefen. Die Welt war einfach ungerecht, niemand mochte moppelige rothaarige Frauen mit einem Hang zur Schusseligkeit.

»Sind wir jetzt nicht ein bisschen zu theatralisch?« Nina schob meine Hüfte ein wenig zur Seite und setzte sich neben meinen ausgestreckten Körper, um tröstend meine Schulter zu tätscheln. »Es war doch nur eine Verlobung, keine Beerdigung.«

Ich schniefte noch ein wenig lauter, weil es doch auf dasselbe hinauslief. Nämlich auf: »Bald ist sie weg. Und sie ist so … nett und schön und erfolgreich und organisiert und verliebt und überhaupt … ich hab sie so lieb.«

Ich merkte, dass ich meine Gedanken laut ausgesprochen hatte, sah auf und versuchte, die Tränen aus meinen Augen fortzublinzeln. Mit dem Ergebnis, dass ich mich wie eine kurzsichtige Eule fühlte und noch weniger sah.

»Ich hab sie so lieb«, wiederholte ich nachdenklich. Wieder schossen mir Tränen in die Augen. Dieses Mal, weil ich auch diese Tatsache ins Negative ziehen konnte, da meine Gefühle eben nicht nur in diese Richtung tickten.

»Und ich bin missgünstig und neidisch!«, beschloss ich deswegen.

»Nein!« Ninas Klopfen wurde resoluter. »Du hast einfach nur Pech.«

»Mit Pech hat das nicht viel zu tun«, konterte ich, überlegte aber einen Moment lang ernsthaft, ob es vielleicht doch als Pech gelten konnte, überhaupt als ich geboren zu werden.

»Der richtige Mann kommt schon noch«, tröstete Nina, weiterhin klopfend. Allerdings riet sie in die komplett falsche Richtung. Schließlich war ich doch wütend auf mich, weil ich weder so war wie meine Schwester, noch meiner Schwester gönnte, so zu sein. So perfekt. Und nicht so missgünstig wie ich.

»Ich will keinen Mann«, protestierte ich unter Ninas langsam unangenehm werdenden linkischen Klopfen und wusste, dass ich nicht die Wahrheit sagte. Schon wieder. Grundsätzliches Lügen schien sich zu meinen vielen schlechten Eigenschaften gesellen zu wollen. Wahrscheinlich würde es in wenigen Minuten pathologisch werden.

»Ich will jemanden, der mich so liebt, wie ich bin«, gab ich zu, um irgendetwas chronisch Werdendes zu verhindern. Außerdem vergab ich mir mit dieser Offenbarung nichts. Schließlich war meine Zusammenfassung ein Grundwunsch, den so gut wie jedermann hatte.

Ja, aber die meisten haben auch eine realistische Chance, flüsterte eine gehässige Stimme in meinem Hinterkopf. Sie klang verdächtig nach meiner Mutter.

»Ich liebe dich!«, meinte Nina. Inzwischen schmerzte ihr Klopfen tatsächlich. »Und deine Schwester liebt dich auch.« Klopf.

Ich sah mich – Klopf – genötigt, mich aufzusetzen, damit meine Freundin wenigstens eine andere Stelle von mir ausgiebig verprügeln konnte.

»Die Feier war fürchterlich, ich hasse es …«, murmelte ich und griff nach der Wasserflasche, die sich auf meinem kleinen, chaotischen Beistelltisch befand und sich den knappen Platz mit zahllosen Büchern, Magazinen, Notizzetteln und Loseblattsammlungen teilte. Etwas, das meine Mutter, die mindestens einmal täglich unangemeldet in mein kleines Reich hineinplatzte, um mich zu kontrollieren und daran zu erinnern, dass ich noch zu Hause wohnte, hasste wie die Pest.

Wahrscheinlich antwortete mein Unterbewusstsein deswegen mit Chaos, dachte ich in einem kurzen Anflug von Trotz und fühlte mich direkt im Anschluss schuldig. Doppelt. Einmal, weil ich meiner Mutter immer noch zur Last fiel, wie sie nicht müde wurde zu betonen, und einmal, weil mein Unterbewusstsein vielleicht sogar Recht hatte.

»Es war nur eine Verlobung«, versuchte mich Nina erfolglos zu trösten. Immerhin hatte sie ihre Handbewegungen eingestellt und ließ ihre Rechte einfach nur noch auf meinem Unterarm ruhen. Ich beschloss, sie nicht weiter zu provozieren, sondern mit ernsten Argumenten anzutreten.

»Ja«, stimmte ich zu, »aber bald kommt die Hochzeit – und ich kann im rosa Brautjungfernkleid zusammen mit meiner Mutter im Kampf um die letzten Junggesellen eine Tortenschlacht machen!«

Schlagartig änderte sich Ninas bewölktes Antlitz und sie prustete ohne Übergang los.

»Das ist nicht witzig!«, keifte ich halbherzig und unterzog eines der Wassergläser auf dem Tisch einer intensiven Prüfung. Aber anscheinend hatte ich in einem meiner ordentlichen, klaren Momente vier frische, saubere Gläser neben der vollen Flasche platziert. Schade, dass der ordentliche Moment nicht gereicht hatte, um die Magazine zu sortieren, oder noch besser, um sie ganz zu entfernen.

»Ist es doch!«, widersprach meine Freundin. »Ihr spielt doch nicht einmal in derselben Altersklasse oder mögt dieselbe Männeroptik.«

»Das stört meine Mama nicht.« Ich konnte fühlen, wie meine Miene dunkler wurde.

»Und Rosa steht dir ja auch viel besser.« Nina lachte wieder, wurde aber ernster, als ich meinen Arm fortzog, um dem Schlag zu entgehen, der mich beinahe hatte trösten sollen. Ich tarnte mein Ausweichmanöver, indem ich zwei Gläser mit Wasser füllte.

»Klar, mit roten Haaren sieht man in Rosa einfach hinreißend aus!« Ich strich meine Haare nach hinten. »Nicht einmal Molly Ringwald in *The Breakfast Club* hat darin gut ausgesehen – auch wenn Hollywood es uns glauben machen wollte. Rosa und Rot geht gar nicht!«

»Du kannst dir die Haare färben!«

»Ich kann es auch lassen«, kommentierte ich. Meine Haare waren toll. Das Tollste an mir. Also: das eigentlich einzig Tolle.

»Gregor wird deine Schwester glücklich machen.« Nina wurde wieder ernst. Dieses Mal gingen ihre Gedanken leider in die richtige Richtung.

»Ich kann sie nicht ausstehen«, schniefte ich sehr ehrlich und ernsthaft erleichtert. Anscheinend war ich dem pathologischen Lügen gerade noch von der Schippe gesprungen – oder vom Alkohol runtergestoßen worden.

Nina sah mich tadelnd an. »Du liebst sie.«

»Ja«, gab ich zu, »aber ich kann sie trotzdem nicht ausstehen.«

»Wieso?« Nina runzelte die Stirn, während sie versuchte, meinen Gedankengängen zu folgen. »Wie kann man denn deine Schwester nicht ausstehen können?«

»Genau deswegen!« Ich nickte heftig. »Weil sie so ist … so … perfekt.«

Nina sah mich sehr lange und sehr nachdenklich an, schließlich meinte sie: »Verstehe.«

Verstand sie natürlich nicht, konnte sie auch gar nicht. Und ich konnte es nicht erklären, dafür war mein Kopf zu schwer, waren meine Gedanken zu wirr.

»Das ist kein Mitleidsblues!«, behauptete ich trotzdem versuchsweise und trank einen Schluck Wasser. Er half kein bisschen. »Sie wird hinreißend aussehen im Brautkleid.«

»Wird sie«, bestätigte Nina.

»Du bist keine große Hilfe!« Ich konzentrierte mich, konnte aber keinen verbalen Zusammenhang zwischen meinen Gedanken, meinen Gefühlen und dem daraus resultierenden Fazit herstellen.

»Hey. Ich gebe mir alle Mühe.« Sie sah von mir zum Wasser und wieder zurück. So als suche sie ebenfalls einen kausalen Zusammenhang.

»Wobei? Keine große Hilfe zu sein?«, erkundigte ich mich. So langsam bekam ich Kopfschmerzen von meinen Überlegungen.

»Noch Wasser?«

Ich nickte und beobachtete, wie Nina mein Glas füllte.

»Mein Leben ist scheiße!«

»Nur … konfus.«

Einen Moment hielt sie meinem Blick stand, dann sah sie weg, um in ihrer Handtasche zu kramen. »Paracetamol oder Aspirin?«

»Nicht ablenken!«

Nina sah auf und ihr Gesichtsausdruck war eindeutig mitleidig. »Okay«, gab sie zu, »du hast eine nervige Mutter, eine perfekte Schwester und bist eine hoffnungslose Chaotin, die auf den weißen Prinzen wartet, aber das ist … normal?!«, versuchte sie.

»Es ist nicht normal, in meinem Alter noch Single zu sein, es ist nicht normal, noch keine Ausbildung oder ein abgeschlossenes Studium zu haben«, betonte ich.

»Und überhaupt keinen Plan im Leben.« Wie immer fügte Nina ihr Hauptargument hinter meine gewöhnliche Litanei. Doch was in einem Gespräch mit meiner Mutter regelmäßig für Streit und auf meiner Seite für unterschwellige Depressionen sorgte, gehörte bei einer besten Freundin einfach dazu. Außerdem waren Ninas Worte leise genug, damit ich bei akuter Diskussionsunlust so tun konnte, als hätte ich sie nicht gehört.

Aber heute war ich streitsüchtig, deswegen bestätigte ich: »Oder überhaupt keinen Plan im Leben!«

»Das gibst du zu?« Nina prostete mir mit ihrem Wasserglas zu. »Dann bist du wirklich verzweifelt.«

»Sag ich doch die ganze Zeit.« Mir war fast schon wieder nach Lachen zumute. Merke: Ein gesunder Galgenhumor ist gut für das eigene Wohlbefinden und pflegt lang gehegte und liebevoll umsorgte Minderwertigkeitskomplexe.

»Was würdest du denn ändern wollen?«, erkundigte sich Nina hilfsbereit. Dabei strahlten ihre Augen beinahe so groß wie die von Bambi. Insgeheim hegte ich schon lange den Verdacht, dass Nina von Walt Disney großgezogen worden war. Nicht nur wegen ihres naiven Glaubens an das Gute im Menschen und an das gute alte Happy End, sondern auch wegen ihrer klassischen Zielorientierung und ihrer Ansicht, man könne alles schaffen, wenn man nur fest genug daran glaubte.

Ich glaubte leider daran, dass ich ein hoffnungsloser Fall war.

»Vielleicht würde Hypnose helfen?«, schlug Nina vor und ihr Bambi-

Ausdruck war einem vernichtenden Scar-Blick gewichen. Und wenn schon der junge König der Löwen keine Chance gegen seinen bösen Onkel gehabt hatte, dann ich erst recht nicht.

»Äh … habe ich laut gedacht?«

»Nein, ich kann Gedanken lesen.« Ninas Blick wurde noch einen Tick böser. »Gruselig, oder?«

Ich beschloss, ihre vorgeblich verletzten Gefühle zu ignorieren, schließlich hatte ich meine freundschaftliche Strafe in Form einer liebevoll wundgeklopften Schulter bereits kassiert. »Dann weißt du ja, wie die Antwort lautet: alles.«

»Geht es noch genauer?«, maulte Nina. Doch sie klang immer noch widerwillig beeindruckt.

»Job, Gewicht, Aussehen, Kleidung, Haltung, Ausstrahlung, Familie, Wohnung, Wohnstil …«, begann ich und unterstrich jedes Wort mit einem Fingerzeig auf die entsprechende Sache. »Es wird Zeit, endlich selbständig und unabhängig zu werden.«

»Also wirklich alles?« Nina sah sich in meiner kleinen Dachmansarde noch einmal genauer um und beäugte mich kritisch. So als sähe sie zum ersten Mal, was mich wirklich störte. Alles außer meiner roten Haare.

»Mein Leben muss weg!«, beschloss ich.

»Klingt wie ein Selbstmordplan.«

»Stimmt!« Fröhlich nahm ich einen Schluck Wasser. »Aber ich ermorde mich, ohne meinen Körper zu töten. Ein ganz sauberes Verbrechen!«

»Normalerweise sind für sowas Stylisten oder Personal Trainer zuständig«, meinte Nina. Doch selbst ihr flapsiger Kommentar klang ungewohnt ernst.

»Guter Ansatz«, meinte ich.

»War ein Witz.«

Ich nahm die Karte von Berhard zur Hand und drehte sie. »Den Trainer hätte ich dann schon mal«, verkündete ich, »wenn auch keinen Personal.«

»Ist nicht dein Ernst?!« Jetzt hatte sich ein Hauch von Entsetzen in Ninas Stimme eingeschlichen.

»Wieso nicht? Was habe ich zu verlieren?«

»Deine Würde?«, schlug Nina vor.

»Guck im Lexikon unter meinem Namen nach. ‚Würde' wirst du da nicht finden.«

»Also ‚Würde' willst du stattdessen?«, erkundigte sich Nina und deutete auf mich und meine Umwelt. Dann zog sie ein leeres Blatt Papier aus einem der halbsortierten Stapel, die sich auf meinem Tisch befanden. Beim dritten Schreibversuch fand sie sogar einen Stift, der funktionierte, und krakelte das eine Wort auf die Seite.

»Jetzt hast du es schwarz auf weiß.« Sie reichte mir den Zettel. »Mehr Verbesserungsvorschläge oder Neuerungen?«

»Eleganz«, meinte ich.

Nina nahm das Stichwort in ihre spontane Liste auf und schlug vor: »Spaß?«

»Haben wir doch schon.«

»Gut zu wissen!«, behauptete sie, schrieb aber nicht nur »Lebensplan« als Überschrift auf das Blatt, sondern auch das neue Wort und »hinreißende Optik«.

»Was ist hinreißende Optik?«, erkundigte ich mich skeptisch. Hauptsächlich, weil ich befürchtete, dass dabei keine roten Haare vorgesehen waren.

»Sag du es mir!«, forderte Nina.

Ich zuckte mit den Schultern. »Ein BMI im mittleren oder unteren Bereich, Körbchengröße 75B aufwärts, die Maße 90-60-90 oder nahe dran, Kleidergröße 38 oder kleiner«, zählte ich auf. »Lange Wallehaare.«

»Nicht in Rot!«

»Nicht in Rot«, stimmte ich widerwillig zu und stand auf, um einen Blick in den Spiegel zu werfen. Nach längerer Inspektion meinte ich: »Vernünftige Lippenkonturen.«

»Du denkst doch nicht etwa an Permanent Make-up?« Ninas Entsetzen war echt. So echt, dass es mir leid tat, nicken zu müssen. Denn doch, denken tat ich sehr wohl daran. Auch wenn ich es mir nicht leisten konnte. Zumindest nicht, wenn es jemand machen sollte, der es auch vernünftig konnte und bei dem ich hinterher nicht wie ein Clown aussah.

»Aber fürs Erste tut es auch vernünftiges, gekonntes Make-up«, gab ich friedfertig zu.

»Perfekt!«, meinte Nina und schlug vor: »Stil?«

Ich nickte wieder und meine Freundin setzte diesen Wunsch auf meine

Liste, die in kürzester Zeit weiter anwuchs und mein altes Leben fraß. »Nach Geld und Erfolg aussehen und sich auch so benehmen«, schlug ich vor und wurde mit einer weiteren Ausbreitung meines Lebenswunsches belohnt.

»Also wir haben: Würde, Eleganz, Stil, Niveau, vernünftiges und gekonntes Make-up, schöne lange Walle-Walle-Haare in Nicht-Rot, nach Geld und Erfolg aussehen und sich auch so benehmen – dann kommen Geld und Erfolg von allein«, las Nina vor. In ihrer Stimme schwang eine so tiefe Befriedigung mit, dass es mir trotz ihrer Bambi-Augen Angst machte. Vielleicht war Walt Disney doch ein wenig zu perfektionistisch gewesen?

»Der letzte Teil gefällt mir«, behauptete ich trotzdem.

»Was ist mit einem Traummann?«

»Nee«, ich schüttelte den Kopf, »den hebe ich mir für später auf. Erst einmal will ich einen erfolgreichen und vor allem reichen Mann heiraten.«

»Ach so, warum sagst du das nicht sofort? Dann musst du dich ja wenigstens nicht mit kleinlichen Äußerlichkeiten oder so etwas wie dem Charakter bei ihm abgeben.« Nina runzelte die Stirn, aber ich ignorierte den Seitenhieb.

»Genau!«, stimmte ich stattdessen zu. »Macht meine Mama ja auch nicht.«

Nina verdrehte die Augen. »So schlimm war Berhard doch gar nicht.«

»Nein, aber Oliver, Mathias, Marvin, Calvin und Kevin«, zählte ich auf. Bei dem letzten Namen lief mir ein kalter Schauer über den Rücken. Vom Knast direkt in einen Kupplungsversuch meiner Mutter zu geraten, war wie das sprichwörtliche »Vom Regen in die Traufe«. Aber ein Bankräuber musste ja Geld haben, oder? Und bei Mathias hegte ich immer noch insgeheim den Verdacht, dass er in Wirklichkeit ein Bär gewesen war. Rasiert und in einen Anzug gesteckt, war er sicherlich irgendwo eine äußerst lukrative und erfolgreiche Varieteenummer. Zu seinen positiven Eigenschaften sei aber anzumerken, dass er stumm gewesen war und nur brummen konnte. Kein Spaß.

Außerdem hatte er mich für unwiderstehlich gehalten und war sehr hartnäckig gewesen. Mit Blumen und Gedichteschreiben und so. Leider hatte das Ganze nicht über den Rest hinwegtäuschen können. Gut für mein Ego war es eine Zeitlang trotzdem gewesen. Wieder ein negativer Charakterzug meiner Wenigkeit. Ich seufzte, gab mir dann aber einen Ruck. Schließlich konnte man diesen Wunsch ja auch positiv formulieren. »Ich will unwiderstehlich sein. Ein Vamp, nach dem sich die Männer umdrehen und für den sie alles tun wollen.«

»Okay …« Nina schob den Zettel weg, ohne etwas aufzuschreiben. »Jetzt wird es unrealistisch!«

»Jetzt erst?« Einen Moment später holten meine Gedanken auf und mein immer noch leicht alkoholisiertes Gehirn traf die volle Bedeutung ihres Einwandes. »Hey!«, protestierte ich.

»Wir kümmern uns erst mal darum.« Nina zeigte auf die Liste. »Um den Vamp kümmern wir uns später, ja?«

»In meinem Drittleben?«, erkundigte ich mich zweifelnd und mein Gehirn verkündete euphorisch, dass es schon mit einem Doppelleben überfordert wäre. Zumindest im jetzigen Zustand.

Zum Glück schien es meiner kongenialen Freundin ebenso zu gehen, denn sie fasste nicht nur für mich herzblattmäßig zusammen: »Also liebe Anna … Auf Stuhl eins sitzt dein Erstleben als luxuriös ausgestattete Rothaarige mit einem gewissen tollpatschigen Charme und ohne großartiges Lebensziel. Auf Platz zwei sitzt eine charmante Brünette, die stilvoll auf der Sonnenseite des Lebens steht und eine erfolgreiche Geschäftsfrau ist, mit dem Hang zu den richtigen Männern. Auf Platz drei haben wir den mondänen Vamp, männermordend, unwiderstehlich und erfolgreich.«

Ich kicherte. Nina auch. War vielleicht doch ein wenig unrealistisch, mein Plan, aber nur ein klitzekleines bisschen.

»Stuhl zwei, bitte«, meinte ich deswegen ein wenig trotzig. Träumen durfte man ja immerhin.

»Prima, dann geht Stuhl vier, nämlich moi, einmal aufs Töpfchen und du überlegst dir, wie du dich in diese«, Nina tippte auf das Blatt Papier, als habe es sich in ein feindliches Alien oder in meine Schulter verwandelt, »Brünette verwandelst!«

Sie war aufgestanden, bevor mein transusiges Gehirn ihre Bewegung wirklich registrieren und mit ihren Worten in einen Zusammenhang bringen konnte, so dass die Tür zum Bad bereits hinter ihr zufiel, bevor ich eine Warnung aussprechen konnte.

Sekunden später wurde die Tür wieder aufgerissen. »Dein Bad ist eine mittelschwere Katastrophe«, verkündete Nina.

»Nur mittelschwer?« Ich war versucht, mich aus Scham hinter einem Kissen zu verstecken, aber aus der Größe war ich längst herausgewachsen.

Nina zuckte mit den Schultern und warf einen Blick nach hinten, wo den Indizien nach zu urteilen eine Mischung aus Tornado und Tsunami gewütet hatte.

»Wenn ich ein Date habe, sieht es auch regelmäßig so aus«, tröstete sie mich über meinen kläglichen Versteck-Versuch hinweg.

»Ja, nur dass ich kein Date hatte«, gab ich kläglich zu und warf das Kissen gezielt Richtung gegenüberliegender Sofaecke. Ich war einfach eine wandelnde Katastrophe. Immer und überall.

»Hattest du wohl«, verteidigte mich meine Freundin und beäugte das Chaos, welches das Kissen an seinem Zielort angerichtet hatte. Langsam tropfte das Wasser aus dem nun kaputten und nicht mehr halbvollen Glas auf den Boden und durchtränkte auf seinem Weg Papiere, Magazine und Teppich gleichermaßen.

»Hab' ich aber nicht gewusst«, meinte ich, das neue Desaster ignorierend.

»Auf welcher Seite bist du eigentlich?«, tadelte Nina. »Anscheinend nicht auf deiner eigenen, oder?«

Sie sah mich einen Moment lang schweigend an, dann deutete sie auf das Wasser. »Du weißt schon, dass ein Problem nicht von allein verschwindet, nur weil man es ignoriert?«

»Hat bislang ganz gut funktioniert«, protestierte ich. Wasser trocknete früher oder später.

»Ja, als chaotische Rothaarige. Nina zog eine Tube hinter ihrem Rücken hervor und schwenkte sie triumphierend.

»Was ist das?«, erkundigte ich mich misstrauisch. Normalerweise war Nina so zielgerichtet, dass sie sich niemals von der Katastrophe auf meinem Tisch hätte ablenken lassen. Ergo hielt sie etwas in der Hand, das mir nicht gefallen würde.

»Du hast es doch gekauft.«

»Habe ich?« Ich sah genauer hin, als sie einige Schritte näherkam und mir die Tube hinhielt.

Großer Gott! In einem akuten Anfall von Selbstmitleid hatte ich mir kürzlich eine Tönung zugelegt!

»Du hast fünf verschiedene Farben?!« Nina nahm die andere Hand hinter ihrem Rücken hervor und las vor: »Cassis, Noisette, Caramel, Espresso, Pflaume.«

Sie stellte die Packungen vor mich auf den Tisch, knapp neben der Pfütze, die inzwischen auch die Topfpflanze in der Tischmitte erreicht hatte. Wahrscheinlich angezogen von dem Durst des halbvertrockneten Alpenveilchens.

»Wolltest du tönen oder hattest du Hunger?«, erkundigte sich Nina.

»Ich will meine Haare nicht tönen«, meinte ich, weil ich ahnte, worauf dieses Gespräch hinauslief.

»Du willst dein Leben ändern und fängst schon bei einer Tönung an zu weinen?«, tadelte meine Freundin. »Die Farben waschen sich aus.«

»Nein. Nicht die Haare.«

»Okay, auf Stuhl zwei hat Platz genommen: eine feige Maus mit großer Klappe und großartigen Plänen, die sie nie umsetzt. Außer einem halbherzig durchgeführten Studium und einem Haufen Taschentücher wegen ihres ständigen Lamentierens kann sie rote Haare bieten.«

»Perücke?«, schlug ich vor.

»Geld«, konterte Nina mit einem Einwortargument. Es war so unschlagbar, dass es sogar eine sture Rothaarige zum Nachdenken brachte und sie ihre Optionen abwägen ließ.

»Ich mache keinen Rückzieher.«

»Noch nicht!« Nina lächelte so wissend, dass sich mein Trotz rührte. Grummelnd stand ich auf und nahm mein Porzellansparschwein aus dem Bücherregal. Ohne nachzudenken warf ich es an die freie Wand, wobei ich nur knapp die Eingangstür verfehlte. Sekunden später saß ich wieder auf dem Sofa, während immer noch Geldstücke von der Wand und der Kommode, die unten an der freien Wand stand, regneten.

»Das sollte für falsche Haare reichen«, meinte ich mit dem guten Gefühl einer sehr tiefen Befriedigung.

Nina musterte mich, als sei ich eine sehr beeindruckende Fremde mit mindestens einer mittelschweren Macke. Dann setzte sie sich neben mich, nahm den eben ausgeheckten Plan zur Hand und las ihn noch einmal durch. »Also?« Sie sah mich ernst an. »Wie stellen wir das an?«

»Langsam, Schritt für Schritt.«

»Also in der Reihenfolge: ausziehen, Job finden, schön werden, dich selbst neu erfinden, Karriere türken, erfolgreichen und vor allem reichen Mann heiraten?«

»Genau!«, stimmte ich zu. »Notfalls auch alles parallel.«

»Nee ... das mit dem langsam hast du irgendwie nicht so gut verinnerlicht ...«, lachte Nina, schrak aber zusammen mit mir auf, als plötzlich die Tür zu meiner kleinen, zu meinem Unglück nicht abschließbaren Wohnung aufgerissen wurde und meine Mutter im Raum stand. Mitten in meiner Privatsphäre. Mit einem Mal schien die Welt wieder realer zu werden, bot weniger Möglichkeiten, dafür mehr Musik von der Verlobungsfeier, die immer noch in unserem Wohnzimmer stattfand.

»Was ist denn hier los?« Meine Mutter blickte vom Wasserchaos zum Münzchaos und dann vorwurfsvoll zu uns.

»Ich ziehe aus!«, verkündete ich mit so viel Stolz, wie ich konnte. Das hier würde der letzte ihrer vielen vorwurfsvollen Blicke in mein Reich sein, das ja eben nicht wirklich mein eigenes Reich war. Es war nämlich ihr Reich – und ich wurde hier nur geduldet.

»Ja, das macht man so, wenn man ins Bett geht«, stimmte meine Mutter mit einem Hauch Süffisanz in der Stimme zu. Dabei sah sie mich ein letztes Mal tadelnd an, umrundete dann Nina, die immer noch erschrocken vor dem Sofa stand, und schob meine Freundin sanft, aber bestimmt Richtung Tür.

»Nein, Mama«, rief ich. Weniger um die Musik zu übertönen, als vielmehr, um die Aufmerksamkeit meiner Mutter zu bekommen und die Wichtigkeit meiner Worte zu unterstreichen. »Ich meine: Ich ziehe aus. Hier.«

Ich deutete auf meine Wohnung, erntete aber immer noch kein ernsthaftes Interesse. Nur Nina warf einen entschuldigenden Blick über die Schulter zurück zu mir.

»Jaja, Schatz«, meinte meine Mutter und zog die Tür hinter sich zu. Mit einem Schlag war die Musik wieder verstummt und ich allein. Meine kurze, von alkoholisierter Panik bestimmte Verwirrung verband sich mit dem neuerlichen Schlag gegen mein Ego, dauerte aber nur eine Sekunde an. Dann wurde die Tür erneut aufgerissen.

»Ab mit dir ins Bett!«, befahl meine Mutter. »Und träum schön – oder weiter!«

Wieder fiel die Tür hinter ihr ins Schloss. Aber dieses Mal blieb die Realität auf meiner Seite und auch mein Ego weigerte sich, sich weiterhin wie ein kleines Kind behandeln zu lassen.

Träumen?

Nein. Umsetzen! Ich nahm die beiden Zettel zur Hand.

Lebensplan

- Job, Geld
- Gewicht, Aussehen, Kleidung
- Haltung, Ausstrahlung, Würde, Eleganz, Stil
- Familie, selbständig, unabhängig
- Wohnung, Wohnstil
- Spaß
- hinreißende Optik (BMI im unteren oder mittleren Bereich, Körbchengröße 75B (oder mehr), 90-60-90, Kleidung Gr. 38, lange Walle-Walle-Haare (nicht rot!),
- vernünftige Lippenkonturen, Make-up

- nach Geld und Erfolg aussehen und sich so benehmen

- unwiderstehlich sein. ein Vamp, nach dem sich alle Kerle umdrehen

To-Do-Liste
- ausziehen
- Job finden
- schön werden/noch schöner
- sich selbst neu erfinden
- Karriere türken
- erfolgreichen, reichen Mann heiraten

Umsetzungsschwierigkeiten

Erst als ich von der Seite angestupst wurde, bemerkte ich, dass das Auto angehalten hatte und die Stadt nicht mehr an mir vorüberzog.

»Bist du eingeschlafen, oder was?«, schnauzte Nina.

»Wohl eher: oder was«, meinte ich. Dann holte ich zum ersten Mal, seitdem die Tür hinter mir zugefallen war, wieder Luft. Fühlte sich zumindest so an. Die Erleichterung strömte förmlich durch meine Adern.

»Sind wir da?«

»Nein, ich halte einfach irgendwo in der Stadt an«, motzte Nina. Sie ignorierte meinen scharfen Blick und fabulierte weiter: »Dann wollte ich dich aus dem Auto locken und irgendwo anketten oder mit einem Kaffee aussetzen.« Sie deutete auf ein nettes kleines Cafe. »Mit einem Schild um den Hals: neuer Besitzer gesucht. Und dann wollte ich dich zurücklassen.«

»Du bist gemein.«

»Nein, ich bin aufheiternd«, lachte sie.

Ich musterte sie finster, doch sie lachte immer noch.

»Du machst ein Gesicht wie sieben Tage Regenwetter«, befand sie schließlich.

»Ich fühl mich nicht so gut«, gab ich zu.

»Du machst doch jetzt keinen Rückzieher, oder?«

Doch, doch, eigentlich hatte ich genau das vorgehabt. »Nein!«, behauptete ich trotzdem. »Natürlich nicht.«

Nina beäugte mich misstrauisch, bis ich einmal tief seufzte und mich gespielt lässig dem Straßenschild zuwandte. Ich konnte es nicht lesen.

»Sind wir wirklich in der Schwanenstraße?«

»Jawoll!« Ninas Blick war noch misstrauischer geworden. »Soll ich wirklich nicht zu dem Date mitkommen?«

»Nein. Außerdem ist es ist kein Date, es ist eine Wohnungsbesichtigung.«

»Wie auch immer ...«

»Und du hast mir gesagt, es wäre ein lässiges Hippieviertel mit vielen Künstlern und coolen Typen.« Ich sah an mir herab, aber das änderte nichts an meinem Outfit.

»Du siehst toll aus!«, behauptete Nina.

»Ja, wenn ich in Woodstock wäre.«

Sie verdrehte die Augen. »Pass auf, Herzi, ich verrate dir jetzt ein Geheimnis: Trage dieses Outfit mit Lässigkeit. So, als hättest du vorher gewusst, wo wir landen. Dann wird niemand auch nur ansatzweise auf die Idee kommen, dass du verkleidet bist.«

Aber ich war verkleidet. Und mein Hauptproblem war, dass ich es wusste. Ich war nicht diese Woodstock-Tussi. Ich meine ... doch, doch, eigentlich war ich das. Tief in meinem Herzen war ich es. Ich liebte bunte Röcke und Sandalen. Träger-Tops, Ketten und Armbänder. Schnick-Schnack, den niemand brauchte, und ich sah darin wirklich gut aus. Zwar wie ein Überbleibsel aus einem vergangenen Jahrzehnt, aber gut. Vielleicht sogar sexy. Wie die Monroe. Schließlich waren damals auch nicht alle Frauen Twiggy gewesen. Im Gegensatz zu heute. In der heutigen Zeit galt ich als moppelig und vollkommen falsch gekleidet. Außerdem hatte ich keine roten Haare, sondern eine brünette Perücke.

»Du hast das gewusst?«, fauchte ich Nina an, die immer noch einen selbstgefälligen Gesichtsausdruck aufgelegt hatte.

»Betrachte es einfach als einen Test.« Sie zuckte unschuldig mit den Schultern.

»Oh, großartig!«, behauptete ich. Als wäre ich nicht nervös genug.

»Und lass dein Handy an!«, befahl sie.

»Was?«

»Wie bitte«, korrigierte die gut erzogene Nina automatisch. »Lass dein Handy an!«, wiederholte sie. »Wenn ich nicht mitkommen darf, will ich wenigstens zuhören, wie du dich schlägst.«

»Du willst ...?« Mir blieb der Mund offen stehen.

»Du hattest *doch* vor zu kneifen!«

»Nein!«, behauptete ich. Zumindest jetzt nicht mehr.

»Immerhin hast du keine roten Haare mehr«, meinte Nina und strich mir durch die braunen Locken. Nur ein leichtes Ziehen, das sich auf dem ganzen Kopf verteilte, ließ mich selbst merken, dass ich eine Perücke trug. »Deswegen fällst du heute wenigstens nicht auf wie ein bunter Hund«, tröstete sie mich und ich war froh, dass sie nicht wieder begann, einen Körperteil von mir zu tätscheln. Meine Schulter fühlte sich immer noch ein wenig weichgeklopft an.

»Stimmt«, gab ich großzügig und nur einen Hauch sarkastisch zu. »Ich falle auf, weil jemand dafür gesorgt hat, dass ich so bunt bin wie der sprichwörtliche Hund.«

Nina einen letzten scharfen Blick zuwerfend stieg ich aus dem Auto und sah mich um. Dabei tat ich so, als bemerke ich die teils neugierigen, teils mitleidigen Blicke der anderen Passanten nicht. Wahrscheinlich sah man mir einfach an der Nasenspitze an, wie ich mich fühlte.

Der Gedanke tröstete mich kein bisschen, sondern sorgte dafür, dass ich in mir selbst versinken wollte und nur mit Mühe und Not aufrecht und scheinbar stolz die ersten Schritte vom Fahrzeug fort machte. Dabei gelang es mir sogar, nicht über meine eigenen Füße zu stolpern, sondern halbwegs sicher auf den hohen Hacken zu wirken.

»Zur Nummer sieben geht es da lang!« Nina, die ebenfalls ausgestiegen war, zeigte in eine Richtung und mein Körper hatte sich in Bewegung gesetzt, bevor ich über meine Handlung nachdenken konnte. Zum Glück wich er auch der Laterne ohne mein direktes Zutun aus und hielt bemerkenswert sicher das Gleichgewicht in den neuen Schuhen. Es war wie ein Zauber, das Voodoo der braunen Haare.

Mein Handy klingelte und mit einer inneren Sicherheit, einem Selbstvertrauen, das mir gänzlich fremd war, meldete ich mich.

»Du bist schon da«, informierte mich Nina und riss mich aus meinem wohltuenden Schwebezustand.

»Ich kann auch lesen«, maulte ich. Schließlich war ich nicht blond, sondern braunhaarig! Gut gelaunt ging ich zu der gläsernen Haustür, hinter der mein neues Leben nur darauf wartete, erobert zu werden, und beugte mich genau in dem Moment näher zum krakelig beschrifteten Namensschild, in dem sie aufschwang – nur um Haaresbreite neben meinem Kopf. Sekunden später und es hätte mir eine Freifahrt ins Krankenhaus gebracht. Stattdessen wurde ich rüde angerempelt.

»Vorsichtig!«, schimpfte eine Stimme neben mir.

»Was heißt denn hier: Vorsicht?«, keifte ich, immer noch brünett selbstbewusst. »Sie sind doch wie ein Geisteskranker aus dem Haus und in mich reingestiefelt!« Ich warf dem Fremden einen wütenden Blick zu und wünschte mir beinahe im selben Moment, meine Worte zurücknehmen zu können. Ich hatte eine Brust angebrüllt. Eine sehr breite und sehr beeindruckende Brust. Etwas, das generell als »dumm« einzustufen war. Und wenn man auf der Suche nach einem Traumprinzen war, war so ein Verhalten sogar extrem dämlich. Mit diesem Gedanken hob ich langsam und vorsichtig meinen Blick höher – und dann noch ein Stückchen weiter.

Dort erwartete mich ein Lächeln, das Loki, dem charmanten germanischen Gott der List, zu Ehren gereicht hätte. Mit Loki hätte ich leben können, aber leider sah der Rest des Mannes eher aus wie Thor. Mit seinen langen, zerzaust-blonden Haaren, einem Dreitagebart und den markanten Zügen war er einfach zu gut, um wahr zu sein.

»Kra…«, machte ich, während Nina mir aus dem Auto heraus ein »Daumen hoch«-Zeichen gab. Aber sie hatte diese menschliche Sahneschnitte ja auch nicht Sekunden zuvor wüst beschimpft.

»Haben Sie sich gestoßen?« Der Hüne beäugte mich misstrauisch, dann die Wand hinter mir, dann wieder meinen Kopf.

Mit Mühe gelang es mir, das Objekt seiner Betrachtung zu schütteln. Auch wenn ich mich jetzt so fühlte, als hätte ich doch einen Schlag abbekommen.

Einen sehr schweren Schlag, denn meine Gedanken waren wie in Watte gehüllt, meine Sinne wie betäubt.

»Also ist alles in Ordnung?« Die Stirn des Tür-Attentäters runzelte sich und in seinen blauen Augen blitzte eine Spur von Sorge auf.

»Mmh…«, machte ich. Ein Universallaut, der alles bedeuten konnte. Von »Fall doch tot um« über »Alles ist großartig« bis hin zu »Ich liebe dich«. Zu mehr war ich nicht fähig, da mein Mund trocken war und mir meine Libido Bilder von ihm und mir vorgaukelte, nackt im Garten Eden.

»Ist wirklich alles in Ordnung?« Die Sorge war noch intensiver geworden und hatte sich nun auch in seine Züge eingeschlichen.

»Mmm…«, machte ich abermals und hoffte, dass das, was ich auf meinem Gesicht spürte, als beruhigendes Lächeln durchgehen konnte.

»Sie sind nicht zufällig die Schwester von Sabine?«, erkundigte sich der Blonde. Seine Stimmung war umgeschwungen und er beäugte mich misstrauisch.

Ertappt und schuldbewusst schüttelte ich in einer instinktiven Angstreaktion den Kopf. Sogar noch bevor mir heißkalt wurde, mein Gehirn einsetzte und mich entschuldigend nicken ließ.

»Was denn jetzt?«, erkundigte sich mein Gegenüber ungeduldig.

»Ich …« *Ich bin in dich verliebt, du bist mein Traummann, willst du mich heiraten und Kinder mit mir haben …?*

Zum Glück versagte meine Stimme und endlich galoppierte auch ein letzter Rest meines Verstandes herbei und präsentierte mir eine Ausrede.

»Nein, sorry.« Ich wandte mich um und tat so, als mache ich genau dort weiter, wo ich vor der Störung durch ihn aufgehört hatte. »Suche meinen Freund«, erklärte ich.

»Hier?« Unglaube mischte sich in Amüsement. So als kenne er jeden Bewohner dieses Hauses. Was er bei näherer Betrachtung dieses Gedankens wohl auch tat. Anscheinend war mein Hang zu Fettnäpfchen doch nicht durch meine Haarfarbe oder Klamotten bedingt.

»Nein, irgendwo in der Straße«, verteidigte ich mich. »Ich kenne seine Hausnummer nicht.«

»Sie kennen die Hausnummer Ihres Freundes nicht?« Jetzt war das Amüsement deutlich zu hören.

Ich gab auf und ließ den Kopf hängen, in der Hoffnung, noch halbwegs elegant die Kurve zu kriegen. Nach einer kurzen Pause versuchte ich den unauffälligen Themenwechsel. »Sie sind der Vermieter?«

Ich schaffte es sogar, wieder aufzusehen und unschuldig interessiert zu blicken. Dabei hielt ich Thors Blick scheinbar ungerührt stand, obwohl er mich sehr lange ansah und sein Mienenspiel eindeutig war. Er fragte sich, ob ich mir so feste den Kopf gestoßen hatte, dass ich den Stoß vielleicht ganz vergessen hatte. Hatte ich vielleicht wirklich?

Ich seufzte, weil diese Option leider nicht der Realität entsprach und nur ein schönes Gedankenspiel war. Was hätte ich im Moment nicht alles für eine mittelschwere Gehirnerschütterung gegeben. Oder für ein sehr tiefes Loch im Boden.

»Ihre Schwester hat mir schon gesagt, dass Sie gerne jede peinliche Situation mitnehmen.« Zum ersten Mal wirkte das Lächeln auf den markanten Zügen meines Gegenübers echt. Es sorgte dafür, dass mir ernsthaft schwindelig wurde. Trotzdem hatten seine Worte etwas geweckt, gegen das ich nicht mehr ankam. Meinen Trotz.

»Jeder braucht ein Hobby«, murmelte ich leise.

Leider nicht leise genug, wie mir Thors Lachen bewies. Ein sehr angenehmes Lachen, tief und basslastig. Es versetzte meine Nerven in Aufruhr und ließ etwas in meinem Unterleib kribbeln. Schmetterlinge vielleicht oder doch eher eine Horde durchgedrehter Killerameisen.

»Sie hat mir außerdem gesagt, dass Sie heute gegen drei Uhr kommen.«

War ja klar! Was hatte ich auch erwartet? Dass ich mir, wie geplant, die Erdgeschosswohnung erst einmal unauffällig von außen ansehen konnte? Wie naiv war ich? Vielleicht war doch ich diejenige, die von Walt Disney aufgezogen worden war.

Natürlich hatte meine Schwester meinen Plan gleich dem Hochzeitsfotografen weitergetratscht und der hatte ihn wiederum seinem gut aussehenden Freund mit der Wohnung weitererzählt.

Seinem Superfreund mit der Wohnung in der viel zu schicken Gegend, korrigierte ich mich und ignorierte Nina, die inzwischen zu vielversprechenden obszönen Gesten übergegangen war. Inzwischen war auch Thor übergegangen. Dazu, mich ohne weitere Umstände in den Hausflur zu schieben und weiter in seine Wohnung, wo ich mich abermals korrigieren musste. *Seinem Superfreund mit der Superwohnung in der viel zu schicken Gegend.*

Ich spürte, wie mir langsam und wie von alleine der Mund aufklappte, ohne dass ich in der Lage war, ihn wieder zu schließen. Solche Wohnungen kannte ich nur aus dem Fernsehformat »Mieten. Kaufen. Wohnen.« und von Leuten, die definitiv zu viel Geld hatten. Allein in der Höhe hatte ich hier mehr Raum als an der längsten Seite meiner Wohnung. Ich sah nach oben, doch der Stuck an der Decke war so weit entfernt, dass ich seine Struktur nicht wirklich erkennen konnte. Meine Aufmerksamkeit wieder dem Echtholzfußboden zuwendend, schätzte ich die Decke auf gute drei Meter, die Nebenkosten auf unermesslich; und wie ich die Logik, den Wunsch und mein Gefühl auch drehte und wendete, ich war hier in meiner Traumwohnung – und würde sie auf gar keinen Fall mieten können. Mir wurde noch ein wenig flauer als zuvor.

Meinen Blick falsch deutend, zeigte der blonde Hüne auf ein stylishes silbernes Etwas.

»Die Lampen können meinetwegen drinbleiben!«, bot er an.

Ich nickte, obwohl ich das Objekt seiner Betrachtung ohne Leuchtmittel niemals als Lampe identifiziert hätte. »Ist das Kunst, oder kann das weg?« von Mario Barth fiel mir ein und ich musste kichern.

Mein Gesprächspartner drehte sich mit gerunzelter Stirn zu mir um, sagte aber nichts. Zum Glück fragte er auch nicht noch einmal, ob es mir gut ging. Ging es nämlich. Sehr gut sogar. Ich fühlte mich großartig und aufgekratzt und stand in der tollsten Wohnung, die ich je gesehen hatte, und würde sie mir auf gar keinen Fall jemals leisten können. Was hatte sich meine Schwester dabei nur gedacht?

Ich kicherte abermals. Der Laut klang sogar in meinen eigenen Ohren leicht hysterisch.

»Sie sind Single, keine Beziehung und keine Kinder in Sicht?«, erkundigte sich mein Vermieter in spe.

Nein, sind Sie blind?, wollte ich ihm entgegenkichern. Dann fiel mir auf, dass ich ja gar nicht mehr ich selbst war, sondern gerade in meinem brünetten, schick angezogenen und perfekt geschminkten Zweitleben steckte. Deswegen schüttelte ich den Kopf. Schlicht, aber elegant.

»Ich frage nur, weil die Wohnung ziemlich groß ist«, erklärte er.

Genau! Gut hinzugefügt, meinte die Stimme meiner Mutter in meinem Kopf und gratulierte dem Hünen allein durch ihren Tonfall. *Bevor meine Tochter noch denkt, du fragst aus anderweitigem Interesse.*

Ich schüttelte leicht den Kopf, in der Hoffnung, die Stimme zu vertreiben. Aber ein sanftes Lachen blieb mir im Hinterkopf erhalten. Anscheinend gelang es meiner Mutter jetzt sogar, gemein zu mir zu sein, obwohl sie nicht einmal anwesend war.

Der Hüne zuckte mit den Schultern, als spiele meine Antwort ohnehin keine große Rolle, und deutete in den ersten Raum. Ich trat einen Schritt nach vorne und linste um die Ecke, zu feige, einen weiteren Schritt zu machen. Der eine genügte auch vollkommen, die Wohnküche war ein Traum auf vierzig Quadratmetern mit einer Arbeitsempore, die wie ein Wintergarten gebaut war. Sehr lichtdurchflutet und mit Blick auf den Garten.

»Bad?«, fragte ich und gab mir geistig einen Tritt. Aber ganze Sätze waren mir anscheinend gerade ausgegangen. Ebenso »Bitte« und »Danke« und jedwede Form von Höflichkeit.

Nichtsdestotrotz führte mich Thor kommentarlos weiter. Entweder gab es einen riesigen Haken an dieser Wohnung oder er wollte mich einfach nur schnell hinter sich bringen.

Schlagartig war der Kloß in meinem Hals wieder da. Und er wurde größer, als der Gutaussehende im Flur eine der Türen öffnete und den Blick auf ein Badezimmer freigab, das mindestens so groß war wie mein augenblickliches Zimmer. Es gab eine Eckbadewanne mit Whirlpooldüsen, eine ebenerdige Wellnessdusche und eine komplette Spiegelwand. Grundgütiger. Nur auf der silbernen Oberfläche mir gegenüber war ein Hippiefleck in Pinkrosatürkis. Daran änderten auch die schönen braunen Haare nichts.

»Dann haben wir noch drei weitere Zimmer: Schlafzimmer, Kinderzimmer und Büro. Kann aber auch ein zweites Kinderzimmer werden«, fuhr der blonde Gott fort, ohne auf mich zu achten. Anscheinend sah er den bunten Elefanten in seinem schicken schwarzweißen Badezimmer nicht. Oder es war ihm egal. Hauptsache, der Elefant mietete die Wohnung.

»Mmm…«, meinte ich und verfluchte mich selbst im Stillen. »Mmm…«, versuchte ich noch einmal, brachte aber keinen anderen Ton aus meinem Mund heraus. Anscheinend hatten sich nun auch die Silben den Worten und ganzen Sätzen angeschlossen und streikten.

»Gefällt es Ihnen?« Thor versuchte seine Begeisterung für die Wohnung auf mich zu übertragen, was kläglich misslang.

»Mmm…«, machte ich und schickte ein Stoßgebet zum Himmel. Einen Satz bitte, oder wenigstens ein Wort.

Zwecklos. Zum Glück sprach er weiter. »Sind 100 Quadratmeter und der Spaß kostet inklusive Gartennutzung 800 Euro warm.«

Ich verschluckte mich an meiner eigenen Wortlosigkeit. Achthundert Euro warm? In einem Monat. Das war … fast geschenkt. Leider auch ungefähr genau das, was ich auf dem Sparbuch hatte.

»Wollen wir …?«, begann der Blonde, wurde aber vom Läuten der Türglocke unterbrochen. Für einen Augenblick sichtlich verwirrt und zwischen mir und der anscheinend nun anstehenden Aufgabe hin- und hergerissen, entschied er sich schließlich gegen mich und öffnete. Doch selbst von meinem Standort aus konnte ich sehen, wie sein Gesicht beim Anblick des Klingelnden entgleiste. Kein Wunder, handelte es sich doch um eine kurvige Blondine, die lässig im Türrahmen lehnte. Genau so eine, wie ich sie in meinem Drittleben werden wollte. Und zum ersten Mal verstand ich das »luxuriös ausgestattet« wirklich als Kompliment.

Ihr rotlippiges Lächeln wuchs langsam und siegessicher in die Breite, während ihr Blick nur kurz über mich huschte, gerade lang genug, damit ich mich abgewertet fühlte.

»Ich bin wegen der Wohnung hier«, meinte sie wie selbstverständlich.

Ich sah zu Thor, dessen echten Namen ich immer noch nicht kannte, doch er schien weder den Blick der Blondine bemerkt zu haben noch sich an meine Anwesenheit zu erinnern. Zu sehr hatte ihn der Neuankömmling in den Bann geschlagen.

»Entschuldigung?«, murmelte ich und griff an meinem Wohnungsführer vorbei nach meiner Jacke, die er mir beim Betreten abgenommen und an die Garderobe gehängt hatte.

»Ja?« Thor sah mich trotz der körperlichen Nähe nicht einmal an, sondern klebte weiterhin mit dem Blick wie gebannt an der anderen Frau.

»Ist mir ohnehin zu groß«, behauptete ich, plötzlich wieder zu ganzen Sätzen fähig, und nur mühsam verkniff ich mir ein: und zu voll.

Stattdessen huschte ich an dem hübschen Pärchen vorbei aus dem Raum. Zurück in mein altes Leben.

❤

Wieder zog die Stadt, durch ein Autofenster von mir getrennt, an mir vorbei, und Menschen, die die letzten Sonnenstrahlen genossen, überfüllte Cafés mit fröhlichen Gästen, spielende Kinder in Gärten und Parkanlagen sowie schlendernde Verliebte vor Geschäften bildeten ein buntes Straßenkaleidoskop an Leuten mit einem eigenen, selbstbestimmten Leben.

Ich seufzte tief.

»So schlimm war es doch gar nicht«, tröstete Nina.

»Klar, für dich nicht!«, stimmte ich ihr wehleidig zu. Für jemanden wie meine charismatische und selbstbewusste Freundin war nichts schlimm. Männer und Frauen umschwirrten sie wie Motten das Licht und wenn doch mal etwas schlimm lief – dann verbuchte Nina es einfach unter »Erfahrung«. Etwas, das ich definitiv nicht hatte. Also sowohl Charisma als auch Selbstbewusstsein und Erfahrung.

»Es war nur ein Kerl, der zufällig ganz gut aussah«, fasste sie das letzte Fettnäpfchen meines Lebens zusammen.

»Ganz gut?«, echote ich ungläubig. Der Typ war ein fleischgewordener Gott!

»Na gut, er war eine heiße Sahneschnitte«, gab Nina zu. »Jetzt besser?«

»Kein bisschen!«, gestand ich. Wenn schon die kerleverwöhnte Nina »meinen« Thor heiß fand, dann musste er deutlich mehr als nur einfach eine austauschbare Sahneschnitte gewesen sein.

»Siehste!«, meinte meine beste Freundin altklug.

»Aufmunternd wie immer«, schniefte ich zurück.

»Anders kann man gegen deine Wehleidigkeit ja nicht anstinken.«

»Ich bin nicht wehleidig«, protestierte ich.

»Was dann?«

Ich überlegte einen Augenblick lang, weil ich eigentlich selbst nicht genau wusste, warum ich widersprochen hatte. Aber mit meinem Ehrlichkeitsgen konnte ich leider niemanden anlügen. Nicht einmal mich selbst. Deswegen rang ich mir schließlich eine Antwort ab: »Wütend! Ich bin sehr, sehr wütend.«

Ich war so ein naiver, tollpatschiger Loser, dass ich schon bei Punkt eins meines überragenden Plans scheiterte und auch das Brünett hatte nicht wirklich den erhofften Erfolg gebracht. *Liegt wahrscheinlich daran, dass du immer noch weißt, dass du eben … na ja … eben du bist,* mutmaßte die Stimme meiner Mutter in meinem Kopf und fachte meine Wut noch ein wenig mehr an. *Vielleicht solltest du es mal mit Hypnose probieren?*

»Auf wen?«, erkundigte sich Nina, die den Kommentar meiner Mutter in meinem Kopf natürlich nicht gehört hatte, jetzt deutlich mitfühlender als noch vor wenigen Sekunden. Dabei schaffte sie es aber, genervt auf die Hupe zu drücken, weil der Autofahrer vor ihr nicht schnell genug Gas gab, um das dünne Nadelöhr der aneinandergereihten Baustellen vor dem Gegenverkehr zu passieren.

»Auf mich«, gab ich zu. »Hauptsächlich.« Denn schließlich wusste ich, dass ich in Ordnung war. Auch mit meinen roten Haaren und meiner weiblichen Figur. Selbst mit meinem Kleidungsstil und meinem Make-up war ich eigentlich zufrieden. Nur der Rest der Menschheit anscheinend nicht. Als einziges ernsthaftes Manko empfand ich meine Unentschlossenheit und die Tatsache, dass ich keinen Plan hatte, was ich mit dem Rest meines Lebens anfangen wollte. Klar, ich wusste, dass ich eines Tages Kinder haben wollte. Einen Haufen Kinder, die mich bedingungslos liebten und die ich bedingungslos lieben konnte. Aber ansonsten? Nada, nichts.

Wieder schlug Nina auf die Hupe ein, als sei es einzig und allein deren Schuld, dass wir nur im Schneckentempo vorankamen. Der Laut riss mich aus meinen Gedanken und brachte mich zurück zu meinem aktuellen Hauptproblem: Ich konnte mir keine Wohnung leisten, dabei war das Künstlerviertel trotz der Baustellen ein Traum.

»Du hast schon wieder geseufzt«, mahnte Nina.

»Weil ich mir keine eigene Wohnung leisten kann«, gestand ich, »schon gar nicht in *diesem* Viertel.«

»Und was ist mit einer WG?«

»Wie kommst du denn auf eine WG?«, lachte ich. »Weil ich ja so unglaublich sozial bin und so ein verträglicher Mensch, den man gerne um sich hat?«

»Erstens ist Letzteres die Ansicht, die dir deine Mutter eingeimpft hat, und zweitens, weil dort vorne ein Schild im Fenster hängt!« Meine Freundin deutete in die kleine Sackgasse, die wir dank des Rückstaus blockierten. Tatsächlich hing dort ein Plakat mit einem krakeligen Bild und einer Telefonnummer für »WG sucht …«.

»Schreib dir die Nummer auf!«, riet Nina.

»Quatsch! Ich ziehe doch nicht in eine WG!« Ich tippte mir an die Schläfe. So weit kam es noch!

Nina verdrehte die Augen, genervt von meinen unausgesprochenen Vorurteilen. »Eine WG kann Spaß machen.«

»Ja, eine mit drei gutaussehenden Kerlen – wenn man mit allen dreien was haben kann.«

»Autsch!«, kommentierte Nina und strich sich ihren Bleistiftrock grade. »Der war unter der Gürtellinie.«

»Ich bin einfach kein WG-Typ!«

»Soll ich die für dich auschecken?«, erkundigte sich Nina, ohne auf meine Erklärung einzugehen.

»So wie Thor?«

»Wer ist Thor?!« Nina runzelte die Stirn. Etwas, das bei normalen Menschen dämlich aussah, sie aber entzückend wirken und jeden Verdacht auf Botoxgebrauch verfliegen ließ.

»Die gutaussehende, heiße Sahneschnitte von eben.«

»Oh!«, machte Nina und sah mich an, als wäre ich selbst ebenfalls zu heiß – und zwar zu heiß gebadet worden.

»Ich glaube, ich gehe den Rest zu Fuß«, meinte ich, hauptsächlich weil die Gegend entzückend war, wir schon wieder standen und sogar inzwischen schon von Passanten überholt wurden.

»Du glaubst?« Nina schenkte mir abermals einen entzückenden Stirnrunzler und legte den verbalen Finger genau auf mein Problem: Unentschlossenheit.

»Danke fürs Fahren und den geistigen Beistand, aber ich gehe den Rest zu Fuß, um mir über eine mögliche Lösung meines Wohnproblems klar zu werden!«, präzisierte ich. Komisch, dass ich bei meiner Freundin präzise und zielstrebig werden konnte und beim Rest der Welt nicht.

»WG!«, riet Nina abermals und fügte, während ich ausstieg, hinzu: »Vielleicht ist ja der ein oder andere tolle Typ dabei?«

Ich verdrehte die Augen, obwohl sie diese Geste nicht sehen konnte. War ja klar, dass Nina einen Angriff auf ihre Moral abschmetterte und für sich nutzte.

»Werde drüber nachdenken!«, versprach ich, obwohl ich das nun wirklich ganz und gar nicht vorhatte. Bei meinem Glück würde ich nur meine Mum gegen drei Mum-ähnliche Furien tauschen. Egal wie sie aussahen und welches Geschlecht sie aufwiesen.

Trotzdem blieb ich stehen und starrte das Schild mit der Info, dem Gekrakel und dem Haufen Namen noch lange feindselig an, nachdem Nina weitergefahren war. Doch einen winzigen Moment lang war ich entgegen all meiner Vorurteile versucht, die Nummer anzurufen. Einfach so. Was sollte schon passieren?

Bei diesem Gedanken drehte ich mich entschlossen um und schlenderte durch das exquisite Viertel mit den kleinen Boutiquen, den anheimelnden Cafés, den schnuckeligen Bars und den unglaublich stilvollen Ateliers. Alles hier schrie nach Freiheit oder Kunst und hielt mir den Spiegel vor. Seltsamerweise fühlte ich mich hier wohl und kein bisschen fehl am Platze.

Nicht einmal in meinem Hippie-Outfit. Nur meine braunen Haare, die störten mich ein wenig. Genug, um die Perücke abzunehmen.

❤

Wie von selbst fanden meine Füße den Weg zum Eingang meines Lieblingsortes und trugen mich hinter die hohe Mauer bis zu der Wiese.

»Hi, Dad!« Ich kniete mich nieder und entfernte einige Blätter von dem akkurat gestutzten Gras. »Es tut mir leid, dass ich so lange nicht da war.«

Ich blickte mich um und die Trübsinnigkeit in mir schien noch anzusteigen, obwohl ich Sekunden vorher hätte schwören können, dass das ein Ding der Unmöglichkeit war.

»Weißt du«, begann ich, »ich will ehrlich zu dir sein: Ich habe mir beim letzten Mal geschworen, dass ich nicht mehr komme und dich volltexte, dass ich es ohne dich schaffe, so wie ich es immer ohne dich geschafft habe.« Ich versuchte, meine Wut herunterzuschlucken und mich an der Ausgeglichenheit festzuhalten, die mich auf meinem Weg durch das Künstlerviertel ergriffen hatte. Es klappte nicht. »Aber es war gelogen.« Wie von selbst ballten sich meine Hände zu Fäusten. »Du verdammter Mistkerl!« Ich schlug auf die Wiese. »Du hast mich einfach alleingelassen. Ich habe dir nie irgendetwas getan und du hast mich einfach alleingelassen.« Wieder schlug ich auf die Erde. Dieses Mal tat es weh und ich rieb mir die Fingerknöchel.

»Ich hätte deinen Rat gebrauchen können, deine Hilfe und … jemanden, der Mum stoppt … und der auch mal mich für perfekt hält, für liebenswert und nett.«

»Nana!«, tadelte mich eine Stimme hinter mir. Ich schreckte auf und war aufgesprungen, bevor mir klar wurde, was ich tat. Zum Glück war der Mann hinter mir schneller als ich und meinem Boxschlag ausgewichen, bevor ich ihn ernsthaft treffen konnte.

»Das hier ist ein Friedhof. Sollte man den Toten nicht vergeben?«, erkundigte er sich mit erhobenen, geöffneten Händen, trat aber vorsichtshalber noch einen Schritt von mir fort.

Ich knurrte. Vergeben nein, vergessen leider auch nicht.

»Immerhin kann sich der arme Kerl nicht mehr wehren!«, meinte mein Gegenüber beschwichtigend.

»Schade eigentlich!«, gab ich zurück und beäugte den Mann, der wie ein Geist hinter mir aufgetaucht war. Er war etwa doppelt so alt wie ich, mit langen, zerzausten Haaren und einem ebenso langen, zerzausten Bart. Beides verlieh ihm eine gewisse Ähnlichkeit mit Rübezahl aus dem Märchen – oder mit einem zerstreuten Künstler.

»Hat er es verdient?«, erkundigte sich der Künstler und trat neben mich, als könne er so den Grund für meine Wut besser erkennen.

»Oh ja!« Ich nickte vehement und ließ wie mein Gegenüber den Blick über die fußballfeldgroße Fläche mit anonymen Gräbern schweifen.

»Ist schwer zu sagen, ob Sie den Richtigen treffen«, gab mein frischgebackener Gesprächspartner zu bedenken und deutete auf meine geballten Hände.

»Diese Stelle ist so gut wie jede andere!«, behauptete ich mit mehr Selbstsicherheit, als ich empfand.

»Nun, für mich auch!« Er legte seine Blumen auf das unbeschriftete Grab nieder. Schöne Blumen.

»Hat *sie*«, riet ich, »es auch verdient?«

»Er«, korrigierte mein Störenfried. »Mein Vater.«

»Meiner auch.«

Einen Moment lang erntete ich einen verwirrten Blick, dann ein Lachen. »Einen miesen Tag gehabt?«, riet er.

»Wird grad ein bisschen besser.«

»Nur ein bisschen?«, erkundigte er sich und sein Lachen war einem echten Lächeln gewichen. Es wirkte nett und offen, ohne aufdringlich zu sein. Zog er mich auf oder flirtete er mit mir?

»Ein bisschen von beidem, denke ich«, meinte der Fremde.

Ich starrte ihn entsetzt an. »Lesen Sie meine Gedanken?«

»Nein, ist nicht nötig. Sie sprechen ja alles laut aus.«

»Entschuldigung.« Ich sah mich um, weil mir zum ersten Mal wirklich aufging, wie die ganze Szene auf ihn und jeden anderen wirken musste. »Ich wollte nicht pietätlos sein.«

»Oh, ein bisschen pietätlos ist nicht schlimm«, meinte mein Gegenüber so verständnisvoll, dass ich spontan versucht war, ihn zu knuddeln. Nur mühsam widerstand ich diesem seltsamen Drang.

»Ich denke, ich lasse Sie mit Ihrem netten Vater allein«, meinte ich stattdessen.

»Waren Sie denn schon fertig mit Ihrem Wüten und Schimpfen?«, erkundigte sich der knuddelige Rübezahl-Künstler besorgt. »Nicht, dass Sie vergessen haben, Ihrem toten Vater wichtige Verfluchungen an den Kopf zu werfen.«

»Nein, ich denke nicht«, meinte ich, überlegte dann aber laut: »Warten Sie, ich habe ihm noch nicht von der verpatzten Verlobungsfeier meiner perfekten Schwester erzählt – wobei das Verpatzen irgendwie meine Schuld war. Und von meiner Mutter, die mich für eine Vollniete hält, ihren Verkupplungsversuchen mit tatsächlichen Vollnieten und meinem versuchten Auszug.«

Der Blick meines Gegenübers war so irritiert, dass ich mich genötigt fühlte, ihm meine Situation zu erklären. Als ich fertig war, drehte ich mich zu den anonymen Gräbern um. »Hast du das gehört? Und an meinen roten Haaren, der Marilyn-Monroe-Figur und dem Ehrlichkeitsgen bist du auch schuld. Auch wenn du Vollniete noch gar nicht tot bist – vermutlich.«

»Ganz schön viele Vollnieten für ein Ehrlichkeitsgen-Leben«, grinste der kauzige Rübezahl-Künstler. »So viel Wahrheit und so viele klare Momente bekommen die meisten Leute erst ab 2,0 Promille hin.«

»Sie sagen es«, stimmte ich zu und beneidete diese Leute – auch um ihren Promillegehalt.

»Jürgen.«

»Bitte?«

»Du sagst es, Jürgen«, erklärte mein Gegenüber und hielt mir seine Rechte hin.

»Anna.« Zögernd schlug ich ein. Doch wider Erwarten war die Hand warm und angenehm und der Händedruck genau richtig. Jürgen schien nett zu sein, aber wie viel Menschenkenntnis hatte ich schon? Bei meinem Glück war der Mann ein psychopathischer Serienkiller.

»Aber ein netter«, lachte Jürgen.

»Verdammt!«, fluchte ich, weil mir wieder aufging, dass ich meine Gedanken laut ausgesprochen hatte.

»Sie wollen also bei Ihrer Mutter ausziehen?«, fasste Jürgen meine Litanei zusammen und strich sich die Haare nach hinten, um aus einem seiner zahllosen bunt zusammengemixten Armbänder ein Haarband zu machen. Dabei fiel mir auf, dass er tatsächlich verschiedene Farbkleckse auf seinem Handrücken hatte.

»Wenn Sie mich jetzt zu sich in die Wohnung einladen, schreie ich«, warnte ich. Das kannte ich aus Filmen und das ging nie gut aus für die Frau. Und auch wenn ich nicht wie eine dieser hübschen Scream-Queens aussah, wollte ich es nicht darauf anlegen.

»Mein Zuhause ist eine WG«, erklärte Jürgen, als könne meine Friedhofsbekanntschaft eben doch meine Gedanken lesen, auch ohne lautes Aussprechen.

»Eine WG?«, fragte ich entgeistert.

»Ja, das ist, wenn mehrere Leute zusammenwohnen …«

»Ich weiß, was eine WG ist, ich bin naiv und chaotisch, aber nicht blöde«, unterbrach ich.

Jürgen sah mich an, dann fing er an zu lachen, bis ihm Tränen in die Augen traten und das Lachen in ein fröhlich-freundliches Kichern überging. »Weißt du, Anna, was mein erster Gedanke war, als ich dich wütend vor dem anonymen Grab dabei gesehen habe, wie du deinen Vater verflucht und die Wiese gehauen hast?«

»Die passt gut in unsere WG?«, riet ich, unsicher, ob ich auch lachen oder doch eher weinen sollte. Doch ich erntete ein Nicken. »Tatsächlich ist bei uns gerade ein Zimmer freigeworden.«

»Ist das Ihr Ernst?«, entfuhr mir. So blöde konnte doch niemand sein, oder? Dass er jemanden, der pietätlos Tote verfluchte und sein Leben ganz offensichtlich nicht einmal ansatzweise auf die Reihe bekam, ständig um sich haben wollte.

»*Dein* Ernst!«, korrigierte Jürgen.

»Das ist die blödeste Anmache, die ich je erlebt habe«, kommentierte ich trocken. Eine andere Alternative gab es nicht. Nicht einmal ich wollte mich ständig um mich haben. Was ja ein Teil meines Problems war.

»Glaubst du wirklich, Anna, ich gehe auf einen Friedhof in der Hoffnung, gutaussehende Rothaarige mit Monroe-Figur und Hexenlaune abzuschleppen?«, erkundigte sich Jürgen und schien wieder gegen einen Lachanfall anzukämpfen. Schön, dass mich wenigstens einer erheiternd fand. Vielleicht hatte ich ja eine Chance als Comedian? Ich legte den Kopf leicht schräg, um über diese Option und über Jürgens Worte nachzudenken. An seinem Argument war etwas dran. Aber was wusste ich schon?

»Ich denke, ich bin nicht WG-tauglich«, gab ich zu bedenken.

Jürgen zuckte mit den Schultern, als hätte er mit keiner anderen Ausrede gerechnet, reichte mir aber gleichzeitig eine Visitenkarte. »Falls du es dir anders überlegst, komm vorbei. Es ist eigentlich immer jemand da, aber wenn du auf Nummer sicher gehen willst, solltest du abends so um 19 Uhr aufschlagen, da essen wir alle zusammen.« Er drehte sich zum Gehen, blieb aber noch einmal stehen, als fiele ihm noch etwas ein.

»Würde mich freuen, kleine Marilyn-Hexe!«, meinte mein seltsamer Gesprächspartner, ohne sich noch einmal zu mir umzudrehen.

»Wiedersehen!«, murmelte ich, verwirrt von seinem raschen Abgang, und blickte ihm hinterher. Erst als er meinem Blick entschwunden war, sah ich auf die Karte. Eine schlichtes Papier, auf dem nur sein Name und seine Adresse standen, und gerade, als ich mir sicher war, doch die merkwürdigste Anmache meines Lebens erlebt zu haben, kam ich auf die Idee, mir die zweite Seite anzusehen. Dort befanden sich neben Jürgens Namen noch die Wörter »Elisabeth, Lena und Matthilda« und eine gekrakelte Kinderzeichnung. Dieselbe Zeichnung, vor der ich heute schon einmal gestanden hatte.

Ein Wink des Schicksals? Jetzt mal ehrlich: So verzweifelt war ich dann doch nicht!

Gründe, Gründe und noch mehr Gründe ...

Ausnahmsweise schien ich das Glück auf meiner Seite zu haben, denn das schnuckelige kleine Auto meiner Mum stand nicht in der Auffahrt. Trotzdem versuchte ich noch rasch, meine erdigen Hände an meinem Rock abzuwischen. Was zur Folge hatte, dass mein Rock plötzlich einige Brauntöne mehr aufwies und meine Hände nur noch leicht grünfleckig wirkten. Sie hatten durch meinen Fauxpas auf dem Friedhof eine gewisse Ähnlichkeit mit den Klauen von »Das Ding aus dem Sumpf«, aber vielleicht war das ja auch nur mein schlechtes Gewissen?

Beinahe hätte ich bei dem Gedanken gekichert. Was dieser Jürgen wohl in Wirklichkeit gedacht hatte, als er sich von hinten an die merkwürdige Frau herangeschlichen hatte, die auf dem Friedhof den Rasen verprügelte?

»Hallo, Herzblatt!«, rief meine Mutter, noch bevor sie die Tür ganz aufgerissen hatte, um mich zu begrüßen.

Ihr Tonfall ließ mich innerlich erstarren. So gute Laune konnte nur eines bedeuten: dass meine eigene gleich ganz unten ankommen würde.

Und richtig!

Schon kam ein mir vollkommen unbekannter Mann in mein Gesichtsfeld. Er trug dasselbe formelle Outfit wie meine Mutter, das Äquivalent zu ihrem Kostüm, doch mit dem Anzug endete auch die Ähnlichkeit zwischen den beiden. Während meine Mum stilsicher war, elegant und wirklich gut erhalten, wirkte er, als habe er schnell etwas zu essen nötig – und eine dringende Renovierung. Angefangen bei der roten Haut. Wie von selbst glitt mein Blick von seinem Gesicht zu seinen Ohren, zu seinem Hals und von dort weiter zu seinen Händen und Armen. Tatsächlich war Mums Besucher, aka mein neues, dürres Blind Date, nicht einfach rot, weil ihm die Situation peinlich war, nein, er war rot, weil er rot war.

»Anna, das ist Otto. Otto, das ist meine Tochter Anna«, stellte meine Mutter uns einander vor und hatte die Höflichkeit, einen Hauch Stolz in ihrer Stimme mitschwingen zu lassen. Ob auf Otto oder auf mich, war unmöglich festzustellen, aber wenn es die Millionenfrage bei Günther Jauch gewesen wäre, hätte ich auf Ersteres getippt.

»Otto?«, echote ich. Der arme Kerl war in etwa so alt wie ich, wie hatten ihm seine Eltern nur so etwas antun können? Kein Wunder, dass er rot war. Wahrscheinlich war ihm sein Name dauerpeinlich.

»Otto für meine Freunde, mein Taufname ist Ottokar«, informierte mich der Rote und reichte mir seine Hand.

Sie war leicht schwitzig und ich revidierte meine Meinung, vielleicht war ihm einfach nur ein wenig warm und deswegen war seine Haut besser durchblutet … und …

Ich versuchte, mich zu konzentrieren.

»Also, Otto …«, versuchte ich meine Vorurteile gegen rothäutige Menschen zur Seite zu schieben, »Sie arbeiten mit meiner Mum zusammen?«

»Ottokar!«, korrigierte er mich hoheitsvoll.

»Wow!« So ein Arsch! Er wollte doch mich kennenlernen, nicht umgekehrt. Mich dann nicht augenblicklich zu seinen Freunden zu zählen, sondern extra darauf hinzuweisen, dass ich diesen Status noch nicht erreicht hatte … das war mehr als unhöflich und schlecht erzogen. Ich seufzte. Aber was hatte ich von einem jungen Ottokar auch anderes erwartet? Wahrscheinlich kompensierte er so seine Minderwertigkeitskomplexe und … *Vorsicht, Anna!*, riet meine innere Stimme. *Wer im Glashaus sitzt und so … du weißt schon, was ich meine …*

»Anna, hilfst du mir?«, erkundigte sich meine Mum in einer vorwurfsvollen Tonlage und auch Ottokar schaute anklagend aus der Wäsche. Anscheinend hatte sie die Frage schon einmal gestellt, aber ich war zu abgelenkt gewesen, um sie zu registrieren.

»Natürlich«, ich setzte mich erst einmal in Bewegung, obwohl ich keine Ahnung hatte, um was es ging und wobei ich helfen sollte.

»Otto war so lieb, mich nach Hause zu bringen, als mein Auto gestreikt hat«, erklärte meine Mutter. Dabei klang sie lobend und nicht, als müsse sie mir erklären, warum ich plötzlich einen Ottokar als Blind Date zu Hause vorfand. Denn nichts anderes war diese Inszenierung, da war ich mir sicher.

»Gestreikt?«, erkundigte ich mich deshalb misstrauisch.

»Ja, es ist einfach nicht angesprungen«, behauptete meine Mutter ungerührt. Keine Spur von einem schlechten Gewissen war aus ihren Worten herauszuhören, dabei hätte ich meine Magisterarbeit darauf verwettet, dass »gestreikt« nicht das richtige Wort war. Eher sabotiert.

»Das war sehr nett von *Ottokar*!«, erklärte ich, so gut erzogen, wie ich konnte, und schenkte dem Kollegen meiner Mutter ein Lächeln. Eigentlich schenkte ich es mir selbst, weil mir die Betonung so gut gelungen war, dass sie nicht einmal Miss Knigge, aka meiner Mum, aufgefallen war. Sehr wohl aber Ottokar, der mich mit einem wohlwollenden Blick bedachte. Wie ein Äffchen, das einen erstaunlichen Trick gelernt hatte.

»Ich habe heute Morgen Kuchen gebacken und Otto ein Stück als Dankeschön versprochen.«

Ich runzelte die Stirn. Meine Mutter hatte morgens Kuchen gebacken? Fiel eigentlich niemandem sonst der Irrsinn dieser Behauptung auf? Wenn man um sechs Uhr morgens zur Arbeit fuhr, buk man vorher keine Kuchen. Nie, nicht und unter gar keinen Umständen – es sei denn …

Mir lief eine Gänsehaut über den Rücken, weil meine Mum überhaupt auf die Idee gekommen war, sich solche Umstände zu machen, um mich mit diesem rotglühenden Ottokar zu verkuppeln.

»Der Kuchen Ihrer Mutter ist phänomenal!«, schmeichelte der Rothäutige, von meinen Gedanken ungerührt, und trat einen Schritt näher zu mir. Dabei sog er die Luft geräuschvoll ein. Ekelig. Doch erst als meine Mutter mit einem Messer auf mich zukam, ging mir auf, dass ich direkt vor dem Kuchen stand und das genießerische Luftholen nicht mir gegolten hatte. Ich schnupperte. Ja, der Kuchen meiner Mutter war wirklich außergewöhnlich und … ich schnupperte noch einmal unauffällig.

Aber der Kuchen roch nicht gut. Ich schnupperte intensiver, während ich mich innerlich schüttelte. Eher nach vergorener Milch.

Abermals warf ich einen Blick auf Ottokar. Bei näherer Betrachtung war seine Haut nicht einfach nur rot, sondern glänzte auch ungesund.

Vielleicht litt der Ärmste ja auch unter einer Hautkrankheit? Die würde sicher auch den leicht säuerlichen Geruch erklären, der von ihm ausging und mich inzwischen vollständig eingehüllt hatte.

»Anna, auch ein Stück?«, fragte meine Mutter betont beschwingt.

»Natürlich nimmt Ihre Anna auch ein Stück!«, behauptete Ottokar und sein Blick, mit dem er meine Figur unter die sprichwörtliche Lupe nahm, sprach Bände.

»Ottokar nimmt zwei!«, konterte ich. Schließlich war er ein langer Lulatsch und so dünn, dass ich allein bei seinen Kau- und Schmatzgeräuschen an »Brot für die Welt« denken musste und das Bedürfnis verspürte, ihn zu füttern.

»Gerne!«, meinte Ottokar ungerührt, während sich sein Geruch – wie eine Antwort auf meinen Konter – intensivierte.

Leise musste ich kichern und erntete einen bösen Blick von meiner Mutter, so dass ich das Kichern rasch in ein Räuspern umwandelte.

»Otto arbeitet in der Buchhaltung!«, erklärte sie, als wäre das der Grund für seine Anwesenheit – oder einer dafür, mein Blind Date für etwas Besonders zu halten.

»Buchhaltung, soso …«, meinte ich, hauptsächlich, weil mir dazu keine kluge Bemerkung einfiel. So tief war ich also bereits gesunken! Es reichte nicht mehr für einen alten, selbständigen Kerl, nein, jetzt war es schon der Otto mit der fiesen Hautkrankheit aus der Buchhaltung.

Trotz des angespannten Gesichtsausdrucks meiner Mutter, der mich zur Vorsicht gemahnte, konnte ich den Hustenreiz nicht mehr unterdrücken. Hauptsächlich, weil der säuerliche Geruch inzwischen so penetrant war, dass er wie eine Aura um mich herumwabberte und mir den Sauerstoff zum Atmen nahm.

»Dankeschön!«, meinte Otto, als meine Mutter ihm den Teller reichte und sich anschickte, ins Esszimmer zu gehen. Im Gegensatz zu ihr machte Otto auf der Stelle kehrt und stiefelte gen Ausgang. »Ich bringe dir morgen den Teller zurück, okay?«

Selbst meiner Mutter blieb der Mund offen stehen. Sie schnappte nach Luft, fand aber ihre Lässigkeit schnell wieder.

»Sicher!«, gab sie zurück und sah zu, wie die Tür hinter ihrem Schwiegersohn in spe zufiel. Dann wandte sie sich mir zu. »Du hättest dich aber auch wirklich mehr ins Zeug legen können!«

»Mehr ins Zeug?«

»Ja, du vergraulst aber auch wirklich jeden Kandidaten!«, tadelte sie und ihr Gesichtsausdruck war ein einziger offener Vorwurf.

»Dein Ottokar hat nicht einmal von seinem Glück gewusst«, widersprach ich.

»Natürlich nicht«, gab sie zu, »bei einem Date oder einem Blind Date ist der arme Junge immer so angespannt, dass er knallrot und schwitzig wird.«

»Woher weißt du das?«, erkundigte ich mich, ungeachtet der Tatsache, dass der arme Junge vermutlich immer knallrot und schwitzig war.

»Ich versuche ihn schon seit drei Monaten zu verkuppeln und habe alle Kolleginnen durch«, erklärte meine Mutter, als sei dadurch Otto*kars* Anwesenheit in unserem Haus das Normalste von der Welt gewesen.

»Also war ich die Letzte auf deiner Liste?«, hakte ich nach. Wenn meine Mutter so lässig war, musste ich etwas übersehen oder überhört haben, oder?

»Natürlich!«, sie hakte mich bei sich unter, als hätte sie mir eben ein Kompliment gemacht. »Ich will schließlich hübsche Enkelkinder.«

»Und das ist mit einem wie Ottokar eher ...« Ich ließ den Satz absichtlich offen, weil ich immer noch keine Ahnung hatte, worauf meine familiäre Kupplerin hinauswollte.

»Fragwürdig, genau!«, gab meine Mutter seufzend zu. »Aber seine Eltern haben einen Haufen Geld und die moderne Chirurgie ist wirklich weit fortgeschritten.«

»Mum!«

Sie hatte den Anstand, einen Augenblick lang betroffen auszusehen, dann wischte sie diesen Eindruck mit einem herzlichen Lachen weg. »Aber wie heißt es so schön? Für jedes Problem gibt es eine Lösung!«

Sekunden später hatte sie mich in mein Zimmer gedrängt. Es war sauber und aufgeräumt und kein bisschen so, wie ich es hinterlassen hatte. Selbst mein Bett war frisch bezogen – und auf der Couch lag ein Outfit, das ich noch nie gesehen hatte.

»Zieh dich um!«, befahl meine Mum und deutete auf den Hauch Stoff. »Ist eines von Sabines alten Teilen. Dann hast du auch Dank Ottos frühem Rückzug noch genügend Zeit, die hübsch zu machen.«

Ohne meine Entgegnung oder einen Widerspruch abzuwarten, verschwand meine Mutter wieder. Wie ein Geist oder ein böser Alptraum. Nur das Stoffkleidchen zeugte davon, dass ihr Befehl kein Traum gewesen war.

Tief seufzend und schicksalsergeben zog ich mich aus und griff nach dem Teil. Es war schick. Sogar sehr. Leider war Sabine schon immer größer und dünner gewesen als ich, so dass mein Versuch, in das Kleid hineinzupassen, vergeblich war.

Gerade als ich beschloss, dass mein neues Hippieoutfit reichen musste – für was auch immer –, klingelte es am Eingang.

Großer Gott! Eine Welle böser Vorahnungen schlug über mir zusammen.

Hastig, bevor meine Mutter auf die Idee kam, die Tür zu meiner Wohnung aufzureißen, weil ich ihr zu langsam war, versuchte ich aus dem Kleid zu entkommen. Aber es saß bombenfest, wie eine zweite Haut.

Ich zerrte an dem Saum, den ich eben noch in genau die andere Richtung gezupft hatte, aber es war zwecklos. Ebenso zwecklos wie meine Mutter stoppen zu wollen. Ich konnte hören, wie sie entschlossenen Schrittes Richtung Tür ging, in Richtung meines Verderbens. Vehement zog ich an dem Stoff – mit dem Ergebnis, dass sich der seitliche Reißverschluss schmerzhaft in meine Haut grub.

»Aua, Scheiße!«, fluchte ich leise.

»Anna!«, rüffelte meine Mutter, die auf Schimpfworte geeicht war. Manchmal tadelte sie mich, nur weil ich etwas Böses gedacht hatte. »Beeil dich!«

»Ja, doch!«, maulte ich und versuchte ein weiteres Mal, aus dem Kleid zu kommen, doch eine Zwangsjacke hätte nicht fester sitzen können. Kein Zweifel: Ich brauchte Hilfe! Oder einen Bademantel, um mich zu verstecken.

Es klingelte abermals ungeduldig. Ich riss meine Tür auf. »Mama, kannst du mir einmal zur Hand gehen, bevor …«

Ich unterbrach, weil meine Mutter schon die Eingangstür aufgerissen hatte. Ihr Strahlen hatte Kilowattstärke erreicht. »Du bist zu früh und trotzdem habe ich dich sehnlich erwartet!«

Ein wirklich gut aussehender Mann wurde an der Hand ins Haus gezogen wie eine Beute und ein Stück weiter, bis zu mir. Ich war positiv überrascht. Selbst als er mich nur flüchtig ansah und mir eher nebenbei seine Hand reichte. »Hanspeter. Sehr erfreut, so einen hübschen Gast vorzufinden.«

»Hallo, Hans Peter.«

»Nein, zusammengeschrieben.«

»Hanspeter«, korrigierte ich mich höflich und musste mich zurückhalten, um ihn nicht anzustrahlen. Okay, auch wenn seine Eltern vielleicht nicht reich waren und er vielleicht nicht selbständig, damit konnte ich leben. Er sah wirklich gut aus und strahlte Charme wie selbstverständlich aus.

»Meine Tochter Anna!«, stellte mich meine Mutter heute zum zweiten Mal vor. Dieses Mal war ich ihr sehr dankbar, weil meine Stimme sich irgendwo in meinem Körper versteckt hatte und nicht gewillt schien, so schnell wieder aufzutauchen.

»Oh!« Hanspeter sah mich überrascht an. »Ich dachte, deine Tochter ist blond.«

»Die andere ist auch blond«, erklärte meine Mutter und übersah geflissentlich die dunklen Spuren, die Hanspeters Schuhe auf ihrem weißen Teppich und dem Holzboden im Eingangsbereich hinterlassen hatten.

»Wenn Sie jetzt sagen, dass Sie Blond lieber mögen, dann schreie ich!«, murrte ich und verfluchte meine Stimme dafür, dass sie doch wieder zurückgekommen war.

»Fast alle Männer mögen Blond lieber«, informierte mich der Schöne. »Aber ich bin Friseur und ich muss schon sagen …« Er nahm eine Strähne meines Haares in die Hand, »… die sind wirklich exquisit!«

»Ja, danke!« Irritiert über diesen plötzlichen intimen Kontakt und das Lob entriss ich meinem Gegenüber meine Haare und wandte mich meiner Mutter zu. »Ich könnte eine helfende Hand gebrauchen.«

»Kann das nicht Hanspeter machen?«, erkundigte sie sich, offensichtlich erfreut über den forschen Tatendrang des Friseurs.

»Nein, das kann nicht Hanspeter machen«, fauchte ich und meinte dann in seine Richtung: »Entschuldigung.« Dann zog ich meine Mutter in meinen Raum, schloss die Tür und deutete beim Weitergehen auf den Reißverschluss und das Quetschkleid. »Hilfe!«

Dieses Mal war es meine Mutter, die seufzte. »Sabine ist schlanker als du.«

»Ja«, gab ich zu und versuchte, nicht über den Saum zu stolpern, »und größer!«

❤

Minuten später bog ich frisch gestylt und umgezogen ins Esszimmer, und während meine Mutter meine bunte Kleidung mit einem bitteren Blick musterte, sah Hanspeter wohlwollend aus.

»Passt besser!«, urteilte er schließlich, ohne auf meine Mum zu achten.

Toll! Stilsicher war der Mann! Unwillkürlich schlich sich ein Lächeln auf meine Lippen. Ich hatte doch immer gewusst, dass nicht alle Männer auf diese dürren Modeltypen abfuhren!

»Ich lass euch Kinder dann mal alleine!«, beschloss meine Mutter angesichts dieser unerwarteten Wendung. Ohne eine Antwort abzuwarten, verschwand sie in der Küche. Erst jetzt begriff ich, dass sie mal wieder ein romantisches Essen geplant hatte, denn das Esszimmer war liebevoll dekoriert und für zwei gedeckt. Peinlicher ging es nun wirklich nicht mehr!

Trotzdem setzte ich mich an meinen Platz, hauptsächlich, weil mir nichts Besseres einfiel und ich keine Ahnung hatte, wie ich diese Situation, meine Mutter oder dieses Blind Date erklären konnte.

Hanspeter tat es mir gleich. Bei ihm war von Nervosität oder Unbehagen keine Spur. Im Gegenteil Jetzt, wo wir allein waren, musterte er mich deutlich ausgiebiger.

»Das andere Kleid war wirklich zu eng«, meinte er schließlich. »Sieht aus, als hättest du in den letzten Monaten zugelegt?!« Er machte eine Frage aus seiner Beleidigung. »Ich habe gehört, dass du für deine Magisterprüfung büffelst? Ich habe in der Zeit auch zugenommen.« Mit den Händen deutete er einen Bauchansatz bei sich an und schenkte mir ein vertrauliches Lächeln, das zeigte, wie peinlich ihm das gewesen war. »Zehn Kilo!«

Ich konnte spüren, wie sich mein Lächeln verhärtete. Ich hatte nicht zu-, sondern abgenommen. Aber ich würde den Teufel tun, ihm das zu verraten!

Wie auf ein falsch gedeutetes Kommando hin kam meine Mutter in den Raum und platzierte einen Teller vor mir. Etwas, das mein Gegenüber mit einem leicht hämischen Grinsen kommentierte. Dieses Grinsen blieb auf seinem Gesicht, auch als er seinen eigenen Teller erhielt.

»Ich habe ein wirklich nettes Essen für euch vorbereitet«, flötete meine Mutter und verschwand wie eine kleine Drei-Sterne-Fee in der Küche.

»Normalerweise geht man essen!«, klärte mich Hanspeter auf und sah mich an, als sei es meine ganz persönliche Schuld, dass er nun mit mir in der leicht schrulligen, überdimensionalen Engelvitrine meiner Mutter saß und ein Date mit 333 Engeln im Hintergrund hatte.

»Ja, aber normalerweise wird man ja auch dazu eingeladen«, gab ich zu bedenken. Ein letzter Versuch, dieses Date höflich zu halten und den guten ersten Eindruck zu retten.

»Eben!«, stimmte er zu.

»Ich meinte eigentlich: Normalerweise lädt der Mann die Frau ein«, verdeutlichte ich.

»Ihre Mutter hat mich eingeladen.« Hanspeter stocherte in seinem Essen herum, als sei ihm durch meinen Tadel der Appetit vergangen.

»Wozu genau?« Ich lehnte mich interessiert vor. Bislang hatte ich noch nie die Chance gehabt, eines der Opfer meiner Mutter wirklich auszufragen. Mit einem Seitenblick vergewisserte ich mich, dass sie auch wirklich nicht in Hörweite war.

»Zu einem Abendessen und einem unauffälligen Beschnuppern ihrer Tochter.«

»Unauffällig?!« Ich prustete los, bis ich kaum noch Luft bekam. »Und wahrscheinlich hat sie nicht erwähnt, dass ich keine Blondine bin?!«

»Nein, mit keinem Wort!« Hanspeter sah auf und die Lachfältchen um seine Augen verrieten mir, dass er sich prächtig amüsierte. Das Einverständnis zwischen uns wurde beinahe greifbar und ich fühlte eine Verbundenheit, die mir sonst gefehlt hatte. Die Chemie stimmte definitiv!

»Sie hat mir auch nicht verraten, dass Sie keine Modelfigur haben wie Ihre Arztschwester«, gab er zu.

»Ich will keine Modelfigur haben!«, schimpfte ich. Wieso ging eigentlich jeder Mann davon aus, dass Frau den ganzen Tag lang Salat essen und Sport treiben wollte, nur um ihm zu gefallen? Ich konnte ja verstehen, wenn Frauen das für einen Haufen Geld machten – wie eben Models oder Schauspielerinnen – aber Otto-Normal-Frau wollte doch lieber ein schönes, erfülltes Leben mit Genuss und Essen.

»Gott sei Dank!«, kommentierte Hanspeter.

»Gott sei Dank?«, wiederholte ich lahm, und noch während mein Gehirn seine Aussage in den richtigen Zusammenhang brachte, war ich schon versucht, auf die Knie zu gehen und meinem Gegenüber einen Heiratsantrag zu machen.

»Normalerweise gehe ich nur mit Frauen aus, die Kleidergröße 36 haben, und so langsam glaube ich, dass normale Nahrung bei Frauen auf die Stimmung schlägt.«

»Normales Essen?«, erkundigte ich mich und überlegte immer noch, ob er mir gerade ein Kompliment gemacht oder mich beleidigt hatte.

»Ja, Salat und so.« Er machte eine umfassende Handbewegung, so als ob jedem klar sein müsste, was es außer Salat noch gab.

»Döner Kebab«, schlug ich vor.

»Salat mit Putenbruststreifen«, konterte er.

»Pizza, Pasta?«, hakte ich nach.

»Gedünstetes Hühnchen mit Reis«, meinte er so unschuldig, dass ich versucht war, ihn nach einem Intelligenztest zu fragen. Schließlich zog ich halbwegs intelligente Kinder in der Familienplanung vor.

»Apropos entwässernder Reis, wo finde ich die Toilette?«, erkundigte sich Hanspeter.

Ich deutete in Richtung Gäste-WC und wartete, bis mein hübsches Blind Date um die Ecke gebogen war. Dann stand ich auf und vergewisserte mich in dem Spiegel, den eine der größeren Putten hielt, dass ich gut aussah. Mein Make-up hatte ein wenig gelitten, ließ sich aber durch ein energisches Wischen in Form bringen. Nur der Geruch … der hing immer noch an mir oder in der Luft. Oder mein Deo hatte versagt und Ottokars Geruch absorbiert. Eine gruselige Vorstellung!

Ich hob den Arm und roch sicherheitshalber an meiner Achsel.

Hanspeter stoppte in der Tür und starrte mich mit einer Mischung aus Verwirrung und Entsetzen an.

»Ich musste nur …«, meinte ich lahm und suchte nach einer Ausrede, »gucken, … ob … ob … meine Pheromone noch wirken.«

»Du meinst, ob du müffelst?«

»Nein!«, protestierte ich energisch. »Pheromone.«

»Ja, dein Parfüm.« Offensichtlich hatte sich Hanspeter wieder gefangen, denn er ging an mir vorbei und setzte sich wieder an seinen Platz. Nicht ohne mich noch einmal nachdenklich zu betrachten.

»Pheromone sind weibliche Duftstoffe«, erklärte ich mit einer Selbstsicherheit, die ich nicht empfand.

»*Deswegen* finde ich dich so scharf!« Sein Blick wurde anzüglich und streifte Stellen meines Körpers, die eigentlich ganz gut bedeckt waren.

»Du findest mich scharf?«, hakte ich ungläubig nach.

»Ja, endlich mal eine Frau, die sich nimmt, was sie will. Essen, Trinken, Pheromone für den Kerl.« Er leckte sich die Lippen und beäugte mich, als sähe er tatsächlich die eben beschriebene Frau vor sich. Ich setzte mich mit zittrigen Knien. Sollte meine Mutter aus Versehen doch mal den richtigen Kerl angeschleppt haben?

»Und ein wenig Kalorien!«, prostete mir Hanspeter zu und nahm einen Schluck Wein.

»Hummer hat auch wenig Kalorien«, kommentierte meine Mutter und stellte besagtes Vieh auf den Tisch. Ich starrte das arme Wesen an – es starrte zurück.

»Mum?« Ich rückte den Stuhl ein wenig vom Tisch ab.

»Nur mit der Sauce müsst ihr ein wenig sparsam sein, die ist auf Ölbasis«, riet uns meine Mutter, bevor sie wieder um die Ecke bog.

»Ölbasis?« Hanspeter wirkte, als zähle er in Gedanken die Kalorien zusammen, dann nickte er bedächtig.

»Und einmal die Austern!« Wieder war meine Mutter zurückgekehrt und wirkte wie ein kleiner böser Springteufel, als sie einen Überraschungsteller hinter ihrem Rücken hervorzauberte.

»Ah, Aphrodisierendes!« Hanspeter nahm den Teller entgegen und platzierte ihn neben dem Hummer. »Sie sind mir ja eine ganz Schlimme.« Dann warf er mir einen Blick zu, den er wohl für verführerisch hielt.

»Ich hätte lieber einen Salat!«, murmelte ich und versuchte, mich nicht von dem toten Tier auf dem Tisch niederstarren zu lassen.

»Einen Salat?« Hanspeter sah mich an, als hätte ich den größten Fauxpas ever begangen. Aber ich würde den Teufel tun und Austern essen. Ich hasste Austern. Sie rochen seltsam und man aß auch Dinge mit, die man lieber nicht mitessen wollte. Da konnte auch eine noch so tolle Sauce nicht drüber hinwegtäuschen. Geschweige denn ein sexy Gesprächspartner.

»Und der Hummer?«, erkundigte sich meine Mutter und offenbarte eine bewundernswerte Weitsicht.

»Ich mag Hummer nicht.« Vor allem, weil die Ärmsten bei lebendigem Leibe gekocht wurden.

»Glaub mir, er hatte es verdient!« Anklagend hielt meine Mutter ihren Arm in die Höhe. Unschwer war dort ein roter Abdruck zu erkennen, der mit einiger Fantasie von einer Hummerschere stammen konnte.

»Er hat dich gekniffen?«, erkundigte ich mich und selbst ich konnte hören, dass meine Stimme hysterisch klang.

»Dann sollten Sie sich unbedingt rächen!«, schlug Hanspeter vor und deutete auf einen freien Platz. Sein Tonfall war genauso begeistert wie bei dem Gespräch mit mir und machte mir schlagartig klar, dass seine Aufmerksamkeit nicht wirklich persönlich gemeint gewesen war. Sie galt einfach jeder halbwegs attraktiven Frau zwischen achtzehn und achtzig.

»Du kannst dir in der Zwischenzeit ja deinen Salat machen«, schlug er in meine Richtung vor.

»Mache ich schnell!« Meine Mutter war so rasch fort und auch wieder zurück, dass es keine Zweifel gab: Sie hatte einen ihrer Fertigsalate geopfert, um mich bloß in Hanspeters Nähe zu belassen. Dass wir uns in den wenigen Minuten ihrer Abwesenheit lediglich angeschwiegen hatten, konnte sie ja nicht ahnen.

»Was machst du denn beruflich?«, erkundigte ich mich, um die unangenehme Stille zu brechen.

»Ach, das finde ich langweilig«, gab Hanspeter zurück. »Erzähl mir lieber von dir.«

»Da gibt es noch nicht viel zu erzählen«, antwortete meine Mutter an meiner Stelle. »Sie studiert noch.«

Sie knackte ein Stück Hummer und das Geräusch ging mir durch und durch.

»Literatur!«, fügte sie hinzu.

»Oh, wie interessant.« Hanspeter beugte sich aufmerksam zu mir. »Erzähl mir mehr.«

»Im Moment liest sie verschiedene Versionen der *Medea*. Aus verschiedenen Jahrhunderten.« Wieder war meine Mutter schneller mit der Antwort.

»Das ist doch super«, meinte Hanspeter mit einem bewundernden

Blick auf mich. Der Blick tat ungewohnt gut und fast war ich versucht, ihn doch persönlich zu nehmen.

»Davor hat sie Märchen gedeutet – aber ihre Professorin fand, dass das eher in den Bereich der Ethnologie gehört«, erklärte meine Mum, ohne mich zu Wort kommen zu lassen.

»Ah, Ethnologie.« Hanspeter nickte andächtig.

»Ja, wegen der Moral und der Ethik«, behauptete ich und mein Date nickte eifrig. »Ethik ist heutzutage viel zu wenig gefragt und ich mag moralische Frauen.«

Meine Mutter warf mir einen kritischen Blick zu, sagte aber nichts. Zufrieden mit meinem kleinen Experiment nahm ich eine Gabel Salat.

»Was liest du denn so?«, erkundigte ich mich.

»Ich lese nicht. Wenn etwas nicht verfilmt wird, ist es auch nicht wert, gelesen zu werden!«, behauptete mein Gegenüber selbstbewusst.

»Erzähl das mal den ganzen Philosophen.«

»Wieso? Sophies Welt ist doch verfilmt worden«, wandte er ein.

Das war ein dummes Argument, stimmte aber doch soweit, dass ich nicht widersprechen wollte. Außerdem liebte ich den Film genauso wie das Buch.

»Hast du den Film gesehen?«, erkundigte ich mich.

»Natürlich nicht, da kommt ja Philosophie drin vor!«, lachte mich Hanspeter aus.

So viel zu dem nicht widersprechen, dachte ich und atmete tief durch. Nur weil jemand nicht meine Interessen teilte, hieß das ja noch nicht zwangsläufig, dass er dumm war. Er hatte einfach nur andere Schwerpunkte.

»Und sonst? Magst du Sport?«, fragte ich.

»Nein. Sehe ich nicht, mache ich nicht«, entgegnete Hanspeter wie aus der Pistole geschossen.

»Hast du Hobbies?«

»Nein.« Er sah mich an, als wären mir Dank der Frage Hörner gewachsen oder als sei selbst die Vorstellung, er könnte seine wertvolle Zeit mit belanglosen Dingen wie Hobbies vergeuden, ein Sakrileg.

»Viele Freunde?«, riet ich deswegen.

»Ist das eine Quizshow?«, erkundigte sich mein Date so gereizt, dass ich die Freunde von meiner geistigen Liste strich. Wahrscheinlich würde er die Bedeutung erst einmal im Lexikon nachschlagen müssen – genau wie Pheromone und so einige andere Dinge.

»Entschuldigung«, meinte ich, hauptsächlich, weil mich meine Mum strafend anblickte, »ich bin normalerweise nicht so neugierig.«

»Aber wenn sie jemanden interessant findet, ist meine Anna nicht zu bremsen, nicht wahr, Anna?«, behauptete meine Mutter, rettete mich auf der einen Seite, brachte mich aber gleichzeitig in eine weitere peinliche Situation.

»Ja, genau!«, sagte ich, dachte aber *Geh und schaufel dir dein Loch, Anna!*, weil mich Hanspeter so triumphierend ansah, dass es mir beinahe körperliche Schmerzen bereitete. Wahrscheinlich hielt er sich jetzt für den Traum meines Lebens.

»Wovon träumst du im Leben?«, erkundigte ich mich deswegen. Hauptsächlich, um ihn abzulenken und eventuell doch noch ein Gespräch aufzubauen.

»Ich bin wunschlos glücklich!«, behauptete Hanspeter und beäugte mich so intensiv, dass ich abermals einen Blick in den kleinen Spiegel der Putten warf, um mich zu vergewissern, dass ich keine Salatsauce im Gesicht hatte.

»Niemand ist wunschlos glücklich.«

»Ich schon!«, behauptete Hanspeter und ich verabschiedete mich von der Möglichkeit, eine Konversation zu pflegen.

»Wovon träumst du, was willst du noch erreichen im Leben?«, erkundigte er sich plötzlich, als sei ihm ein Licht aufgegangen und als hätte er begriffen, worauf ich hinauswollte.

Meine Mutter räusperte sich, um für mich zu antworten, aber ich war schneller: »Ich träume von einem Beruf, der mich glücklich macht. Davon, einen Mann zu finden, der mich erträgt und mit mir alle Orte besichtigt, die ich schon immer sehen wollte, und der Kinder haben will.«

»Kinder?« Hanspeters Stimme wurde unsicher, dann strahlte er. »Ja, das Übliche, davon träume ich auch: Arbeit, Geld, Haus, ein Kind.«

Herzlichen Glückwunsch zur ersten Gemeinsamkeit!, dachte ich zynisch. Was ich gesagt hatte, und das, was er jetzt meinte, war ja auch tatsächlich fast dasselbe.

Einen Moment lang sah mich Hanspeter so pikiert an, dass ich mir sicher war, meine Gedanken mal wieder laut ausgesprochen zu haben, dann wechselte er das Thema und machte deutlich, dass er immerhin zuhörte: »Welche Orte willst du denn sehen?«

»Ankor Wat«, gab ich wie aus der Pistole geschossen zurück.

»Wo ist das?«

»Bangladesh«, meinte ich achselzuckend. Das musste man tatsächlich nicht wissen.

»Ah, bei Japan«, kommentierte er siegessicher und erinnerte mich daran, dass es aber durchaus Dinge gab, die man wissen sollte.

»Peru und das Nordlicht«, erklärte ich deswegen weiter.

»Das ist aber nicht im selben Land!«, tadelte er und ich atmete innerlich auf. Er war doch nicht dumm, nur anders.

»Nein, natürlich nicht!«

»Ich wollte grad sagen, das Nordlicht ist doch in England.« Er nahm meine Hand und strich mir mit den Fingern über den Handrücken. »Es ist schön, mal keine Blondine vor sich zu haben.«

Meine Mutter wirkte entzückt, etwas, das ich von mir nicht gerade sagen konnte. Aber ich wollte ja auch nicht nach England.

»Und ich wollte nächstes Jahr nach Nepal«, behauptete ich, um meine Theorie zu prüfen.

»Ah, Italien«, meinte Hanspeter versonnen.

Ich konnte spüren, wie sich meine Stirn runzelte.

»Katmandu?«, warf ich als Stichwort ein und entzog Hanspeter meine Hand. Wie hatte ich auch nur für eine Sekunde über seinen Bildungsmangel hinwegsehen können?

»Was ist mit Katmandu?«, erkundigte er sich verwirrt.

»Ist die Hauptstadt von Nepal.«

Hanspeter zog einen Flunsch, bis meine Mutter einlenkte und zu ihm sagte: »Ich glaube, du meinst Neapel?!«

»Ja sicher, habe ich doch gesagt!«, behauptete er.

»Mein Fehler«, lenkte ich unter dem bösen Blick meiner Mutter ein.

»Ist doch eh beides auf demselben Kontinent«, murmelte Hanspeter, nur ein wenig beschwichtigt.

»Ich habe noch einen tollen Nachtisch für euch beide!«, meinte Mama und stand resolut auf, bevor ich etwas sagen konnte, das Hanspeters IQ weiter testete.

»Ich helfe dir beim Abräumen!« Ich war aufgestanden, bevor sie mich stoppen konnte.

»Ich liebe Frauen, die wissen, was sich gehört!«, meinte Hanspeter und seine Miene wurde wieder heiter.

»Hausarbeit ist doch Frauensache, oder?«, erkundigte ich mich und gab mir keine Mühe, meine Stimme freundlich klingen zu lassen. Doch an Hanspeter prallte mein Sarkasmus ab, denn er lächelte mich an, als hätte ich etwas besonders Kluges gesagt. Hatte ich nicht, deswegen verkniff ich mir jedwede Bemerkung und folgte einfach nur meiner Mutter in die Küche und tat so, als wäre nichts gewesen.

»Du bist gemein zu ihm!«, verkündete meine Mutter, als hätte sie ein Geheimnis gelüftet.

»Er ist dumm!«, erwiderte ich – und das war kein Geheimnis, sondern offensichtlich.

»*Du* studierst seit neun Jahren.«

»Aber nicht, weil ich dumm bin«, fauchte ich. Im Gegenteil! Ich studierte, weil ich intelligent war, und ich hatte inzwischen wesentlich mehr Leistungsnachweise, als ich für meine Magisterarbeit benötigte.

»Nein, weil du unorganisiert bist und zielstrebig immer das Falsche machst«, wandte die Frau ein, die mich zur Welt gebracht hatte und die mich einfach zu gut kannte. Nur weil ich zu viele Leistungsnachweise hatte, hieß das schließlich noch lange nicht, dass ich sie absichtlich gemacht hatte …

»Mama, der Typ hat keine Allgemeinbildung – gar keine!«, protestierte ich, allerdings nicht mehr ganz so vehement wie noch vor Sekunden.

Meine Mutter seufzte. »Meinetwegen lass ihn in Milch schwimmen, aber er kann sich die Milch immerhin leisten – und würde dabei sogar noch gut aussehen!«

Stimmt, und die Kinder wären sicher auch schick! Ich verdrehte die Augen. Mal ehrlich, der fand mich scharf, weil er mich dabei erwischt hatte, wie ich mir selbst an den Achseln schnüffelte, und machomäßig glaubte, Frauen seien für den Haushalt verantwortlich, während Neapel und Nepal sich friedlich einen Kontinent zusammen mit dem Nordlicht teilten und Salat aßen.

»Er muss nicht intelligent sein!«, gab meine Mutter zu bedenken. »Du kannst das ja für euch beide übernehmen.«

Ich dachte an ihr Opfer im Nebenraum und zog diese Möglichkeit einen Moment lang in Betracht. Tatsächlich sah Hanspeter so gut aus, dass ich beinahe über den IQ hinwegsehen konnte.

»Außerdem: Dumm fickt gut!«, meinte meine Mutter und vertrieb diesen Gedanken.

»Mum!« Mir blieb der Mund offen stehen. Ich hatte nicht einmal geahnt, dass sie solche Worte in ihrem aktiven Wortschatz hatte. Worte, die sich in mir festgesetzt hatten und die ich nie, nie wieder loswerden würde. Wahrscheinlich würden sie mich sogar noch beim Sex mit Mister Gutaussehend verfolgen – falls ich ihm eine Chance gab. Angesichts dieses Gedankenganges ein Ding der Unmöglichkeit.

Ich schüttelte mich innerlich und nahm den Nachtisch an mich, um ihn Sekunden später angemessen zu servieren.

Genauso lange brauchte Hanspeter, um die ersten drei Löffel in sich hineinzuschlingen. Dann sah er zu mir.

»Isst du nichts?«, erkundigte er sich besorgt und auch meine Mutter wirkte irritiert.

»Nein, ich gehe gleich zum Sport!«, wiegelte ich ab und gab mir keine Mühe, ein Lachen zu unterdrücken.

»Du machst Sport?« Hanspeter beäugte mich, als hätte ich mich direkt vor seinen Augen in einen Wal verwandelt. Oder würde es tun, wenn ich den Sport wegließ.

»Ja«, log ich, »täglich!«

»Ernsthaft?« Er sah mich immer noch misstrauisch an, doch meine Mutter sprang für mich in die Bresche. Wenigstens darauf, dass sie es gut meinte, konnte man sich verlassen. Auch wenn sie nicht wusste, dass sie damit in mein vorbereitetes Fettnäpfchen trat.

»Ja, Anna findet Sport toll«, behauptete sie selbstsicher. »Jede Art von Sport.«

»Oh!«, machte Hanspeter und starrte auf den Nachtisch.

»Und ich muss gestehen, dass ich sie mit dem Hummer und den Austern überfallen habe, nicht wahr, Schatz?« Meine Mutter tätschelte besorgt meine Hand. »Normalerweise isst sie mittags am liebsten einen knackigen Salat.«

»Stimmt!«, pflichtete ich ihr bei.

»Einen Salat?« Hanspeter maß mich von oben bis unten mit seinen

Blicken, schien aber nicht beeindruckt von meiner Disziplin zu sein, sondern sich eher zu fragen, ob, wann und wie ich auch zu den Frauen gehörte, denen Grünzeug auf die Stimmung schlug – und wie sehr ich mich verändern würde, wenn ich es wegließ. Das Ergebnis schien ihm nicht zu gefallen.

»Oh!«, machte er und sah auf die Uhr. »Schon so spät?«

Ohne Übergang und ohne seinen Nachtisch aufzuessen stand er auf. »Ich muss los!«

»Zur Arbeit?«, riet ich, und Hanspeter griff dankbar nach dem von mir gereichten Strohhalm. »Genau.«

»Das passt prima«, behauptete ich, »ich wollte gleich zum Sport!« Höflich stand ich auf. »Wiederholen wir das mal?«

»Gerne!«, log er und reichte meiner Mutter die Hand. »Ich finde den Weg.«

Tatsächlich war er schneller fort und die Eingangstür hinter ihm zugefallen, als sie überhaupt aufstehen und ihn hinausgeleiten und ausfragen konnte.

Mit gerunzelter Stirn sah sie mich an.

»Wieso ist er gegangen?«, erkundigte sie sich, als könne ich für so ein seltsames und unhöfliches Verhalten eine Erklärung haben.

»Keine Ahnung!« Ich schaufelte den Nachtisch in meine Dessertschale und von dort in meinen Mund. Er war wirklich himmlisch lecker – und man konnte jede Kalorie einzeln schmecken.

»Was hast du getan, Anna?« Immer noch sah sie mich misstrauisch an, konnte mir aber beim besten Willen nichts vorwerfen. Stattdessen wandte sie sich nun ihren 333 Putten zu, als könne sie zwischen ihnen einen Grund für Hanspeters Verhalten finden.

»Nichts, du warst doch dabei«, meinte ich trotzdem.

»Aber du hast so auffallend gut mitgespielt.« Wieder beäugte sie mich, kam aber offenbar nicht hinter das Geheimnis.

»Mama, der Typ war eine Sahneschnitte!«

»Du musst auf deine Worte achten!«, maßregelte sie mich, »Sahneschnitte. Also wirklich.«

Ich stand auf, ohne meinen Nachtisch aufzuessen. Inzwischen war mir der Appetit gründlich vergangen. Hauptsächlich, weil ich selbst mit dummen Sahneschnitten nicht leben konnte, aber auch, weil ich an »Dumm fickt gut« denken musste.

»Was machst du?« Hatte ich vorher geglaubt, meine Mum würde irritiert klingen, musste ich jetzt einsehen, dass ich mich geirrt hatte. *Jetzt* klang sie irritiert.

»Ich gehe zum Sport!«, erklärte ich so würdevoll, wie ich konnte.

»Ja, sicher!«, grinste sie – und lachte, bis ich aus dem Haus war.

Neuanfang

Ich drehte die Karte in den Händen, aber die Adresse blieb dieselbe. Was leider bedeutete, dass ich hier richtig war und all diese wunderhübschen, durchtrainierten Menschen tatsächlich trotz ihrer perfekten Körper noch Sport machen wollten.

Ich drückte mich tiefer in den Schatten und versuchte, mich an den Grund zu erinnern, aus dem ich ausgerechnet hierher gekommen war. War es nur Bequemlichkeit gewesen, weil mir Berhard seinen Trainer empfohlen hatte, oder glaubte ich den ganzen »mit Fitness kannst du alles erreichen«-Quatsch wirklich?

Ich atmete tief durch und versuchte, all meine Entschlossenheit auf einen unteren BMI zu fokussieren. *Schließlich kann es hier gar nicht so schlimm sein, das Studio befindet sich schließlich in meinem Lieblingsstadtteil*, versuchte ich mir einzureden. Vergeblich. Wieder ging ein GQ-Paar an mir vorbei und ich fragte mich, wie man nach stundenlangem Training noch so unglaublich gut aussehen konnte. Normalerweise verwandelte ich mich bereits bei einem Gang in den dritten Stock eines Hauses in ein keuchendes, schwitzendes Wrack, das nach Luft rang und dem der Schweiß das Make-up ruinierte. Bei der Frau keine Spur davon. Ihr Make- up saß. Ebenso ihre Haare und ihr Kerl. Die beiden hätten augenblicklich in Hollywood als Ken und Barbie vorsprechen können und die Hauptrollen in dem Film bekommen.

Nachdenklich beobachtete ich, wie die zwei in die Umkleidekabine gingen. Eine ganz lässige gemischte. Wahrscheinlich, damit man sich erst mal so richtig schlecht fühlte, unzulänglich und eine volle Dröhnung schlechtes Gewissen bekam – für jedes Kilo, das einen von Gisele Bündchen trennte.

Ich schlich unauffällig weiter, in Richtung Bar, an der ich auch die Anmeldung vermutete, und platzierte mich halb hinter einer der exotischen Palmenpflanzen, von denen man nie so genau wusste, ob sie echt waren und eine armselige Existenz fristeten oder ob sie eine künstliche Raumdeko darstellten.

Auf der anderen Seite unterhielt ein Hüne, der von seinem Umfang und Akzent an Arnold Schwarzenegger erinnerte, eine ganze Traube von Frauen, die ihn umschwärmten, als würden sie von seinem Testosteron angezogen. Ich schob mich ein wenig näher an das Grünzeug, um zu hören, worüber hier so geklatscht wurde.

»Sie hat mir Geld angeboten«, verkündete Hünen-Arnold. Etwas, das für mich keinen Zusammenhang ergab, aber die erhoffte Reaktion der Umstehenden hervorrief.

»Ist nicht dein Ernst«, lachte eine der Frauen.

»Wie hässlich war sie denn?«, erkundigte sich eine andere.

»Keine Ahnung, ich habe sie ja noch nicht getroffen«, wiegelte Arnold ab, badete in Wirklichkeit aber in der Aufmerksamkeit und dem Skandal, den seine Worte hervorgerufen hatten.

»Wow, wie verzweifelt muss die arme Frau sein …«, meinte eine hübsche Brünette.

»Wer einem Mann schon Geld für ein Treffen bietet …«, stimmte eine der blonden Barbies zu und ließ nickend ihren Pferdeschwanz wippen, bis selbst ich sie beinahe um ihre Haarpracht beneidete. Aber eben nur beinahe. In Wirklichkeit fühlte ich mich durch meinen Lauschangriff gleich ein wenig besser. Immerhin musste ich noch niemandem Geld dafür bieten, dass er sich mit mir traf. Noch war ich in der Buchhalter-Ebene und bekam ein Blind Date nach dem anderen vorgesetzt.

»Kann ich Ihnen helfen?«, erkundigte sich eine freundliche Stimme hinter mir und riss mich ohne Berührung aus dem Grünzeug. Auf dem Absatz herumfahrend stand ich einer scheinbar netten und natürlich gutaussehenden Frau gegenüber, die absolutes Idealgewicht hatte – und es geschickt in Szene setzte, ohne dabei zu aufdringlich zu wirken.

»Ja, ja… ich denke schon!«, stotterte ich überfordert. Nur ein weiser

Moment hinderte mich daran, mit der Wahrheit herauszuplatzen oder ihr die Karte zu zeigen, die ich von Berhard bekommen hatte.

»Ich … interessiere mich für Ihr Fitnessangebot und wollte mich einmal über alles schlau machen, bevor ich zuschlage«, versuchte ich es so charmant wie möglich.

»Kein Problem.« Sie lächelte meine Sorgen weg. »Wir beißen nicht.«

»Es sei denn, Sie fordern uns auf«, kam es nicht ganz akzentfrei von hinten und wurde von weiblichem Kichern und verführerischen »Oh´s« begleitet.

Wieder fuhr ich herum und fand mich Auge in Auge dem Hünen gegenüber, der an Arnold Schwarzenegger erinnerte. Nur dass der Hüne nicht so groß war wie sein Hollywood-Double, sonst wäre das mit dem »Auge in Auge« von meiner Seite aus nichts geworden. Der Effekt ließ mich trotzdem einen Schritt nach hinten machen.

»Du machst ihr Angst«, behauptete die freundliche Frau und bezog an meiner Seite Position.

»Ach wo!«, lachte Hünen-Arnold, der anscheinend ganz andere Reaktionen gewohnt war.

Ach doch! Hallo? Terminator? I will be back!

»Also«, die Frau legte vertraulich ihren Arm um mich und führte mich betont auffällig von dem Sportfreak fort, »es ist natürlich nicht notwendig, so auszusehen wie Arnold – obwohl es vermutlich bei der Vermarktung der eigenen Fitnesslinie hilft.«

»Er heißt wirklich Arnold?«, war alles, was ich hervorbrachte, innerlich immer noch gelähmt von dem Effekt, den der Muskelmann auf mich gehabt hatte.

»Ja, gruselig, oder?«

»Ja!«, gab ich zu und wir teilten einen Moment des stummen Verstehens, der nicht nur etwas mit der Namensübereinstimmung zu tun hatte. Ich mochte die Frau auf Anhieb.

»Er ist der Chef, deswegen sieht er so aus«, erklärte sie verschwörerisch. »Und natürlich, um den Singlefrauen zu imponieren.«

Selbst ich konnte den verwirrten Blick spüren, der mein Antlitz zierte. Deswegen war ich nicht verwundert, dass die freundliche Frau erklärend fortfuhr: »Jeder, der behauptet, er mag Sport, lügt entweder oder hat eine Grenze zum Unnatürlichen überschritten.«

»Sie arbeiten hier, müssten Sie mir nicht erklären, wie toll es ist, Sport zu treiben?«, erkundigte ich mich skeptisch.

»Aber das wäre gelogen. Sport ist anstrengend und gut auszusehen bedeutet Arbeit«, meinte sie und zuckte mit den Schultern. Eine Geste, die ehrlich und erfrischend war.

»Ich danke Ihnen!«

»Lena!«

»Ich danke dir, Lena!«, lachte ich. Das war genau das, was ich brauchte. Jemanden, der ehrlich war. Schließlich konnte nicht jeder Gisele Bündchen sein und nicht jeder wollte es überhaupt

»Soll ich es dir trotzdem zeigen?«, erkundigte sich Lena. Unsicher, ob sie mich nicht vielleicht zu sehr verschreckt hatte.

»Klar!«, meinte ich. Ein bisschen Fitness würde ja nicht schaden.

»Was willst du denn erreichen?« Sie warf einer bildschönen Barbie, die an uns vorbeistolzierte, einen bösen Blick zu.

»Keine Ahnung, alle sagen, ich sei zu mollig, dabei ist mein BMI vollkommen in Ordnung, meine Kleider sitzen noch, und wenn es nach mir ginge, würde ich gar nichts an mir ändern.«

Lena musterte mich von oben bis unten, nickte endlich zustimmend und sprach mir aus der Seele. »Es kann nicht nur Hungerhaken geben.«

Ich musste mir ein Grinsen verkneifen, weil ich sie mit ihrer bombigen Figur spontan in genau diese Kategorie gepackt hätte.

Lena zuckte mit den Achseln, als könne sie Gedanken lesen. »Meine Älteste hält mich auf Trab und der Kleine war eine Höllenschwangerschaft, in der ich im Gegensatz zu allen anderen Müttern noch Kilos verloren habe. Und wer das Gerücht in die Welt gesetzt hat, die Schwangerschaft sei die schönste Zeit im Leben einer Frau, sie hätte tolle Haut, super Haare und eine klasse Ausstrahlung …, der gehört gevierteilt.«

Jetzt gab ich mir keine Mühe mehr, mein Grinsen zu verbergen. Anscheinend war das Leben generell zu netten Leuten ungerechter als zu den anderen.

»Also, du willst dein Geld nicht mit deinem Aussehen verdienen?«, fasste Lena zusammen, nachdem sie aufgehört hatte zu kichern. Ich musste ungläubig geschaut haben, denn sie meinte: »Ich glaube, das könntest du, aber du willst es nicht?!«

»Nein, will ich nicht«, meinte ich, ein klitzekleines bisschen geschmeichelt.

»Also willst du eher eine gewisse Grundfitness erreichen?!«, riet meine neue Seelengefährtin.

»Grundfitness klingt gut!«, gab ich zu.

»Dann geh dreimal die Woche im Park joggen oder Fahrrad fahren«, schlug sie vor. »Das spart eine Menge Geld – außerdem bekommt man keine Minderwertigkeitskomplexe, weil diese perfekt trainierten, unglücklichen Menschen den ganzen Tag lang um einen herumlaufen.«

»Unglücklich?« Ich sah mich um. Niemand wirkte hier unglücklich.

»Klar, wärst du glücklich, wenn du den ganzen Tag nur Salat essen oder isotonische Getränke trinken dürftest?«, erkundigte sich Lena.

»Ist was dran!«, gab ich zu.

»Wenn du magst, können wir uns zum Joggen treffen. Ich hasse es, allein zu joggen, es ist langweilig und man findet immer Ausreden, es nicht zu machen.« Sie lachte. Diese Frau war wirklich der Wahnsinn und … »Moment!«, meinte ich. »Du baggerst mich aber nicht gerade an, oder?«

»Nein!« Wieder lachte sie. »Meine Joggingpartnerin ist vor einer Woche umgezogen und meine anderen Freunde sind eher … faul.«

»Morgen früh?«, schlug ich erleichtert vor.

»Du machst aber Nägel mit Köpfen, wie?« Jetzt war es an Lena, skeptisch zu wirken.

»Ich habe all meine Fächer so gelegt, dass ich immer erst um 12 an der Uni sein muss«, meinte ich achselzuckend. »Außerdem schadet mir ein wenig Disziplin sicher nicht.«

»Also morgen um 8 Uhr am Eiswagen vor dem Park?«, schlug Lena vor und nannte einen meiner Lieblingsorte, den ich normalerweise mit einem Besuch auf dem Friedhof verknüpfte und nicht mit einem Joggingmorgen. Aber es konnte ja nur noch besser werden, so dass ich in die dargebotene Hand einschlug.

Mit dem Gefühl, die Situation gut gehändelt zu haben und einen kleinen Teilerfolg auf meiner Strecke zum neuen Zweit- oder Drittleben verbuchen zu können, verabschiedete ich mich von Lena und folgte demselben Weg wie vor wenigen Minuten. Doch dieses Mal war mein Schritt weitaus beschwingter und mein Gemüt fröhlicher. Zumindest bis ich bei der Umkleidekabine anlangte, aus der gerade eine weitere, wahrscheinlich geklonte Barbie kam und die Saloontür wie in einem

Western schwingen ließ. Der sich immer wieder kurz auftuende Spalt gab jedesmal einen Blick auf Berhard und meine Mutter frei. Engumschlungen und knutschend wie die Teenager. Kein Wunder, dass sie sich so plötzlich für Sport interessiert hatte!

Still betete ich, dass sie erst nach meinem geplatzten Date etwas mit diesem Bären angefangen hatte.

»Ist eine gemischte Umkleide, eine gute Erfindung, fördert die Kommunikation«, meinte eine Akzentstimme hinter mir. Zu meinem Glück wartete Hünen-Arnold nicht auf eine Entgegnung, sondern ließ seine Aussage im Raum stehen und betrat besagte Kommunikationskabine.

»Hallo, Marianne«, grüßte er und durch einen schmalen Spalt in der Doppeltür konnte ich erkennen, wie er meiner Mutter ein Küsschen links und eines rechts auf die Wange drückte.

Das Strahlen meiner Mutter ob dieser Zuwendung war förmlich wie ein Laser zu spüren. Selbst auf diese Entfernung und durch die zum Glück nicht schalldichte Tür. Ich trat neugierig einen Schritt näher.

»Bleibt es bei der Verabredung heute Abend?«, erkundigte sich Arnold. »Ich bin wirklich gespannt auf deine Tochter!«

Ohne auf die Antwort meiner Mutter zu achten, konnte ich spüren, wie mir der Kiefer nach unten klappte, während Erkenntnis in meinen Verstand sickerte. Meine Mum hatte sich mit Arnold verabredet. Nein, meine Mum hatte mich mit Arnold verabredet. Meine Mum hatte Arnold Geld dafür geboten, sich mit mir zu verabreden. Meine Mum war die verzweifelte Frau, die all ihren Bekannten Geld und Essen bot, um mich kennenzulernen. Und ich? Ich war die arme Sau, über die alle gelacht hatten.

Wie in Trance ging ich nach draußen. Und ging und ging und ging …

❤

Die Tür ging auf und ich fiel dem Mann förmlich entgegen.

Einen verwirrten Moment lang schien er nicht zu wissen, wer ich war und was er mit mir anzufangen hatte, dann schlossen sich seine Arme um mich.

»Ssshhht!«, tröstete er beruhigend, zog mich in die Wohnung und schloss die Welt hinter mir aus. »Was ist los?«

»Gilt das Angebot mit der WG noch?«, schniefte ich an seiner Schulter.

»Ja, ja, sicher«, erklärte Jürgen. Er klang immer noch ein wenig überfordert. »Wenn die anderen einverstanden sind.«

»Bin ich nicht!«, verkündete eine Kinderstimme und ließ mich aufschauen. Ein etwa zehnjähriges Mädchen, vermutlich der Ursprung der bunten Krakelzeichnung, starrte mich missmutig an und wirkte dabei kein bisschen so, wie ich mir ein nettes, aufgeschlossenes WG-Kind vorgestellt hätte.

»Dich fragt aber keiner«, meinte Jürgen und seine Tonlage informierte mich darüber, dass das Mädchen wohl so gut wie nie ein nettes, aufgeschlossenes WG-Kind war. Eher das Äquivalent zu einem Satansbraten.

»Ich sag kurz ihrer Mutter Bescheid?«, erkundigte sich Jürgen, wartete aber darauf, dass ich mich von ihm löste und zustimmend nickte. Künstler waren anscheinend deutlich empathischer als der Rest der Menschheit.

Nach zwei Schritten bestätigte er diesen Eindruck, denn er blieb stehen und blickte sich noch einmal nach mir um. »Kann ich dich mit *ihr*«, er deutete auf das Mädchen, »allein lassen?«

»Ich werde sie nicht auffressen!«, versprach ich und trotz meiner Stimmung gelang mir ein Lächeln.

»Matthilda«, meinte die Kleine und riss mich aus den Gedanken.

»Bitte?«

»Ich habe einen Namen und der ist Matthilda – mit doppeltem ‚t' – gewöhn dich dran!«

»Okay«, versprach ich und versuchte jeden negativen Gedanken bezüglich des Kindes im Keim zu ersticken. Matthilda mit doppeltem »t« war immer noch besser als meine Mutter.

»Bist du eine Hexe?«, erkundigte sich Matthilda und stellte meine Theorie auf eine harte Prüfung.

»Nein, bist du der Fehlerteufel?«, konterte ich. Hauptsächlich weil ihre Arme voller Stiftflecken, Wörter und Zeichnungen waren.

Ein Lachen huschte über das Gesicht des Mädchens und für einen Moment beglückwünschte ich mich selbst zu meiner Schlagfertigkeit. Dann drehte sich Matthilda zum zurückkehrenden Jürgen und meinte: »Ich kann sie *wirklich* nicht ausstehen.«

Kurz war ich versucht, die Wahrheit zu sagen und ein »Das beruht auf

Gegenseitigkeit« von mir zu geben. Aber das sagte man nicht. Schon gar nicht zu einem Kind. Wer wusste, was solche Worte mit einer kleinen Seele anstellten? Nachher wurde sie noch so wie ich.

»Tilda!«, tadelte eine weibliche Stimme laut. Anscheinend sollten Kinder so etwas auch nicht zu Erwachsenen sagen. Eine Einstellung, die ich generell schon einmal gut fand.

»Nenn mich nicht Tilda!«, wütete der kleine Spatz, folgte Jürgen und mir aber ins Wohnzimmer.

»Elisabeth, das ist Anna. Ich habe dir von ihr erzählt«, stellte der Künstler mich einer vielleicht fünfzigjährigen Frau vor, die wie eine Mischung aus eleganter Kosmetikerin und durchgeknallter Bohemian-Hippiebraut wirkte.

»Ah, die Frau, die sich gern mit Grashalmen prügelt?!«, erkundigte sie sich und schüttelte meine Hand.

»Ja, leider endete der Kampf mit einem Unentschieden«, gab ich zu, da ich ahnte, was Jürgen über mich erzählt hatte.

Elisabeth lachte und ließ mich die durchgeknallte Bohemian-Hippiebraut vergessen. Wahrscheinlich hatte ich sie einfach zwischen Arbeit und bequemem Hausoutfit erwischt. Außerdem war ich viel zu sehr damit beschäftigt, mich darüber zu wundern, dass ich so schlagfertig war. Daran konnte ich mich glatt gewöhnen.

»Du siehst aus wie eine Hexe!«, setzte der kleine WG-Teufel seine Charme-Offensive gegen mich fort.

Um meine neuen Fähigkeiten zu testen, beugte ich mich zu Tilda – vermutlich nicht mit zwei »t«. »Ich könnte dich verwandeln.«

Matthilda kicherte erfreut.

»Was wäre denn das Schlimmste, was einem Mädchen passieren könnte?« Ich tat, als müsse ich ernsthaft nachdenken. »Wenn sie so ein hippes Vampirmädchen von der Monsterakademie wird? Eine Barbie?« Ich betrachtete Matthilda eingehend und fand eine gewisse Ähnlichkeit mit einer meiner Lieblingsfiguren in ihrer Haltung. »Ich hab´s!«, meinte ich entzückt. »Tinkerbell!«

»Oh nein, nicht Tinkerbell!«, jammerte das Mädchen, hielt sich das Herz und brach langsam zusammen. Auf dem Boden angekommen, sah sie zu mir auf. »Du weißt aber schon, dass ich dann auch zaubern könnte?«

»Dann könntest du dich ja rächen«, stimmte ich zu.

Matthilda kicherte vergnügt. Anscheinend hatte sie ihre spontane Antipathie fürs Erste auf Eis gelegt.

»Ich habe das gehört!«, verkündete ich so hoheitsvoll wie ich nur konnte, ohne selbst zu lachen.

»Ich kann dich trotzdem nicht leiden«, verkündete das Mädchen. Dabei log es so offensichtlich, dass sogar über Elisabeths Gesicht ein Lächeln huschte.

»Mist! Und ich wollte dich adoptieren!«, meinte ich und musterte die Kleine, als wäre sie etwas, das ich unbedingt haben wollte. Und für einen Moment war sie das tatsächlich. Denn eigentlich sah sie ganz niedlich aus mit ihren raspelkurzen dunklen Haaren, den Mandelaugen und dem verletzlichen Gesichtsausdruck.

»Echt jetzt?« Sie beäugte mich skeptisch.

»Ja, ich brauche doch ein Übungskind, dann weiß ich für das nächste, was ich falsch gemacht habe.« Ich zwinkerte ihr zu.

»Hei!«, protestierte Matthilda, musste aber wieder grinsen.

Hinter mir prustete jemand los.

»Mama!« Tilda flog der Frau förmlich in die Arme, wurde aber ein Stück fortgeschoben, da die Frau ein Baby auf dem Arm hatte. »Die Frau wollte mich adoptieren.«

»Das hätte sie sich sicher in wenigen Minuten anders überlegt!«, versprach ihre Mutter und brachte Matthilda dazu, sich schmollend ein wenig zurückzuziehen. Eine Reaktion, die meinen Mutterinstinkt weckte – obwohl ich noch vor Sekunden hätte schwören können, dass ausgerechnet ich so etwas gar nicht hatte – und die mich in Versuchung brachte, für die Kleine in die Bresche zu springen.

Einzig die Tatsache, dass ich mit der Mutter zum Sport verabredet war und spätestens am nächsten Morgen die Retourkutsche bekommen hätte, hielt mich davon ab.

»Lena«, grüßte ich erleichtert und überrascht zugleich und sah von Matthilda zu dem Baby und wieder zu der Frau. »Das sind also die beiden Gründe, warum du so fit bist?«

»Ja, super, oder?«, erkundigte sie sich und wirkte beinahe so erleichtert, wie ich mich fühlte. Mit dieser WG-Mischung konnte ich gut leben.

»Du warst vorhin so schnell weg?« Lena machte eine Frage aus ihrer

Behauptung und bewies, dass sie meinen hastigen und unrühmlichen Abgang mitbekommen hatte.

Ich holte tief Luft, um nicht augenblicklich zu platzen. »Erinnerst du dich an die Geschichten von Arnold über die Frau, die den Männern Geld bietet, um sich mit ihrer Tochter zu treffen?«

»Ja?!«, meinte Lena vorsichtig.

»Die Frau ist meine Mutter!«

»Wow!« Sie setzte sich und klopfte mit der Hand neben sich auf die Couch, bis ich mich ebenfalls setzte.

»Hei, das ist meine Freundin, ich habe sie zuerst entdeckt!«, Jürgen ließ sich an meiner anderen Seite nieder. »Außerdem ist meine Schulter viel besser zum Ausheulen geeignet als deine!«

Damit hatte er zweifellos recht, denn an Lenas Schulter sabberte ja bereits ein glücklich schlafender Säugling und die andere Schulter wollte ich Matthilda lieber nicht streitig machen.

»Du brauchst was Stärkeres als einen Voodoozauber!«, meinte Elisabeth energisch und verschwand in der Küche. Ich nutzte die Zeit, um mich umzusehen.

Das Wohnzimmer war bunt und leicht chaotisch. So als hätte jeder Bewohner etwas zu der Einrichtung beigesteuert. Gelsenkirchener Barock trifft Black & White. Ein Sessel schien aus den 80er Jahren zu kommen, eine Lampe aus den 60ern und die Kissen waren so zahlreich, dass wahrscheinlich die gesamte verschwundene neunte Legion des Römischen Reiches dort Zuflucht gefunden hatte und bis heute ein Parallelleben in den weichen Untiefen führte.

»Gemütlich!«, kommentierte ich, denn das war trotz allem der erste Eindruck. Sauber, zusammengewürfelt und gemütlich.

Elisabeth kam mit einem Tablett wieder und stellte es auf den Tisch vor mich. »Das ist ein Spezialpunsch mit einem Schuss Alkohol!«

»Ich habe kein Alkoholproblem«, wehrte ich ab.

»Nein, noch nicht – warte bis morgen früh!«, meinte Lena und verdrehte die Augen.

»Vertreibt Mütterprobleme«, behauptete Elisabeth und füllte Flüssigkeit in die erste Tasse.

»Oder Vaterprobleme«, ergänzte Jürgen.

»Und Wohnungsprobleme?«, erkundigte ich mich kleinlaut.

»Wieso hast du Wohnungsprobleme?«, erkundigte sich Elisabeth. »Du wohnst doch hier?«

»Echt jetzt?« Mir schossen Tränen in die Augen und ich umarmte sie so linkisch, dass sie Probleme hatte, die Flüssigkeit in der Tasse zu halten.

»Freut sich, bevor sie ihr Zimmer gesehen hat«, meinte Jürgen. »Das ist ganz neu.«

»Es kann nicht schlimmer sein als bei meiner Mum«, behauptete ich und war versucht, noch ein Tränchen zu verdrücken.

»Kennst du Harry Potter?«, erkundigte sich Matthilda. »Der wohnt unter einer Treppe.«

»Du gleich auch, wenn du nichts ins Bett gehst!«, meinte Lena resolut.

»Aber Mama, es ist doch grade mal sieben Uhr«, protestierte die Kleine.

»Erinnerst du dich? Wenn du morgens einen Aufstand machst, bedeutet das für dich pro Aufstand eine Viertelstunde eher ins Bett.«

Matthilda warf ihrem Brüderchen einen bösen Blick zu, aber das schlief weiter ungerührt auf Mamas Arm, und auch Lena wirkte nicht, als bemerke sie Matthildas Fokussierung.

»Bringst du mich wenigstens ins Bett?«, erkundigte sich das Mädchen in einer Tonlage, die verriet, dass sie schon vorher wusste, wie ihre Bitte von der Mutter aufgenommen werden würde.

»Lauf, du bist zehn Jahre alt und groß genug!«, meinte Lena.

»Darf sie mir noch mein Zimmer zeigen?«, erkundigte ich mich, weil mich das Ganze sehr an meine eigene Kindheit und das Verhältnis meiner Mutter zu mir und Sabine erinnerte. »Dann verwandele ich Matthilda später auch in einen Frosch und bring sie in den Brunnen?«

»Okay!«, meinte Lena, obwohl es jetzt an ihr war, einen Blick zu werfen – einen böse-warnenden. Und zwar in meine Richtung.

Matthilda hingegen erwies sich mit einem Mal als wahrer Engel, nahm mich an die Hand und führte mich vom Wohnzimmer in die überraschenderweise unglaublich ordentliche, allerdings sehr bunte Küche und weiter in den Flur.

»Dort drüben ist Jürgens Atelier«, erklärte das Mädchen und zeigte auf eine Tür. Leider machte sie sich nicht die Mühe, sie zu öffnen, stattdessen wandte sie sich verschwörerisch zu mir.

»Bist du dir sicher, dass du hier wohnen möchtest?«, flüsterte sie.

»Aber sowas von!«, gab ich zu. Im Moment fiel mir nichts ein, das schlimm genug sein könnte, mich davon abzuhalten. Nicht einmal, falls Jürgen mit Blut malen sollte.

»Das Baby wird zweimal die Nacht wach«, erklärte Matthilda, immer noch sehr leise.

»Ihr schlaft in *einem* Zimmer?«, erkundigte ich mich.

»Ja, oben.« Sie nickte und ging weiter, sich an ihren Auftrag der Wohnungsführung erinnernd. »Hier ist das Gästebad mit Dusche und gegenüber ist ein Gästezimmer.«

»Wirst du dann auch zweimal wach?«, hakte ich nach, weil ich ihr den plötzlichen Anfall von Führungspersönlichkeit nicht abkaufte.

»Meistens!«, gab sie zu.

Ich folgte ihr nach oben und stellte mir dabei vor, wie meine Laune wäre, wenn ich zweimal die Nacht geweckt würde. »Da überlegt man sich ja, ob man wirklich Kinder haben will.«

»Ich dachte, du wolltest mich adoptieren?«, meinte Matthilda, einen Hauch von Empörung in der Stimme.

»Ja, aber du bist ja schon groß.«

Sie sah mich an und ihr Blick war schwer zu deuten. Allerdings nahm ich an, dass er etwas mit Lenas letzter Bemerkung zu tun hatte, deswegen fügte ich hinzu: »na ja, groß genug, um durchzuschlafen!«

Meine Bemerkung brachte mir ein Lächeln ein und so gingen wir friedfertig nebeneinander den Flur entlang.

»Jürgens Reich, Elisabeths Raum«, erklärte Matthilda und deutete auf die jeweilige Tür, »hier wohnen wir und da drüben ist dann dein Zimmer.«

Sie öffnete und ich staunte über die Größe und Sauberkeit. Der Raum war ungefähr so groß wie mein Zimmer zu Hause und ähnlich geschnitten. Meine Möbel konnte ich also getrost mitbringen.

»Und da hinten ist ein zweiter Raum als begehbarer Kleiderschrank und dein Bad«, erklärte Matthilda und deutete auf eine Tür.

»Ich habe einen begehbaren Kleiderschrank und ein eigenes Bad?« Zum zweiten Mal an diesem Tag blieb mir der Mund offen stehen.

»Ja, das Bad fand Jürgen wichtig und das, was er als begehbaren Kleiderschrank bezeichnet, ist bei uns das Mama-Schlafzimmer und bei Elisabeth der Arbeitsraum.«

»Jürgen?« Ich konnte spüren, wie sich Falten auf meiner Stirn bildeten.
»Ihm gehört das Haus.«
»Oh!«, machte ich, weil mir nichts dazu einfiel.
»Er ist reich, weißt du?« Das Mädchen strahlte mich an, als wäre Jürgens Geld auch ihres.
»Nein, wusste ich nicht«, gab ich zu. Hätte ich auch nie vermutet.
»Und nett«, listete Matthilda weiter auf.
»Ja, ist er«, stimmte ich zu.
»Und allein.«
»Versuchst du gerade, mich zu verkuppeln?«, erkundigte ich mich misstrauisch. »Das versucht meine Mutter schon ständig, also lass es bitte!«
»Okay!«, meinte Matthilda, drehte sich um und zeigte aus dem Fenster und nach draußen. »Der Garten!«
»Okay?«, staunte ich. So einfach konnte das sein? Ich wollte etwas nicht, brachte es zum Ausdruck und mein Gegenüber sagte einfach »okay« und hielt sich daran? Wow!
»Und? Gefällt es dir?«, erkundigte sich die Kleine so besorgt, als habe es nie diesen »Ich kann sie nicht leiden«-Moment zwischen uns gegeben.
»Es ist klasse!«, beruhigte ich sie. Schon allein, weil meine Mutter nicht hier war und mir permanent ein schlechtes Gewissen einredete. »Soll ich dich ins Bett bringen?«
»Versuchst du grade, nett zu mir zu sein?« Matthilda legte ihren Kopf schräg und musterte mich argwöhnisch.
»Ja«, gab ich zu.
»Lass es!«
»Okay!«, meinte ich und wir sahen einander in einem kurzen Moment des Verständnisses grinsend an. Etwas, das einem stumm geschlossenen Waffenstillstand gleichkam.

❤

Als ich wieder nach unten kam, sahen mich vier Augenpaare interessiert an – drei davon gehörten zu Erwachsenen.
»Wir haben uns unterhalten«, fühlte ich mich genötigt, meine längere Abwesenheit zu erklären.

»Oh!«, machte Lena. Ein Geräusch, das nicht gut klang und zu den nachdenklichen und skeptischen Mienen passte. Mein Herz setzte einen Schlag aus. Sie hatten es sich anders überlegt! Natürlich hatten sie das. Jürgen hatte von meinem Friedhofs-Fauxpas erzählt und Lena von unserem Gespräch im Sportstudio, dann hatten sie meine Mutter und ihre Date-Verzweiflung dazu addiert und das war´s dann mit der WG und meiner schönen Zukunft.

Ich schluckte, widerstand aber dem Drang, augenblicklich zu fliehen, und setzte mich. Aber nicht wieder zwischen Elisabeth und Jürgen, sondern auf den 80er-Jahre-Sessel, der sich viel besser für eine potentielle Absage eignete.

»Erstens, wenn du hier wohnen willst, musst du täglich Matthildas Hausaufgaben kontrollieren«, verfügte Lena und ihre Worte ließen mein Herz rasen – zumindest, bis sie in meinem Verstand ankamen und sich dort in der richtigen Reihenfolge niederließen. Ich bekam keine Absage, ich bekam eine Aufgabe!

»Hausaufgaben? Ich?« Ich starrte Lena an. »Bist du dir sicher, dass du *das* willst?«

Sie zuckte mit den Achseln. »Ich muss arbeiten und habe den kleinen Tom. Da ist jede Hilfe willkommen.«

Selbst schuld!, dachte ich und überflog im Geiste meine Allgemeinbildung bezüglich der Grundschule.

»In welche Klasse geht Matthilda?«

»In die vierte.«

»Gut!« Ich nickte. Das konnte ich tatsächlich noch schaffen.

»Und zweitens wollen wir alles über deine Mutter und deinen Vater hören«, meinte Elisabeth und reichte mir meine frisch mit Punsch gefüllte Tasse.

»Die Mama- und Papa-Geschichte ist aber lahm«, gab ich zu bedenken.

»So lahm, dass deine Mutter Leuten Geld für ein Date mit dir bietet und du ein Rasenstück auf einem Friedhof verprügelst?«, meinte Elisabeth skeptisch. Erst jetzt fiel mir auf, dass sich die ältere Frau vollständig verwandelt hatte und sich nun komplett in einem Hausoutfit befand. Etwas, das ihrer Eleganz keinen Abbruch tat.

»Vielleicht ist lahm das falsche Wort«, gab ich zu. »Deprimierend passt eher.«

Ich roch an dem warmen Gebräu in der Tasse. Es roch so super, dass ich mich traute, daran zu nippen. Es schmeckte auch kein bisschen nach dem angekündigten Alkohol. Doch schon nach dem ersten Schluck fühlte ich mich wie nach einer inneren Reinigungskur.

»Ist ein bisschen wie zaubern«, meinte Elisabeth mit einem breiten Lächeln. Anscheinend war meine Reaktion auf ihren Punsch nicht ungewöhnlich. Zumindest nicht für sie und den Rest der WG. Für mich schon, denn bereits nach der zweiten oder dritten Tasse zauberte ich meine Geschichte hervor, ohne Pause und ohne irgendetwas wegzulassen. Es war wirklich wie Magie … oder wie Queen singen würde: »It´s a kind of magic.«

Watteböllchen

Kopfschmerzen waren das Erste, was ich fühlte – und das Zweite und Dritte.

»Guten Morgen, Wattebällchen!«, grüßte Lena und zog den Vorhang zur Seite, so dass die ersten Sonnenstrahlen auf meinen Schlafplatz fielen.

»Aua!«, protestierte ich.

»Was ist? Hat dich das Gebräu von Elisabeth in einen Vampir verwandelt?« Lena lachte leise.

»Mein Kopf platzt gleich«, behauptete ich und hielt mir besagtes Körperteil. Es fühlte sich von außen an wie immer, von innen leider nicht.

»Ich sage es ja nur ungerne«, behauptete Lena. »Aber Jürgen hat dich vor dem morgendlichen Alkoholproblem gewarnt.«

Sie wartete einen Moment, dann fügte sie hinzu: »Das war gelogen. Ich sage es sogar schrecklich gerne: Wir haben dich gewarnt!«

Ich grunzte leidend und sah mich um. Ich war auf der Couch eingeschlafen? Wann war ich denn auf der Couch eingeschlafen und wieso? Vorsichtig setzte ich mich auf, was mein Kopf damit quittierte, einen ersten Orientierungsversuch zu starten. Mir wurde spontan übel.

»Du musst dich beeilen, sonst kommst du zu spät zu unserer Joggingverabredung.«

»Ist nicht dein Ernst?!« Ich fasste mir wieder an den Kopf, um ihn am Explodieren zu hindern.

»Es ist sieben und du musst noch Matthilda zur Schule bringen und deine Sachen holen.«

»Zur Schule?« Ich runzelte die Stirn und entrunzelte sie sofort wieder, weil mein Magen gegen diesen Vorgang rebellierte.

»Haben wir doch gestern abgesprochen. Du erinnerst dich? Matti hat oft geschwänzt und jetzt muss sie zur Schule gebracht und abgeholt werden, damit sie dazwischen keine Chance hat, unauffällig zu verschwinden.«

»Haben wir? Ich sah auf den Zettel, den sie mir hinhielt, konnte aber die kyrillischen Symbole nicht in meine Sprache übersetzen. Die beiden anderen Zettel aber, die kannte ich. Sie trugen Ninas Handschrift und waren mein »Lebensplan« und die »To-Do-Liste«.

»Aua, ist das peinlich!«, dachte ich – leider laut.

»Peinlich ist nur, was man aus einer Situation macht«, verkündete Lena, glücklich wie ein Glückskeks im Chinarestaurant.

»Du klingst wie Nina – oder wie ein Lexikon der Volksweisheiten.«

»Ich mag deine Nina – und dich als Projekt.«

»Als Projekt?« Wieder runzelte ich die Stirn. Dieses Mal, ohne dass mein Magen deswegen rebellierte.

»Als Erstes lernen wir mal, kein Echo zu sein, ja?«, erkundigte sich Lena und reichte der aus der Küche kommenden Matthilda eine Frühstückstüte. Dabei gab sie mir mit einem Wink zu verstehen, dass ich jetzt dran war. Ich torkelte pflichtergeben von der Couch und hinter der kleinen Hexe her, die sich gestern als überraschend nett entpuppt hatte.

»Du solltest die Perücke hierlassen«, riet Lena.

»Perücke?« Ich griff mir ein weiteres Mal an den Kopf, achtete aber nun nicht auf eine mögliche Explosionsgefahr, sondern auf die Haare und die Haarklammern, die sich während des Schlafens teilweise schmerzhaft in meine Kopfhaut gedrückt hatten.

»Autsch!«, meinte ich, aber es gelang mir, mich von dem Fremdkörper zu befreien und ihn zu betrachten. »Blond?«

Ich drehte das glänzende Haarteil hin und her, aber es blieb, was es war, eine blonde Perücke.

»Du wolltest drei Leben. Eines als blonder Vamp, eines als brünette Geschäftsfrau und dann war da noch die rothaarige Studentin«, fasste Matthilda zusammen. Als sie den verwirrten Blick ihrer Mutter bemerkte, meinte sie angriffslustig: »Ich habe gelauscht.«

Lena nickte, sagte aber nichts. Vermutlich, weil in diesem Augenblick Baby Tom durch das Babyphone zu hören war.

»War ja klar«, murmelte Matthilda, als ihre Mutter davoneilte. Ohne auf mich zu achten oder gar zu warten, stiefelte das Mädchen los.

»Fliegen wir nicht?«, erkundigte ich mich, als ich endlich an der Tür aufgeholt hatte und dicht hinter ihr war.

»Fliegen?« Matthilda sah mich an, als seien mir tatsächlich über Nacht blonde Haare gewachsen.

»Ich dachte, Hexen fliegen«, erklärte ich, während ich bemüht locker hinter ihr herging und versuchte, mit ihrem Tempo mitzuhalten.

»Witzig!« Das Mädchen verdrehte die Augen und ließ mich allein durch diese Geste wissen, wie peinlich ich war. Kein Anflug von der gestrigen Verbundenheit war mehr zu merken.

»Welchen Tag haben wir?«, erkundigte ich mich. Nicht nur um abzulenken, sondern weil mir nicht nur jedwede Orientierung fehlte, sondern ich Elisabeths Trank zutraute, mich länger als eine Nacht umgehauen zu haben.

»Dienstag!«, meinte Matthilda und machte sich nicht die Mühe, sich zu mir umzudrehen. Das Augenrollen konnte ich trotzdem spüren.

Dann drehte ich die Information hin und her, aber sie stimmte. Der letzte Tag, an den ich mich erinnerte, war Montag. Ich hatte ein Katastrophendate gehabt – nein, zwei – und war im Fitnessstudio gewesen. So langsam fügten sich die Puzzleteile wieder zusammen und ergaben ein Ganzes. Was hauptsächlich zu der Konklusion führte, dass ich nie wieder etwas von Elisabeths Gebrautem trinken würde. Oder überhaupt etwas, das kein Etikett hatte – oder Alkohol enthielt.

Kurz vor der Schule, an der letzten Kreuzung, wurde Matthilda endlich langsamer und einen Moment lang dachte ich, ihr würde die Puste ausgehen.

»Musst du nicht noch ein paar Schuhe kaufen oder so?« Sie musterte mich von oben bis unten und versuchte gleichzeitig so zu tun, als gehöre sie nicht zu mir, während sie nebenbei zwei anderen Mädchen, die von rechts kamen, zuwinkte.

»Nein, ich muss nur noch beim Joggen einen Herzinfarkt bekommen und von deiner Mutter wiederbelebt werden!«, konterte ich und versuchte, das aufwallende Mitgefühl für Matthilda, die von den beiden Fashionistas mehr oder weniger ignoriert wurde, zu unterdrücken.

»Du bringst mich nur bis zur Ecke!«, verkündete Matthilda in einer Tonlage, die andere Leute für Naturgesetze reserviert hatten.

»Ich habe deiner Mutter versprochen, dass ich dich *zur* Schule bringe«, meldete sich mein Pflichtbewusstsein, obwohl alles andere an mir die Idee für ziemlich toll hielt. Schließlich konnte man die Schule von hier aus sogar schon sehen.

»Und du holst mich auch von hier ab!«, ergänzte Matthilda, dann ging ihr auf, dass ich das mit dem Abholen ohne ihre Erinnerung vielleicht auch ganz vergessen hätte, und sie fluchte herzhaft.

»Mit Sicherheit nicht, Fräulein!«, meinte ich, musste aber sehr laut sprechen, da Matthilda schon auf halbem Weg zu ihren zwei Freundinnen war und mir ihren Rücken zudrehte.

Wie durch ein Wunder blieb das Mädchen wirklich stehen, drehte sich zu mir um und kam sogar wieder einige Schritte zurück, um mir ein Lächeln zu schenken. »Pass auf: Du bringst mich nur bis zu dieser Ecke und holst mich auch hier ab, sonst rede ich mit *deiner* Mutter.«

Ich verschluckte mich angesichts dieser Drohung auch körperlich und hustete noch, als Matthilda schon weg war. So ein Biest!

❤

Ich brach japsend und keuchend zusammen, auch wenn mein Körper nicht mehr die Kraft fand, einfach umzukippen.

»Du schwächelst schon?«, erkundigte sich Lena, während sie locker auf der Stelle neben mir joggte und dafür sorgte, dass ich sie mit jedem Schritt ein wenig mehr hasste.

»Du … hast … mir nicht … gesagt …«

»Ich arbeite in einem Fitnesscenter, hallo?«, erriet sie meinen Hauptkritikpunkt. »Außerdem renn ich die Treppe im Haus jeden Tag mindestens dreißigmal hoch und runter wegen der zwei Kinder.«

Ich gab ein Geräusch von mir, das die Mutter aller Universallaute war. Es konnte mit ein wenig Glück als Zustimmung ausgelegt werden, aber auch »Fall tot um« bedeuten.

»Hi, ihr zwei!«, grüßte eine fröhliche, vollkommen sport-unbeteiligte Stimme hinter uns und zwang mich dazu, meine Vogel-Strauss-Taktik sein zu lassen, meine Hände von den Knien zu lösen und mich wieder aufzurichten.

»Elisabeth?« Ich erinnerte mich nur noch vage an die Frau, die mich gestern in der WG beinahe vergiftet hatte und der ich ewige Liebe und

Freundschaft und was weiß ich nicht noch geschworen hatte. Sie sah noch genauso umwerfend aus wie am Abend zuvor. Aber sie hatte ihr eigenes Zeug vermutlich auch nicht bis zum Exzess getrunken oder war am nächsten Morgen genötigt worden, eine kleine Hexe zur Schule zu fliegen, um anschließend für einen Marathon zu trainieren.

»Wie viel seid ihr denn gelaufen?«, erkundigte sie sich mit gerunzelter Stirn und betrachtete das Häufchen Elend, zu dem ich geworden war.

»Zwei Kilometer«, erklärte Lena hilfsbereit und ich hätte ihr den dürren Hals umdrehen können.

»Ganz schön außer Form?«

»Nie in Form gewesen!«, konterte ich und beglückwünschte mich im Stillen für den Konter. Solange ich dazu noch in der Lage war, konnte das Sauerstoffzelt warten.

»Dann gehen wir dich jetzt mal beraten!«, beschloss Elisabeth, als sei das beinahe genauso normal wie ihr Gebräu, das einen Elefanten erledigen konnte.

»Jetzt?« Ich musste mir keine Mühe geben, meine Stimme entsetzt klingen zu lassen. »Ich kann doch sooo nirgendwo hingehen.«

»Doch, ist sogar ganz prima«, widersprach die gelernte Kosmetikerin. »So was wie der Härtetest für Make-up.«

»Und Deo«, fügte Lena ein wenig spöttisch hinzu.

»Ich muss zur Uni«, versuchte ich halbherzig.

»Siehe Deo.« Lena lachte.

»Ihr seid … ekelig«, rang ich nach Worten.

»Projekt Anna, Tag 1«, sprach Lena in ein imaginäres Aufnahmegerät. »Das Versuchsobjekt versucht es mit Ausreden, dabei hat sie gestern getönt, sie müsse nur um 16 Uhr in der Uni anrufen, um mit ihrem Professor über die Sprachtests zu reden.«

»Habe ich?« Verdammt! Wann hatte ich denn beschlossen, die Vorlesung zu schwänzen? Vor oder nach dem zweiten Glas von Elisabeths Teufelsgebräu?

»Ich überlasse dich jetzt vertrauensvoll unserer Haus- und Hofkosmetikerin und verschwinde zur Arbeit. Da kann ich in der gemischten Umkleide auch gemischt duschen gehen«, behauptete Lena mit einem halbwegs anzüglichen Augenaufschlag.

»Viel Spaß!«, wünschte ich ihr und musste an mich halten, um nicht laut loszulachen. Wenn ich mir Hünen-Arnold unter der Dusche vorstellte, dann wollte ich doch lieber gar nicht erst selbst nackig sein.

»Werde ich nicht haben«, meinte Lena ehrlich und sprach mir aus der Vorstellungskraft.

»Ich auch nicht«, behauptete ich seufzend, folgte aber brav meiner neuen Freundin Elisabeth und schloss geistig mit meinem bisherigen Leben ab. Was aber ganz und gar nicht positiv gemeint war – oder gar mit meinem Zweit- oder Drittleben zu tun hatte.

❤

Zwei Stunden später war ich wie neu und mein Konto geplündert. Im wahrsten Sinne. Ich hatte Jürgen zwei Monatsmieten überwiesen, mich mit Parfüm eingedeckt, mir ein Handy inklusive einer Flat geleistet und Make-up für alle meine Persönlichkeiten erstanden. Und zur Abwechslung hatte ich auch begriffen, worauf ich achten musste. Ciao verwischter Lippenstift, auf Nimmerwiedersehen Pandaaugen und LSD-Schminke.

Kussecht, wasserfest und quasi unkaputtbar waren die Richtlinien, die Elisabeth mir eingetrichtert hatte. Streng nach ihrem Motto: Wenn du besser aussiehst, als du dich fühlst, fühlst du dich gleich besser.

Und es stimmte. Niemand benötigte zwanzig Lippenstiftfarben, drei reichten. Sogar für drei unterschiedliche Haarfarben. Schwarze Wimperntusche, Puder, Rouge und einige Lidschattenfarben und ich war fertig. Und arm. Dafür aber perfekt geschminkt.

»Selbst bei der ersten Zombieepidemie wirst du damit noch wochenlang toll aussehen!«, behauptete Elisabeth sichtlich zufrieden.

»Als Flüchtling oder als Zombie?«

»Du wirst der schönste Zombie weit und breit sein. Egal mit welcher Haarfarbe.«

»Großartig, das passt ja zur Uni.« Ich schüttelte meine brünette Perücke, die Elisabeth genauso zum Farbenaustesten mitgebracht hatte wie die Blonde, die sie mir für den Zeitraum des Experimentes zur Verfügung stellte; ich entschied mich aber am Ende für meine normale Haarpracht. Vorläufig.

»Wenn du so eine schlechte Meinung von der Uni und den anderen Studenten hast, warum studierst du dann eigentlich?«, erkundigte sich die Kosmetikerin und war zum ersten Mal wirklich sprachlos. Schließlich war das wohl die große Frage. Aus Gewohnheit vielleicht? Oder hatte ich die echte Antwort irgendwo inmitten meines chaotischen Lebens vergessen?

♥

Verdammt!

Ich warf einen Blick auf die Uhr und rechnete. Dann rechnete ich noch einmal. Dieses Mal in Schulstunden. Fast hätte ich vergessen, die kleine Hexe abzuholen! Von der Ecke … ganz wichtig! Nicht von der Schule …

Mich artig bei Elisabeth für Rat und Tat zu bedanken, mein neues farbiges Make-up-Arsenal einzuladen und loszugehen ging so nahtlos ineinander über, dass es beinahe wie geplant wirkte. Zumindest bis mir an der ersten Ampel einfiel, dass ich ja die Pausen nicht eingerechnet hatte und mir doch noch ein Haufen Zeit blieb, die ich gleich an der nächsten Ecke, Matthildas gemütlichem Treffpunkt, totschlagen konnte.

»Verdammt!«, fluchte ich und überlegte, wie lange ich mir wohl die im Schaufenster ausgestellten Bilder des schicken Kunstateliers anschauen konnte, bevor man mich zum Weitergehen animieren würde. So gut konnte ich gar nicht ausschauen, dass ich vierzig oder gar fünfzig Minuten lang als Ladendekoration durchgehen konnte. Nicht einmal mit meinen roten Haaren.

Obwohl … ich verkniff mir ein Kichern, als mein Blick auf das erste Bild fiel. Es zeigte eine Schönheit, die verdächtig wie ein Zombie aussah, und der Eindruck verstärkte sich noch, als ich näher an das Ladenfenster herantrat.

Elisabeth musste das Bild auch kennen, deswegen der Zombievergleich!

»Welcher Vergleich?« Die Frau, die neben mir das andere Schaufenster gewienert hatte, trat einen Schritt zurück und spähte neugierig in meine Hälfte.

»Entschuldigung«, lachte ich, nur einen Moment lang davon irritiert, dass ich schon wieder meine Gedanken laut ausgesprochen hatte. »Meine Freundin meinte vorhin, dass mein Make-up mich bei der nächstbesten

Zombieepidemie zur Zombie Miss World machen könnte – und jetzt weiß ich auch, wie sie darauf kommt.«

Ich deutete auf das Bild der hübschen Zombielady und dann mit einem entschuldigenden Achselzucken auf mich selbst.

»Nun ja …«, meinte die Frau und in ihrer Stimme schwang ein Lachen mit, »das war eigentlich ein Selbstporträt.«

»Uh!«, machte ich und starrte sie an. Die Ähnlichkeit war unverkennbar. Zumindest jetzt, wo ich die Klappe hielt und auf meine Umgebung und die Menschen in ihr achtete. »Entschuldigung!«

»Es war an dem Tag, an dem mich mein Mann für eine Zwanzigjährige hat sitzen lassen«, meinte die Frau mit dem Fenstertuch und schien kein bisschen beleidigt zu sein. »Der Zombievergleich ist also nicht ganz so weit hergeholt.«

»Entschuldigung!«, wiederholte ich trotzdem und überlegte fieberhaft, wie ich aus dieser peinlichen Situation entkommen konnte.

»Nicht schlimm!«, behauptete die hübsche Brünette und lachte abermals. »Jetzt weiß ich immerhin, warum mir die meisten Leute sagen, ich soll bei meinen Fotografien bleiben und das mit dem Malen besser anderen Künstlern überlassen.«

Von ihrer guten Laune angesteckt übernahm mein Ehrlichkeitsgen: »Ich finde Malen toll – und Fotos auch.«

Ich sah mir die anderen Ausstellungsstücke im Schaufenster an und fügte hinzu: »Kunst generell.«

»Sind Sie Künstlerin?«, erkundigte sich meine so gar nicht zombiemäßige brünette Gesprächspartnerin und warf ihren Lappen schwungvoll in den Putzeimer.

»Nein, eher Kunstbanause«, gab ich zu. Wenn sie ehrlich sein und über Kritik lachen konnte, konnte ich das auch.

❤

Eine halbe Stunde später hatte ich nicht nur unerwarteterweise einen Minijob in einem Kunstatelier, über den ich mich wahnsinnig freute, sondern war danach auch ganz stilecht wieder in mein brünettes Leben geschlüpft, um Matthilda abzuholen. Leider half mir die Haarfarbe nicht bei der restlichen Kinderbetreuung.

Direkt nach der Ankunft in der WG hatte ich Matthildas Tornister geöffnet, wodurch mich der Schlag getroffen hatte und ein mittelschwerer Wutanfall der Kleinen. Aber wenn mir schon jemand sein Kind anvertraute, wollte ich einen halbwegs guten Job machen, und so hatte ich Mattis Geschrei ertragen und sie gezwungen, lose Papiere einzuheften, Fächer zu sortieren und mir anschließend jedes Heft vorzuzeigen.

»Hast du gar kein Hausaufgabenheft?«, erkundigte ich mich skeptisch, weil ich im ganzen Ranzen nichts fand, das kleiner als A4 war.

»Das brauchst du nicht, wir haben keine Hausaufgaben auf«, protestierte Matthilda und ihre braunen Augen funkelten angriffslustig.

»Wir hatten jeden Tag etwas auf.«

»Ich meinte auch: Wir hatten was auf, aber ich mache das doch schon immer im Hort. Ein Uhr Schulschluss, dann Mittagessen, dann Hausaufgaben, dann spielen«, versuchte sie ihre Aussage abzuschwächen.

»Dann zeig mir die Hausaufgaben!«, befahl ich und fügte nur der guten Form halber ein »Bitte« hinzu. So langsam stieg meine Hochachtung für meine eigene Mutter. Die hatte immerhin zwei ähnliche Satansbraten großgezogen.

»Die werden täglich im Hort kontrolliert!« Die Stimme meines eigenen beziehungsweise eben nicht eigenen Satansbratens überschlug sich fast vor Ärger.

»Hausaufgabenheft!«, befahl ich abermals.

»Habe ich nicht!« Trotzig starrte mich das Kind an und wartete darauf, dass ich nachgab. Aber wenn ich neben tollpatschig eines war, dann war es stur. Da fand man im Lexikon sogar meinen Namen als Anhaltspunkt.

Folgerichtig durchsuchte ich abermals den Schulranzen und fand schließlich ein kleines, fleckiges A6-Heft ohne Beschriftung im ansonsten vollkommen leeren Etui.

Als ich es aufschlug, stockte mir der Atem. Rot, soweit das Auge blickte.

»Was … ist … das?«, gelang es mir nach dem dritten Versuch, endlich zu sagen.

»Meine Lehrer tragen die Hausaufgaben für uns ein«, erklärte Matthilda mit einem unschuldigen Augenaufschlag, den ich nur zu gerne geglaubt hätte – und ihr nicht eine Sekunde lang abkaufte.

»Die *fehlenden* Hausaufgaben!«, grollte ich. »Und deine Mutter hätte sich schon vor zwei Wochen bei deinem Klassenlehrer melden sollen?«

»Hat sie!«, behauptete die Grundschülerin selbstbewusst und ich konnte spüren, wie ich mit den Zähnen knirschte. Wusste Lena etwa, was sie mir da für einen Teufel aufgebürdet hatte?

»Und wenn ich sie frage?«, fauchte ich und ging geistig alle potentiell möglichen Strafen durch, für die mich Matthildas Mutter nicht lynchen würde.

Ob es an meiner Stimmung oder an meiner Frage lag, sekundenlang wirkte das Mädchen tatsächlich nicht nur rechtmäßig empört, sondern auch eingeschüchtert.

Nachdenklich blätterte ich zurück und kontrollierte alle Seiten des Hausaufgabenheftes. Vor den Sommerferien hatte es keinen einzigen Eintrag gegeben. Danach täglich.

Waren die Aufgaben anfangs fein säuberlich notiert und sogar teilweise mit lachenden Gesichtern von den entsprechenden Fachlehrern gekennzeichnet worden, fehlte eine erkennbare Ordnung nun vollständig. Nicht einmal die Fächer waren mehr an den dafür vorgesehenen Stellen eingetragen. Fast als hätte das Heft früher einer anderen Person gehört oder als sei entsprechende Person vom Teufel besessen und benötige einen Exorzismus.

Ich klappte die rotgefüllten Seiten zu und starrte Matthilda an, als hätte sie sich in eine jüngere Ausgabe meiner Selbst verwandelt: chaotisch und planlos. Eben ein Mini-Me.

»Was ist wirklich los?«, erkundigte ich mich in etwas, das hoffentlich wie ein lieber und verständnisvoller Ton klang, und setzte mich auf den freien Stuhl an ihrer Seite. »Kannst du die Sachen nicht? Willst du deine Mutter ärgern, deine Lehrer? Ärgert dich jemand? Ist das die Rache für das Baby? Liegt es daran, dass du zweimal die Nacht wach wirst? Was ist es?«

»An den Nächten«, antwortete Matthilda wie aus der Pistole geschossen und bewies damit immerhin, dass ich unser Gespräch am Abend zuvor nicht bloß erträumt hatte.

»Das ist geschwindelt!«, lachte ich. Matthilda mochte eine clevere Göre sein, aber in Ausreden war ich nun wahrlich eine Meisterin.

»Woher willst du das wissen?«, schrie Matti und versuchte, mir das

Heft aus den Händen zu reißen. Spielte ich meine Rolle als verständnisvolle Freundin auch noch so glaubhaft, so ging Matti in ihrem Baby-Bitch-Part regelrecht auf.

»Ich bin immerhin eine Hexe«, erinnerte ich. Auf keinen Fall würde ich mich aus der Ruhe bringen lassen oder dem aufbrausenden Wirrkopf erzählen, dass ich so gut wie jeden ihrer Einträge persönlich kannte und immer noch für jeden die passende Ausrede parat hatte.

»Nee… du hast ja keine roten Haare mehr«, ließ sich Mini-Me glücklicherweise von dem Hefte-Tauziehen ablenken und ich nutzte die Chance, das Hausaufgabenbüchlein unter meinem Po in Sicherheit zu bringen. Selbst Miss Wutanfall würde nicht so weit gehen und es von dort hervorziehen wollen.

»Die sind unter der Perücke«, informierte ich sie und schüttelte meine brünette Haarpracht.

»Sieht scheiße aus, Rot war besser«, behauptete Matthilda.

»Danke!«, meinte ich, da ich nicht wusste, ob ich mich geschmeichelt fühlen oder beleidigt sein sollte. Aber beides würde vom Thema ablenken. Und genau das wollte das Mädchen. Aber auch im Ablenken war ich Meisterin.

»Schreib dir in der Schule all deine Hausaufgaben auf – und mach sie auch!«, riet ich ihr und drohte: »Sonst …«

»Denk an deine Mutter!«, warnte das Erpresserbiest. »Falls du meiner Schulbildung näher kommst als bis zur Ecke …«

»Wollte ich nicht!« Ich schenkte meinem erpresserischen Mini-Me mein breitestes Grinsen. »Ich wollte sagen, sonst mache ich deine Hausaufgaben.«

Matthilda sah mich so verwundert an, dass ich ungestört versprechen konnte: »Ich bin so schlecht, dass dein Lehrer dich sitzenbleiben lässt und dich all deine Freundinnen auslachen werden!«

»Dann ist ja gut, dass ich mit den Hausaufgaben fertig bin«, behauptete Matthilda.

»Und was ist mit Nummer 3? Ich kann hier nur Nummer 2 finden!« Und egal, wie sehr ich im Matheheft blätterte, auch auf den nächsten Seiten folgte keine fertiggestellte Nummer 3. Geistig machte ich mir eine Notiz, am nächsten Tag ein ernstes Wörtchen mit der Hortbetreuung zu wechseln. Eine Fünfzig-fünfzig-Quote war nicht genug. Nicht einmal ansatzweise!

»Mach du doch!«, maulte Matthilda, immer noch sichtlich unbeeindruckt von meinen Versuchen, ihr Respekt einzuflößen.

»Okay!«, meinte ich und griff nach einem Bleistift, der lose im Tornister gelegen hatte. Diese Option hatte ich Matthilda ja schließlich angeboten und ich stand zu meinem Wort.

Sichtlich beeindruckt schob mir das Mädchen ihr Matheheft und das Aufgabenbuch zu. Darauf hatte ich nur gewartet und malte ein riesiges Herz auf die Mathebuchseite, nur um in die Mitte »M + T« zu schreiben.

Die Grundschülerin starrte mich entsetzt an.

»Ich hoffe, es gibt einen Jungen mit »T« in deiner Klasse oder in deiner Nebenklasse.« Ich gab mir keine Mühe, mein Lachen zu verkneifen, als ich das Heft ebenfalls zu mir zog.

»Ich hasse dich!«, zischte das Mädchen, entriss mir Heft und Buch und griff nach einem Radiergummi.

»Ich hätte auch einen Penis malen können«, schlug ich vor.

»Du bist verrückt!«

»Ja!«, gab ich friedfertig zu. Und ich kannte alle Peinlichkeiten und alle Fettnäpfchen und war bereit, sie einzusetzen. Etwas, das Matthilda nun endlich in meiner Haltung erkannt haben musste, denn sie schlug die im Hausaufgabenheft angegebene Mathebuchseite auf und begann, ihre Hausaufgaben zu machen. Dabei wirkte sie sehr, sehr wütend.

❤

Sehr, sehr wütend war auch meine Mutter.

Nicht so sehr wegen meines nächtlichen Fernbleibens oder wegen des spontanen Auszugs, sondern hauptsächlich, weil sie wegen der zu knappen Zeit keinerlei männliche Hilfe hatte organisieren können.

Aus diesem Grund blieb ich davon verschont, meine Zeit mit viel zu billigen männlichen Dates zu verplempern, und konnte mich voll und ganz darauf konzentrieren, die ersten drei Kartons meiner Habseligkeiten zu packen und in Ninas Auto zu platzieren. Sogar mein Bett inklusive der gerollten Matratze fand tetris-artig einen Platz in dem kleinen Wagen.

»Mehr nimmst du nicht mit, Kind?«, erkundigte sich meine Mum, beäugte das Auto und wirkte zum ersten Mal ernsthaft besorgt. Wahrscheinlich, weil mit mir ihr liebstes Hobby Reißaus nahm.

»Nein, erst einmal nicht. Für die Couch und den Tisch leihe ich mir später den kleinen Laster einer Freundin aus.«

»Bist du dir sicher, Kind?«, erkundigte sich meine Mum und nur die steile Sorgenfalte auf ihrer Stirn hielt mich davon ab, ihr Vorwürfe zu machen oder ihr den wirklichen Grund meiner Flucht auf die Nase zu binden.

»Wegen des Auszugs?«, erkundigte ich mich stattdessen diplomatisch und sogar Nina wirkte eine Sekunde lang schwer beeindruckt. »Ja, irgendwann muss ich lernen, auf eigenen Beinen zu stehen, und die Chance war einfach zu verlockend.«

»Deinen Schlüssel kannst du aber behalten!«, meinte meine Mutter resolut. »Und ich erwarte mindestens einmal die Woche deinen Besuch. Den Tag machen wir noch aus!«

»Aber natürlich!«, nickte ich. Es war ja nicht so, als würde ich meine Mutter nicht lieben. Ich konnte sie einfach nur nicht in meiner Nähe ertragen.

»Und natürlich am Sonntag zum Familienessen«, fügte die unerträgliche Kupplerin hinzu, als wäre nicht schon mindestens einmal die Woche zu viel.

»Mit Sabine und Gregor?« Ich verdrehte die Augen. Aber sicherheitshalber so, dass nur meine beste Freundin die Geste sehen konnte. »Als würde ich mir *das* entgehen lassen!«

»Dann kannst du auch noch deine ganzen Studienbücher einpacken«, kam trotzdem die Retourkutsche von meiner Mum. Natürlich war der cleveren Dame aufgefallen, dass so gut wie alle Bücher meiner umfassenden Bibliothek noch im Regal standen.

»Die aktuellen Bücher habe ich eingepackt«, schwindelte ich und dachte an Matthildas Hausaufgabenheft. Gut, dass Studenten so etwas nicht mehr benötigten, sich alles merken konnten und ihre Arbeiten nicht mehr den Eltern vorzeigen mussten. »Hab dich lieb, Mama!«

»Ich habe dich auch lieb, Kind!« Meine Mutter umarmte mich, fügte aber gleich, wie um die spontane Geste abzumildern, hinzu: »Aber du hast Recht, es wird Zeit, auf eigenen Beinen zu stehen.«

»Bei eigenen Beinen fällt mir doch spontan das eigene Handy ein«, meinte Nina und unterbrach die peinliche Situation, um sie gleich noch viel unangenehmer zu machen. »Hast du deiner Mutter schon die Nummer gegeben?«

Biest! Ich warf Nina einen bösen Blick zu. Nicht einmal die Adresse hatte ich meiner Mutter gegeben. Und zwar aus gutem Grund. Sie könnte vorbeikommen. Oder jetzt anrufen. Und zwar hundertprozentig, um mich wieder mit einem männlichen Date zu malträtieren. Wahrscheinlich würde sie es demnächst mit Frauen ausprobieren!

Nichts davon sagte ich. Natürlich nicht. Ich war schließlich gut erzogen. Tief durchatmend und absolut schicksalsergeben gab ich meiner Mutter die gewünschte Nummer und stieg in Ninas Auto.

»Lief doch gut!«, behauptete die, während sie sich ans Steuer quetschte und versuchte, es sich trotz meiner Matratze in ihrem Rücken bequem zu machen.

Sekunden später klopfte meine Mutter an die Scheibe der Beifahrerseite.

»Ja?« Ich kurbelte das Glas nach unten.

»Denkst du daran, dass übermorgen die Anprobe für die Brautjungfern ist?«, erkundigte sie sich besorgt.

»In Rosa?« Dieses Mal verdrehte ich die Augen für alle offensichtlich. »Als könnte ich *das* vergessen.«

»Du wirst entzückend aussehen«, behauptete die Frau, die in jeder Farbe toll aussah, so resolut, dass ich mir kindisch vorkam. Aber sie hatte ja auch gut lachen – und keine roten Haare.

Ich kurbelte das Fenster wieder nach oben, kam aber nur einen halben Zentimeter weit, bevor meine Mutter abermals klopfte. »Du gehst gar nicht an dein Handy!«

Verwirrt sah ich erst sie an, dann meine Tasche, dann Nina und wieder meine Mutter. »Du hast mich angerufen?«

»Sonst hätte ich ja wohl nicht gewusst, dass du nicht ans Handy gehst!«

»Aber du hast nicht gebimmelt«, widersprach ich, immer noch verwirrt. Wer bitte rief denn sofort an, sobald er eine neue Handynummer bekommen hatte?

»Wo ist eigentlich dein neues Handy?«, erkundigte sich Nina misstrauisch und ich war versucht, sie gegen die Schulter zu boxen. Auf wessen Seite stand sie eigentlich? Auf der von Miss Paranoia-Mum oder meiner?

Trotzdem griff ich nach meiner Tasche und wühlte mich durch die verschiedenen Schichten aus Notizzetteln, Heftchen, Stiften, Taschentüchern und Krimskrams. Vergeblich, das Handy war nicht aufzufinden.

»Das fängt ja gut an«, murmelte meine Mutter und trat einen Schritt zurück, um mir Gelegenheit zu geben, meinen unrühmlichen Abgang beim Fensterhochkurbeln zu überdenken und mich an ihrem Hinterherwinken zu ergötzen. Nicht einmal von meinem tollen neuen Job im Kunstatelier hatte ich ihr erzählt ... ich Depp!

♥

Nach dem Klingeln dauerte es keine drei Sekunden und die Tür wurde langsam und einen Spalt breit geöffnet. Bevor ich auch nur daran denken konnte, etwas zu sagen, baumelte plötzlich direkt vor meiner Nase ein Schlüssel – an einem langen Band, das man sich in jeder Lebenslage um den Hals hängen konnte.

»Habe ich dir eben machen lassen, du vergessliches Wunderwesen!«, meinte Jürgen und öffnete die Tür weit genug, um uns hereinzulassen.

»Wieso vergessliches Wunderwesen?«, erkundigte ich mich und wartete darauf, dass Jürgen einen Schritt zur Seite machte, weil wir eben nicht hereinkommen konnten. Zumindest nicht, ohne ihn über den Haufen zu rennen.

»Weil dein Handy in der Küche auf dem Tisch liegt?«, schlug er vor.

»Ach, *da* habe ich es liegen gelassen!«, meinte ich triumphierend und warf einen Blick von Jürgen zu Nina, aber keiner der beiden wirkte so, als könne er meine Begeisterung überhaupt nachvollziehen. Im Gegenteil.

»Festtackern!«, meinte Nina und zog Jürgens Aufmerksamkeit auf sich, so dass er endlich einen Schritt zur Seite machte und wir ins Haus konnten.

»Nina, das ist Jürgen. Jürgen, das ist Nina. Meine beste Freundin. Mein Vermieter!«, stellte ich vor und deutete gut erzogen abwechselnd auf die genannten Personen. Erst dann fiel mir auf, dass hier gerade etwas grundlegend schiefllief.

»Oh, bitte!«, murmelte ich und fasste mir an den Kopf. »Fang nichts mit *ihm* an!«

Dann drehte ich mich von Nina zu Jürgen und hob drohend den Zeigefinger. »Oder besser: Fang *du* nichts mit *ihr* an!«

»Wieso?«, meinten die beiden unisono, was meine Vermutung mit der Liebe auf den ersten Blick – oder so etwas Ähnlichem – bestätigte.

»Weil sie dich unglücklich machen wird!«, erklärte ich.

»Hei!«, machte Nina und klang entrüstet, auch wenn ihr zufriedener Gesichtsausdruck nicht zu ihrer Stimmlage passte.

»Wie lange würdest du ihm denn geben?«, erkundigte ich mich in Richtung Nina und riet: »Zwei Tage? Vier? Eine Woche? Maximal zwei.«

»Hei!« Dieses Mal kam der Protest von Jürgen. »Ich bin deutlich interessanter als zwei Wochen.«

»Ich bin mir sicher, sie wird sich nicht die Zeit nehmen, es herauszufinden.«

»Wieder ‚hei'!«, meinte Nina, immer noch gespielt entrüstet.

»Jetzt mal ehrlich: Ist dein Männerverschleiß nicht hoch genug für diese Warnung und dient als Bestätigung für meine Aussage?«, erkundigte ich mich und legte genügend Ernst in meine Stimme, um Nina zum Nachdenken zu bringen.

»Ist ja schon gut!«, murmelte sie schließlich. »Ich werde nichts mit ihm anfangen.«

»Jetzt hast du meinen Jagdeifer geweckt«, behauptete Jürgen nicht sehr überzeugend.

»Hebt euch das für den Moment auf, wenn ich mir eine eigene Wohnung leisten kann oder heirate!«, rüffelte ich. »Ich habe nicht vor, meinen netten Vermieter zu verärgern, weil meine beste Freundin ihre Finger nicht bei sich behalten kann.«

»Die Finger … tsktsk … kein Wunder, dass du keinen Freund hast«, kommentierte Nina.

»Außerdem ist sie sexistisch!«, fügte ich in Jürgens Richtung hinzu.

»Aber sexy!«, wandte der ein und wurde mit einem triumphierenden Grinsen meiner Freundin belohnt.

»Nicht flirten!«, rügte ich und fügte hinzu: »Nicht einmal ein bisschen!« Aber an den Blicken der beiden konnte ich erkennen, dass meine Warnungen vergeblich waren. Ein Grund, deutlicher zu werden. »Oder ich muss kotzen!«

»Und so entschlossen, wie sie gerade aussieht, ist sie sogar bereit, sich dafür den Finger in den Hals zu stecken«, kam mir eine jüngere Stimme von der Treppe zur Hilfe.

»Stimmt«, gab ich zu und fügte ein »Danke!« hinzu. »Außerdem brauche ich Jürgen!«

»Wow, das klingt schräg ...« Jürgen strich sich geschmeichelt eine imaginäre Krawatte glatt.

»Wie ein schräges Sex-Angebot!«, ergänzte Nina, wobei sie das S.E.X. mit einem Blick auf Matthilda buchstabierte.

»Ihr seid beide doof, das wisst ihr, oder?«, erkundigte ich mich. Nicht nur, weil sie wirklich doof waren, sondern auch, weil Matthilda buchstabieren konnte.

Das Lachen der beiden klang, als würden sie schon seit Jahren nichts anderen tun, als sich gemeinsam durchs Leben zu amüsieren, und hatte den Effekt, dass ich mich wider besseren Wissens entspannte. Ein Umstand, den Jürgen augenblicklich ausnutzte, um mich ins Wohnzimmer zu geleiten. Nicht ohne immer wieder nach hinten, Richtung Nina, zu sehen, wie um sich zu vergewissern, dass sie uns auch wirklich folgte. Ich verdrehte stumm die Augen. Manchen Leuten konnte man einfach nicht helfen. Und dass Nina genau jetzt ebenfalls interessiert war, hatte nichts zu bedeuten. Hatte es nie. Zumindest nie für lange.

Genervt davon, dass ausgerechnet ich die Erwachsene im Raum sein sollte, setzte ich mich auf den Sessel, den ich vom Abend zuvor als sehr bequem in Erinnerung hatte. Wie abgesprochen setzten sich Nina und Jürgen mir gegenüber aufs Sofa und selbst Matthilda blieb so stehen, dass sie mich prüfend ansehen konnte. Innerhalb von Sekunden kam ich mir vor wie der Inquisition gegenübergestellt.

»Also? Wofür brauchst du mich?«, erkundigte sich Jürgen neugierig und mit einem leichten Lachen in der Stimme. Erst als Nina ihn spielerisch anstupste, wurde das Lachen deutlicher und endete in einem albernen Kichern der beiden.

»Ich weiß, es ist eine blöde Idee, und in allen Filmen, die ich kenne, geht es auch immer schief ...«, begann ich und überlegte, wie ich meine seltsame Bitte in Worte fassen konnte, ohne noch doofer zu wirken als die beiden, die mir gegenüber auf der Couch saßen und anscheinend gegen jeden guten Ratschlag resistent waren. Aber mir fiel nichts ein, weswegen ich einfach herausplatzte: »Ich dachte, wenn ich dich als meinen Begleiter für die Hochzeit vorstelle, dann gibt meine Mutter Ruhe und ich kann ihrer Date-Wut entkommen.«

»Das ist wirklich eine bescheuerte Idee – selbst für dich!«, meinte Nina, doch zu meiner Überraschung nickte Jürgen.

»Ich finde die Idee gut!«, meinte auch eine weibliche Stimme aus der Küche. Elisabeth folgte ihr um die Ecke und ins Wohnzimmer.

»Elisabeth, Kosmetikerin und Farbengel«, stellte ich sie vor und deutete auf Nina, kam aber nicht weiter.

»Und das ist deine beste Freundin Nina!«, jubelte Elisabeth, die sich von der beruflich eleganten Kosmetikerin wieder in die private und farbenfrohe Esoterikhexe verwandelt hatte, und streckte ihre Hand aus, verharrte aber in der Bewegung, bevor sie meiner Freundin die Hand geben oder sie berühren konnte.

»Sehr viel Rot in der Aura und Leidenschaft«, meinte sie und strich über etwas, das mit einer Menge Vorstellungskraft vielleicht als Ninas Aura durchgehen konnte. »Aber du musst noch geerdet werden, Schätzchen!«

Elisabeth sah zu Jürgen. »Er würde sich ausgezeichnet eignen, für einen Künstler ist er sehr ... grün.«

»Du veräppelst mich?!«, Nina warf mir einen skeptischen Blick zu, der widerspiegelte, was noch vor Kurzem mein erster Gedanke zum Thema WG gewesen war: vom Regen in die Traufe.

»Natürlich tue ich das, Herzchen!«, meinte Elisabeth und tätschelte Nina freundlich die Schulter. »Aber Anna hat so viel über dich erzählt, dass ich einfach nicht widerstehen konnte.«

Ich hatte den Anstand, betroffen zu wirken. Selbst ich war auf die kurze Esoterik-Show hereingefallen.

»Ich arbeite zwar als Farbcoach und Make-up-Beraterin, aber eine Aura ...«, Elisabeth schüttelte den Kopf, als könne sie gar nicht fassen, dass wir überhaupt eine Sekunde lang daran geglaubt hatten, »ich bitte euch! Dafür nehmen selbst die professionellen Wahrsager nur Informationsfetzen, die sie sich aus dem Gespräch angeeignet haben!«

»Woher weißt du das?«, erkundigte ich mich skeptisch.

»Von meinem Nebenjob!«, kam es wie aus der Pistole geschossen.

»Will ich es wissen?«, hakte ich nach, weil mir meine Fantasie die elegante Kosmetikerin plötzlich als Kirmeswahrsagerin vorgaukelte. Mit Ohrringen und Ketten überladen, die dunklen Haare offen und in dicke Wellen gelegt, dazu farbenfrohe Zigeunerröcke und eine geheimnisvoll leuchtende Glaskugel.

»Nein, willst du nicht!«, behauptete Elisabeth und schien genau zu wissen, welche Vorstellung sie heraufbeschworen hatte. Wie zur Unterstreichung ihrer Worte drehte sie sich mit einem fröhlichen Augenzwinkern zu einem kleinen Tisch um – dort stand ein silbernes Tablett mit Gläsern, Karaffe und Keksteller – und füllte vier kleine Schnapsgläser mit einer nicht näher definierten Flüssigkeit. Nur Matthilda bekam einen Schokoladenkeks gereicht, der eindeutig selbstgebacken aussah und sehr lecker wirkte.

»Wo ist deine Mutter?«, erkundigte ich mich bei dem Mädchen, das sich auf dem kleinen Schemel niedergelassen hatte, der streng genommen für die Füße desjenigen gedacht war, der auf dem Sessel saß. Also für meine.

»Im Zimmer, beim Baby.« Die Grundschülerin verdrehte die Augen so sehr, dass ich mich fragte, von wem sie sich diese schlechte Angewohnheit abgeschaut hatte. Dann fiel es mir ein. Von mir.

»Wahrscheinlich hat sie Angst, dass sie auch ein Glas trinken soll«, mutmaßte ich, als mir Elisabeth das Pinnchen mit dem klaren Getränk reichte.

»Ist selbstgemischt!«, erklärte die gelernte Kosmetikerin, als wäre das ein Pro-Argument für das Gesöff.

Ich nickte und roch vorsichtig an dem Glas. Sekunden später drohten sich meine frisch lackierten Fingernägel aufzurollen. Trotzdem tat ich so, als nippte ich, und versuchte Nina allein mit Blicken vom Trinken abzuhalten. Doch da Jürgen und Elisabeth ihr Glas exten, tat es ihnen meine Freundin nach. Nur ich nutzte den unbeobachteten Moment und kippte den Inhalt meines Glases beherzt in die Zimmerpalme.

»Ich habe mir Gedanken zu deinen Hauptproblemen gemacht!, Watteböllchen«, erklärte Elisabeth und setzte sich auf den Sessel rechts neben meinem. Für einen ächzenden Sesselmoment lang befürchtete ich, das selbstgebastelt wirkende Gebilde würde unter ihr zusammenbrechen, aber außer dem gequälten Geräusch tat sich nichts.

»Wattebällchen?«, hakte ich nach, weil mir einfiel, dass mich Lena ebenfalls mit diesem Kosenamen angesprochen hatte.

Leider ging Elisabeth nicht auf meine Frage ein, sondern ignorierte mich konsequent, um sich oder mich nicht vom Thema abzubringen. »Du musst jede deiner Handlungen überdenken – und zwar, *bevor* du handelst!«

Die farbenfrohe Kosmetikerin lächelte. »Egal, ob es das Schnüffeln an der Achselhöhle ist oder das überhastete Umziehen, bei dem du den Reißverschluss nicht zubekommst …«

Nina warf mir einen Blick zu, der zwischen entsetzt und bereits leicht verklärt changierte. Ich musste Elisabeth wirklich bei nächster Gelegenheit unter vier Augen fragen, was genau sie in ihre esoterischen Drinks mixte!

»Selbstkontrolle!«, warf Jürgen als Stichwort ein und riet: »Geh jede Handlung im Kopf durch und stell dir vor, wie sie auf andere wirkt und was daraus resultieren kann.«

»Und wenn du dir nicht sicher bist, machen wir es gemeinsam!«, schlug Elisabeth vor und goss erneut eine Runde der beinahe durchsichtigen Flüssigkeit ein.

»Also? Was kann passieren, wenn du Jürgen als Freund vorstellst?«, versuchte mir Elisabeth ihren Ratschlag direkt am Beispiel zu verdeutlichen.

»Er könnte sich in mich verlieben?«, riet ich. Das war zumindest das, was in den meisten Hollywoodfilmen geschah.

»Wird nicht passieren«, versprach Jürgen und ich war mir nicht sicher, ob ich seine als beruhigend gedachten Worte nicht als Beleidigung auffassen sollte. Doch der Blick, den er Nina zuwarf, war eindeutig. Wenn hier einer zu viel Rot in seiner Aura hatte, war das nicht unbedingt meine beste Freundin. Zumindest nicht nur.

»Er könnte mit Nina rummachen, und da alle glauben, er sei mit mir zusammen, wäre das ein weiterer Schlag gegen mich und mein Ego«, bemerkte ich. Das war in Hollywood seltener geschehen, aber anhand des Verhaltens meiner beiden Freunde doch tatsächlich wahrscheinlicher.

»Okay«, meinte Nina abgelenkt und schmachtete immer noch ihren Sitznachbarn an. Inzwischen war ihr Blick mehr als nur leicht verklärt.

»Okay?!«, meinte ich irritiert.

»Wird nicht passieren!«, nuschelte Nina.

»Wir warten brav, bis die Hochzeit vorbei ist!«, versprach Jürgen. Offensichtlich unterlag Elisabeths Braukunst einem gewissen Gewöhnungseffekt – oder Jürgen hatte ein Gegengift gefunden.

»Meine oder die von meiner Schwester?«, hakte ich nach.

»Die von deiner Schwester!« Jürgen hob feierlich die rechte Hand und hielt drei Finger in die Luft.

»Wehe euch, wenn nicht«, drohte ich und zeigte auf den Fußschemel. »Dann lass ich Matthilda auf euch los!«

»Hei!« Das Mädchen drehte sich zu mir um und ihre Augen funkelten angriffslustig.

»Keks?«, fragte ich, griff nach dem silbernen Tablett und hielt ihr besagte Leckerei hin. Einen Moment lang schien es, als wolle die Grundschülerin aus Prinzip widersprechen oder widerstehen, aber anscheinend waren die Schokokekse der Kosmetikerin genauso großartig, wie sie ausschauten. Deswegen nahm ich mir auch einen – nur um ihn Sekunden später von Elisabeth geklaut zu bekommen.

»So viel zu vorausschauendem Handeln und Selbstkontrolle«, murmelte die Kosmetikerin. »Du wolltest abnehmen!«

»Ich habe es mir gerade anders überlegt!«, protestierte ich und warf einen sehnsüchtigen Blick auf die Schokoleckerei.

»Hat das Wattebällchen nicht!« Matti brachte meinen Keks an sich und leckte ihn an, bevor sie ihn auf der Serviette vor sich platzierte. Mit einem herausfordernden Lächeln sah sie mich an und ich konnte nicht anders, als ihr Respekt zu zollen.

»Der war gut!«, honorierte ich anerkennend. Mini-Me war anscheinend auf der Vorausschauendes-Handeln-Skala weiter als ich.

Einleben in drei Leben

Ich hatte Matthilda *zur* Ecke gebracht und beinahe auch *um* die Ecke. Wer hätte gedacht, dass Kinder in diesem Alter so boshaft sein konnten und so eine tiefgreifende Freude dabei empfanden, einen wieder und wieder daran zu erinnern, dass sie einen ja auch bei der eigenen Mutter verpetzten konnten. Kein Wunder, dass Mütter manchmal so unentspannt waren!

Wütend ging ich auf und ab und versuchte dabei, harmlos und entspannt auszusehen und trotz meiner Wut aus der Entfernung auf Matthilda zu achten. Wenn ich auch nur ein halb so großer Satansbraten gewesen war, dann hatte ich alle Datingvorschläge meiner Mutter absolut redlich verdient und bekam im Grunde jetzt nur meine gerechte Strafe für meine Kindheit.

Immerhin ging die kleine, unerträgliche Hexe *in* die Schule und brachte mich nicht in Teufels Küche, indem sie schwänzte oder irgendwelchen Mädelskram mit ihren zwei Freundinnen auf dem Schulhof anstellte.

Beruhigt sah ich, wie sie sich bei ihrer Lehrerin in die gewünschte Zweierreihe auf dem Hof integrierte, dabei von der einen schicken Freundin ignoriert wurde – die andere ging weiter in eine andere Reihe. Erst dann wandte ich mich ab und wäre beinahe in Jürgen hineingelaufen, der mir nun kurzatmig etwas entgegenhielt, während er seine Hände auf die Oberschenkel stützte und die Vogel-Strauß-Taktik ausprobierte.

Besorgt beugte ich mich zu ihm.

»Dein … verdammtes … Handy!«, brachte er hervor und deutete auf das Display, das einen verpassten Anruf zeigte.

»Ich bin … netterweise … beim zweiten Mal … drangegangen!«, japste mein Vermieter und ich gab ihm Zeit, zu Atem zu kommen, während ich versuchte, die unbekannte Nummer und seine Aussage in einen Zusammenhang zu bringen.

Endlich richtete er sich wieder auf und sein Blick schwankte zwischen Verärgerung, Belustigung und Vorwurf. »Wie war das mit dem Festtackern?«

»Hei, hätte ich gewusst, dass du gleich frech wirst, hätte ich nicht gewartet, bis du wieder Luft bekommst.«

»Witzig! Vielleicht ist ja an der Clown-Akademie noch ein Platz für dich frei?«, konterte er deutlich schlagfertiger als ich. Und das gänzlich ohne Sauerstoff!

»Wer ruft mich denn um so eine nachtschlafende Uhrzeit so Wichtiges an?«, erkundigte ich mich. Da Jürgen fast bis zum Hyperventilieren zu mir gelaufen war, musste es ja wichtig sein. Dabei hatte doch noch fast niemand meine Nummer?!

»Eine PR-Agentur hat sich auf deine Bewerbung gemeldet und du sollst morgen vorbeikommen.«

»Eine PR-Agentur?«, wiederholte ich verwirrt. »Auf welche Bewerbung?«

»Die, die wir vor zwei Abenden mit Elisabeth und Lena zusammen gemacht und verschickt haben?«, erinnerte Jürgen, aber bei mir klingelte nichts.

Jürgen legte seinen Kopf schräg und musterte mich verdächtig lange, bevor er meinte: »Du hast keine Ahnung, wovon ich rede, oder?«

Ich schüttelte den Kopf, denn alles, woran ich mich erinnerte, waren Elisabeths Getränk und die Wattebällchen, die am nächsten Morgen meinen Kopf erfüllt hatten. Apropos … dazu musste ich unbedingt Lena und Elisabeth ausfragen. Vielleicht kam daher mein seltsamer neuer Spitzname.

»Die Listen hast du aber noch?«, erkundigte er sich besorgt.

»Welche Listen?« Rasch ging ich geistig alle potentiellen Listen durch, die er meinen konnte. Angefangen von den Eigenschaften meines Traummannes über die Weihnachtswunschliste bis hin zu den Schnapslaunenlisten, die ich mit Nina entworfen hatte.

»Na, die To-Do-Listen und so …«, erinnerte mein Künstlerkauzvermieter.

»Ja, da klingelt was bei mir«, gab ich zu. Genaugenommen sogar sehr viel, denn die zwei Zettel hingen bei mir von innen an der Tür. Würde ich aber nicht verraten.

»Du wolltest einen Traumjob haben, der gut bezahlt ist und bei dem Frau nebenbei nette Männer kennenlernen kann.«

Na, Gott sei Dank hatten sie mir da keine Bewerbungsgespräche als Kellnerin besorgt!

»Wir haben am Montag im Internet geguckt und das war einer, der in die Auswahl gekommen ist«, meinte Jürgen. Nur der Ton seiner Stimme ließ mich aufhorchen.

»Auswahl? Wie viele Bewerbungen haben wir denn verschickt?«, fragte ich misstrauisch.

»Zweihundertdreizehn«, murmelte Jürgen kleinlaut und so leise, dass ich es kaum verstehen konnte.

»Zweihundertdreizehn?« Entsetzt starrte ich ihn an und überlegte, ob mein Gegenüber der beste Freund war, den ich je gehabt hatte – oder mein größter Feind.

»Sei froh, dass sich jemand für dich und deine Fähigkeiten interessiert und sich dann auch noch so schnell meldet!«, mahnte Jürgen ganz erwachsen.

»Fähigkeiten?«, wiederholte ich lahm und war versucht, mich einen Schritt von dem freundlichen Kryptonit zu entfernen. Soweit ich nämlich wusste, hatte ich nicht eine einzige Fähigkeit – zumindest keine, mit der man in irgendeinem Job Geld verdienen konnte – und ich war weit davon entfernt, Supermann beziehungsweise Superfrau zu sein.

»Ist doch Quatsch! Du bist freundlich, geduldig und kannst gut mit Worten umgehen und Dinge und Sachverhalte einfach und interessant darstellen«, informierte mich mein Lieblingskünstlerkauzvermieter.

»Kann ich?«, meinte ich zweifelnd und dachte über Jürgens Worte nach. Tatsächlich trafen diese Punkte auf mich zu und machten mich quasi zur ultimativen Erfüllung einfacher Nebenjobs – aber reichten diese Fähigkeiten wirklich für einen echten Arbeitsplatz?

»Ist das ein Fulltimejob?« Ich warf einen sehnsüchtigen Blick ins Schaufenster meines frisch an Land gezogenen Galeriejobs. Der war zwar nur ein Nebenjob, hatte aber traumhaft geklungen.

»Familiy´s best«, erklärte Jürgen verschwörerisch und ich benötigte einige Sekunden, um den Zusammenhang zwischen seinen Worten und unserem aktuellen Gespräch herzustellen.

»Der Firmenname sagt mir nichts!«, gab ich zu, nachdem ich versucht hatte, mich an irgendeinen Hinweis in dem Namenszusammenhang zu erinnern.

»Herrje. Die Frau ist eine wandelnde Bildungslücke.« Jürgen wirkte, als sei er versucht, ernsthaft die Hoffnung mit mir – oder für mich – aufzugeben.

»Die Frau kann dich hören!«, erinnerte ich. So toll konnte »Family´s best« schließlich nicht sein, wenn ich noch nie davon gehört hatte, oder?

Jürgen seufzte und erklärte: »Es ist ein Nebenjob und falls sie dich nehmen, wirst du von deiner Vorgängerin eingearbeitet und hast einen Monat Probezeit – stand alles in der Stellenbeschreibung …«

Ich schüttelte abermals den Kopf und kam mir so langsam wirklich blöd vor.

»Heute Nachmittag Krisenrat im Wohnzimmer«, befahl Jürgen.

»Sorry, ab 17 Uhr bin ich im Atelier, um zu arbeiten«, widersprach ich und deutete auf den Laden hinter mir.

»Das ist ja super!«, jubelte Jürgen. »Und du hast gedacht, dich würde nie im Leben jemand wollen, und jetzt hast du ratzfatz gleich zwei tolle Jobs an Land gezogen.« Erst dann runzelte er nachdenklich die Stirn.

»Aber in welchem Leben bist du im Atelier? In deinem Erstleben oder im Zweitleben?«, erkundigte sich mein Vermieter schließlich nicht ganz ohne Zynismus in der Stimme.

»Welches ist denn das Erstleben?«, erkundigte ich mich, weil ich mir sicher war, dass Jürgen auf etwas Bestimmtes hinauswollte. Etwas, das vermutlich mit diesem Job zu tun hatte.

»Ich schlage vor, das in Rot ist das Erstleben, das in Brünett das Zweitleben«, meinte er und ergänzte: »Hast du den anderen schon davon erzählt? Ansonsten gehört es auf jeden Fall in den Krisenrat!«

»Dann gehört es in den Krisenrat«, gab ich zu. Bei dem ganzen Stress mit dem Umzug, meiner Mutter und Matthilda war ich irgendwie noch gar nicht dazu gekommen, den neuen und erfreulichen Umstand in meinem Leben näher zu beleuchten. »Und um die andere Frage zu beantworten: im Erstleben.« Schließlich hatte ich den Job als Rothaarige ergattert – dann sollte ich auch besser als eine solche dort auftauchen.

Das Zweitleben in Brünett war für meine Mutter und den Rest meiner Familie reserviert.

»Denk mal drüber nach, ob du zur PR-Agentur im Drittleben gehst«, schlug Jürgen vor.

»Als blonder Vamp?«, erkundigte ich mich und orientierte mich geistig an der Liste, die ich mit Nina entworfen hatte. In einer Schnapslaune. Komisch, dass ich meine besten Ideen dem Alkohol zu verdanken hatte – selbst Elisabeths Selbstgebrauter hatte mich nicht schnell genug umhauen können, um die guten Ideen zu verhindern. Immerhin hatte ich ein Vorstellungsgespräch bei etwas, das Jürgen mir als »guten Job« verkaufte. Auch wenn mir noch nicht ganz aufging, was eine PR-Agentur mit dem Namen »Family´s best« mit einem blonden Vamp zu tun hatte.

»Wieso nicht?!«, meinte Jürgen und klang dabei vollkommen ernst.

Ja, wieso eigentlich nicht?, erkundigte sich eine hämische Stimme in meinem Hinterkopf. *Wer zwei Personen sein kann, kann auch drei sein.*

Jetzt war ich diejenige, die leise seufzte. Wenn das so weiterging, würde ich mir einen Plan meiner Persönlichkeiten inklusive ihrer optischen Beschreibung ins Zimmer hängen müssen!

♥

Immerhin war meine Ursprungspersönlichkeit wirklich einfach und die Universität so ziemlich der einzige Ort im Land, wo man mit roten Haaren nicht auffiel. Warum? Weil es an keinem anderen Ort so viele Farben gab. Die meisten Studenten versuchten inmitten aller anderen aufzufallen oder ihre Persönlichkeit zu entwickeln oder wollten ein farbliches Statement setzen oder so … Irgendwo hatte ich mal einen Artikel darüber gelesen, warum einen große Menschenansammlungen wie die Universität dazu verleiteten, die Individualität verstärkt nach außen transportieren zu wollen.

Auf jeden Fall hatten die meisten der anwesenden Frauen nicht mehr ihre eigene Haarfarbe – oder zumindest eine Frisur, die dafür sorgte, dass Mann zweimal hinschaute. Nur ich war die Ausnahme. Meine Haare waren eben von Natur aus farbenfroh und da ich trotz meiner vielen Persönlichkeiten und Haarfarben immer noch der Meinung war, dass meine roten Walle-Walle-Haare am besten zu mir passten, würde ich auch für die Uni nichts daran ändern. Außerdem … wer weiß, ob mich mein Professor sonst noch wiedererkannte?!

Aber erst einmal hinkommen, dachte ich und kämpfte mich von der U-Bahn über die Brücke und gegen den Strom der Studenten, die Feierabend hatten, und dann weiter in Richtung meines Unikomplexes. Dabei stellte ich Schritt für Schritt immer deutlicher fest, dass ich den Komplex hasste. Eigentlich die gesamte Uni. Auch wenn hier an jeder Ecke gebaut und hergerichtet wurde – die Gebäude waren schrecklich, wie ein Ameisenbau für Menschen. Verwinkelt, unübersichtlich und allein durch Anwesenheit in einem der Komplexe bekam man nicht nur selber welche (also Komplexe), sondern auch Depressionen.

Dass jedes der riesengroßen Gebäude von außen nach Fachbereichen beschriftet war und jeder Fachbereich seine eigene Farbe hatte, half da auch nicht mehr. Im Gegenteil. Man hatte ständig das Gefühl, sich auf einem schlechten LSD-Trip zu befinden.

Mit dem dazu passenden flauen Gefühl im Magen betrat ich das Gebäude, in dem ich mich hauptsächlich während des Studiums aufhielt, und dachte an die Filme, in denen Universitäten immer toll waren. Dort war selbst das Wetter gut – etwas, das hier so gut wie nie der Fall war – und die anderen Studenten nett. Etwas, das ich nicht beurteilen konnte. Man sah so gut wie niemanden länger als einen Kurs lang – dann verschwand er in der Masse der anderen.

Gepflegte Mensa? Leckeres Essen? Pustekuchen!

Dafür gab es in der Bibliothek kaum Bücher – beziehungsweise nie diejenigen, die man für sein Studium benötigte.

Aber jetzt war es ja auch egal! Bald war ich fertig mit dem Studium und dann … sollte ich besser reich und berühmt oder wenigstens auf dem Wege dorthin sein, jedenfalls zumindest weiter auf meiner Liste als bei Punkt 1.

Mit dem guten Gefühl, immerhin bei der Liste in naher Zukunft entscheidende Fortschritte machen zu können und wirklich kurz vor meinem Uni-Abschluss zu stehen, fuhr ich mit dem Fahrstuhl hinauf. Ich hatte mir alles genau überlegt und mein Anliegen detailliert per Email dargelegt. Dafür hatte ich die Studienordnung intensiv studiert und meinem Professor gute Gründe für meine Bitte dargelegt, in meinem Fall eine Ausnahme zu machen und mir die vermaledeite Französischklausur zu ersparen – so dass ich endlich meine Abschlussarbeit schreiben könnte.

Ich blieb vor dem Raum meines Professors stehen und tat, was mir Elisabeth und Jürgen eingetrichtert hatten: Ich war vorausschauend und blickte auf meine Uhr. Zu meiner eigenen Überraschung war bisher alles gut aufgegangen. Ich hatte genug Zeit eingeplant, meine Unterlagen dabei und war sehr pünktlich!

Ich hatte die Kontrolle über mein Leben – alle meine Leben!

Mit einem sehr guten Gefühl klopfte ich an und sah mich Sekunden nach dem »Herein« und dem Öffnen der Tür mit vier unbekannten Gesichtern konfrontiert, die mich aufmerksam ansahen. Sekundenlang kämpfte ich gegen meinen automatisch einsetzenden Fluchttrieb an, doch schließlich gelang es mir, die Tür zu schließen und die Klinke loszulassen.

»Ah, die Anna. Pünktlich und zuverlässig wie immer«, behauptete mein Professor, den ich angesichts meiner eigenen Überraschung noch gar nicht registriert hatte. Er klang enthusiastisch und sein Lob verschlug mir wortwörtlich die Sprache. Redete er wirklich von mir? Ich öffnete den Mund, doch kein Wort wollte mir gelingen, und die vorher so sorgfältig zurechtgelegten Sätze und Argumente zerstoben in meinem Kopf.

Trotzdem schüttelte ich die mir gereichten Hände, versuchte, mir die Namen und Titel der anderen Anwesenden zu merken und immerhin freundlich zu lächeln.

»Wir haben Ihren Antrag besprochen und die Studienordnungen verglichen«, begann mein Professor und bedeutete mir, mich zu setzen. Eine Aufforderung, der ich nur zu gerne nachkam, da meine Knie angesichts der vielen Leute, die ich durch meine Schusseligkeit beschäftigt hatte, bedenklich weich geworden waren.

Er lächelte mich verheißungsvoll an – nur um dann all meine aufgeblühten Hoffnungen mit seinen Worten wieder zu zerstören.

»Leider können wir nichts für Sie tun«, verkündete mein Professor kurz und schmerzlos und wirkte, als bedauere er mich aufrichtig. Aber vielleicht war das auch nur die Tatsache, dass er mich nun wahrscheinlich doch noch einige Semester länger ertragen musste. »Sie müssen eine Französisch-Übersetzungsklausur schreiben und den entsprechenden Schein einreichen. Erst dann kann ich Ihnen ein Thema für die Magisterarbeit geben.«

Er räusperte sich und meinte fast flüsternd und mit einem konspirativen Seitenblick zu seinen Kollegen: »Aber ich darf verraten, dass es ein Vergleich sein wird und mit ‚Der Kleinen Meerjungfrau' zu tun hat.«

»Und mit Friedrich de la Motte Fouqué«, meinte einer der Männer, dessen Namen ich mir natürlich nicht hatte merken können.

Innerlich protestierte ich vehement. Denn was genau hatten er und mein Professor nicht verstanden an: Ich konnte kein Französisch. Wie sollte ich dann auf Französisch aus irgendeinem Text von irgendeinem *de la Motte Fouqué* zitieren?

»Falls Sie sich Sorgen wegen ‚Der kleinen Meerjungfrau' machen« …, leider bietet unser Campus ja kein Dänisch an. Aber vielleicht andere, umliegende Unis«, grübelte mein Professor laut.

Dänisch? Hatte ich vorher geglaubt, verwirrt zu sein, wurde ich jetzt eines Besseren belehrt. *Jetzt* war ich verwirrt und konnte spüren, wie die Informationen in meinem Kopf schwirrten. Ich sollte auf Dänisch zitieren? *Und* auf Französisch?

»Also erst schreiben Sie die Französischklausur bei mir, dann kommt das Magisterthema und die Arbeit und dann die mündlichen Prüfungen«, meinte derselbe junge Mann wie zuvor und fasste die relevanten Informationen noch einmal zusammen und … Ich war bei Französischklausur geistig ausgestiegen und hätte immer noch gerne bezüglich der Sprachkenntnisse in Zusammenhang mit den Prüfungsordnungen argumentiert, bekam aber weiterhin keinen Ton heraus. Es waren einfach zu viele Leute anwesend!

»Hatte ich es erwähnt?« Mein Professor zeigte munter und von meinem Schweigen gänzlich ungerührt in die Runde. »Das ist das ganze Team, das bei Ihrer mündlichen Prüfung anwesend sein wird.«

Mündliche Prüfung? Endlich setzte sich das letzte Puzzleteil der relevanten Informationen an die dafür vorgesehene Stelle und ließ mir vor plötzlicher Panik den Mund offen stehen.

Prüfung. Mündlich. Mit Sprechen. Vor Leuten. Irgendwann hatte ich mal irgendetwas in dieser Richtung gehört, aber es irgendwie verdrängt und … wie schön, dass die falsche Fremdsprache und mein akuter Mangel an der Richtigen plötzlich nicht mehr mein einziges Problem war!

❤

Meine Laune war auf dem Tiefpunkt, als ich Matthilda an der Ecke abholte.

»Zeig mir dein Hausaufgabenheft!«, befahl ich. Immerhin auf diesem Gebiet würde ich nicht versagen!

»Welches Hausaufgabenheft?«, erkundigte sie sich unschuldig.

»Warte ... Lass mich überlegen ... das Heft, in das du deine Hausaufgaben hineinschreibst«, witzelte ich, weil ich genau wusste, was jetzt für Ausreden kommen würden. Ich kannte jede von ihnen persönlich.

»Oh. Das! Das habe ich in der Schule vergessen!«, meinte Matthilda. Nicht halb so witzig wie ich – und nicht einmal halb so glaubwürdig, wie angebracht gewesen wäre.

»Dann gehst du bitte zurück und holst es!«

»Ich komme aber nicht mehr in die Schule hinein, da ist nämlich keiner mehr!«, argumentierte Matthilda. Ganz der geborene Demagoge.

»Guck mal, da gehen gerade die Hortbetreuer«, freute ich mich. Und diese Freude musste ich nicht einmal spielen, da ich die drei Personen schon seit Matthildas erster Reaktion erspäht hatte. Blieb nur zu hoffen, dass es sich bei den Dreien wirklich um Betreuer handelte. Zumindest sahen sie älter aus als die Kinder – wenn auch nur geringfügig.

»Die haben aber gar keinen Schlüssel für die Schule!«, protestierte Matthilda, blieb aber bei ihrer Grundausrede.

Zum Glück kam einer der potentiellen Betreuer direkt in unsere Richtung, so dass ich nicht einmal gegen die Ecken-Regel meines kleinen Quälgeistes verstoßen musste. An seiner Seite erkannte ich zwei weitere Personen: die zwei hübschen und stylischen Mädels, mit denen sich Matthilda morgens immer mehr oder weniger zufällig traf und dann von unserem »Treffpunkt« aus weiterging. Beide grinsten mich ungeniert an.

»Entschuldigung«, sprach ich den Mann an und erntete einen verwunderten Blick. »Können Sie mir verraten, was Matthilda heute für Schulaufgaben aufhat?«

Das hippe Mädchen, das direkt neben ihm ging, verkniff sich ein Schmunzeln und Matthildas Blick hätte mich in einem magischen Universum genauso gut getötet wie Lord Voldemorts Fluch oder Darth Vaders dunkle Seite der Macht.

»Ich bin Matthildas Patentante«, schwindelte ich und reichte dem Mann die Hand. »Anna.«

Aus der Nähe betrachtet wirkte er deutlich älter, aber immer noch zu jung, um ein Betreuer zu sein oder gar Vater einer zirka zehnjährigen Tochter. Also im Prinzip wie Lena, nur mit anderen Körperattributen.

»Sehr erfreut«, meinte er und schien langsam zu begreifen, dass es um einen klassischen Hausaufgabenschwindel ging.

»Sie ist nicht in meiner Klasse!«, betonte Matthilda und sah die beiden anderen Mädchen an, und während die Unauffällige den Anstand hatte, weiterhin unauffällig zu sein, grinste mich die andere frech an.

»Ist sie doch!«, meinte der Mann und fügte hinzu: »Und die Parallelklasse hat auch immer dasselbe auf, oder, Ramona?«

Die Angesprochene zucke entschuldigend mit den Schultern, doch die andere reagierte sofort. Wie auf Kommando nahm sie den pinken Ranzen ab und zückte ein pinkfarbenes, glitzerndes Heft, das sie nicht einmal lange suchen musste.

❤

»Ich kann das nicht!«, hatte ich inzwischen gezählte acht Mal gehört, dabei waren wir erst bei Punkt eins der Hausaufgaben angelangt. Mathematik.

»Ihr Erwachsenen wisst überhaupt nicht, wie das ist!«, plärrte es neben mir, während ich mich bemühte, die Aufgaben nicht um des lieben Friedens willen selbst zu machen.

»Genau, wir müssen ja nie was machen, das wir nicht wollen«, gab ich sarkastisch zurück. Immerhin wusste ich inzwischen, dass *Friedrich de la Motte, Baron Irgendwas,* gar kein Franzose war und ich zumindest diesen Romantiker (Google sei Dank!) auf Deutsch zitieren konnte. »De lille Havfruen« hingegen … das war ein weiteres echtes Problem!

»Müsst ihr ja auch nicht machen. Und Hausaufgaben auch nicht«, meinte Matthilda mit einer Gewissheit, die in mir den Wunsch weckte, noch einmal zur Grundschule gehen zu dürfen.

»Ich *muss* für mein Studium sehr wohl Hausaufgaben machen«, widersprach ich, obwohl ich wusste, dass ich die Meinung meines Schützlings niemals würde ändern können. Die Welt der Erwachsenen war fies, für Kinder undurchschaubar und mit seltsamen Regeln gepflastert.

»Ja, aber du *willst* ja studieren«, argumentierte die Grundschülerin dementsprechend folgerichtig.

»Stimmt!«, gab ich zu. »Vergleichende Literaturwissenschaft fand ich schon immer toll.«

»Siehste?!«, triumphierte Matthilda und schwieg einen Moment. Schließlich fragte sie – höchstwahrscheinlich nur, um mich von ihren Hausaufgaben abzulenken: »Was zum Teufel ist denn Vergleichende Literaturwissenschaft?«

»Man vergleicht Texte zum selben Thema«, erklärte ich und ergänzte als Beispiel: »*Medea* habe ich in fünfzehn verschiedenen Varianten aus fünf verschiedenen Epochen gelesen.«

»Aha!«, machte Matti und musterte mich, als wüsste sie nun mehr über mich, als ihr lieb sei.

»Du machst also etwas, das du toll findest? Da verstehe ich nicht, was das mit dem Thema zu tun hat.«

»Aber ich finde eben nicht *alles* an dem Studium toll und mache auch nicht alles richtig.«

»Bedeutet?«, fragte meine Leihtochter genervt. Vermutlich, weil ich noch nicht bereit war, mit der Wahrheit herauszuplatzen und sie ihr – und mir – einzugestehen.

»Ich dachte, ich muss Italienisch lernen«, erklärte ich.

»Und?« Inzwischen war Mattis Genervtheit beinahe in der Luft zu sehen.

»Ich habe Italienisch gelernt«, meinte ich achselzuckend, während ich versuchte, Matthilda allein mit Willenskraft dazu zu bringen, ihre Aufgaben zu lösen und nicht mehr nachzufragen.

»Du sprichst Italienisch?«, erkundigte sich das Mädchen und betrachtete mich wie ein Haustier, das einen interessanten Trick aufgeschnappt hatte.

»Si. Und un poco español«, gab ich zu, erntete aber nur ein Stirnrunzeln, da Matthilda wieder zurück zum Ursprungsproblem kam: »Aber Mathe *muss* ich machen.«

»Und ich *muss* Französisch machen«, meinte ich zähneknirschend und starrte auf mein frisch erstandenes Wörterbuch, als sei es schuld an meiner Misere. Matthilda konnte ruhig wissen, dass auch Erwachsene Fehler machten und Regeln und Vorschriften nicht immer gerecht waren.

Die Grundschülerin sah mich verwirrt an und nahm schließlich eines der anderen neuen Bücher zur Hand. Grammatik Band Eins.

»Ich habe mich in der Studienordnung verlesen und deswegen das Falsche gelernt«, erklärte ich, weil sie nicht zu begreifen schien, was ich ihr sagen wollte, und füge ein »jahrelang« hinzu.

»Das ist ganz schön blöde!«, kommentierte sie.

»Das ist sogar sehr doll ganz schön blöde«, gab ich seufzend zu und sah aus dem Fenster.

»Und was machst du jetzt?«, erkundigte sich Matthilda und sah von ihrem Matheheft auf. Das kleine Biest hatte tatsächlich schon die ersten Aufgaben gelöst. Einfach so.

»Ich habe keine Ahnung«, gestand ich. »Für einen Übersetzungstest muss man die Sprache richtig gut können.«

»Wie läuft so ein Test?« Trotz ihres Mitgefühls und Interesses füllte sich langsam Matthildas Heft mit den Lösungen.

»Na, wir bekommen gesagt, aus welchem Buch, bzw. welchem Buchkapitel, der französische Textausschnitt kommen wird, und dann haben wir drei Wochen lang Zeit, uns darauf vorzubereiten und zu lernen«, beschrieb ich. »Am Prüfungstag ist das dann wie bei euch: In einer Klasse wird ein Zettel mit dem französischen Text ausgeteilt, und wir haben dann eine Stunde Zeit, ihn ins Deutsche zu übersetzen.«

»Klingt nicht schwer!«, meinte die Grundschülerin.

»Tut Mathe auch nicht.«

»Stimmt!« Die Grundschülerin schob mir das Heft zu. »Aber ich bin fertig.«

Ohne auf meine Aufforderung zu warten, zog sie das Leseheft aus ihrem Schulranzen. »Jetzt muss ich nur noch den Text auswendig lernen.«

»Text auswendig lernen?«, wiederholte ich und versuchte die Idee, die mir gekommen war, zu fassen zu bekommen.

Matthilda war schneller als ich und begriff sofort. Aufgeregt fragte sie: »Kannst du das nicht für deine Übersetzung machen? Wenn ihr doch vorher wisst, aus welchem Buch der Text ist!«

»Dreißig Seiten?« Ich dachte über diese Option nach, doch je länger ich überlegte, desto logischer klang die Möglichkeit. »Ich könnte mir das Buch besorgen und auch das deutsche Buch und dann die deutsche Übersetzung über den französischen Text schreiben und beides auswendig lernen.«

»Drei mal neunzig minus zehn?«, fragte Matthilda vollkommen aus dem Zusammenhang.

»260«, antwortete ich, ohne nachzudenken, und Matthilda schrieb meine Antwort in ihr Matheheft.

»Hei!«, protestierte ich. »Du warst noch gar nicht fertig mit Mathe?!«

Ich starrte die Grundschülerin an, konnte ihr aber nicht wirklich böse sein, schließlich war ich der Depp, der auf die Frage hereingefallen war.

»Nein, die eine Aufgabe konnte ich nicht«, gab sie zerknirscht zu.

»Matti-hilda, es ist in Ordnung, etwas nicht zu können«, tröstete ich. Schließlich war ich nicht nur der antwortende Depp, sondern der Depp, der die richtige Fremdsprache nicht konnte.

»Das sagst *du*!«, provozierte Matthilda gewohnt zuverlässig.

»Ja, das sage *ich*!« Und ich war sicherlich kein gutes Vorbild – eher das beste Negativbeispiel, an dem man sich orientieren konnte.

Aber dank meiner Freunde und meiner hilfreichen Feinde – ich strich Matti liebevoll übers Haar – würde sich das ja bald ändern!

»Weißt du was? Wenn du fertig bist, lade ich dich auf dem Weg ins Atelier auf eine Kugel Eis ein«, schlug ich vor – und wenn das mit dem Auswendiglernen klappen würde … dann würde ich für den Rest meines Lebens Matthildas Schulaufgaben machen!

❤

Von außen wirkte das Atelier wie ein gut sortierter Kunstmarkt mit Bildern und Fotos und Rahmen und den dazugehörigen Kinkerlitzchen.

Nach dem Betreten stellte ich jedoch rasch fest, dass die Kinkerlitzchen überwogen. Es gab natürlich auch jede Menge Kunst, Fotowände, gerahmte Fotos, Fotoserien und Collagen, aber im Endeffekt schien Juliane, meine neue Chefin, ihren Hauptumsatz mit Kleinigkeiten für den normalen Geldbeutel zu machen.

Es gab die Möglichkeit, sie für normale Aufnahmen zu buchen und von dem Fotoshooting dann auch interessante Kleinigkeiten zu erwerben. Briefbeschwerer, Anhänger und Ohrringe – aus Plastik oder Glas – bedruckte Kleinode und Ähnliches.

»Das ist nur der vordere Bereich«, informierte mich Juliane, die meinen Blick richtig gedeutet hatte. »Der, der jeden Tag offen ist.«

Die schlanke Brünette zog einen Vorhang gerade weit genug zur Seite, um sich und mich hindurch zu lassen. Zum zweiten Mal an diesem Tag blieb mir der Mund offen stehen. Dieses Mal vor Begeisterung.

»*Das* nenne ich mal ein Atelier!«, lobte ich.

»Hier hinten habe ich nur samstags offen, an den seltenen Ausstellungstagen oder wenn sich jemand vorher angekündigt hat.«

»Der Wahnsinn!«, meinte ich und machte einen weiteren Schritt in das Halbdunkel hinein. Selbst bei dieser mangelhaften Beleuchtung konnte ich erkennen, dass zwei leicht geschwungene Steintreppen – eine von rechts, eine von links – nach oben führten und sich auf einem breiten Vorsprung des Ateliergeschosses trafen.

»Dort oben sind meine Fotos ausgestellt und manchmal die von anderen Künstlern. Eine richtige Vernissage …« Sie schenkte mir ein entschuldigendes Lächeln. »Damit überfalle ich dich jetzt ein wenig, aber das ist einer der Hauptgründe, warum du hier bist.«

»Eine Vernissage? Echt jetzt? Super!«, jubelte ich.

»Echt jetzt?« Juliane beäugte mich misstrauisch, aber ich konnte spüren, wie ich übers ganze Gesicht strahlte.

»Ist viel Arbeit!«, warnte die ältere Frau.

»Ach iwo«, wiegelte ich ab. In Hollywoodfilmen war das auch immer ein großer Spaß und mit Kunst und vielen Leuten … solange ich keine Reden schwingen musste.

»Ich glaube, mit einer Vernissage als Hauptgrund kann ich leben!«, behauptete ich deswegen.

»Gut, denn die zweimal vier Stunden die Woche will ich mit dir fix machen!«

»Zweimal vier Stunden?« Mir stockte der Atem. Das war ja traumhaft! Damit war mein monatlicher Mietanteil gesichert!

»Was muss ich denn in der Zeit machen?«, erkundigte ich mich, weil mir der ganze Job und Juliane plötzlich unheimlich waren. Es war zu einfach und zu nett, um wahr zu sein.

»Fürs Erste reicht es, wenn du mir und den Damen einen Kaffee kochst!«, behauptete die hübsche Atelierchefin und schob mich in einen unauffälligen Nebenraum, der eine kleine Küche beherbergte.

Alleingelassen stellte ich fest, dass die Kaffeemaschine einfach zu finden und simpel zu bedienen war, und auch die anderen Details wie Tablett, Tassen und Löffel stellten kein Problem dar. Wo war dann der Haken?

Immer noch skeptisch balancierte ich das Tablett durch die zweite Tür nach draußen und in den Bereich, der fünf Mal die Woche geöffnet war. Inzwischen hatte sich die gemütliche Sitzgruppe vor der Empfangstheke gefüllt und einige Damen im Alter von zwanzig bis sechzig saßen dort und plauschten miteinander. Über allem thronte die gut gelaunte Juliane, die auf einem Hocker hinter ihrem Tresen saß.

Plötzlich hatte ich eine sehr genaue Vorstellung davon, wo bei dem Job der Haken war: immer und jederzeit zu allen freundlich zu sein. Wenn Juliane die nette und extrovertierte Künstlerin war, sollte ich die Seele des Betriebs sein – unauffällig und kompetent wie eine Kellnerin … nur eben für eine andere Zielgruppe. Ich verzog die Lippen zu einem Lächeln. Soviel zu meiner Dankbarkeit, weil mich Lena, Elisabeth und Jürgen nicht in meinem schwachen Moment zu Vorstellungsgesprächen in Bars animiert hatten.

Über mich und meine naive Vorstellung, »nette Männer nebenbei« kennenlernen oder mich wenigstens von Kunst inspirieren lassen zu können, lächelnd, stellte ich das Tablett vor die Damen und verteilte Kaffee. Gerade als ich mich fragte, ob ich mir auch einen genehmigen konnte, bimmelte die Türglocke und vernichtete mit einem schrillen Ton meine Hoffnung.

Selbst die fröhliche Juliane wirkte kurz, als würde sie am liebsten hinter ihrem Tresen verschwinden, dann lächelte sie die deutlich ältere Frau an und winkte ihr, sich zu der kleinen Gruppe zu setzen.

Ihre Tasche bewegte sich!

Ich starrte das Ungetüm an und versuchte noch zu ergründen, welches Fossil dort lebendig geworden war, als es sich abermals rührte. Erst nach Sekunden wurde mir klar, dass das, was ich für eine Tasche gehalten hatte, die hässlichste Katze war, die ich je gesehen hatte: nahezu haarlos, dafür umso fetter.

»Für mich einen Tee«, bestellte die alte Frau, die auf gespenstische Art und Weise optisch und stimmlich zu ihrem Haustier passte, und ich warf Juliane einen Blick zu. Sie wirkte ebenfalls von der Katze überwältigt, nickte mir aber unauffällig zu.

»Und Kandis«, meinte die Frau mit einem kurzsichtigen Blick auf den Tisch.

»Kommt sofort«, behauptete ich und hoffte wider besseren Wissens, dass die alte Frau zu Julianes Stammkunden gehörte und Kandis somit zum Inventar.

»Und Milch!«, hörte ich die leicht maunzige Aufforderung der Alten, Sekunden bevor sich die Küchentür hinter mir schloss und mein Lächeln gefror. Zweimal vier Stunden die Woche mit diesen Frauen konnten sicher unendlich lange werden!

»Hast du auch Süßstoff?«, maunzte es, als ich Kandis und Milch auf den Tisch stellte.

»Sofort!«, meinte ich und lächelte die Frau und ihr Katzenvieh an. Wenn sie dachte, sie könnte mich aus der Ruhe bringen, hatte sie sich aber arg geschnitten: Mein Lächeln saß perfekt!

Und vorsichtshalber legte ich eine Scheibe Zitrone zum Tee dazu, bevor ich die Untertasse zusammen mit dem Teeglas auf den Tisch stellte.

Sekunden später fluchte ich laut und nur durch Julianes Eingreifen standen Tee, Kaffee und Tassen noch auf dem Tisch, statt meinem panischen Ausweichen zum Opfer gefallen zu sein.

Dieses bescheuerte Vieh!

Juliane hinter mir atmete scharf ein.

»Ich muss doch sehr bitten!«, beschwerte sich die alte Dame ungeachtet der Tatsache, dass ihre Taschenkatze versucht hatte, meinen Arm mit einer Kratzspur zu verzieren. »Meine Maunzi ist doch kein bescheuertes Vieh!«

»Nein, sie mag wohl nur keinen Tee«, meinte ich, weil mir klar wurde, dass ich gerade meinen sicheren Job verspielt hatte.

Zu meiner Überraschung schwieg die alte Dame einen Moment lang nachdenklich, bevor sie deutlich freundlicher meinte: »Ich denke, es hat eher an der Zitrone gelegen. Die hasst Maunzi wie die Pest – obwohl ich sie wirklich gerne im Tee trinke.«

»Soll ich versuchen, sie unauffällig in den Tee zu pressen?«, erkundigte ich mich, da der Gesichtsausdruck der eleganten Vettel in dieser Kombination und mit Blick auf ihr dominantes Katzenvieh wirklich mitleiderregend war.

»Sehr gerne sogar!« Die liebevolle Katzenbesitzerin blinzelte mich kurzsichtig an und tätschelte ihren dicken Liebling so unterwürfig, als habe das Tatzenattentat eher den Vierbeiner denn mich verschreckt. Dabei blitzten die Ringe an ihrer Hand auf. Eine Hand, die mehr Schmuckstücke als freiliegende Haut aufwies. Hätte ich bei Günther Jauch die entsprechende Frage beantworten müssen, hätte ich darauf getippt, dass der juwelenverzierte Schmuck echt war. Also waren die Dame und ihre Katze nicht schlecht erzogen und unverschämt, sondern lediglich reich und exzentrisch.

Mit einem raschen Griff, bei dem ich die Ego-Katze nicht aus den Augen ließ, nahm ich die Tasse wieder vom Tisch, entfernte mich ein Stück gen Empfangstresen und presste wie versprochen die Zitrone in die Flüssigkeit, bevor ich die Schale im Abfall entsorgte. Blieb nur zu hoffen, dass das Katzenvieh dank seines Alters nicht mehr so gut riechen konnte.

»Gut gerettet!«, flüsterte Juliane mit einem breiten Grinsen, »Und falls du dich bei Maunzi einschleimen möchtest …« Unauffällig steckte sie mir einen Katzenkeks zu, den sie schon seit geraumer Zeit bereitgelegt haben musste. Offensichtlich wusste das Katzenvieh seine Umgebung wirklich zu dressieren!

»Ich kann Katzen nicht ausstehen«, flüsterte ich zurück.

»Ich auch nicht!«, gab Juliane zu und wir wechselten einen einvernehmlichen Blick, der auch gleich noch Frauchens Verhalten und das Zitronendesaster mit einbezog.

Sekunden später bekam ich ein Räucherstäbchen in die Hand gedrückt. »Ist Lavendel und entspannt!«, behauptete Juliane und zündete sich selbst eines an, um es anschließend gekonnt in einer Schale auf der Theke zu platzieren. Dabei gab sie einen Blick auf ein ganzes Arsenal an aromatisch duftenden und zum Glück vakuumverpackten Stäbchen frei. Scheinbar konnte man davon nicht genug haben. Ob es an dem Job lag?

Am liebsten hätte ich mein Eigenes auch sofort angezündet – oder mir intravenös gespritzt.

❤

Nach etwa einer Stunde wusste ich mehr über die Anwesenden als über mich selbst, kannte Scheidungsraten, das Liebesleben ihrer Kinder und alle kleinen oder großen Wehwehchen. Ich wusste, wer seine Haare färbte, kannte die bevorzugte Kleidermarke, jedwede Lieblingsboutique und bei einigen der Frauen sogar den aktuellen Kontostand.

Dazu hatte ich erfahren, dass meine Chefin so alt war wie meine Mutter, ihr Ex-Mann nicht nur den Unterhalt, sondern auch die horrende Miete für das Atelier bezahlen musste, sie unglaubliche Steuervorteile durch ihre Selbständigkeit hatte und jedes Jahr beim Finanzamt darum kämpfte, ihren Betrieb nicht wegen Geringfügigkeit aufgeben zu müssen.

An dieser Geringfügigkeit waren allerdings nicht die Damen schuld. Die kauften nämlich jeden Monat regelmäßig je eines der ausgestellten, künstlerisch wertvollen Bilder, wodurch sie ihren täglichen Kaffee-, Tee- oder Sektkonsum refinanzierten.

»Außerdem macht einen der Job nicht kaputt und man hat den ganzen Tag etwas zu tun!«, meinte Juliane gut gelaunt. Ein guter Teil dieser Hochstimmung kam von den rauchenden Stäbchen – ein anderer vermutlich von dem Sekt, zu dem die Damen inzwischen übergegangen waren.

»Und Spaß macht es auch!«, meinte ich und legte meinen Lavendel wieder zurück auf die Theke. Den würde ich nicht benötigen. Zumindest nicht hier oder im Zusammenhang mit diesem Job.

Trotzdem – oder vielleicht auch gerade deswegen – sah mich Juliane an, als sei ich von einem anderen Stern. Wahrscheinlich kannte sie alle Geschichten schon auswendig. Ich nicht, aber ich war bereit, sie auswendig zu lernen – und notfalls Katzenleckerlis zu kaufen.

»Glaub mir«, versicherte ich. »Ich kann mir sehr viele sehr viel schlimmere Dinge vorstellen, mit denen man seine Zeit totschlagen kann.«

Zum Beispiel einen deutsch-französischen Text synchronauswendigzulernen, dachte ich, nickte zu einem Statement der Maunzi-Besitzerin und nippte an meinem Sekt.

Es läuft

Der von mir und meinen Freunden ausgeheckte Plan – na ja, eigentlich nur der von meinen Freunden, da mir bereits im Vorfeld aufgrund meines bisherigen Lebens jede Selbstverantwortung und Eigenkreativität abgesprochen wurde – war denkbar simpel: Mein chaotisches, rothaariges Erstleben würde ich an der Uni und im Atelier bestreiten, eine erfolgreiche und gelassene Brünette wäre ich für meine Mutter, die anstehende schwesterliche Hochzeit und natürlich für Matthildas Schulangelegenheiten, die eine gewisse lässige Souveränität erforderten; und eine sinnliche, aber wie in der Jobbeschreibung gewünschte, familiäre Blondine konnte ich dann in meinem potentiellen PR-Drittleben sein – mit Matthilda als Tochter.

❤

Tja, was soll ich sagen?

Sie hatten Recht und es lief wie geschmiert: Mit roten Haaren fiel ich an der Uni immer noch nicht weiter auf. Lauter Leute auf dem Selbstfindungstrip, da wären lange Haare in Normalfarbig wahrscheinlich eher ein Hingucker gewesen.

Auch die von Matthilda unterstützte Anmeldung für die Übersetzungsklausur war kein Thema. Die restlichen Unterlagen bei der Sekretärin einzureichen und sich in die Liste für den Test eintragen zu lassen, hatte nur ungefähr zwei Minuten und dreißig Sekunden gedauert, und so hatte ich innerhalb von drei Minuten erledigt, was ich in neun Jahren

Uni bislang nicht geschafft hatte: Meinen Abschluss in greifbare Nähe zu rücken.

Und mein Glück hielt an. Mit Prüfungstermin und Uhrzeit in der Hand verließ ich das Sekretariat, ohne meinem Professor zu begegnen, so dass ich gar nicht erst in die Verlegenheit kam, ihm erklären zu müssen, warum ich gestern versucht hatte, einen Sonderantrag für eine Klausur auf Italienisch zu stellen, wo ich doch heute sehr wohl in der Lage schien, auch eine Französischklausur zu meistern.

Allerdings wäre ich sogar darauf vorbereitet gewesen. Dank Jürgen und Elisabeth. Die beiden waren mit mir haarklein jede mögliche Gesprächswendung und jeden vorstellbaren Zufall durchgegangen, so dass ich geistig für alles gewappnet war.

Das galt zum Glück auch für das Vorstellungsgespräch, das ich gestern drei Stunden lang mit meinen Freunden durchgespielt hatte. Wieder und wieder und wieder …

Mit diesem beruhigenden Gedanken bog ich auf eine der Unitoiletten ab und wusste schlagartig wieder, warum ich diese Räumlichkeiten nach Möglichkeit mied: Wenn hier die zukünftige Bildungselite des Landes ihre Ausscheidungen beseitigte, dann Prost Mahlzeit!

Selbst Autobahntoiletten sahen selten schlimmer aus. Dabei konnte es doch nicht so schwer sein, eine Toilette zu bedienen… sollte man meinen. Es war ganz simpel und die meisten Leute lernten es mit drei Jahren: Deckel hoch, Arsch drauf, Geschäft erledigen, mit Papier abputzen, Papier reinwerfen, Toilette abziehen, aufstehen, eventuell Schüssel säubern, Deckel runter und fertig. Keine zehn Punkte. Klappte trotzdem nicht.

Ähnliches galt für die Waschbecken, die Spiegel, die Abfalleimer und die Fußböden. Es war mir ein einziges Rätsel, warum die Spiegel schmutzig waren – ich berührte sie nie, um mir die Hände zu waschen oder mich herzurichten – oder warum Toilettenpapier auf dem Boden lag … also quasi einen ganzen Raum weit von den Klos entfernt.

Möglichst flach atmend, um nicht vom Duft nach Toilettenstein ohnmächtig zu werden, steckte ich meine Haare so fest, wie es mich Elisabeth gelehrt hatte. Dann richtete ich den Perücken-Blondschopf, als hätte ich mein Leben lang nichts anderes getan, befestigte ihn sorgfältig und prüfte das Ergebnis – um es anschließend noch einmal zu kontrollieren.

Sorgfältig legte ich ein wenig mehr Rouge auf, korrigierte den Lidstrich – beides hatte ich hauptsächlich dank Jürgens Unterstützung dabei – und dachte an Elisabeths Mantra: »Wenn du besser aussiehst, als du dich fühlst, fühlst du dich gleich viel besser.«

Und ich fühlte mich toll! Lächelnd und mit einem schrecklich guten Gefühl erinnerte ich mich an das »vorausschauende Handeln«, pflückte das an meinen Schuhen klebengebliebene Papier ab und verließ das Müffelmausoleum. Dabei sah ich noch einmal an mir herunter, prüfte mit einem Griff sogar meine Rückseite, achtete auf die Reaktionen der ersten Entgegenkommenden und ging nach einsetzender Erleichterung, weil alles in Ordnung zu sein schien, noch einmal Jürgens Mantra durch: »Du musst deine Gedanken positiv formulieren – den Rest erledigt dein Unterbewusstsein für dich.«

Blieb nur zu hoffen, dass mein Unterbewusstsein bereits über diesen Arbeitsschritt informiert war!

❤

Da ich überpünktlich war und es auch bleiben wollte, hatte ich mich dafür entschieden, mich nicht in die Schlange der Wartenden einzureihen, sondern die Treppe zu nehmen. Eine Etage, da geriet ja noch nicht einmal mein Deo in irgendeine Form von Bedrängnis.

Zumindest nicht, bis die Tür genau in dem Moment mit voller Wucht aufgedrückt wurde, als ich meine Hand nach der Klinke ausstreckte. Im letzten Moment sprang ich zur Seite und konnte meinen Kopf und meinen Körper in Sicherheit bringen.

»Vorsicht!«, maulte die Stimme des Hektikers, obwohl er sich selbst vor dem Rückstoß der von der Wand abprallenden Tür in Sicherheit bringen musste.

»Das kommt zu spät!«, fauchte ich und sah mich mit einer breiten Brust konfrontiert, die mir merkwürdigerweise vertraut vorkam. Unwillkürlich hielt ich die Luft an und blickte direkt in das Gesicht, das mich schon bei meiner Wohnungssuche aus dem Konzept gebracht hatte.

»Schon wieder?«, meinte ich deswegen. Ganz offensichtlich mochte der Herr meinen Kopf einfach nicht!

»Schon wieder?«, echote es verständnislos von oben herab und seine Verwirrung brachte mich vollständig aus dem Konzept. Ich öffnete den

Mund, um ihn darauf aufmerksam zu machen, dass es schon wieder mein Kopf gewesen war, den er um Haaresbreite erwischt hatte, aber kein Ton wollte meine Lippen verlassen.

»Haben Sie sich den Kopf gestoßen?«, erkundigte er sich. Dieses Mal deutlich besorgter.

Du bist blond und hübsch und erfolgreich, erinnerte mich meine innere Stimme und übernahm die Antwort.

»Nein, habe ich nicht. Aber es war zum zweiten Mal heute sehr knapp«, schwindelte meine Blondinenstimme.

Thor musterte mich so prüfend, als hinterfrage er meine Aussage.

Er kann dich nicht erkennen, du hast eine andere Haarfarbe, bist toll geschminkt und siehst auch sonst ganz anders aus, beruhigte meine innere Stimme mein plötzlich wie wild klopfendes Herz.

Leider sah er noch immer genauso aus wie bei unserem ersten Treffen. Sensationell gut.

»Ist wirklich alles in Ordnung?«, erkundigte er sich.

»Ja, danke!«, meinte ich versöhnlich. Er mochte zwar ein Tür-Trampel sein, aber immerhin war er besorgt um mein Wohlergehen.

»Na dann … noch einen schönen Tag!«, verabschiedete er sich mit einem Lächeln, das meine Knie weich werden ließ, und nahm die Stufen nach unten.

Erst als mich ein Klicken darüber informierte, dass er das Treppenhaus verlassen hatte, normalisierten sich mein Herzschlag und der Status meiner Knie soweit, dass ich es ihm gleichtun konnte und meine Zieletage betrat.

❤

Trotz des Zwischenfalls mit der Tür und dem verwirrenden Zusammentreffen mit meinem Traummann war ich pünktlich!

Und das war kein Wunder – wenn ich Jürgen glauben durfte –, denn ich hatte heute Morgen gedacht »Du wirst pünktlich sein« und nicht »Du wirst nicht zu spät kommen«. Es war ein wenig wie bei »Wünsche dir was vom Universum«, nur dass man es sich selbst von seinem Unterbewusstsein abholte – in kleinen Schritten.

Sogar »meine« Matthilda war, wie im von Jürgen einberufenen Krisenrat verabredet, schon da und wartete vor der durchscheinenden Eingangstür der PR-Firma auf mich. Da die Firma hauptsächlich Kunden aus der Eltern- bzw. Kinderecke betreute, waren sich meine Freunde einig gewesen, dass man dort als alleinerziehende Mutter die besten Chancen hatte. Und da sie mich in der Bewerbung schon als eine angepriesen hatten …, konnte ich nun nur noch auf Mattis guten Willen hoffen.

»Gott sei Dank!«, seufzte ich erleichtert und griff nach ihrer Hand, um beim Eintreten ein harmonisches Mutter-Tochter-Bild abzugeben. Doch Matti war schneller als ich, entzog mir ihre Finger und öffnete die Tür, um mich scheinbar galant als Erste eintreten zu lassen.

Ich hielt die Luft an, schickte ein letztes Stoßgebet gen Himmel und tat, wozu mich meine Leihtochter zwang: Ich trat ein.

Die nächsten Sekunden verbrachte ich damit, das positive Betriebsklima in mich aufzusaugen. Es schien von der gesamten Inneneinrichtung auszugehen, angefangen bei der erstklassigen Wandfarbe über die wohlplatzierten Lichtquellen bis hin zu geschmackvoll ausgewählten Accessoires wie Garderobe, Schirmständer und Blumenvase auf dem Empfangstresen, hinter dem eine dünne Frau stand und mich anlächelte und … Mein Herz setzte einen Schlag aus und meine Beine drohten, unter mir nachzugeben.

»Mama?« Matthilda griff nach meiner Hand und dirigierte mich weiter gen Empfangstresen.

»Meine Mutter hat ein Bewerbungsgespräch mit Herrn Hansen!«, verkündete mein kleines, gut vorbereitetes Ich, ohne sich durch mein Verhalten aus dem Konzept bringen zu lassen.

Was zum Teufel machte Hagar, Sabines beste Freundin, hier? Gott! Ich meine …, ich hatte natürlich gewusst, dass die hagere Hexe bei einer PR-Agentur arbeitete, aber doch nicht, bei welcher! Musste es ausgerechnet diese sein?

Wahrscheinlich hast du einfach mal wieder nicht zugehört, murmelte meine innere Stimme in einem Tonfall, für den ich sie am liebsten getreten hätte. Stattdessen war ich versucht, mir die Haare zu raufen. Wie viel durfte in so einem durchschnittlichen Leben denn eigentlich schiefgehen?

Ich für meinen Teil war mir sicher, dass ich die Quote schon weit überschritten hatte – durch eigene Trampeligkeit, die mich immer wieder in solche Situationen schlittern ließ.

»Frau Anna-Lena Gercke, nicht wahr?«, erkundigte sich Hagar freundlich und prüfte die Daten in ihrem Kalender.

Gercke? Ich warf Matthilda einen Blick zu, doch sie lächelte mich nur an, wie es sich für ein glückliches und auf die Mutter stolzes Kind gehörte. Dabei war ich gar nicht Anna-Lena Gercke, ihre Mutter, sondern Anna, die zu blöde war, sich zu merken, wo ihre dürren Erzfeinde arbeiteten.

Hagar zwinkerte ihr gut gelaunt zu und deutete in den rechten Gang. »Gehen Sie schon einmal in den Raum geradeaus, ich bringe Ihnen etwas zu trinken?«

»Für mich gerne ein Wasser«, sagte ich und widerstand dem Drang, meine Stimme zu verstellen.

»Für mich auch, danke!«, piepste Matthilda höflich und klang gleichzeitig sehr aufgeregt. Also an dieses reizende kleine Wesen könnte ich mich glatt gewöhnen!

»Wusstest du, dass ich hier unter dem Namen deiner Mutter eingeladen worden bin?«, erkundigte ich mich flüsternd, während wir auf die gezeigte Tür zugingen.

»Nein«, flüsterte Matthilda zurück. »Ich dachte, ihr hättet alle biografischen Fakten durchgearbeitet.«

Ich nickte und klopfte gleichzeitig an. Das hatten wir auch. Also das konspirative Team Anna, bestehend aus Nina, Jürgen, Elisabeth und Lena, aber niemand hatte es für nötig befunden, mich über die Kleinigkeit meines Namens zu informieren. Da konnte ich nur gespannt sein, wie sie das mit der Sozialversicherungsnummer und der Bankverbindung lösen wollten!

❤

Mir war immer noch ein wenig flau im Magen, als ich mich mit falschem Namen vorstellte und dem sympathisch wirkenden älteren Mann, den ich dank meiner Vorbereitung als den Chef höchstpersönlich identifizieren konnte und der höflich aufgestanden war, die Hand schüttelte. Ganz die alte Schule, stellte er sich vor und wartete, bis ich mich hingesetzt hatte, bevor er es mir gleichtat. Nur zu gerne hätte ich jetzt Matthilda neben mir gehabt. Sie war zwar als Glücksbringer eher unzuverlässig, aber hier hätte ich sie und ihre Launen immerhin im Blick gehabt. Jetzt, wo Herr Hansen meine »Tochter« erst einmal zurück zu Hagar geschickt hatte, konnte ich nur stumm beten, dass sie sich weder verplapperte, noch der hageren Sekretärin irgendeinen Anlass gab, misstrauisch zu werden.

»Also, Frau Gercke ...« Herr Hansen lehnte sich in seinem Stuhl zurück und unterbrach meine aufgewühlten Gedanken. »Erzählen Sie mir ein wenig von Ihrem Lebenslauf.«

Achtlos schob er die vor sich liegenden Papiere, meine Bewerbung, zur Seite und musterte mich interessiert. Ob er auch den Lebenslauf gelesen hatte und jetzt erwartete, dass ich alles genauso, wenn möglich wortgetreu, wiederholte, oder lieber etwas Neues, Originelles hören wollte, darüber hatten meine vier Berater am Abend zuvor abgestimmt und sich schließlich auf eine Mischung aus beidem geeinigt. Ein Vortrag, der Herrn Hansens Wohlwollen hervorrief, denn er nickte an den richtigen Stellen und hörte aufmerksam zu.

Als ich meine auswendig gelernte Erzählung beendet hatte, erkundigte er sich: »Was denken Sie, qualifiziert Sie für einen PR-Job?«

»Ich kann gut mit Worten umgehen und angeblich auch mit Menschen – das behaupten zumindest alle, die mich kennen, ich selbst bin mir da nicht so sicher.«

An dieser Stelle erntete ich genau das von Jürgen vorhergesehene Lachen und hatte das Eis gebrochen.

»Weiter!«, forderte mein Gegenüber trotzdem pflichtbewusst.

»Ich denke, ich kann gut verkaufen und denke nicht immer nur im gewohnten Rahmen.« Als Beispiel zog ich meine Französischklausur und die damit verbundene Lernweise heran – allerdings tat ich so, als hätte das Auswendiglernen schon geklappt, so dass ich wieder ein Lachen erntete. Als es abebbte, fuhr ich mit meiner Aufzählung fort: »Ich habe Grundkurse in Psychologie und Philosophie belegt.«

Das stimmte sogar. Allerdings hatte ich nach jeweils genau einem Semester festgestellt, dass beide Fächer reine Zeitverschwendung waren und mich null interessierten. Diese Kleinigkeit ließ ich natürlich aus.

»Meine Nebenfächer sind Geschichte – obwohl ich das hier und heute nur anführen kann, um zu begründen, warum ich Zusammenhänge schnell begreife – und Pädagogik. Mein Schwerpunkt liegt in der Erwachsenenbildung.«

»Sehr schön!«, behauptete mein Gegenüber und wirkte immer noch sehr freundlich und sehr interessiert. Etwas, das ich nicht nur den zahlreichen Lachfalten auf seinem Gesicht zuschreiben wollte.

»Und dann natürlich meine Erfahrungen als Mutter«, fügte ich hinzu.

»Womit wir strenggenommen schon bei meiner nächsten Frage sind: Was qualifiziert Sie für *unseren* Job?«, unterbrach Herr Hansen und schenkte mir ein Lächeln, was sein Gesicht noch mehr in Falten legte.

Dann tat er, wovor ich schon die ganze Zeit über Angst gehabt hatte: Er stand auf und ging zur Tür, um meine Nemesis einzulassen.

Es dauerte einen Augenblick, aber schließlich betrat Matthilda den Raum und meine Erzfeindin Hagar folgte ihr auf dem Fuße.

»Entschuldigung, wir haben uns ein wenig verspielt!«, erklärte sie.

Hatte ich richtig gehört? Verspielt? Ich warf einen Blick von ihr zu Matthilda und wieder zu Herrn Hansen, konnte aber keine Weitergabe geheimer Botschaften zwischen ihnen erkennen.

»Mau-Mau, und ich habe dreimal gewonnen!«, meinte Matthilda, nicht ganz ohne Befriedigung in der Stimme.

»Nächstes Mal probieren wir Schach?!«, schlug Hagar fragend vor. Schließlich war es nicht selbstverständlich, dass jemand in Mattis Alter dieses Spiel beherrschte.

»Was ist höflicher? Wenn ich auf Weiß bestehe oder den ersten Zug großzügig überlasse?«, erkundigte sich Matti bei mir.

»Beides könnte als unverschämt ausgelegt werden!«, kam mir mein Chef in spe zuvor. Zu meiner Überraschung schwieg Matti und legte fragend den Kopf schräg.

»Bei dem ersten Vorschlag bestehst du auf deinem Vorteil und beim zweiten betonst du, dass du genau diesen Vorteil nicht nötig hast, und implizierst, dass du eh gewinnst.«

»Implizieren bedeutet ‚gehst davon aus', erklärte ich Matthilda automatisch und hätte mich im selben Moment für meine Unvorsichtigkeit ohrfeigen können. Natürlich würde Mini-me meine nett gemeinte Erklärung gegen mich verwenden. Aber die Kurze nickte nur und bedankte sich. Wer zum Teufel war dieses Kind und wieso sah es aus wie Matthilda?

»Was erwarten Sie von einem Job?«, erkundigte sich Herr Hansen und riss mich aus meinem kurzen Paranoiaanflug.

»Ehrlich? In erster Linie müssen die grundlegenden Dinge stimmen«, erklärte ich, wie mit Jürgen eingeübt. »Also die Arbeitszeit, die Aufgabe und das Geld.«

Ich atmete scheinbar nachdenklich aus. »Diese drei Punkte sind mir sehr wichtig, da ich als alleinerziehende Mutter für Matthilda verantwortlich bin, aber sie nicht nur versorgen, sondern auch Zeit mit ihr verbringen möchte.«

Matthilda lächelte mich an: »Und das, obwohl ich meine Hausaufgaben lieber wieder alleine machen würde.«

»Wieder?«, erkundigte sich mein zukünftiger Chef misstrauisch.

»Der Dank dafür gebührt meinem Exmann«, improvisierte ich, von Matthildas nebenbei platzierter und beinahe liebevoller Attacke überfordert. »Ich habe noch nie so viel Rot in einem Hausaufgabenheft gesehen.«

»Ist bei uns schon ein Weilchen her, kenne ich aber«, meinte Herr Hansen und zwinkerte mir zu. Von einem Elternteil zum anderen.

»Und sie passt wirklich auf wie ein Adler!«, maulte Matthilda und fügte hinzu: »Und hat fiese Tricks drauf.«

»Bildung ist wichtig und die Lehrer wollen einen mit Hausaufgaben nicht ärgern«, erklärte ich ohne Mühe und ohne schlechtes Gewissen ganz mütterlich.

»Meistens jedenfalls«, ergänzte Herr Hansen spitzbübisch.

»Meistens jedenfalls«, stimmte ich zu und wir teilten abermals einen elterlichen Blick, der uns zusammenschweißte.

Und dann kam die Frage, vor der ich mich am meisten gefürchtet hatte: »Was können Sie für uns tun?«

»Vor der Frage habe ich mich gefürchtet«, gab ich zu. Nicht weil ich von diesem Satz überzeugt war, sondern weil Jürgen gemeint hatte, dass Ehrlichkeit immer gut ankäme.

»Ich weiß, dass es bestimmt mehr Bewerberinnen gibt, die meinen Lebenslauf aufweisen, aber schon das ein oder andere Praktikum vorlegen können. Andererseits bin ich jung und unverbraucht und bereit, in alle Richtungen zu denken und nicht nur in die eine, die ich bereits kenne und mit der ich schon einmal Erfolg hatte«, hob ich einen meiner tatsächlichen und wichtigen Wesenszüge hervor.

»Ich kann sehr gut verkaufen, weil ich immer das Positive sehe und herausstelle, und habe während des Studiums verschiedene Kurse in Rhetorik und Farblehre besucht.«

»Sie können also gut verkaufen?«, hakte Herr Hansen nach und ein großer Teil seines Gesichtes hatte sich in grüblerische Falten gelegt, als sei er noch nicht ganz überzeugt.

»Alles außer Hausaufgaben«, mischte sich Matthilda ein und lenkte die Aufmerksamkeit wieder auf sich.

»Außer Hausaufgaben«, gestand ich.

»Da versucht sie es mit Bestechung«, schwindelte meine Leihtochter.

»Und?«, erkundigte sich Herr Hansen und sein prüfender Blick wanderte von mir zu Matthilda und wieder zurück. »Funktioniert die?«

»Einwandfrei!«, lachte mein kleines Ich und brachte mir den ersten anerkennenden Blick meines Lebens ein.

❤

Bei einem Blick auf die Uhr kam ich nicht umhin, mich selbst zu beglückwünschen. Ich war zu früh!

Erleichtert betrat ich den riesigen Brautladen und wurde für meine umsichtige Zeiteinteilung mit einer freien Verkäuferin belohnt, die auch sofort beflissen auf mich zusteuerte.

»Kann ich Ihnen behilflich sein?« Sie schenkte mir ein professionelles Lächeln, aber ihr Blick glitt bereits über meinen Körper, als versuche sie, Maß zu nehmen und mich als Kundin einzuschätzen.

»Ja, sehr gerne!«, behauptete ich trotzdem. »Meine Schwester hat rosa Kleider für die Blumenmädchen zurückhängen lassen – wir sind hier in einer Viertelstunde verabredet und ich dachte, ich nutze die Zeit schon einmal, um eine Vorauswahl zu treffen.«

Ich lächelte, denn meine Worte waren die nette Übersetzung für: Ich bin absichtlich zu früh gekommen, um die Kleider mit meiner brünetten Perücke anzuprobieren und die ganz unmöglichen Teile schon im Vorfeld auszusortieren.

»Rosa?«, erkundigte sich die Verkäuferin und wirkte einen Moment lang überfordert. Dann lächelte sie wieder ihr Zahnpastalächeln und strahlte. »Eine gute Wahl! Gehen Sie doch schon einmal in eine der

Kabinen, ich schaue in unsere Daten und bringe Ihnen die Modelle – in Ihrer Größe!«

Obwohl das Lächeln der Frau immer noch nett war, ihre Stimme objektiv geklungen hatte und sich meine Füße wie von selbst in Bewegung setzten, konnte ich spüren, wie sich meine Hände unwillkürlich zu Fäusten geballt hatten.

Aber so war das nun einmal, wer den Schaden hatte, brauchte für den Spott nicht mehr zu sorgen!

Mit Bedacht wählte ich eine der zwei Kabinen, die noch vor dem eigentlichen Kabinengang lagen. So würde ich meine Schwester und meine Mutter nicht ganz so nahe bei mir haben und den ein oder anderen kleidertechnischen Fehlgriff vielleicht ungezeigt zurückgeben können.

»Entschuldigung?«, bat eine Frau vor dem Umkleidevorhang. »Ich habe die ersten zwei Kleider für Sie?«

Die Stimme klang nicht nach der Verkäuferin, die mich allein durch ihre Wortwahl daran erinnert hatte, dass Rosa keine Farbe für kurvige Rothaarige war, sondern nach …

»Lena?« Ich riss den Vorhang zur Seite und starrte meine Mitbewohnerin an. »Was machst du denn hier?«

»Arbeiten. In meinem Drittjob, was denn sonst?«, gab sie zurück.

»Schon klar!« Das hatte ich ganz vergessen. Deswegen hatte ich meine Schwester ja unauffällig in *dieses* Brautgeschäft gelotst. Damit Lena einen Verkaufsbonus einstrich.

»Ich habe nur gedacht, du hättest hier heute frei und wärst bei deinem Job in der Cateringfirma. Apropos: Hast du schon geschaut, ob ihr als Cateringfirma für die Hochzeit meiner Schwester engagiert seid?«, erkundigte ich mich. *Das* wäre doch endlich mal ein lustiger Zufall!

»Das würde mir noch fehlen!« Lena verdrehte die Augen. »Du feierst und ich muss arbeiten.«

»Schau doch mal im Auftragsbuch nach«, bat ich, hatte aber gleichzeitig einen Anfall von schlechtem Gewissen. Denn mal abgesehen davon, dass unsere Familienevents stets einem Loriot-Film entsprungen schienen und eher einer skurrilen Horrorkomödie glichen, dauerten sie auch noch ewig. Mitleidig seufzend verschwand ich mit dem ersten

Kleid in der Umkleidekabine. Lena gab wirklich alles für ihre beiden Kids – und zumindest Matti wusste das gar nicht zu schätzen.

»Drei Jobs …«, wiederholte ich deswegen. Es entsetzte mich immer wieder, was Lena alles für ihre Kinder auf sich nahm, und ich nahm mir vor, Matthilda bei der nächsten passenden Gelegenheit darauf hinzuweisen oder …

»Weiß Matti das eigentlich?«, erkundigte ich mich.

»Sie hält mich doch eh für einen Verlierer und eine Rabenmutter«, behauptete Lena.

»Tu sie nicht, sie ist nur … sehr allein«, versuchte ich zu erklären, obwohl es an Lenas Aussage nicht viel zu rütteln gab. Aber nichts lag mir ferner, als Lena darauf hinzuweisen, dass Matti bei all ihrer altklugen Weisheit und der nervigen Besserwisserei eben auch noch eine Mutter benötigte, die sie ins Bett brachte und die in ihrer kurzbemessenen freien Zeit nicht immer nur mit dem Baby zusammenhing.

»Sie hat doch dich, und wenn ich kellnere, Jürgen oder Elisabeth«, meinte Lena verständnislos und reichte mir etwas durch den Vorhang, das aussah wie ein missglückter Brautschleier.

»Was ist denn das?«

»Wenn du den Hersteller fragst, ist es eine wundervolle Ergänzung des Brautschleiers im Blumenmädchenschmuck, wenn du mich fragst, wurde es für die besonders hässlichen Mädchen erfunden, damit deren Gesichter versteckt werden können.«

»Du bist gemein!«, meinte ich, hängte das rosa Tüllteil aber angemessen weit weg an die Vorhangstange. »Außerdem meinte ich gleichaltrige Freundinnen für Matti.«

»So wie das kleine Biest aus der Schule?« Lena nahm das rosafarbene Haarmonster wieder an sich.

»Welches kleine Biest?«, fragte ich, obwohl ich sofort an die beiden Mini-Models denken musste, die Matthilda Tag für Tag zu beeindrucken suchte.

»Ihre On-Off-Freundin mit den schönen Haaren«, erklärte Lena, als sei ich begriffsstutzig.

»Ah, die schicke Ramona?!«, meinte ich. »Das Mädchen mit dem fiesen Lächeln.«

Ich zog den Vorhang zurück, trat aus der Umkleidekabine und unaufgefordert half mir Lena, das Kleid am Rücken zu schließen.

»Sieht ganz gut aus!«, behauptete sie nicht sehr überzeugend.

»Nein«, meinte ich und ließ mir abermals mit dem Reißverschluss helfen. Dieses Mal in die andere Richtung. »Und meine Haare gehen gar nicht.«

»Meine Chefin sagte, du wärst die perfekte 10«, meinte Lena, während ich mich aus dem Kleid und gleich wieder in das nächste hineinquälte.

»Häh?«

»Hörst du keine Musik? The perfect ten?«

Ich schüttelte den Kopf, erinnerte mich dann daran, dass Lena diese Geste gar nicht sehen konnte, und meinte: »Nein, kenne ich nicht.«

Geübt flocht ich die roten Strähnen zu einem Bauernzopf und steckte den Zopf anschließend hoch.

»Das bedeutet, dass du eine perfekte Figur hast!«, schmeichelte Lena. »Zumindest wenn man nicht nach Kleidergrößen geht.«

»Jetzt weiß ich gar nicht, ob ich mich geschmeichelt fühlen soll oder ob ich die Bemerkung als Beleidigung verbuche«, kommentierte ich und setzte die braune Perücke auf. So sah Rosa doch gleich viel besser aus!

Drei Kleider weiter war ich versucht, meine Aussage zurückzunehmen. Rosa war und blieb … Rosa und damit einfach nicht meine Farbe.

»Das ist ganz schick!«, meinte Lena, als ich endlich wieder aus der Kabine trat.

»Ja, wenn ich oben auf der Torte stehen würde, wäre es sogar toll«, konterte ich. Ich sah nämlich aus wie ein Sahnebaiser.

Ich warf einen zweiten Blick in den Spiegel und auf die Frau, die hinter mir stand und mich mit weit aufgerissenen Augen ansah.

»Hallo, Mama!«, grüßte ich und drehte mich zu ihr um. »So schlimm ist es auch wieder nicht!« Ich deutete auf das Kleid. Baiser bedeutete schließlich »Irgendwie zum Anbeißen«, oder nicht?

Erst dann fiel mir auf, dass ich immer noch die brünette Perücke trug und meine Verwandtschaft eigentlich sanft auf diesen Haarfarbenwechsel hatte einstimmen wollen.

»Sieht sogar recht gut aus«, stammelte meine Mutter und hakte mich unter, um mich Richtung Spiegel zu drehen. Neben mir stehend betrachtete sie das Ergebnis im Spiegel. »Sieht wirklich gut aus«, bestätigte sie ihre Aussage. »Gewöhnungsbedürftig, aber gut!«

Ich nickte, schockiert über ihren Blick, der fast einem Kompliment gleichkam.

»Aber warum hast du sie gefärbt? Rot war doch schick«, erkundigte sie sich.

»Ja, aber ich wollte etwas Neues.« Ich blickte in den Spiegel und fand, dass das Kompliment durchaus angebracht war. Ich sah trotz Baiserkleid hinreißend aus.

»Ich fand deine Haare immer toll – sie haben zu dir gepasst«, gab sie zu.

»Eben«, meinte ich und erklärte: »Ich wollte einen neuen Lebensabschnitt anfangen. Ernster werden, zielstrebiger, und das musste sich auch einfach in meiner Haarfarbe widerspiegeln.«

»Brünett ist seriös«, stimmte meine Mum mir zu. Dabei beäugte sie mich so neugierig, dass ich seufzend zugab: »Ich habe mich zur Magisterprüfung angemeldet.«

»Und die Übersetzungsklausur?«

»Bin ich auch für angemeldet.«

»Du kannst kein Französisch.«

»Wie gesagt, als Brünette bin ich zielstrebiger – und diese ganzen lateinstämmigen Sprachen sind ja miteinander verwandt, so dass ich schnell lernen konnte«, flunkerte ich.

»Steckt ein Mann dahinter?«, fragte meine Mum misstrauisch, aber auch mit einem Hauch Entzücken in der Stimme. Darin konnte ich schon das Trippeltrappel der Enkelkinder hören.

»Nein«, meinte ich ganz wahrheitsgetreu.

»Sieht wirklich gut aus!«, wiederholte meine Mum nichtsdestotrotz.

»Trotzdem sind die Kleider noch nicht so …« Ich rang nach den richtigen Worten, sah zu Lena und überlegte, ob ich sie vorstellen sollte.

Als hätte meine Mitbewohnerin mit den drei Jobs meine Gedanken erraten, deutete sie mir an, mir die Kehle durchzuschneiden, wenn ich es täte.

»Es sind ja noch zehn Stück in der Auswahl«, bestach sie mich und reichte mir das nächste Kleid.

»Zehn?!«, wiederholte ich, schlug geistig die Hände über dem Kopf zusammen und floh zurück in die Umkleidekabine.

»Mama!«, hörte ich Sabines flötenden Ruf, direkt nachdem die Türglocke einen neuen Kunden angekündigt hatte.

»Hier hinten!«, tönte meine Mutter ungeachtet der anderen Leute im Laden zurück.

Kurz darauf, ich schälte mich gerade aus dem Baiser, hörte ich die zwei Begrüßungsküsschen und dann noch einmal zwei … und dann … Hagars Stimme.

Scheiße! Was machte *die* denn hier?

Halb umgezogen spähte ich durch einen Spalt des Vorhangs und meine Überlegungen rasten. Wenn ich jetzt mit brünetten Haaren rauskam, dann bestand eine große Chance, dass die dürre Kuh merkte, woher sie die blonde Supermutter, die sich heute in ihrer Firma beworben hatte, kannte. Ich fand die hagere Hagar zwar doof, aber das hieß ja nicht, dass sie völlig bescheuert war.

Im Gegensatz zu mir, denn als Rothaarige konnte ich auch nicht rausgehen, weil ich grade meiner Mutter weisgemacht hatte, dass ich meine Haarfarbe dauerhaft geändert hatte, um ein neuen Lebensabschnitt einzuläuten. Ich Idiot!

»Lena«, flüsterte ich nach einer kurzen Denkpause.

»Ist das meine Lieblingsschwester?«, erkundigte sich Sabine mit einer entzückenden Stimme, die einen ebenso entzückten Unterton enthielt.

»Ja, bin ich!«, versuchte ich genauso heiter zu klingen. »Ist die Verkäuferin in der Nähe?«

»Komm doch raus!«, forderte Sabine.

»Würde ich, wenn ich könnte!«, behauptete ich und war versucht, mich an der Innenwand festzukrallen.

»Sie sieht sooo gut aus!«, versicherte meine Mutter in einem stolzen Mutterton, den ich von ihr gar nicht kannte.

»Ich bin gespannt!«, log Hagar und schaffte es, selbst diese zwei Worte gehässig klingen zu lassen.

»Du wirst staunen!«, behauptete meine Mutter.

»Die Verkäuferin?«, versuchte ich nochmal und hoffte, dass niemand meine Haare erwähnte.

»Bin da!«, meinte Lena. Sie klang außer Puste.

»Können Sie reinkommen?«, bat ich.

»Mach es doch nicht so spannend!« quengelte Sabine gut gelaunt.

Zum Glück hörte Lena nicht auf sie, sondern schob sich durch einen Spalt, den sie im Vorhang öffnete.

»Was ist los?«, flüsterte sie und klang dabei so panisch, wie ich mich fühlte.

In kurzen Worten erzählte ich meiner Freundin von dem Bewerbungsgespräch und von Hagar und kam mir selbst doof vor. Vielleicht war ich nur paranoid und konnte jetzt einfach mit der Perücke rausgehen?

»Würde ich auch nicht riskieren«, gab mir Lena recht. »Nicht am selben Tag!«

Ich nickte. Nur weil man paranoid war, hieß das schließlich nicht, dass man nicht verfolgt wurde.

»Ich lenke deine Mutter ab!«, versprach Lena. »Komm nur auf meine Aufforderung raus.«

Sie verließ die Kabine und ich nutzte die Zeit, um mich von der Perücke zu befreien und das nächste Kleid anzuziehen. Es war so hauteng, dass ich versucht war, es sofort wieder auszuziehen, doch genau in diesem Augenblick forderte Lena: »Und das nächste Kleid, bitte!«

Nur noch neun! Erleichtert verließ ich den kleinen Umziehraum und lief meiner wartenden Schwester und den obligatorischen Begrüßungsküsschen entgegen. Hagar starrte mich lediglich an. Misstrauisch, wie ich fand.

»Was ist?«, maulte ich, da ihre Anwesenheit bei mir wie immer für schlechte Laune sorgte. Irgendwie war unser Karma nicht kompatibel.

»Ich …«, begann Hagar, schwieg dann aber und ließ ihren Blick abermals über mich gleiten. Schließlich meinte sie: »Sieht gut aus!«

»Echt?«, fragte ich ungläubig und vergaß meine übliche Aversion gegen sie und meine augenblickliche schlechte Laune, um mich einmal um die eigene Achse zu drehen. »Dem Gefühl nach müsste es eher wie eine Quetschwurst an mir aussehen.«

»Nein!« Hagar deutete auf den Spiegel. »Sieht sehr feminin aus. Sinnlich.«

Ich folgte ihrer Geste und erstarrte. Es war wirklich sehr … kurvig. Und ich sah aus wie die sexy rothaarige Comicfigur Jessica Rabbit. Sogar die Frisur passte, da sich mein Flechtwerk gelöst hatte und der Zopf in einer dicken roten Welle über meine rechte Schulter fiel.

Ich schüttelte meine Haare und sah abermals in den Spiegel, aber der

Eindruck blieb. Diesem Kleid konnte auch die Farbe nichts anhaben. Weder das Rosa, noch das Rot.

Lena stupste mich unauffällig an und reichte mir ein weiteres Kleid. Ich begriff sofort und floh in die Umkleide.

»Was machst du?« Sabine klang verwirrt.

»Ich wollte wenigstens noch die anderen ausprobieren, die du ausgewählt hast, auch wenn das hier wirklich toll aussah!«

Ich zog mich aus und stieg ins nächste Kleid, obwohl ich alles lieber getan hätte, als weiterhin Kleidermodel zu spielen.

»Und?«, erkundigte sich meine Mutter und meinte die Haarfarbe, von der die anderen beiden nichts wussten.

Stumm betete ich zu allen bekannten und unbekannten Göttern darum, dass sich niemand verplapperte und die Konversation oberflächlich genug blieb, um mit dem Schwindel durchzukommen.

»Sah gut aus!«, stimmte Sabine zu.

»Sag ich doch!« Meine Mutter klang sehr zufrieden mit sich und ihrer Meinung.

»Wer hätte das gedacht?«, murmelte Hagar. Gerade laut genug, dass ich sie hören konnte.

»Apropos: Anprobieren!«, befahl Sabine nun in Richtung Hagar.

»Ehrlich? In Rosa?« maulte ihre dürre Freundin und allein ihr entsetzter Tonfall ließ das Lächeln auf meinen Lippen in die Breite wachsen, während ich meinen Zopf richtete und wieder hochsteckte. Fester dieses Mal.

»Noch ein Blumenmädchen?«, hakte ich von meiner Seite des Vorhangs nach und gab mir keine Mühe, meine Schadenfreude zu unterdrücken. Geschah Hagar ganz recht!

»Ja«, antwortete Sabine und behauptete: »Man kann gar nicht genug von Rosa bekommen!«

»Das macht sie nur, damit sie umso toller ausschaut!«, meinte Hagar und zum ersten Mal seit unserer langjährigen Bekanntschaft musste ich ihr insgeheim zustimmen. Rosa für die Blumenmädchen …, das war gruselig.

»Sekt?«, erkundigte sich Lena. Ganz Verkäuferin und ganz um Ablenkung von der Farbe bemüht.

»Für mich nicht«, antwortete meine Mum, »ich schau mal nach meiner Blumenkindtochter!«

Ich konnte grade noch meine brünette Perücke aufsetzen, bevor der Vorhang ein Stück zur Seite geschoben wurde und meine Mutter hereinlinste.

»Nicht erschrecken, bin nur ich!«, warnte sie. Zu spät!

»Und?« Ich deutete fragend auf das Kleid.

Sie schüttelte den Kopf. »Geht gar nicht. Aber ich hätte lieber das davor gesehen.«

»Okay!«, meinte ich, doch anscheinend war meine Antwort zu schnell gekommen, denn sie sah mich prüfend an.

»Kann ich das Aktuelle sehen?«, erkundigte sich Hagar. Der Stimme nach befand sie sich – wie geplant – im Gang mit den Umkleidekabinen.

»Klar!«, behauptete meine Mutter.

»Na, doch noch einen Sekt, während Hagar und ich über das Kleid herziehen?«, lachte ich und versprach: »Ich rufe auch, wenn ich wieder umgezogen bin.«

»Gute Idee!«, behauptete meine Mutter. »Sabine. Kindchen. Lass dich auf einen Sekt entführen!«

Gott! Das lief ja besser als gedacht!

Ich nahm die Perücke ab und bog um die Ecke, um mich Hagar zu präsentieren.

»Danke!«, meinte sie überraschend artig. »Das Kleid muss ich nicht anprobieren!«

»Über Geschmack und vor allem Rüschen«, ich strich mit der Hand durch den Albtraum aus Tüll, »lässt sich bekanntlich streiten!«

»Über Farben nicht!«, meinte Hagar missmutig und zum ersten Mal galt ihre schlechte Laune nicht mir. Zumindest nicht ausschließlich.

Ich wartete einen Moment, bis sie wieder in der Umkleide war, spähte um die Ecke und huschte in meine Kabine, um mich erneut in das anschmiegsame Kleid zu zwängen. Dieses Mal als Brünette.

»Brauchen Sie das nächste Kleid, oder sind Sie für den nächsten Auftritt für Ihre Mutter bereit?«, erkundigte sich Lena. Anscheinend war die Luft rein.

»Super!«, meinte meine Mutter, kaum dass ich den Vorhang zur Seite geschoben hatte.

»Sag ich doch!«, meinte Hagar zustimmend und auch aus einer weiteren Umkleidekabine kam ein Lob. Scheinbar hatte Lena es geschafft, meine Schwester aus dem Verkehr zu ziehen.

Ich drehte mich einmal vor meiner Mutter um die eigene Achse, genoss ihren Blick und war wieder in meiner Kabine, bevor Hagar oder Sabine aus ihren herauskamen. Und selbst im Spiegel der Umkleide sah das Kleid toll aus.

»Ich nehme es!«, beschloss ich in einem Anfall von Wagemut.

»Bei dem Anblick ist es auch fast eine Schande, dass ich den Fotografen schon auf Hagar angesetzt habe!«, gab Sabine zu.

»Du hast *was*?« Hagar klang entsetzt.

»Der ist süß und gerade solo, und dann hast du einen Begleiter auf der Hochzeit!«, erklärte meine Schwester. Scheinbar lag das Verkuppeln in unserer Familie – oder es war ansteckend.

»Ich will keinen Fotografen«, protestierte Hagar.

»Groß, gut gebaut, athletisch«, zählte Sabine auf und seufzte. »Also wenn *ich* noch Single wäre…«

»Ich will *kein* Blind Date für die Hochzeit!«, betonte meine Erzfeindin und sprach mir aus dem Herzen.

»Dann lerne ihn doch einfach *vorher* kennen«, schlug Sabine vor. »Seine Bilder sind der Wahnsinn. Und sein Charme erst.« Wieder folgte ein schmachtendes Seufzen. Fast hätte ich glauben können, sie wolle lieber Mister-Groß-Gebauter-Athletischer-Fotografensingle heiraten. Der Ton ließ mich ein wenig eifersüchtig auf Hagar werden. Einen gutaussehenden Kerl. Mit dem könnte man *mich* verkuppeln. Unwillkürlich musste ich an den Freund des Fotografen, den Thor-Hünen, denken und jetzt war ich es, die leise seufzte.

»Hab mein Kleid!«, verkündete Hagar und brachte mich in die Bredouille: Der Anstand gebot es zu gucken, aber meine Mutter, die mich für eine Neu-Brünette hielt, war im Weg.

»Sieht gut aus!«, lobte sie, ohne von meinem Problem zu ahnen.

»Jep!«, stimmte Sabine zu.

»Schatz?«, erkundigte sich Mum bei mir. Das hatte ich befürchtet!

»Sekunde! Ich stecke fest«, behauptete ich.

»Und ich brauche Hilfe beim Reißverschluss«, gab Sabine zu. Vielleicht inspiriert von meinen Worten oder meinem stummen Stoßgebet.

Hektisch nahm ich die Perücke ab, linste durch den Vorhang und bewunderte dann mit herausgestrecktem Kopf die mutterfreie Zone rund um Hagar.

»Super!«, kommentierte ich und meine Überzeugungskraft musste gewirkt haben, denn Hagar nickte mir dankbar zu und war wieder um die Ecke gebogen, bevor meine Mutter zurückkam und ich wieder hinter dem Vorhang verschwunden war.

Nur um auf Nummer sicher zu gehen, setzte ich meine Perücke wieder auf. So langsam bekam ich Übung in dem schnellen optischen Wechsel.

»Du kannst dich wohl noch nicht von dem neuen Kleid trennen?«, erkundigte sich meine Mum und schob wie befürchtet den Vorhang ein Stück zur Seite.

»Nein«, gab ich zu und fuhr mit den Fingern über den Stoff. »Es ist wundervoll.«

»Wäre der Fotograf nichts für Anna?«, fragte meine Mutter, drehte sich um und schloss den Vorhang wieder.

»Ich glaube, er ist mehr der Model-Typ!«, meinte Sabine skeptisch.

»Dann will Anna ihn nicht!«, beschloss Mum vehement und zum ersten Mal war ich ihr dankbar für ihre Intervention.

Obwohl … ich hätte gerne einen Model-Typen gehabt. Allerdings einen, der aussah wie ein Model, nicht in dem Sinne, in dem Sabine es gemeint hatte. Wieder dachte ich an Thor und seufzte leise. Vielleicht sollte ich ihn bei nächster Gelegenheit, wenn er mir wieder beinahe eine Tür an den Kopf knallte, einfach fragen, ob er meinen Begleiter spielen wollte. Ich könnte ihm ein von Mum zubereitetes Abendessen bieten – oder Geld?

»Ich muss los, Mama!«, unterbrach Sabine meinen Tagtraum. Wie mir ein Blick durch den Vorhangsspalt verriet, hatte sie sich nicht nur schnell umgezogen, sondern auch für ihre große Arzt-Show in einen weißen Kittel gehüllt.

Aber immerhin hatte sie so die gesamte Aufmerksamkeit meiner Mutter, die mit dem Rücken zu mir stand. Ich nahm die Perücke ab, schob den Vorhang zur Seite und winkte Hagar und Sabine ein »Ciao« zu. Dabei betete ich abermals stumm, dass meine Mutter sich nicht zu mir umdrehte. Und es schien einen Gott zu geben, denn sie verschaffte mir einen weiteren Grund, noch in der Kabine zu verharren. »Anna und ich bleiben noch einen Moment.«

»Wieso?«, erkundigte sich Sabine mit einem misstrauischen Blick in meine Richtung.

»Frauengespräche!«, neckte Mum und ich verschwand rasch hinter dem Vorhang, um mein Glück nicht überzustrapazieren. Rasch setzte ich wieder die brünette Perücke auf und nahm mir die Zeit, sie festzustecken.

»Viel Spaß!«, wünschte meine Schwester und ich konnte abermals Küsschen hören, bevor sie meinte: »Dir auch, Anna!«

»Danke!« Ich winkte durch den Vorhang, dieses Mal ohne ihn zur Seite zu schieben.

»Lass dich nicht verkuppeln!«, riet mir Hagar zum Abschied. Keine Ahnung, ob es böse gemeint war oder mitfühlend, dazu war meine eigene Erleichterung zu groß. Ich hatte es geschafft. Zwei Leben in einem. Gott, war ich gut! Und fertig mit den Nerven. So ein Hin und Her sollte besser nicht öfter passieren. Oder ich würde bald starke Magentabletten benötigen – und Kopfschmerzmittel. Jede Menge Kopfschmerzmittel.

Ich schloss die Augen und zählte die Sekunden. Erst als ich annahm, dass die beiden den Laden verlassen hatten, verließ ich – in meinen normalen Sachen – die Umkleidekabine und reichte das auserwählte Kleid meiner Mitbewohnerin.

»Okay, ich packe es zu den anderen«, meinte Lena und bezog sich dabei vermutlich auf eine Abmachung mit meiner Schwester, die, ganz Braut-like, die finanziellen Dinge der Hochzeit erledigen wollte.

»Kaffee?«, erkundigte sich Lena und warf einen Blick in Richtung meiner Mutter. Diese nickte und so folgte ich den beiden zu einer der zwei Sitzgruppen.

»Na immerhin bezahlt Sabine das rosa Ungetüm!«, scherzte ich, obwohl mir mein rosa Ungetüm eigentlich ganz gut gefiel, und ließ mich auf einem der Sessel nieder.

»Nein, ich«, korrigierte meine Mutter.

»Du?« Ich gab mir Mühe, nicht zu entsetzt zu klingen.

»Ja, normalerweise richtet der Brautvater die Hochzeit aus«, erklärte sie, als wäre das Erklärung genug.

Genau, dachte ich, der Brautvater, *der sich in unserem Falle verdrückt hat, als wir noch klein waren,* hielt aber meinen Mund extra feste geschlossen. Denn Mum sah nicht traurig oder wütend aus, sondern stolz.

»Also? Was ist das Frauengespräch?«, erkundigte ich mich.

»Ich wollte es vor den beiden anderen nicht fragen«, druckste meine

Mutter herum und beinahe war ich versucht, ihr dieses neuerworbene Taktgefühl abzukaufen. Aber eben nur beinahe. »Ich denke, ich habe einen Begleiter für dich und für die …«

Weiter kam meine Mutter nicht, denn ich glitt vom Stuhl, als Jürgen in den Laden gestürmt kam. Er wirkte mehr denn je wie ein zerstreuter Künstler, hielt aber in der Rechten anklagend mein Handy in die Höhe.

»Es lag schon wieder in der Küche!«, maulte er schon von der Tür aus.

»Ich muss mich noch dran gewöhnen, es immer dabei zu haben«, versuchte ich mich zu verteidigen.

»Tackern Sie es an ihr fest!«, schlug meine Mutter vor und bewies damit, dass meine Umgebung bei allen Unterschieden zumindest in dieser Hinsicht synchron tickte.

»Hallo, Lena!«, grüßte Jürgen unsere WG-Kollegin.

Ich verdrehte die Augen, erinnerte mich aber daran, dass mich mein Gegenüber mein Leben lang zur Höflichkeit erzogen hatte. Deswegen meinte ich: »Mama, das ist Jürgen, mein Begleiter.«

»Aha!«, machte meine Mum und lächelte mich an, als hätte sie es schon die ganze Zeit geahnt. »Kein Mann, mmh?« Ihr Blick galt meiner Haarfarbe.

»Also ich fand Rot besser!«, sprang Jürgen zu meiner Verteidigung ein.

»Zu einem rosafarbenen Kleid?«, meinte meine Mutter und offenbarte einen Scharfsinn, den ich ihr gar nicht zugetraut hatte – vor allem, weil sie das Rosa vorher so vehement verteidigt hatte. »Und Sie beide kennen sich?«

Sie drehte sich zu Lena und musterte die Verkäuferin, als sähe sie diese zum ersten Mal wirklich. Und während Lena noch nach einer Erklärung suchte, plauderte Jürgen arglos darauflos: »Lena wohnt auch in der WG.«

»Anna?« Meine Mutter drehte sich zu mir.

»Sie wollte mich nicht outen, bis wir ein ‚Super' für die Haarfarbe bekommen haben, denn die ist auf meinem Mist gewachsen!«, meinte Lena und bewies mit dieser beinahe perfekten und spontanen Ausrede ganz ohne genetischen Test, dass sie Matthildas Mutter war.

Trotzdem warf meine Mum uns beiden einen scharfen Blick zu, bevor sie kommentierte: »Brünett war eine gute Wahl – mit Rot muss man umgehen können.«

»Danke«, meinte Lena artig. »Es war nett, Sie kennenzulernen. Anna, Jürgen, ich muss weiterarbeiten.«

»Viel Spaß!«, wünschte ich und erntete abermals einen scharfen Blick. Dieses Mal von meiner Freundin.

»Also?!« Meine Mutter drehte sich zu Jürgen und ihr prüfender Blick hatte nicht mehr viel von der Hobbykupplerin, die ich kannte. »*Sie* sind also der neue Freund meiner Anna?«

»Ja«, meinte Jürgen und schien sich unter dem routiniert inquisitorischen Blick der gleichaltrigen Frau sichtlich unwohl zu fühlen.

»Welche Absichten haben Sie?«, erkundigte sie sich ohne Umschweife und Jürgen, den eigentlich nichts so leicht aus der Fassung brachte, wurde tatsächlich rot.

»Das, liebste Mutter, müssen wir noch herausfinden.« Ich zwinkerte meinem »Freund« beruhigend zu. »Wir lernen uns gerade erst besser kennen.«

»Oh, okay!«, meinte meine Mutter und klang ein wenig verunsichert, weil ich die Initiative ergriffen hatte. Sie schwieg einen Moment und ich konnte sehen, wie sie sich neu sortierte. »Dann sage ich Arnold ab.«

Arnold? Grundgütiger!

Ohne meine Antwort abzuwarten, wandte sie sich wieder an meinen zukünftigen Begleiter. »Wie alt sind Sie denn?«

»Ich werde dieses Jahr sechzig«, verkündete Jürgen nicht ganz ohne Stolz.

»Und wie kommt ihr mit den Altersunterschied klar?«, hakte sie nach, als habe sie die Angabe meines neuen Freundes nicht überrascht, und schockierte mich damit. Aber Jürgen lachte nur: »Da ich der Ältere bin, glauben die meisten Leute ganz neidisch, dass ich genug Geld habe, um so eine schöne junge Frau an meiner Seite zu hofieren.«

»Apropos Geld: Was machen Sie denn so?«, schoss meine Mum eine weitere Frage ab und so langsam ahnte ich, dass ich meinen Hang zu Fettnäpfchen nicht unbedingt von meinem Vater hatte.

»Ich arbeite als freischaffender Künstler«, gab Jürgen bereitwillig Auskunft.

»Freischaffend?«, erkundigte sich meine Mum und ich hätte am liebsten die Hände über dem Kopf zusammengeschlagen. Jeden ernsthaften Kandidaten für eine Beziehung mit mir hätte sie doch spätestens jetzt vergrault.

»Ab und zu nehme ich auch Aufträge an, aber im Großen und Ganzen mache ich, was mir gefällt, und verkaufe es, wenn es fertig ist.«

»Davon kann man Leben?«, meinte meine Mum ungläubig.

»Ja.« Jürgen zuckte mit den Schultern und ich konnte zusehen, wie ihm die sprichwörtlichen Felle bei meiner Mutter davonschwammen.

»Er ist mein Vermieter!«, sprang ich ein. »Ihm gehört das Haus.«

»Oh, dann kann er dich ja hofieren!« Jetzt wirkte die Inquisitorin begeistert und machte nicht einmal einen Hehl daraus.

»Kann ich selbst!«, maulte ich, doch meine Mutter musterte mich mit einem Blick, der mir nicht gefiel.

»Ich habe einen ganz tollen Job und etwas noch Tolleres in Aussicht. Die letzten Tage war ich in dem schönsten Kunstatelier der Stadt. Es ist dort an normalen Tagen sehr familiär und freundlich und die Ausstellung am Wochenende wird der Wahnsinn!«, schwärmte ich. Schließlich konnte ich gar nicht genug Werbung für Juliane machen, die mich unter ihre Fittiche genommen hatte und dringend Geld brauchte. »Sie stellt gerne Künstler aller Art und aller Genres aus und gibt auch mal Anfängern eine Chance. Du solltest die Fotos sehen!«

»Klingt gut!«, gab meine Mutter zu, obwohl ich mir sicher war, dass sie nur mit halbem Ohr zugehört hatte.

»Warte, bis du die andere Nachricht hörst!«, behauptete ich und war kurz versucht, ihr von dem PR-Job zu erzählen.

»Entschuldigung, die Damen! Ich muss los.« Jürgen drückte mir ein Küsschen auf die Wange und gab meiner Mum einen vollendeten Handkuss, als mein Handy klingelte.

»Ich gleich auch – zum Atelier«, murmelte ich, während ich den Anruf annahm und dabei meinem Lieblingsvermieter hinterherblickte.

»Sie haben den Job!«, platzte mein neuer Chef sofort mit den besten Neuigkeiten des Tages heraus. Er schien sich mindestens so sehr zu freuen wie ich mich.

»Wow!«

»Können Sie Samstag um acht zur Einarbeitung kommen, dann können wir Montag sofort loslegen?«, erkundigte sich Herr Hansen und ich nickte begeistert.

»Ja!« Das würde sicher nach der Ausstellung am Freitagabend hart werden, aber es war machbar. Alles war machbar!

»Dann freue ich mich auf das Wiedersehen!«, schmeichelte er, wartete, bis ich ebenfalls eine artige Abschiedsfloskel von mir gegeben hatte, und legte auf.

»Wow!«, meinte ich noch einmal und starrte das Handy an. War das gerade eben wirklich passiert? War das wirklich so einfach, wenn man eine andere Haarfarbe als Rot hatte?

»Deine Ausstellung am Wochenende?«, erkundigte sich meine Mum beiläufig.

»Ausstellung?«, wiederholte ich und starrte abwechselnd auf mein Handy und auf meine Mutter, um den Zusammenhang zwischen meinem PR-Job und irgendeiner Ausstellung zu finden.

»Ja, du stellst im Atelier aus?«, erklärte sie, als sei ich begriffsstutzig, und fügte nahezu zeitgleich hinzu: »Finde ich großartig!«

Wie kam sie denn jetzt darauf? Ich öffnete den Mund, kam aber nicht dazu, etwas zu sagen, denn sie plapperte weiter: »Ich wusste, dass du etwas planst, aber *darauf* wäre ich nie gekommen!«

»Etwas?«, wiederholte ich lahm.

»Ja, dein Auszug, die Umwandlung, Jürgen und jetzt die Ausstellung. Sehr geplant und zielstrebig!«, lobte sie und gab mir abermals keine Chance, ihren Redeschwall zu unterbrechen, sondern fuhr ungerührt fort: »Ich wusste schon immer, dass du zielstrebig sein kannst, wenn du etwas wirklich willst!«

Dann tat sie etwas, was sie noch nie getan hatte: Sie tätschelte meine Wange und ließ mich dann einfach stehen.

Immer noch mit offenem Mund. Und mit dem Gedanken: *Sie freut sich nicht einmal wirklich!*

Das war enttäuschend, da hatte man schon mal beinahe so etwas wie eine eigene Kunstausstellung und dann freute sich die eigene Mutter nicht einmal darüber. Ha!

Die Bewährungsprobe

Keine Ahnung, was ich mir vorgestellt hatte, vielleicht so was wie im Film bei einer kunstvoll arrangierten Vernissage. Schummriges Licht, Sekt, Kellner im Frack und kleine Häppchen. Menschen, die von Bild zu Bild schlenderten und sich leise über die Kunst unterhielten. Künstler und Angestellte, die entspannt durch die Gegend flanierten. So etwas in der Art eben. Definitiv.

Leider war dies hier kein Film, sondern die steinharte Realität. Das bedeutete zwar, dass ich mich zu den Künstlern und Angestellten zählen durfte, aber nach Flanieren war mir definitiv nicht zumute. Vielmehr sehnte ich mich von ganzem Herzen nach einer Dusche. Nach einer wirklich langen, intensiven Dusche.

Nur mühsam widerstand ich dem Drang, an meiner eigenen Achselhöhle zu riechen, um meinen aktuellen Deostatus zu überprüfen. Vierundzwanzig Stunden bei Wind und Wetter … dass ich nicht lachte. Drei Stunden aufräumen, putzen und Bilderschleppen, und schon war der Wohlgeruch für die Katz. Und im Grunde war ich auch trotz der Meinung meiner Mum kein echter Künstler, sondern nur Angestellte. Höchstens eine künstlerisch hübsch hergerichtete Anna, die auf keinen Fall an ihrer Kleidung oder ihrem Körper schnüffelte. Die neue Anna war cool und stylish und hatte immer den Überblick, und vor allem mied sie Fettnäpfchen. Deswegen verschwand ich auf der Toilette, schloss ab, prüfte, ob wirklich abgeschlossen war, um erst dann meine Bluse auszuziehen und kritisch an mir zu schnüffeln. Dann prüfte ich sorgfältig die Wassertemperatur, wusch mich, trocknete mich gründlich ab, zog die grüne Bluse wieder an und sprühte einige Tropfen von meinem ebenfalls neuen Parfüm auf die riechtechnisch wichtigen Stellen. Noch einmal würde ich nicht denselben Fauxpas begehen wie bei dem »Date« mit Hanspeter (zusammengeschrieben und kein Doppelname). Außerdem hatten mich meine Mitbewohnerin Elisabeth und mein Fake-Freund Jürgen bezüglich meiner natürlichen Trampeligkeit genügend gebrieft, um vorausschauend Problemen und Fettnäpfchen aus dem Weg zu gehen. Inklusive einer mehrstufigen Selbstkontrolle, der ich hiermit sorgfältig nachkam. Mit einem kritischen Blick in den Spiegel überprüfte ich mein brandaktuelles Make-up, schüttelte meine rote Lockenpracht und war startklar. Immerhin, um die Haare musste ich mich nicht kümmern, sie sahen immer toll aus, dachte ich, während ich sorgfältig und mit ruhiger Hand den leicht grünlich schimmernden Lidstrich nachzog. Wasserfest. Natürlich.

Genau wie der Lippenstift. Wasserfest. Und natürlich kussecht. Ich machte mir eine geistige Notiz, Elisabeth eine Danksagung zu schreiben oder sie bei meiner ersten Oscar-Nominierung zu erwähnen. Ohne die elegante Kosmetikerin würde ich vermutlich immer noch herumlaufen wie ein geisteskranker Clown auf LSD.

Gut gelaunt wegen meiner gelungenen Optik stahl ich mich aus dem Bad und mischte mich wieder unter die anderen Helfer.

»Da bist du ja!« Meine Chefin Juliane legte vertraulich ihren Arm um mich. »Ich dachte mir, du könntest heute vielleicht den Empfang an der Tür übernehmen.«

»Ich?« Entsetzen schlich sich in meine Stimme und vor meinem geistigen Auge zog die ätzende rothaarige Anna, die ich ja auch war, eine Akrobatiknummer, bestehend aus Jonglage und Sektkorkenschießen, ab.

»Ja, dann haben die Gäste und Besucher sofort einen guten Eindruck.«

»Einen guten Eindruck?«, wiederholte ich lahm, während sich die Rothaarige in meiner Fantasie umdrehte. Natürlich sah sie aus wie ein geisteskranker Clown auf LSD.

»Gibt es hier ein Echo?« Meine Chefin lachte. Gänzlich ohne Neid registrierte ich, dass sie durch den Laut die Aufmerksamkeit der beiden Tagelöhner, die hinter ihr eines der Ausstellungsbilder aufhängten, wie magisch auf sich zog.

Juliane war aber auch eine schöne, schlanke Brünette mit Ausstrahlung. Jemand, der alle zu guter Laune animierte und in den Bann schlug. Meine innere Stimme seufzte verzückt. *Könnte ich nur einmal im Leben so sein wie sie!*

Ich räusperte mich, weil ich nicht ausgerechnet eine ältere Frau wie ein verliebtes Schaf anhimmeln wollte. »Nein, aber mir hat noch nie jemand gesagt, dass ich einen guten Eindruck mache oder dafür sorgen könnte, dass andere einen bekommen.«

»Ich glaube, ich muss mal ein ernstes Wort mit deiner Mutter reden!« Meine Chefin zog mich sanft am Arm weiter, fort von den beiden Männern, deren Aufmerksamkeit Juliane gänzlich entgangen war.

»Wie kommst du darauf?«, schnappte ich in einem ersten Reflex, meine Mutter zu verteidigen. Das wollte ich wirklich gerne. Schließlich war sie meine Mutter. Aber noch während ich um Worte rang, wusste ich schon, dass mir nichts einfallen würde. Zumindest nichts Positives.

Juliane schien meine Gedanken in meinem Gesicht zu lesen, denn sie sah mich einfach nur an, dann drückte sie mich kurz, aber herzlich und gab mir einen kleinen Schubs Richtung Eingang. Dort gab es eine geräumige Garderobe, mit einer freiwilligen Helferin, alias Freundin von Juliane, einige Tische mit Sektgläsern und den dazugehörigen Kühlkübeln. Selbst meine eben vermissten Kanapees fand ich dort. Also jetzt war ich doch beeindruckt!

Langsam schlenderte ich die Treppe hinab und zu der großen Fensterfront. Den Empfang direkt an der Tür zu platzieren, während die Gäste noch ihre Mäntel und Jacken trugen, war – gelinde gesagt – dämlich.

»Mist!«, polterte meine Chefin und sah sich um. »Aber es sah hier so gut aus und so richtig …«

Ich starrte sie an und versuchte, einen Zusammenhang zwischen ihrem Satz und dem Empfang zu finden. Ich fand ihn erst, als sie mich vorwurfsvoll ansah. Ich hatte mal wieder laut gesprochen!

»War ja nur mein erster Gedanke«, versuchte ich meine Aussage zu entschärfen.

»Nein!«, protestierte Juliane. Erst jetzt erkannte ich, dass ihr Blick nicht wütend gewesen war, sondern nur entsetzt. »Du hast ja vollkommen Recht. Für die Wahrheit muss man sich nie entschuldigen.«

Sie winkte ihre Freundin von der Garderobe zu sich. »Hilfst du Anna bitte dabei, die Empfangstische umzuräumen?!«

»Wohin?« Auch die Freundin schien nicht böse über die Zusatzaufgabe zu sein. Eher so, als habe sie denselben Gedanken gehabt wie ich, ihn aber eben nicht laut ausgesprochen.

»Vielleicht nach oben?«, schlug ich vor. »Zwischen die beiden Treppen?«

»Wieso nicht nach unten zwischen die Treppen?«, erkundigte sich Juliane.

»Weil dort dein Hauptbild hängt?!«, gab ich zu bedenken und fühlte mich vollkommen beflügelt. Was nicht an dem Bild lag, das auf gefühlten zehn Quadratmetern Größe auf Leinwand gezogen war, sondern daran, dass mein Talent für Fettnäpfchen anscheinend auch anderer Leute Schwachstellen aufspüren konnte.

Außerdem hatte ich von oben einen perfekten Überblick. Ich konnte sehen, wer kam und wer ging. Vielleicht war ja hier Mister Reich und nicht ganz so Anspruchsvoll dabei oder einige Berühmtheiten. Oder überhaupt jemand Interessantes. Interessantes ging ja normalerweise spurlos an mir vorüber. Aber diesmal würde ich endlich mal mittendrin sein statt nur dabei.

Und ich hatte Sekt und Kanapees und konnte entspannt von Gast zu Gast flanieren …

❤

Eine halbe Stunde später war ich mir nicht mehr so sicher, ob meine Idee wirklich so gut gewesen war. Mal abgesehen davon, dass ich mich noch sehnlicher nach einer Dusche sehnte als zuvor und meine Haare nun vermutlich doch einen Kamm nötig hatten, fühlte ich mich wie auf dem Präsentierteller. Und während jeder Anwesende freien Blick auf mich hatte, war ich selbst durch meine Position ziemlich vom Geschehen abgeschnitten. Schließlich stand ich mit dem Rücken zu den Ankommenden, und während sich jeder schon beim Hochgehen der Treppen auf einen Sekt und eventuell auf mich freuen konnte, musste ich meine Aufmerksamkeit auf die Leute vor mir richten – und darauf, nicht mit Sektflaschen zu jonglieren.

Ich fühlte mich wie ein Elefant im Porzellanladen.

»Hey, Wattebällchen!«, flötete es von der Seite. Sekundenlang drohte mein Herz stehenzubleiben und schlug erst weiter, als ich mich umgedreht hatte. Nina! Meine ursprüngliche Panik wich einer allumfassenden Erleichterung. Für eine Sekunde hatte ich an jemand anderen gedacht. Wegen der flötenden Worte hatte ich diese Stimmlage unter blonder, erfolgreicher Ärztin abgespeichert.

»Wattebällchen?«, erkundigte ich mich. Vor allem ein wenig pikiert, weil die meisten der Umstehenden Nina wegen ihres fröhlichen kleinen Auftritts anstarrten. Zumindest hatte ich das Gefühl, als warteten einige der Gäste nur auf etwas, das mir einen echten Grund für meine Panikattacken liefern würde.

»Nimm es als Kompliment«, empfahl meine Freundin.

»Du mich auch!«, behauptete ich, entschloss mich dann aber, gute Miene zu machen, und strahlte sie an. »Sei immer nett zu der Frau mit dem Sekt!«

»Ein weiser Lebensrat.« Nina nickte beeindruckt. Ob wegen meiner Worte oder wegen meines Stylings, das sie mit einem Kennerblick goutierte, vermochte ich nicht zu unterscheiden.

»Von der Frau mit dem Sekt«, erinnerte ich, reichte ihr aber trotzdem einen.

»Und bevor du fragst, ich bin nicht hier, weil ich Kunst mag«, erklärte Nina und musterte mich noch einmal von oben bis unten. Dieses Mal ausgiebiger, aber extrem wohlwollend.

»Banause.«

»Ich bin hier als seelische und moralische Unterstützung«, erklärte Nina und klang dabei, als glaube sie ihre Worte tatsächlich.

»Ausgerechnet du?«, prustete ich und schaffte es gerade noch, mein Lachen als Husten zu tarnen.

»Ja, ich bin das lebendige Negativbeispiel.« Nina klang sehr ernst, zwinkerte mir aber zu.

»Dem gibt es wohl nichts hinzuzufügen«, flötete eine Stimme von der Seite. Dieselbe Stimme wie zuvor. Aber die stand doch schon neben mir und … ich verharrte reglos mitten in der Drehung und starrte meine Schwester an. Aber sie war leider kein Produkt meiner Fantasie, gekommen, um meine Trampeligkeit zu provozieren. Sie war echt.

»Was machst du denn hier?«, entfuhr es mir.

Sabine sah mich mit gerunzelter Stirn an und musterte meine perfekten Haare. »Hat Mama mir nicht gesagt, du hättest deine Haare gefärbt?«

Ich konnte spüren, wie mir mein Lächeln entglitt und mein Ego ins Schlittern geriet. In Sekunden wurde ich geistig von der strahlenden Brünetten mit Erfolg wieder zu einem kleinen, schüchternen Rothaarmoppel. Dass ich auch vorher nur ich selbst gewesen war, mit roten Haaren und ein wenig füllig, interessierte mein Selbstwertgefühl kein bisschen. Es zerfloss einfach unter Sabines prüfendem Blick. Denn jetzt war ich wirklich aufgeflogen.

»Verrat es nicht weiter, aber ich hab mich nicht an das Färben rangetraut – und deswegen eine braunhaarige Perücke genommen«, flehte ich sie ein wenig kleinlaut an. Nicht auszudenken, wenn Mama davon erfuhr!

Meine Schwester blinzelte und sah mich an, als wäre ich nicht ganz bei Trost. Sie musterte mich eindringlich, nickte aber schließlich. »Verstehe ich. Wenn ich so schöne Haare hätte wie du, hätte ich das auch nicht gemacht. Aber warum willst du überhaupt langweilige braune Haare?«

»Eben deswegen«, betonte ich und hoffte, dass sie auch ohne Erklärungen verstand. Immer noch gelang es mir nicht, den flehenden Tonfall aus meiner Stimme zu verdrängen, aber auf keinen Fall wollte ich ausgerechnet meiner Glamour-Schwester erklären, warum ich Langeweile wollte.

Sabine nickte verwirrt, aber bedächtig, sagte jedoch nichts. Dann plötzlich, als fiele ihr ein, dass sie ja in Begleitung war, drehte sie sich hektisch um. Ihr Blick glitt über die Anwesenden, bis sie das Objekt ihrer Suche fand. »Bin gleich wieder da!«, rief sie, schon im Vorwärtsgehen, und stürmte zu Gregor, der sich mit zwei Frauen unterhielt und sich blendend zu amüsieren schien.

War meine Schwester eifersüchtig? Ein seltsamer Gedanke. Vollkommen abwegig. Doch nicht Miss Selbstbewusst. Ich äugte neugierig in ihre Richtung, wurde aber von lautem Rufen abgelenkt.

Jürgen stürmte die Treppen nach oben. Offensichtlich hatte er meinen Namen schon an der Eingangstür gerufen, denn seine Geschwindigkeit war beeindruckend. Besonders, wenn man sein Alter bedachte.

»Anna!«, rief mein fiktiver Freund aufgeregt. Er schwenkte etwas, das ich im ersten Moment für eine tote Katze hielt.

»Deine Mutter kommt!« Seine braunen Augen, die hinter einer braunen Hornbrille lagen, funkelten. Mit einem Mal wirkte sein leicht gerötetes Gesicht nicht mehr fröhlich und auch die graumelierten Haare, die unter der grünen Baskenmütze hervorlugten und optisch mit den buschigen Augenbrauen verschmolzen, schienen nicht mehr einem gutmütigen Künstler zu gehören, sondern einem panischen Schwindler.

»Meine Mama?«, erkundigte ich mich verwirrt.

Jürgen war hinter meiner Theke, noch bevor ich reagieren konnte, und schob mich vor sich her.

»Nina, übernehmen!«, befahl er nach hinten, während ich schon halb hinter dem ersten Ausstellungsstück, einer schönen geschwungenen Statue, verschwunden war.

»Hat gerade auf deinem Handy angerufen«, verkündete Jürgen, während ich versuchte, einen Blick über die Schulter zurück und auf Nina zu werfen, um zu sehen, ob sie auch wirklich übernommen hatte.

»Handy?«, wiederholte ich lahm. Immer noch war mein Verstand damit beschäftigt, die Situation zu erfassen und zwischen wichtigen und noch wichtigeren Informationen zu unterscheiden.

»Ja, du weißt schon, viereckig, benimmt sich wie ein Telefon mit zu viel Ego«, erklärte Jürgen. Er klang hektisch, obwohl seine Worte ruhig waren.

»Ich weiß, was ein Handy ist!«, fauchte ich gestresst, weil mein Verstand endlich beim aktuellen Stand der Geschehnisse angekommen war und vehement darauf pochte, dass Jürgens Satz nicht hilfreich gewesen war. Schließlich war ich nicht doof – nur langsam.

Ich sah meinen Begleiter strafend an, der mich einen Augenblick lang verwirrt musterte.

»Dein Handy lag mal wieder in der Küche«, unternahm Jürgen einen weiteren Anlauf und schob mich immer noch vor sich her auf die Damentoilette.

»Oh!«, machte ich. Weniger in der Hoffnung, ihn dadurch aufzumuntern und zum schnelleren Reden zu animieren, als vielmehr, weil eine ältere Frau am Waschbecken stand und uns vorwurfsvoll mit zusammengekniffenen Augen musterte. Erst im zweiten Moment erkannte ich sie und die Maunzi-Katzentasche unter ihrem Arm.

»Ist ein Notfall!«, behauptete ich und schenkte der exzentrischen Katzenfrau ein beruhigendes Lächeln. Sie erwiderte es nicht, sondern stampfte mit nassen Händen an uns vorbei und verließ fluchtartig den Raum. Blieb zu hoffen, dass sie kurzsichtig genug war, um mich nicht bei Juliane verpetzten zu können!

Jürgen verdrehte die Augen. Allerdings nicht wegen der Zeugin. Ich war mir nicht einmal sicher, ob er sie wahrgenommen hatte, denn er redete einfach dort weiter, wo wir zuvor stehengeblieben waren. »Zu Weihnachten schenke ich dir eine Handyarmbanduhr«, prophezeite er. »Oder einen Tacker.«

»Und Mama?«, drängte ich. Konnte doch nicht sein, dass ich nur häppchenweise von dem erfuhr, was mir gerade ein Magengeschwür bescherte.

»Du hast mir doch gesagt, dass du ihr von der Ausstellung erzählt hast«, erinnerte mich Jürgen, als wäre dieser Satz selbsterklärend.

»Und?« Ich ballte meine Hände zu Fäusten, um mich zurückzuhalten. Nur zu gut wusste ich, dass es bei diesem Künstlerexemplar einen gegenteiligen Effekt haben würde, auf Schnelligkeit zu drängen.

Jürgen drehte mich sehr bestimmt um und begann, meine Haare zu flechten. Sehr stramm.

»Aua«, protestierte ich. Allerdings nur halbherzig, denn so langsam ging mir auf, dass das, was er tat, wohl wichtig sein musste.

»Na, sie kommt, um sich deinen großen Erfolg anzusehen«, meinte Jürgen, seine Finger arbeiteten nun ein wenig sanfter.

»Ach du Scheiße!« Ich erstarrte innerlich. Zwei Haarklammern wurden fast zeitgleich in meinen Kopf gesteckt. Ich achtete nicht auf die Schmerzen, sondern starrte Jürgen an. Aber er sagte nicht »April, April«, sondern schenkte mir ein grimmiges Lächeln. »Hätt‘ ich nicht besser ausdrücken können.«

Entschlossen setzte er mir die Perücke auf und drehte mich zurück Richtung Spiegel. Mein erster Gedanke war: *Zum Glück passt das Make-up*. Mein zweiter war: *Ach du Scheiße* – und mein dritter und vierter eigentlich auch. Jetzt war ich geliefert. Aber wer hätte auch damit rechnen sollen, dass meine Mutter, die sich sonst nur für Probleme und Verkupplungsaktionen interessierte, plötzlich auf einer Kunstausstellung auftauchte? Wo sie Kunst doch abscheulich fand und sich kein bisschen für mich gefreut hatte, als ich mich mit meiner angeblichen Ausstellung in der Galerie gebrüstet hatte.

Um mich abzulenken, warf ich einen weiteren prüfenden Blick in den Spiegel. Die Schminke sah nicht grandios aus, sie war eigentlich auf rote Haare abgestimmt, aber es ging. Deswegen schenkte ich mir selbst ein

Lächeln. Es beruhigte mich. Genau wie zu wissen, dass Jürgen bei mir war. Mein Fettnäpfchenterminator.

»Hängen irgendwo Schilder an den Fotos?«, erkundigte er sich mit zielsicherem Spürsinn nach den ersten Stolpermöglichkeiten.

Ich nickte, dann schüttelte ich den Kopf und dann fiel es mir wie Schuppen von den Augen.

»Verdammt«, fluchte Jürgen, noch bevor ich dazu kam, es selbst zu sagen. Wahrscheinlich standen mir meine Gedanken direkt auf die Stirn geschrieben.

»Ich fang sie am Eingang ab und gebe ihr einen Sekt!«, beschloss mein Komplize, und ich schaffte ein Nicken, bevor meine Füße auf dem Absatz kehrt machten und mich in den Gang hetzten. Den Einzigen mit den Fotos, die zum Verkauf angeboten wurden. Dort hatte ich eben noch die Schilder mit dem Namen der Künstlerin, dem Namen des Objektes und dem Preis aufgehängt, bevor der Ansturm begann. Der irritierte Blick eines älteren Ehepaars riss mich aus meiner Panik und ließ mich wieder zur Besinnung kommen. Ich war hübsch und brünett und erfolgreich. Und hübsche, brünette und erfolgreiche Frauen rannten nicht durch Ausstellungen. Sie glitten, oder noch besser: sie stöckelten würdevoll von Bild zu Bild und entfernten die Schilder, als wäre es das Normalste und Lässigste auf der Welt. Trotzdem sah ich mich dabei nach meiner Chefin um. Zum Glück war sie ins Gespräch vertieft.

Als mein Blick jedoch auf ihr Gegenüber fiel, erstarrte ich so abrupt, dass mir um ein Haar die Kärtchen aus der Hand gefallen wären.

Dort stand er. Mein Traummann.

Groß, blond und immer noch ein thormäßiger Hüne. Er wirkte wie mühsam gebändigter Elan, gefangen in halbwegs standesgemäßer Kleidung. Jeans und … ich schluckte … rosa Hemd. Wer bitte trug ein rosafarbenes Hemd? Mein Blick glitt weiter zu seinem Begleiter und mein Herz setzte für einen Schlag aus. Dann noch einen.

Mein Chef. Mein Chef aus der PR-Agentur. Mein Chef aus der PR-Agentur und mein Hüne. Mein Hüne und mein Chef aus der PR-Agentur, Arm in Arm!

Juliane deutete in Richtung Verkaufsfläche, ohne ihren Blick von ihren Gesprächspartnern zu wenden. Gerade noch rechtzeitig gelang es mir, hinter eine der Säulen zu gleiten, ohne von einem der drei gesehen zu werden.

Doch selbst in der relativen Sicherheit meiner Deckung starb ich tausend Tode. Mein Chef war schwul. Mein Traummann war schwul. Mein Chef war mit meinem schwulen Traummann zusammen … und mein Herz schlug so laut, dass ich befürchtete, jeder im Raum könnte es hören, und meine Handflächen wurden schwitzig, weil mir mit einem Mal unglaublich heiß war.

Trotzdem spähte ich aus meinem Versteck und beobachtete, wie meine Chefin mit den beiden Männern im Schlepptau näherkam. Sie schien einen Scherz zu machen, denn die beiden lachten herzhaft, und der schöne Fremde ließ endlich den Arm meines Chefs los. Ich hatte ja keine Ahnung gehabt, dass mein Chef auf Männer stand! Oder Thor! Ich seufzte und verabschiedete mich innerlich von meinem Traummann. War ja klar, dass es da einen Haken gab …

Stumm hielt ich die Luft an, als das Dreiergespann auf meiner Höhe ankam, wo es mich hätte sehen können, und dann zum Glück weiter flanierte. Selbst als ich ein »Mist, wir haben die Schilder vergessen« von Juliane hörte, sah niemand in meine Richtung, und auch mein noch lauter schlagendes Herz blieb ungehört.

Als ich mir sicher war, mich ungesehen zurückziehen zu können, zwang ich mich dazu, langsam und gemäßigten Schrittes zur Theke zurückzugehen – nur um dort direkt meiner Mutter in die Arme zu laufen, die sich angeregt mit Jürgen unterhielt. Sie schien sich blendend zu amüsieren und strahlte übers ganze Gesicht. So glücklich hatte ich sie seit Papas Tod selten erlebt und plötzlich hatte ich einen Kloß im Hals. Natürlich verstand sie sich mit Jürgen. Er war fast in ihrem Alter und ein ganz hinreißender Kerl. Und natürlich würde sie ihn mir ausspannen. Dass ich ja gar nicht mit ihm zusammen war, spielte dabei keine Rolle. Es ging ums Prinzip. Und sie schreckte wirklich vor nichts zurück!

Wütend sah ich sie an, aber noch bevor ich dazu kam, meine Wut in Worte zu fassen, strahlte Mama mich an und zog mich spontan in eine Umarmung. Eine derart ungewohnte Geste von ihr, dass ich unwillkürlich zurückwich. Sie schien es nicht zu bemerken.

»Ich bin so stolz auf dich!« Sie strahlte mich immer noch an und der Kloß in meinem Hals wuchs noch mehr. Dieses Mal aus einem anderen

Grund. Daran änderte sich auch nichts, nur weil Jürgen mir gut gelaunt zuzwinkerte.

»Führst du mich herum?«, erkundigte sich meine Mutter. Sie klang ungewohnt höflich und wieder trieb es mir fast die Tränen in die Augen.

»Komm!« Ich hielt ihr meinen Arm hin und sie hakte sich unter.

»Schau, das sind die düsteren Bilder.« Ich deutete auf eine Serie von Fotos. Sie waren selbsterklärend, in dunklen Farben gehalten und zeigten spielende Kinder, über denen sich finstere Wolken zusammenballten oder die in einem bedrohlichen Wald unterwegs waren oder über denen sonstwie das Schicksal lauerte.

»Ein bisschen deprimierend«, befand meine Mutter, fügte aber mit einem schnellen Seitenblick in meine Richtung hinzu: »Sehen aber toll aus!«

Ich konnte spüren, wie sich ein Grinsen auf meinem Gesicht breitmachte. So fühlte es sich also an, wenn jemand stolz auf einen war!

»Sind das dieselben Kinder?« Meine Mutter löste sich aus meinem Arm und trat einen Schritt näher an eines der Bilder heran.

»Ja«, gab ich zu und versuchte, mich daran zu erinnern, was mir Juliane zu ihrer Fotoreihe erklärt hatte. Die Farben und die Auflösung standen nochmal wofür? Ich räusperte mich, um die Aufmerksamkeit meiner Mutter von dem Bild fort und wieder auf mich zu ziehen und vor ihr mit meinem erfundenen Wissen zu glänzen. Im letzten Moment fiel mir Jürgens Rat ein: Wenn du etwas nicht weißt, einfach den Mund halten – oder es zugeben. Andere Leute freuen sich, wenn sie dir erzählen können, was sie wissen.

Und es funktionierte! Meine Mutter fragte nicht weiter nach, sondern begnügte sich damit, stolz neben mir herzugehen und ab und zu eine Bemerkung zu einem der Fotos zu machen. Ich beglückwünschte mich im Stillen, weil es mir sogar gelang, sie ohne Erklärung an dem Gang vorbeizuführen, in dem mein Chef aus Leben drei, meine Chefin aus Leben eins und mein Traummann gemeinsam als Höllenkommando Aufstellung bezogen hatten.

Allerdings zeigte mir dieses knappe Vorbeilenken auch, dass ich mir eine neue Idee einfallen lassen musste, um sowohl bei meiner Mutter als auch bei Juliane keinen Verdacht ob meiner Haarfarbe aufkommen zu lassen.

»Das ist ein tolles Haartuch, Mum«, lobte ich aus einer spontanen Idee heraus. Wenn ich mir das ausleihen könnte …

»Wirkt das nicht ein wenig altbacken?«, erkundigte sie sich und zupfte an dem Stoff herum.

»Nein, eher wie in dem Film Thelma und Louise«, meinte ich und musste für diese Schmeichelei nicht einmal lügen. Meine Mutter war eine schöne Frau, nicht einmal ein Kartoffelsack als Kleid oder ein Haartuch würden sie entstellen.

»Meinst du, so etwas würde mir stehen?«, erkundigte ich mich und warf einen unauffälligen Blick in Richtung des Ganges, in dem ich immer noch meine Chefin vermutete.

»Deinem neuen, brünetten Ich?«, erkundigte sich meine Mutter und musterte mich, bis sie zu einem Schluss kam. »Mit roten Haaren hätte ich auf ein klares Nein gesetzt, aber jetzt, wo du so schrecklich seriös ausschaust …«

Sie ließ ihr Statement offen und überließ es meiner Fantasie, den Satz zu Ende zu führen. Immerhin hatte meine Frage das Richtige erreicht, denn sie nahm das Tuch ab und drapierte es um meine Haarpracht. Erst als sie anfangen wollte, die Locken zurechtzuzupfen, unterbrach ich sie.

»Sekunde!« Ich hakte mich bei ihr ein und steuerte gemeinsam mit ihr auf eines der Ausstellungsstücke zu. Es spiegelte genug, um mir einige Handgriffe an Tuch und Perücke zu gestatten.

»Und?«, erkundigte ich mich, als ich mich zu meiner Mum zurückdrehte. Doch sie achtete nicht auf mich, sondern auf eine Gruppe Journalisten, die durch unseren Gang geführt wurde und deren Anführer etwas von wegen »Pictorialismus« erzählte.

»Solltest du nicht auch mit Leuten von der Zeitung reden?«, fragte meine Mutter unvermittelt. Sie beäugte mich mit einer Mischung aus Neugier und Skepsis. Anscheinend war ich nun in ihre Kategorie »missverstandener oder talentierter, aber unwichtiger Künstler« gerutscht.

»Ach Mama, heute funktioniert das meiste eh übers Internet«, versuchte ich ihre Bedenken zu zerstreuen.

»Ja, und da gibt es keine Journalisten?« Sie runzelte die Stirn.

»Doch, aber die haben keinen Studienabschluss und nennen sich Blogger.«

Meine Mutter kicherte, als hätte ich einen erstklassigen Scherz gemacht. Aber anscheinend hatte ich ihre Zweifel zerstreut, denn sie wandte sich wieder den Bildern zu. »Ich habe gar nicht gewusst, dass du so ein Talent hast!«, meinte sie und beäugte fachmännisch eines der Fotos. »Mit welcher Kamera hast du die gemacht?«

»Mit einer von Jürgen«, log ich. Und dachte nur daran, was für ein Glück ich hatte, dass nirgendwo mehr der Name der echten Künstlerin stand.

»Mit dem hast du ein wahren Glücksgriff gemacht«, behauptete meine Mutter.

Ich sah sie scharf an, aber sie schien es ehrlich zu meinen, denn sie schwärmte: »Er ist erfolgreich und hat einen tollen Job.«

»Und er ist ein wahrer Charmebolzen.«

»Ja, ist er«, stimmte sie seufzend zu.

Ich verdrehte die Augen. Natürlich war ich nicht wirklich mit Jürgen zusammen, aber es stank mir, dass sie mit ihm flirtete. Weil sie auch ein Charmebolzen war und es nicht anders kannte. Und ich ihr wünschte, dass sie endlich wieder einen Mann kennenlernte. Einen, der so lieb war wie Jürgen, und so nett und toll und charmant und … ich die beiden unglaublich gerne verkuppelt hätte und es nicht konnte, weil *ich* ja mit Jürgen zusammen war. Angeblich.

»Oh, das ist grandios!« Meine Mutter zeigte auf eines der Schwarzwaldbilder. Ein See lag still vor der atemberaubenden Kulisse eines Sonnenuntergangs bei herannahendem Gewitter.

»Und wer ist das?« Sie zeigte auf einen Mann, der am See stand und den näherkommenden Sturm nicht zu bemerken schien.

»Ein Spaziergänger«, meinte Juliane, die sich unbemerkt von hinten an uns herangeschlichen hatte. Mein Herz setzte aus.

»Und Sie sind …?« Meine Mama musterte meine Chefin mit gerümpfter Nase von oben herab, weil sie sich einzumischen gewagt hatte.

»Juliane Seidel«, stellte sich meine Chefin vor.

»Ihr gehört das Atelier«, ergänzte ich und lächelte tapfer, obwohl alles in mir nach Flucht schrie.

»Marianne, Annas Mutter.« Meine Mutter lächelte, nun deutlich beflissener zu gefallen als zuvor, und reichte meiner Chefin die Hand.

Juliane warf mir einen verwirrten Blick zu und ich betete, dass sie sich nicht ausgerechnet jetzt daran erinnerte, dass sie ja ein Hühnchen mit meiner bislang unbekannten Mutter hatte rupfen wollen. Dann fiel mir auf, dass es noch zu viel Schlimmerem als zum Hühnchenrupfen kommen konnte: Schließlich hatte ich gerade brünette Haare, arbeitete im Atelier aber als Rothaarige und war quasi nur mit einem mehr oder weniger schlecht sitzenden Haartuch getarnt. Mist!

»Sehr erfreut!«, meinte sie stattdessen. Allerdings wieder mit einem irritierten Seitenblick zu mir. Vermisste sie meine roten Haare?

»Ich auch und ich muss sagen, diese Ausstellung ist toll!« Meine Mutter setzte an, um weiterzureden, doch ich unterbrach sie: »Entschuldigung, aber ich muss meine Mama entführen und ihr vielleicht noch eines der Bilder aufs Auge drücken!«

»Oh!«, meinte meine Chefin überrumpelt. »Ja, ja, sicher … Danke.«

»Ist doch Ehrensache!«, improvisierte ich und versuchte, meine Mutter Richtung Theke zu schieben.

»Ich muss auch weiter«, erklärte Juliane. »Eine mittelschwere Katastrophe.«

Wieder setzte mein Herz einen Schlag aus und ich hoffte, dass sie nicht die Preisschilder meinte, deren verknitterte Überreste ich immer noch in der Hand hielt.

»Ich habe gerade gehört, dass ein Pärchen mit einer toten Katze versucht, unsere Toilette zu missbrauchen«, erklärte sie und machte auf dem Absatz kehrt.

Ich biss mir gerade noch rechtzeitig auf die Zunge. Sogar als meine Mutter endlich bereit war, sich leise kichernd weiterbugsieren zu lassen, verkniff ich mir jedweden Kommentar und schickte einfach nur ein kleines Dankgebet gen Himmel. Die Kurzsichtigkeit war stark genug gewesen!

Nina sah uns angespannt und mit schreckensgeweiteten Augen entgegen. Wortlos nahm sie meiner Mutter das leere Glas aus der Hand und reichte ihr einen weiteren Sekt. Verwirrt über diese zuvorkommende Behandlung, aber auch geschmeichelt, meinte meine Mutter zu mir: »Nett von dieser Juliane, dich in ihrem Atelier auszustellen, und nett von Nina, dass sie mit den Getränken hilft.«

Ja, wirklich nett! Ich nahm mir vor, ihr später für ihren tollen Einsatz zu danken. Ich nickte meiner besten Freundin zu und beobachtete mit einem flauen Gefühl im Magen, wie meine Mutter zu meiner Schwester trat und sie umarmte. Um notfalls verbal eingreifen und sie ablenken zu können, trat ich zu den beiden, gerade als meine Mutter Gregor zur Begrüßung die Hand gab.

Meine Schwester nutzte die Chance, um mich vorwurfsvoll anzusehen. »Um die Frage von vorhin, bevor du so schnell verschwunden bist, zu beantworten: Wir«, sie zeigte auf ihren Verlobten, »sind hier, weil sich mein Supermann plötzlich für schöne Kunst interessiert.«

»Schon immer interessiert hat«, korrigierte Gregor und wandte sich zu mir. »Ich hab dich vorhin gar nicht gesehen.« Er reichte mir die Hand und musterte mich anklagend. »Kein Wunder, du hast ja auch die Haare anders.«

»Oh, mein Tuch!«, erinnerte sich meine Mum und ehe ich sie stoppen konnte, hatte sie den lockeren Knoten gelöst und mich meiner Tarnung beraubt.

»Das war nur zum Testen!«, erklärte meine Mutter Gregor und schien zu überlegen, ob sie das Tuch überhaupt brauchte oder ihre schicken silbernen Locken lieber zur Schau stellen wollte.

»Ja, genau wie der Wandel von Rot zu Braun«, stichelte meine Schwester und verdrehte die Augen mit einem Seitenblick in Richtung unserer Mutter. Nur zu deutlich sah man Sabine an, wie gerne sie Gregor auf seinen Fauxpas beim Übersehen meiner rothaarigen Person angesprochen hätte und es nur mir zuliebe nicht tat.

»Sie waren rot?«, erkundigte sich der ganz offensichtlich auch Farbenblinde und beäugte mich, als sähe er mich zum ersten Mal. Dankesehr auch!

»Ja, aber so ist es doch der Wahnsinn, oder?«, behauptete ich und tat das, was normalerweise den Frauen in den Shampoowerbungen vorbehalten war: Ich warf meine brünette Lockenpracht in elegantem Bogen nach hinten.

»Wer ist der Wahnsinn?«, erkundigte sich eine sonore Stimme hinter mir durch meine Haare hindurch.

Ich fuhr auf dem Absatz herum, wusste aber schon Sekunden vor dem Anblick, wer hinter mir gestanden hatte und fast von meiner Perücke erschlagen worden war. Der Hüne. In Rosa. Großer Gott!

Wenn das so weiterging, würde ich heute einen Herzinfarkt bekommen.

Hektisch sah ich mich um, aber sein Begleiter, alias mein Chef, alias sein Freund, war nirgendwo zu sehen. Mindestens genauso hektisch drückte ich dem Hünen einen Sekt in die Hand, damit ich überhaupt etwas tat und mich ablenken konnte.

»Danke!« Der rosagekleidete Traummann musterte mich mit gerunzelter Stirn. »Kenne ich Sie nicht?«

Meine Mutter öffnete den Mund, wahrscheinlich davon ausgehend, dass ich jetzt berühmt war und mich nun einfach jeder kennen musste. Mein Herz setzte schon wieder aus, mir wurde heiß und kalt gleichzeitig. Wahrscheinlich hatte ich den Infarkt genau jetzt.

»Meine Schwester!«, kam Sabine ihr zuvor und deutete lässig auf mich.

»Oh!« Der Traummann mit dem Haken reichte mir seine Hand. Eine sehr große, sehr angenehm warme Hand. Sie schaffte es, warm zu sein, ohne dabei verschwitzt zu wirken. Eine wirklich schöne Hand mit schmalen, gepflegten Fingern und … ich sah auf und wurde rot, weil mich der Traum von einem leider schwulen Mann betrachtete, wie ich immer noch seine Hand hielt.

»Max ist …«, meine Schwester zögerte kurz und warf einen undefinierbaren Blick in Richtung von Max' Begleiter, »… Künstler … und kommt zur Hochzeit«. Jetzt sah sie ihrem Verlobten hinterher, der wieder angefangen hatte, durch die Galerie zu schlendern.

Ich starrte Thor an, während sich meine Gedanken verselbständigten und mit unterschiedlichen Stimmen auf mich einredeten. Die Mehrheit war entzückt, weil er Künstler war und zur Hochzeit meiner Schwester kommen würde. Das konnte bedeuten, dass ich ihn in Zukunft häufiger sehen würde. Was bedeuten könnte, dass ich eine Chance bei ihm hätte. Haben könnte. Wenn ich ich war. Aber welches Ich und … verdammt! Hätte haben können … Der Typ war schwul. Künstler. Rosa Hemd. Und dann auch noch mit meinem Chef. Da konnte er bei meiner Besichtigung fremden Blondinen in den Ausschnitt gucken, wie er wollte!

»Dann habt ihr ja etwas gemeinsam!«, behauptete meine Mutter entzückt, riss mich aus dem Gedankenstrudel und deutete auf die Ausstellung. Ich konnte förmlich spüren, wie sie auf »Kupplerin« schalten wollte, doch dann warf sie Jürgen einen Blick zu und schaltete wieder ab. Gott sei Dank!

»War nett, dich zu sehen«, verabschiedete sich der Traummann, der zu meiner Ernüchterung nicht Thor, sondern nur Max hieß, abrupt, »aber ich muss zurück.« Für eine Sekunde wirkte er so panisch, dass ich blinzelte. Nein, nichts. Nur ein freundliches Lächeln. Offenbar hatte ich mir seine Reaktion auf die künstlerische Gemeinsamkeit nur eingebildet. Und obwohl mich Max in Anbetracht unserer ersten Begegnung für eine ziemliche Vollpfeife halten musste und ganz rosafarben offensichtlich dem anderen Ufer zugeneigt war, seufzte ich leise, als er ging, und sah ihm hinterher, wie er sich wieder zu der wahren Künstlerin und meinem Chef gesellte.

Sicherheitshalber trat ich einen Schritt zur Seite, so dass ich von Nina verdeckt wurde.

»Ja, ein Bild von einem Mann«, meinte meine Schwester, die meinen Seufzer falsch gedeutet hatte. Oder besser gesagt: vollkommen richtig. »Du bist einfach zu schüchtern.«

»Sabine!« schimpfte meine Mutter.

»Was ist?« Meine Schwester klimperte mit ihren langen Wimpern und schaute betont unschuldig.

»Anna hat einen Freund!«

»Oh!« Jetzt sah mich meine Schwester ernsthaft überrascht und mit großen Augen an.

»Jürgen«, stellte meine Mutter vor. »Das ist Sabine, Annas kleine Schwester, die Frau ohne Benehmen.«

Zu meiner Genugtuung stellte ich fest, dass auch meine Schwester richtig rot werden konnte. Eine Tatsache, die mich leider nur einen Moment lang befriedigte. Dann tat sie mir leid. Schließlich hatte ich es verbockt und war die wirklich Schuldige.

»Entschuldigung«, meinte ich. »Ich bin noch gar nicht dazu gekommen, euch vorzustellen.«

»Und unhöflich ist ja in erster Linie immer der Mann.« Jürgen zwinkerte meiner Mama und mir zu und verbeugte sich vor Sabine.

»Freut mich«, meinte meine Schwester ernsthaft geschmeichelt und musterte meinen vermeintlichen Freund neugierig. »Wie habt ihr zwei euch denn kennengelernt?«

»Ach, das ist eine ganz spannende Sache«, begann Jürgen und zwinkerte mir verschwörerisch zu, um danach mit der harmlosen Geschichte zu beginnen, die wir uns an dem weinseligen Abend in der WG zusammengesponnen hatten. Ein weiteres Fettnäpfchen, das alle anderen vorhergesehen und schon im Vorfeld umschifft hatten. Und weil Jürgen seine Fettnäpfchen-Sache bislang so unglaublich gut gemacht hatte, fragte ich auch nicht, was los war, als er meiner Mutter mit einem Lächeln das Tuch abnahm und es mir umband, um mich prüfend zu mustern und sich dann zu Sabine zu drehen, als warte er auf ihr Urteil zu meinem Outfit.

Trotzdem zuckte ich zusammen, als mir jemand auf die Schulter tippte, und fuhr panisch auf dem Absatz herum. Juliane musterte mich kurz und wirkte überfordert.

»Sorry, dass ich störe. Wir brauchen die Verkaufsschilder in der kleinen Galerie«, erklärte sie. »Ich fürchte, die habe ich ganz vergessen.«

Ich konnte spüren, wie sich mein Gesichtsausdruck verselbständigte und von Panik zu Befürchtung zu Schuldbewusstsein wechselte. Deswegen meinte ich: »Und ich befürchte, dass ich Schuld bin.«

»Ach was«, wiegelte meine Chefin ab. Dann fiel ihr Blick auf meine Hand, in der ich immer noch die entwendeten Preisschilder hielt. Ihre kurze Erleichterung wich einem anklagenden Blick. »Warum hast du sie zerknüllt?«

Ich öffnete die Hand und starrte auf das Desaster. Dabei musste ich mir keine Mühe geben, zerknirscht zu wirken.

»Ich hab vergessen, dass ich sie noch in der Hand habe«, antwortete mein Mund, ohne meine Gehirn zwischenzuschalten.

»Und ich fürchte, ich habe sie aufgeregt.« Jürgen sprang mir wie immer zuverlässig bei.

»Komisch, und ich hatte das Gefühl, das wäre ich gewesen«, murmelte meine Schwester.

»Dito!« Selbst meine Mutter wirkte betroffen über meinen Fauxpas.

»na ja, ich fürchte, ich kann mich nicht beschweren«, lachte Juliane, deren Blick von einem zum anderen gewandert war. »Ich habe die Schilder schließlich *komplett* vergessen.«

Sie streckte ihre Hand aus, um ihren Fehler wiedergutzumachen.

»Ich mach schon!«, bot ich an, bevor sie noch auf die Idee kam, die Papiere an sich zu nehmen und womöglich direkt unter der Nase meiner Mutter glattzustreichen.

»Du bist ein Schatz!« Juliane seufzte erleichtert und trieb mein schlechtes Gewissen zu neuen Höchstleistungen an.

Mit dementsprechend weichen Knien löste ich mich gemeinsam mit meiner Chefin von meiner kleinen Gruppe, bog aber im Gegensatz zu ihr nicht zu Max und meinem Chef ab, sondern ging in Richtung der kleinen Galerie weiter. An der Ecke blieb ich stehen. Gregor. Natürlich musste er genau jetzt und genau in dieser Galerie von Bild zu Bild schlendern. Und während er anscheinend alle Zeit der Welt hatte, sah ich mich gezwungen, hektisch um mich zu blicken. Nur um mich im selben Moment zu verfluchen. Juliane hatte sich mit Max von meinem PR-Chef gelöst und steuerte ebenfalls auf die kleine Galerie zu und … mein Blick blieb an der vierten Gestalt hängen und meine Panik erreichte bisher unbekannte Höhen.

Oh Gott! Matthilda war bei meinem Chef und redete mit ihm.

Ich warf einen Blick in die Runde, doch meine Situation hatte sich nicht geändert. Gregor, der mich für eine brünette, fotosichere Künstlerin hielt, die ihre eigene Ausstellung hatte, befand sich in dem Gang mit den Bildern, meine Chefin, Galeristin Juliane, näherte sich und erwartete Schilder, die die Bilder als die ihren auswiesen, und meine vermeintliche Tochter plauschte angeregt mit meinem PR-Agentur-Chef, der glaubte, mit mir eine fürsorgliche und vor allem blonde Mutter angestellt zu haben.

Das waren drei Probleme auf einmal. Und damit mindestens zwei zu viel. Darauf war ich nicht vorbereitet. Nicht einmal, obwohl ich – wie mir Nina geraten hatte – zuvor geistig alle zu erwartenden Möglichkeiten durchgegangen war.

Nina!

Ich griff hektisch nach meinem Handy und wählte den Notruf. »Sag Sabine, sie soll Gregor rufen, und sag ihr, dass er wieder in die Fänge der zwei Frauen geraten ist!«, befahl ich Nina. Sabine würde schon eifersüchtig sein, aber zumindest die zweite Hälfte meiner Aussage Gregor nicht unter die Nase reiben. Ich war also auf der sicheren Seite und hatte zwei von drei Problemen gelöst. Fast.

In derselben Sekunde, in der Gregor aus dem Gang verschwunden war, huschte ich hinein und verteilte die Zettel. Gerade noch rechtzeitig. Juliane nickte mir dankbar zu. Doch Max steuerte sie weiter, weg von mir. Unmöglich, dass die Panik in seiner Miene Zufall war. Aber warum hatte er Panik und was hatte das mit mir zu tun? Hatte meine Schwester etwas damit zu tun, ihre Hochzeit, seine Kunst, das Haartuch oder hatte er einfach Angst, meine Tollpatschigkeit könne auf ihn abfärben? Ich hatte keinen blassen Schimmer, aber Sekunden später zeichnete sich vermutlich dieselbe Panik auf meinem Gesicht ab.

❤

Gregor und meine Mutter schlenderten näher!

Deutlich mehr als nur leicht panisch, entfernte ich das Haartuch meiner Mum, sammelte die Zettel, die Juliane als Künstlerin auswiesen, wieder ein und ignorierte die vorwurfsvollen Blicke eines Pärchens, das gerade eines der Schilder aus nächster Nähe inspiziert hatte.

»Entschuldigung. Aber das Bild soll heute in die Versteigerung«, erklärte ich, nachdem ich meine Mission erfolgreich abgeschlossen und das verräterische Stück Papier an mich gebracht hatte.

»In die Versteigerung?«, kickste die Frau in einem merkwürdig schrillen Ton. »Wie aufregend.«

»Versteigerung?«, erkundigte sich jemand hinter mir. Gregor.

»Aber wir wollten das Bild kaufen!«, protestierte der ältere Mann, sichtlich angespornt durch das aufgeregte Kicksen seiner Frau. Seine Gesichtsfarbe hatte in den wenigen Sekunden zwischen meinem Schilderdiebstahl und Gregors Intervention mindestens um drei Rotnuancen zugelegt und ließ auf einen lebensbedrohlichen Bluthochdruck schließen.

»Wenn ich es aus der Versteigerung buchen muss, kostet Sie das mindestens 5.200 Euro«, behauptete ich, um jedwede Diskussion und das damit verbundene Risiko, als Nicht-Künstlerin aufzufliegen, im Keim zu ersticken.

Wie erwartet ging der Mann nun nur auf den Preis ein und protestierte: »Aber das ist ja doppelt so viel …«

Seine Frau stieß ihn an und warf ihm einen so vorwurfsvollen Blick zu, wie ich ihn einer kicksenden Frau niemals zugetraut hätte. So langsam begann ich zu ahnen, warum der Mann unter Bluthochdruck litt.

Missmutig kramte er in seiner Jackentasche, zückte ein silbernes Etui und reichte mir seine Visitenkarte. »Machen Sie mir das Bild fertig und liefern es morgen?«

»Gerne!«, erwiderte ich, steckte die Karte so lässig ich konnte in meine

Tasche, verabschiedete mich und wandte mich zu Gregor, der immer noch neugierig neben mir stand.

»Wann ist denn die Versteigerung?«, erkundigte sich mein Schwager in spe, als die älteren Herrschaften beinahe außer Hörweite waren.

Ich wartete noch einige Sekunden, aber zum Glück waren die beiden zu sehr mit ihrem neu errungenen Glück beschäftigt.

»Es gibt keine mehr …«, behauptete ich. Anscheinend nicht überzeugend genug, denn Gregor runzelte die Stirn.

»Es war nur eine Verkaufsmasche«, log ich. Dieses Mal musste ich mich nicht anstrengen, denn es war ja tatsächlich die Wahrheit, wenn auch eine komplett aus der Luft gegriffene.

»Ach so!« Er nickte anerkennend. Anscheinend war ich im Lügen wirklich gut.

»Wer verkauft?«, erkundigte sich meine Mutter. So gut wie ich im Lügen war, schienen alle anderen an diesem Abend Anschleichen zu ihrem neuen Hobby gemacht zu haben.

»Anna hier!«, verkündete Gregor so stolz, als sei es sein Verdienst.

»Ja, leider keines von meinen Bildern«, gab ich zerknirscht zu. Nicht dass meine Mutter noch auf die Idee kam, ich könnte zu Geld und Ruhm gekommen sein!

»Oh«, machte sie und klang wie erwartet enttäuscht.

»Ja, hier sind verschiedene Künstler ausgestellt«, erklärte ich und meine Trauer über ihre Enttäuschung spiegelte sich in meinen Worten.

»Deswegen waren wir vorhin nicht hier in dem Gang?«, schlussfolgerte meine Mutter.

»Genau!« Ich nickte und brauchte gar nicht weiterzulügen. Das taten alle anderen für mich. »Ich hab dir nur meine Bilder gezeigt. na ja, und eines von Juliane.«

Zu meiner Überraschung lachte meine Mutter und da war er wieder, der Kloß in meinem Hals. Sie wäre also schon mit so wenig zufrieden gewesen? Und nicht mal das konnte ich ihr bieten! Ich nahm mir fest vor, sie nicht zu enttäuschen. Wenn sie mich für eine gute Tochter hielt, eine mit künstlerischen Talenten, dann würde ich diese Tochter eben bis zu meinem Lebensende spielen.

»Das ist trotzdem toll!«, lobte sie. »Und fast genauso toll ist, dass du mein Tuch gefunden hast!«

»Tuch?« Irritiert sah ich an mir hinab. Tatsächlich hatte ich das Haartuch in der Hand, als wäre es ein Rettungsanker.

»Ich brauche es zurück, da ich jetzt heimgehen wollte!«

»Oh! Oh, ja, natürlich«, stotterte ich und mit Mühe gelang es mir, meinen eigenen festen Griff um den Stoff zu lösen.

Mit einem stolzen Lächeln nahm meine Mutter das Tuch entgegen wie einen Ritterschlag durch meine Hand und verpasste mir ein Küsschen links und eines rechts, bevor sie sich verabschiedete und gemeinsam mit Gregor gen Ausgang flanierte.

Ich blickte dem Tuch sehnsüchtig hinterher, beruhigte mich aber mit dem Gedanken, dass ich es nun nicht mehr benötigen würde.

»Mama?« Matthildas lauter Ruf ließ mich innerlich zusammenzucken und belehrte mich eines Besseren. Was wäre das Tuch doch noch hilfreich gewesen!

»Fräulein Gercke!« Auch die Stimme meines PR-Chefs hallte durch die Gänge. Er klang fröhlich.

Aber immerhin machte mich seine fröhliche Stimme darauf aufmerksam, dass Juliane in Richtung meines Ganges steuerte.

Shit! Ich sah mich bemüht beiläufig um, aber es bestand keine Möglichkeit, mich irgendwo zu verstecken oder aus dem Gang zu kommen, ... aber ... mit zwei raschen Handgriffen entfernte ich die Haarklammern und die Perücke und stopfte sie mir in die nun sehr ausgebeulte Tasche und befreite die Preisschilder, um sie abermals zu verteilen.

»Und wie viel kostet das Bild dort hinten, Fräulein?« Wie ein Springteufel war der Mann mit dem Bluthochdruck wieder neben mir aufgetaucht.

»6.200 Euro«, log ich hektisch und wurde mit einem weiteren glücklichen Kicks-Geräusch belohnt.

»6000«, feilschte der Mann, obwohl seiner Frau das Glück im Hals stecken blieb und den nächsten Ton im Keim erstickte.

Um ihr Leben zu retten, überlegte ich nicht lange, sondern nickte. Wieder bekam ich seine Visitenkarte unter Kicks-Lachen zugesteckt. Wieder steckte ich sie ein. Deutlich weniger lässig als zuvor.

»Was ist mit den Schildern?«, erkundigte sich Juliane vorwurfsvoll. Abgelenkt von Matthilda, meinem Chef, Gregor, Mama und der lieben Kundschaft, hatte ich übersehen, dass die Galeristin inzwischen direkt neben mir zum Stehen gekommen war.

»Aber wir sind uns doch einig, oder?« Der Mann schien unter den immer noch glückseligen Geräuschen seiner Frau streitsüchtig zu werden. Wieder gelang es dem Rot in seinem Gesicht, eine Nuance tiefer zu werden, und ich überlegte einen Moment lang, ob ich eben der richtigen Person das Leben gerettet hatte oder ob ich in wenigen Sekunden einen Defibrillator benötigen würde.

»Waren wir!«, stimmte ich kreislaufbeschwichtigend zu und hakte mich bei Juliane ein. »Wir liefern morgen!«

Damit dirigierte ich meine Chefin aus der Hörweite aller Neugierigen, bevor ich erklärte: »Die beiden haben mich mit ihrem Kauf beim Verteilen unterbrochen.«

»Aber du hattest doch schon verteilt …« Juliane musterte mich misstrauisch.

»Nicht ordentlich«, behauptete ich und warf einen Blick über die Brüstung der Galerie. Schräg unter uns schlüpfte das ältere Paar, sichtlich zufrieden mit diesem Abend und ihren Käufen, in ihre Jacken. »Die Hälfte war abgefallen und den anderen Teil hatte ich unter den Blicken der neugierigen Gäste durcheinandergebracht. Anscheinend bin ich nicht stressresistent!«

»Wenn ein verkauftes Bild bei deinem Stress rauskommt, darfst du immer gestresst sein«, lachte sie nun wieder völlig entspannt. Sie musste in ihrem vorangegangenen Leben Buddhistin gewesen sein.

»Zwei Bilder«, gab ich zu und beobachtete, wie das Pärchen das Atelier verließ und in die Dämmerung und den Regen trat.

»Zwei Bilder?« Trotz ihrer Überraschung wirkte Juliane noch vollkommen Zen.

»Zu 11.200 Euro«, gab ich zu und griff in die Tasche meines Kostüms, um nach der Visitenkarte zu kramen.

»Bist du irre?« Juliane strahlte. Doch irre traf es ziemlich gut. Meine Finger verharrten in der Leere meiner lässigen Tasche. Wo war die verdammte Karte?

»Bin gleich wieder zurück!«, behauptete ich und machte auf dem Absatz kehrt. Doch statt einer Visitenkarte, die herrenlos auf dem Boden lag, war das erste, was ich sah, Matthilda. Das zweite war mein PR-Chef, der mit meiner leider doch noch nicht ganz gegangenen Mutter sprach und offenbar immer noch versuchte, mich zu finden. Das war sogar für meine Panik zu viel, sie erstarrte einfach und schaltete in einen Notmodus um, den ich bislang nicht gekannt hatte.

Immerhin konnte es nun gar nicht mehr schlimmer werden! Ich verschwand hinter einer Säule und dank mangelnder Fluchtmöglichkeit setzte ich meine brünette Perücke ohne Spiegel und Kontrollmöglichkeit auf die hochgesteckten roten Haare und betete still darum, dass sie einigermaßen saß und auch sitzen blieb. Erst dann trat ich wieder hervor und wandte mich an Matthilda.

»Versuch es an der Empfangstheke. Da habe ich Jürgen gesehen, vielleicht weiß der, wo deine Mama ist. Blond ist ja nicht zu übersehen!«, empfahl ich der Neunjährigen aus meinem Drittleben. Laut genug, um meinen Chef erst einmal zu beruhigen und von meinem Zweitleben fortzulenken.

Matthilda verstand und aufatmend sah ich zu, wie sie meinem Chef folgte und dann so beschwingt zwischen ihm und meiner näherkommenden Schwester vorbeilief, dass ich das dringende Bedürfnis verspürte, ihr den Hals umzudrehen.

»Was für ein nettes Mädchen«, sagte meine Mutter, die meinen Blick falsch gedeutet hatte. Anscheinend war ich nun in die Kategorie »hört ihre eigene biologische Uhr ticken« gerutscht. »Wäre ein tolles Enkelkind.«

»Da hast du Glück, sie ist Jürgens Tochter«, log ich aus einer spontanen Eingebung heraus und beglückwünschte mich selber. Nix da mit biologischer Uhr und Ticken, stattdessen freie Fahrt für glückliche Nachmittage mit der neuen Oma.

»Dann ist sie auf jeden Fall auch zur Hochzeit eingeladen!«, verkündete Sabine und zerstörte mein kurzes Hochgefühl. Grundgütiger, es konnte wirklich noch schlimmer werden! Jetzt hatte ich die Göre am Hals. Komplett und vollkommen farbunabhängig. In Blond, in Rot und nun auch in Braun. Nur dass ich jetzt nicht einmal mehr die Haare schön hatte!

Wie aufs Stichwort wurde am anderen Ende der Galerie eine seidig glänzende tote Katze geschüttelt. Ihre Haarfarbe war ein interessanter Kontrast zu Jürgens gerötetem Gesicht und ließ ihn ernsthaft herzkrank wirken.

»Ich werde zu alt für diesen Scheiß«, verkündete er, als ich neben ihm Richtung Toilette hetzte. Es war gar nicht nötig, mich zur Eile zu nötigen. Ich war lernfähig. Jürgen leider nicht. Zum zweiten Mal an diesem Tag stürmte er gemeinsam mit mir in den Waschraum der Damen und beinahe mitten in eine andere Frau hinein. Dieselbe wie zuvor, wie ich an der wütenden, fauchenden Katze erkannte, die versuchte, sich aus ihrer Taschenposition zu befreien und sich auf Jürgen zu stürzen. Ich steckte ihr einen Katzenkeks zu.

»Entschuldigung, Notfall!«, behauptete ich. Immerhin deutlich routinierter und dank der Kurzsichtigkeit meines Gegenübers auch deutlich entspannter, wenngleich auch ohne einen entsprechenden Erfolg. Schnell und unter ziemlich deftigen Flüchen verließ die exzentrische Rentnerin den Raum.

Wenn das nicht noch Ärger gibt!, dachte ich, löste aber gemeinsam mit Jürgen die brünette Perücke und richtete den Blondschopf, bis alles so aussah, wie es aussehen sollte. Also alles außer mir. Ich warf einen prüfenden Blick in den Spiegel. Das Make-up, das mit roten Haaren toll ausgesehen hatte und mit brünetten immerhin noch gut, wirkte nun, als wäre mir schlecht. Das konnte aber auch an meinem Leben liegen. Besser gesagt an meinen drei Leben.

Gemäß der Maxime von Elisabeth, meiner göttlichen Kosmetikerin, »Wer besser aussieht, als er sich fühlt, fühlt sich gleich viel besser«, kramte ich in meiner Handtasche und fand einen der tollen neuen und vor allem wasserfesten Lippenstifte. Die Farbe war besser. Viel besser. Gut genug, um nicht mehr wie ein krankes Huhn auf LSD auszusehen.

Unauffällig, um nicht der renitenten Rentnerin mit der mindestens ebenso renitenten Katze abermals in die Hände zu laufen, schlichen wir aus dem Raum, ich in Richtung Theke, Jürgen harmlos irgendwo anders hin.

»Matti«, säuselte ich, scheinbar entzückt darüber, meine Tochter zu sehen, und nur einem Insider wäre aufgegangen, wie wütend ich in Wahrheit war. Matti, die diesen Namen aus vollem Herzen hasste, zuckte zusammen. Ich schenkte ihr ein breites Grinsen. Dieses Biest hatte sich wohl gedacht, mich auffliegen lassen zu können?

»Mama«, sagte sie und klang zu meiner Verwunderung genauso wie ich. Verlogen freundlich.

»Hallo, und ich hatte schon gedacht, Sie hätten Ihre Tochter ausgesetzt«, begrüßte mich mein neuer Chef und reichte mir seine Hand. Ich tat überrascht, ging aber lachend auf seine Vorlage ein.

»Mit dem Gedanken habe ich ehrlich gesagt schon ab und zu gespielt«, gab ich zu und warf Matthilda einen bösen Blick zu. Sie lächelte.

»Mama, ich wollte auch nicht lange stören …« Sie machte eine Kunstpause, die für eine Neunjährige erstaunlich wirksam war. »Aber du musst mich nächste Woche einmal von der Schule abholen, mein Klassenlehrer will mit dir reden.«

Ich musterte das kleine Biest und war wider Willen beeindruckt. Daher wehte also der Wind, klassische Erpressung!

Ich nickte und nutzte die volle Wirkung meines tollen Lippenstiftes für mein bestes Lächeln. »Mach ich, wenn Herr Hansen mir früher freigibt und ich die halbe Stunde am nächsten Tag dranhängen kann.«

»Ehrensache!«, behauptete besagter Hansen und musterte mich, während ich für meine Rache ausholte: »Und du musst noch deine Hausaufgaben machen, also ab nach Hause!«

»Jawoll!« Matthilda hatte sich mir an den Hals geworfen, bevor ich reagieren konnte, und mir einen Schmatzer auf die Wange verpasst.

»Schaust du drüber, wenn du kommst?«, erkundigte sie sich erstaunlich kläglich. Ich blinzelte, schaffte aber ein: »Natürlich.« Und erst als Matthilda schon wieder fröhlich aus meinem Sichtfeld herausgehüpft war, fiel mir auf, dass ich mir verwundert und nachdenklich die Wange rieb.

»Ich glaube, sie hat Sie sehr lieb«, meinte Hansen und riss mich aus meiner Starre. Mit dem Ergebnis, dass ich nun ihn anstarrte. Zumindest, bis man mir abermals auf die Schulter tippte.

»Fräulein?« Ich drehte mich zu dem älteren Mann um und fragte mich, wann und wo ich ihn schon einmal gesehen hatte, kam aber nicht drauf. »Was kostet denn dieses Bild?«

Erleichtert atmete ich auf. Der herzinfarktgefährdete Käufer meiner Bilder. Er war doch noch nicht weg! Dann fiel mir der Haken an der Sache auf: Ich stand hier mit meinem Chef und hatte mich seiner Firma verschrieben. Ausschließlich. Außerdem war ich blond und im falschen Leben.

Verdammt!

»Sie müssen mich verwechseln«, behauptete ich in einem verzweifelten Versuch, meine Lüge aufrecht zu erhalten.

»Oh hey!« Mein Chef sah an mir vorbei und ich folgte seinem Blick. Max. Und er sah zu uns.

Rasch drehte ich mich wieder zurück zu meinem Gesprächspartner, während mein Chef meiner Nemesis winkte näherzukommen.

»Aber Sie haben mir doch eben zwei Bilder verkauft?!« Der Mann ließ nicht locker und musterte mich. Im selben Maße misstrauisch, wie mein Chef fröhlicher wurde. »Sie müssen jemanden kennenlernen!«

Leider näherte sich besagter Jemand nun tatsächlich. Unaufhaltsam wie eine Naturkatastrophe. »Nein, bin ich wirklich nicht!«, behauptete ich, in einem neuen Versuch, mich von dem Käufer loszueisen und vielleicht auch noch meinem Chef entkommen zu können.

»Ist sie wirklich nicht, die nette Verkäuferin war brünett«, stimmte die Frau des Kunstliebhabers zu, während der den Kopf schüttelte und etwas von »rot« murmelte, und ich ergriff meine Chance. »Genau.« Ich tat erleichtert. »Sie meinen bestimmt meine Schwester!«

»Ihre Schwester ist auch hier?«, erkundigte sich mein Chef. Offensichtlich nicht halb so abgelenkt, wie ich gehofft hatte.

»Nein, sie war hier, sie ist vorhin weg«, log ich und betete, dass Sabine nicht ausgerechnet jetzt auftauchen würde. Dann folgte ich einer spontanen Eingebung: »Aber ich kann ihr Ihre Karte geben?«

Zu meinem Entzücken griff der ältere Mann in seine Tasche und zückte das silberne Etui. »Sie hat zwar schon eine Karte von mir …«

»… aber es schadet ja nicht«, behauptete ich und strahlte den Mann mit meinem breitesten Lächeln an. Dieses Mal verstaute ich das Papier sehr sorgfältig, wünschte den beiden einen tollen Tag und richtete meine Aufmerksamkeit auf das kommende Unheil.

»Es ist schon wieder ein lüsternes Pärchen auf unserer Toilette zugange!« Juliane hatte ihren Buddha-Status verloren und sich zwischen Max, meinen Chef und mich geschoben. Sie wirkte deutlich weniger Zen als Minuten zuvor. Eigentlich genauso, wie ich selbst mich fühlte. Zum Glück war sie zu aufgebracht, um mich genauer anzusehen, und stürmte auch gleich weiter, mit Max im Schlepptau.

»Ich entführe ihn eben als Helfer«, verkündete sie, hatte ihn aber schon herumgerissen und war dabei, ihn fortzuziehen.

»Oh«, machte mein Chef enttäuscht. Dann zuckte er mit den Schultern und meinte unter meinem ehrlich erleichterten Lächeln: »na ja, lernen Sie meinen Sohn eben später kennen.«

Sein Sohn, nicht sein Liebhaber! Meine Erleichterung wurde noch tiefer und ich konnte das Honigkuchenpferdgrinsen auf meinem Gesicht spüren. Sekunden bevor mein Chef meinte: »Übrigens, Sie haben Lippenstift an den Zähnen kleben!«

Verbesserungen

Jede Bewegung der Zahnbürste war wie ein kleiner Hammerschlag und fühlte sich an, als hätte mich eine Kunstgalerie überfahren.

Nur zu gerne hätte ich mich wieder hingelegt, mir die Decke über den Kopf gezogen und bis Sonntag geschlafen. Aber ich war nicht in meinem Erstleben, sondern in meinem zweiten, und da tat man so etwas Leichtlebiges einfach nicht. Brünette waren zuverlässig. Und brachten die ihnen anvertrauten Kinder pünktlich zum Sportfest in der Schule.

»Muss ich wirklich das blöde Heft einpacken?« Matthilda wirkte, als hätte sie am liebsten mit dem Fuß aufgestampft.

»Ja«, gab ich knapp zurück, um ihr keine Möglichkeit zur Diskussion zu bieten, und ließ sie zuerst durch die Haustür gehen.

Sie nutzte die Nicht-Möglichkeit natürlich trotzdem und fragte: »Was soll schon reingeschrieben werden? Wir kriegen heute keine Hausaufgaben auf.«

Ich seufzte, während ich innerlich diesen Tag verfluchte und die morgendliche Kälte. »Zum Beispiel etwas zu deinem Benehmen. Und notfalls kannst du auch deine Urkunde zwischen die Seiten legen, ohne dass sie zerknickt.«

»Und wenn ich keine Urkunde bekomme?«, fauchte Matthilda, anscheinend ganz auf Streit aus. Wahrscheinlich war das einer der Tage, an denen sie ohne meine Begleitung die Flucht ergriffen hätte.

»Es gibt keine Teilnahmeurkunden mehr?«, empörte ich mich deswegen. »Wie kann denn dann ein Sportfest überhaupt noch Spaß machen?«

»Ich denke, eine Teilnahmeurkunde gibt es noch«, lenkte Matthilda zu meiner Überraschung ein.

»Super!«, freute ich mich. »Dann haben wir doch für heute Abend etwas zum Einrahmen und Aufhängen!«

»Einrahmen und Aufhängen?«, wiederholte Matthilda, als wir kurz vor der Schule angekommen waren, und erinnerte mich mehr denn je an eine jüngere Version meiner selbst. Nur dass ich noch nie jemanden gezwungen hatte, mich an der Ecke vor der Schule abzusetzen.

Ich versuchte, das hämische Grinsen auf den Gesichtern der zwei kleinen Mini-Models zu ignorieren, und da ich mir ein gutes Karma für die Zukunft wünschte, verdrängte ich sogar den gehässigen Gedanken daran, dass die beiden ohnehin nie Models werden würden – und wahrscheinlich letztendlich genauso glücklich oder unglücklich wie Matthilda – oder ich.

Schließlich war Optik allein noch lange keine Qualifikation für Erfolg oder Glück.

Ich schniefte einen Moment, weil selbst mir die Absurdität meiner Gedanken auffiel, und war versucht, mir die brünetten Locken zu raufen, die ich ja nur trug, weil ich in Wahrheit ganz anderer Meinung war.

Matthilda zögerte einen Moment, ignorierte ihre Freundinnen, die ohnehin so wirkten, als sei ihnen Matthilda eher eine Last, denn eine Freude, dann stellte sie sich auf die Zehenspitzen und gab mir einen Bussi auf die Wange. Ich sah ihr ungläubig hinterher. Sie war von Aliens entführt und durch eine Marionette ersetzt worden. Ja, genau. So musste es sein!

❤

Ich war deutlich aufgeregter als bei meinem Vorstellungsgespräch. Was natürlich im Grunde genommen vollkommen lächerlich war.

Aber immerhin hatte meine Nervosität einen guten Grund: Hagar.

Wenn mich die beste Freundin meiner Schwester ausgerechnet bei ihrem eigenen Arbeitgeber mit einer blonden Perücke und einer falschen Identität erwischte, dann war es das Ende der Fahnenstange und das Ende des tollen Jobs.

Tief durchatmend betrat ich die Agentur und hatte wie befürchtet sofort die volle Aufmerksamkeit meiner Lieblingsfeindin, die mit der Frau am Empfangstresen geredet hatte.

»Guten Morgen!«, begrüßte sie mich mit einem freundlichen Lächeln. Nichts ließ ahnen, ob sie mich erkannte oder sich überhaupt Gedanken über mich und mein Aussehen machte. »Ich soll Sie heute einarbeiten.«

Ich schüttelte die mir gereichte Hand und es gelang mir sogar, ebenfalls ein Lächeln auf meine Lippen zu zaubern.

»Ich bin Hagar – mit »a«, nicht wie in spindeldürr«, scherzte sie mit mehr Humor, als ich ihr je zugetraut hätte.

Trotzdem rasten meine Gedanken, bis sie bei einem Wort stehenblieben: vorausschauend. Ich hatte vorausschauend sein wollen …

»Lena«, meinte ich. »Eigentlich Anna-Lena, aber Anna heißt ja nun wirklich so gut wie jeder in meinem Alter.«

Hagar lachte und immer noch war nicht einmal der Anflug von Skepsis in ihrem Blick zu sehen, so dass ich innerlich aufatmete. Das war gut! Sehr gut! Wenn ich mich jetzt nicht besonders blöde anstellte, würde ich mit meiner Scharade durchkommen.

Minuten später staunte ich über meinen Arbeitsplatz. Der Viermann- beziehungsweise Vierfrauen-Tisch befand sich direkt in dem großen Raum, den man als Erstes betrat und in dem auch der Empfangs- und der Wartebereich angelegt waren.

»Es gibt hier nur zwei Büros. Eines für den Chef und eines für seinen Stellvertreter, auch Sohn genannt.«

»Sohn, ein interessanter Name.«

Hagar kicherte, als hätte ich eben tatsächlich einen gelungenen Scherz gemacht, und ich war mir sicher, dass dieselbe Hagar mein rothaariges Ich für denselben Witz milde belächelt hätte. Aber ich war blond und so zog Hagar einfach nur immer noch gut gelaunt ihren eigenen Stuhl von der gegenüberliegenden Seite zu mir und setzte sich neben mich.

Im selben Moment ging die Eingangstür auf und Thor …, äh Max, betrat den Raum. Schlagartig kamen die Wände näher und mein Herz setzte einen Schlag aus. Und das nicht ausschließlich, weil er mich ebenfalls als Brünette kannte und ein Sicherheitsrisiko war.

Aber meine Sorge war unbegründet, denn er stapfte ohne aufzublicken weiter geradeaus, murmelte nur ein halbherziges »Guten Morgen« und war hinter der Tür des Chefs verschwunden, bevor meine Blutzirkulation bemerkt hatte, dass etwas Gravierendes nicht stimmte.

Hagar seufzte leise und im ersten Augenblick dachte ich, sie würde den blonden Hünen ebenfalls anschmachten – doch dann kommentierte sie: »Schon wieder zu spät!«

Das fand sein Vater wohl auch, denn Herrn Hansens morgendliche Wünsche klangen wesentlich unfreundlicher. Ich konnte zwar durch die zugefallene Bürotür nicht verstehen, was er seinem Sohn sagte, aber es war definitiv nichts Nettes.

Hagar verdrehte die Augen, tat dann aber so, als wäre alles in Ordnung und als würde der sonst so entspannt wirkende Herr Hansen seinen Sohn nicht gerade im Nebenraum an die Wand brüllen.

Scheinbar ohne auf die Lautstärke zu achten, zeigte mir meine Lieblingsfeindin das Computersystem und die firmeneigenen Programme. Zum Glück war es ganz einfach und ich konnte dank meiner Grundlagen in Textverarbeitung und Tabellenkalkulation sowie einer gewissen Übung im Umgang mit verschiedenen Foto- und Videobearbeitungsprogrammen gut mithalten. Es war beinahe erstaunlich, was ich neben dem Studium so alles gelernt hatte. Sogar die Lautstärke konnte ich beinahe vollständig ausblenden.

»Sehr gut!«, lobte Hagar. »Als ich gehört habe, dass du direkt vom Studium zu uns kommst, hatte ich schon Angst.«

»Wovor?«, erkundigte ich mich und warf einen argwöhnischen Blick gen Chefbüro.

»Sie sind nicht immer so«, flüsterte Hagar leise. »Herr Hansen ist eigentlich ein toller Chef und sehr geduldig.«

»Aber Max ist doch sein Sohn, oder?«, erkundigte ich mich, mindestens ebenso leise.

»Ich nehme an, genau das ist das Problem«, gab Hagar zu und wirkte gar nicht mehr wie jemand, den ich zum Lieblingsfeind hatte, sondern wie eine nette, mitfühlende Person.

»Aber zurück zu deiner Frage!«, meinte sie, nun wieder etwas lauter, da Max die Tür aufgerissen hatte und schon halb wieder im Gang stand. »Die meisten Studenten haben keine Ahnung vom wahren Leben oder davon, dass man solche Sachen auch können muss.«

Ich bemühte mich, ihn nicht anzustarren, da ich mich unwillkürlich fragte, ob das das Schicksal aller Kinder war: in den Augen der Eltern für immer Kind zu bleiben. Denn die wenigen Fetzen der Unterhaltung, die zu Hagar und mir drangen, schienen sich genau darum zu drehen.

»Ich hatte keine Ahnung!«, murmelte ich und zum Glück bezog Hagar meine Worte auf ihre Aussage.

»Aber du kannst diese Sachen trotzdem!«, betonte sie und lenkte meine Aufmerksamkeit wieder auf sich.

»Ja!«, gab ich zu und lächelte zufrieden. Ich konnte diese Sachen trotzdem.

»Aber wahrscheinlich hast du auch nicht ewig studiert, oder?«, erkundigte sie sich mit einem gehässigen Unterton und zum ersten Mal erkannte ich die »alte« Hagar in meiner neuen Freundin.

»Kam mir aber vor wie eine Ewigkeit!«, meinte ich ehrlich.

Hagar lachte. »Ich kenne jemanden, die studiert schon seit neun Jahren. Also im Grunde genauso lange, wie ich arbeite.«

Und ich wusste ganz genau, wen sie meinte! Aus diesem Grund stimmte ich nicht ins Lachen ein, sondern versuchte es mit einem Grinsen, das sich selbst für mich zäh anfühlte.

»Das wird später bei der Rente hart«, kommentierte ich halbwegs unverbindlich und erntete ein Achselzucken. Hauptsächlich, weil meine Lieblingsfeindin damit beschäftigt war, Max hinterherzublicken, der in sein Büro gestürmt war.

In den nächsten Stunden sah und hörte man weder etwas von ihm noch von seinem Vater. Perfekt! Und selbst Hagar, deren Nachfolge in der Firma ich ab Ende nächster Woche antreten würde, war reizend. Mal abgesehen davon, dass sie permanent über meine erstes Ich lästerte und kein gutes Haar an diesem ließ.

❤

Geduld hatte noch nie zu meinen Stärken gehört, aber auf Matthilda zu warten, war wie eine kleine Folter. Sie entsprang zwar nur meiner eigenen Fantasie, aber die genügte mir auch vollkommen.

Jedes vorbeikommende Kind schien mich anzusehen und genau zu wissen, warum ich an der Ecke stand und nicht direkt zur Schule ging, um »mein« Kind abzuholen. Die Blicke waren vorwurfsvoll, herablassend, neugierig, aber auch spöttisch. Und spätestens als die zweite kleine Schönheit auf der anderen Straßenseite an mir vorbeistolzierte, als hätte sie mich noch nie im Leben gesehen, wurde mir klar, dass irgendetwas ganz und gar nicht stimmte.

Wenn sie schon schulfrei hatte, wo war dann Matti und wo war das andere Mini-Model?

Ungeduldig drehte ich eine weitere Auf-Und-Ab-Runde auf dem Bürgersteig, aber immer noch gab es nirgendwo eine Spur von meinem Mini-Me. Zehn weitere Runden später kam ich endlich auf die Idee, auf mein Handy zu sehen. Natürlich stand es auf lautlos und natürlich hatte ich drei verpasste Anrufe. Nummer unbekannt.

Leise verfluchte ich mich und mein Handyverhalten und drückte auf Rückruf. Binnen weniger Sekunden hatte ich einen Mann am Apparat, der sich rasch als Matthildas Klassenlehrer outete.

Das kleine Biest ist doch noch irgendwie abgehauen!, war mein erster bewusster Gedanke, doch dank meines Trainings hielt ich die Klappe und ließ meinen Gesprächspartner reden.

»Und Sie sind die Patentante?«, erkundigte er sich und sorgte dafür, dass ich sein Gesicht sofort vor Augen hatte. Der junge Mann, der viel zu jung für eigene Kinder zu sein schien und von dem ich annahm, er sei Ramonas Vater.

»Ja, die bin ich!«, schwindelte ich und machte mir eine geistige Notiz, diesen Sachverhalt unbedingt mit Lena zu besprechen. Genau wie eine Liste an möglichen Strafaufgaben für ihre missratene Tochter.

»Wir sitzen beim Rektor. Matthilda meinte, Sie würden sie abholen kommen?« Die Stimme meines Gesprächspartners klang vorwurfsvoll.

»Ja, ich stehe wie verabredet am Kunstatelier an der Ecke, wo wir uns treffen wollten«, erklärte ich deshalb und gab mir Mühe, sowohl seriös als auch leicht verärgert zu klingen. Zumindest bei Letzterem musste ich mir allerdings keine Mühe geben.

Meine brünette Attitüde schien zu wirken, denn der Klassenlehrer schwieg einen Moment lang und schien die Informationen neu zu sammeln.

»Dann sind Sie in der Nähe und können zu einem Gespräch vorbeikommen?«, erkundigte er sich schließlich deutlich freundlicher.

»Wohin soll ich genau?«

»Sie nehmen den linken Eingang und gehen bis ganz hinten durch, dann nach links und das letzte Zimmer ist das Zimmer des Schulrektors«, erklärte er.

»Großartig«, behauptete ich. »Können Sie mir schon verraten, um was es geht?«

»Matthilda hat einen Schüler aus ihrer Klasse getreten.«

»Matthilda hat was?!«, entfuhr mir entsetzt, aber mein Gesprächspartner hatte bereits aufgelegt. Wieso hatte ich auch gefragt? Ich hätte mich selbst ohrfeigen können, während ich den kurzen Weg zur Schule auf mich nahm, um meine renitente Leihtochter abzuholen und mir eine Standpauke bezüglich ihres Verhaltens anzuhören.

❤

Das Büro des Rektors war leicht zu finden. Selbst wenn ich mich nur anhand einer Aura hätte orientieren müssen, hätte ich es unter allen anderen Zimmern der Schule gefunden. Es war das, welches die negativsten Schwingungen ausstrahlte und mich am meisten an meine eigene Schulzeit erinnerte.

Auch das leicht genervt klingende »Herein« schien zum Standard eines jeden Rektors zu gehören. Allerdings musste man diesem Mann zugutehalten, dass er jünger und besser aussah, als ich meinen eigenen Schulchef in Erinnerung hatte. Was allerdings auch daran liegen konnte, dass seitdem einige Jährchen verstrichen und für Kinder alle Personen über zwanzig alt waren.

»Ah, die Patentante!« Der Mann nickte mir zu und stand auf. »Dann hole ich mal Matthildas Lehrer dazu.«

Ohne weiter auf mich zu achten oder sich namentlich vorzustellen – Knigge hätte seine helle Freude an dem Rektor gehabt – ging er zur Tür und meinte: »Sie können ja schon einmal zu den Kindern durchgehen.«

Damit deutete er auf einen Durchgang, der von seinem Raum abging, und war verschwunden, bevor ich eine Frage stellen konnte. Folgerichtig sah ich mich gezwungen, mich dem Grund meiner Anwesenheit in der Schule zu stellen.

»Tante Anna!« Matthilda flog mir förmlich in die Arme, kaum dass ich den Raum betreten hatte. Die beiden anderen Kinder wirkten eher betreten, so dass bei mir der Verdacht aufkam, Matthilda hätte sich beide vorgenommen.

Ich sah von Matthilda zu dem Jungen, er sah deutlich größer und kräftiger aus als die Übeltäterin Matthilda, und weiter zu der schönen Ramona.

»Und du bist eine unbeteiligte Zeugin?«, erkundigte ich mich, um möglichst schnell Informationen zu bekommen, bevor der Rektor zurückkam und mir seine Version der Geschichte erzählen und sie zu einer Tatsache machen würde.

»Ja, ist sie!«, behauptete der Junge selbstsicher. Die Fashionista schwieg und schien ihre Schuhe niederstarren zu wollen.

»Jetzt sag es ihr doch«, forderte er und fügte ein liebevoll klingendes »brutta vacca« hinzu. Es klang wie ein Kosewort und brachte das hübsche Wesen dazu, noch intensiver auf den Boden zu starren.

»Ach komm schon!«, forderte der Getretene abermals und trat einen Schritt näher zu dem Mädchen und flüsterte eine zweite Beleidigung. Endlich reagierte das Mädchen und nickte, als stimme es ihm zu. Dieser sah auf und lächelte mich triumphierend an und auf mein Gesicht schlich sich ein Grinsen.

»Weiß dein Rektor, wie er dich nennt?«, fragte ich in den Raum hinein, weil ich ganz und gar nicht taub war und die Ankunft der zwei Erwarteten durchaus mitbekommen hatte.

»Wer wird wie genannt?«, erkundigte sich genau die Person, nach der ich eben gefragt hatte, wie geplant.

»Sie will es ihm nicht sagen, er ist der Freund ihrer Freundin«, flüsterte Matthilda leise.

Ich musterte den Knaben mit finsterem Blick, weil ich genau wusste, welche hübsche Freundin gemeint war – und wie der Hase lief.

»Dann willst du auch nichts sagen?«, erkundigte ich mich beinahe ebenso leise bei meiner Leihtochter.

»Nein, bitte!« Matthilda sah mich flehend an, da sie nicht als Petze dastehen wollte. Etwas, worauf sich der Junge zu verlassen schien.

»Dann ist ja gut, dass ich Italienisch spreche und man mich diesbezüglich nicht anlügen kann?!«, meinte ich und wandte mich zu dem kleinen Tyrannen. »‚Brutta vacca' ist *nur* eine Beleidigung, aber das Zweite …« Ich schüttelte den Kopf.

»Sie sprechen Italienisch?«, fragte Matthildas Klassenlehrer und sein Blick wanderte vom Schuldirektor über den Jungen bis zu mir. Er war wirklich der Mann, dem ich nachmittags begegnet war und der viel zu jung wirkte, um Vater zu sein – oder gar Klassenlehrer.

»Ja«, antwortete ich und fügte nur in Gedanken ein »leider« hinzu, da meine französischen Sprachkenntnisse immer noch eher … rudimentär waren.

»Und jemanden Spaghettifresser zu nennen, ist nicht nur dumm und gemein, sondern auch rassistisch«, meinte ich und strich meine Haare nach hinten. Eine Geste, die mir dank der Farbe neuen Auftrieb gab.

»Vielleicht sollten Sie besser mit *seinen* Eltern reden, statt mit mir und Matthilda?«, schlug ich vor. »Ich denke nämlich, dass die Schule in dieser Hinsicht eine wichtige Vorbildfunktion hat und niemand solche Ausdrücke benutzen darf!«

Das Gesicht des Klassenlehrers schien wie schockgefroren, aber der Rektor fing sich als Erster.

»Zu deinen Eltern und deiner Strafe kommen wir noch!«, meinte er, als der Schüler nichts zu seiner Verteidigung sagte, sondern mich nur überrascht anstarrte. »Folge mir!«

Der Rektor zögerte einen Moment und wandte sich dann an Matthildas Klassenlehrer. »Die weitere Bestrafung überlasse ich dir.«

Alleingelassen beugte er sich zu dem Mädchen aus der Parallelklasse. »Wieso hast du denn nichts gesagt?«, erkundigte er sich mitfühlend.

»Ist das nicht offensichtlich?«, fragte ich und strich dem Mädchen, das aussah, als wollte es jeden Moment anfangen zu weinen, über den Rücken. »Sie ist zehn Jahre alt!«

Und es gab nichts, was so sehr wehtat wie ein gemeiner Spitzname. Oder aus Angst vor der besten Freundin schweigen zu müssen.

Der Lehrer schien zu verstehen, worauf ich hinauswollte, denn er nickte. Auch wenn seine Worte seinem Ausdruck widersprachen: »Aber Sie verstehen, dass ich Matthilda trotzdem nicht ungestraft davonkommen lassen kann? Sie hat jemanden getreten.«

»Nicht feste genug, wenn Sie mich fragen!«

Ich hielt dem Blick des Lehrers stand, bis er nachgab und zuerst wegsah.

»Ich denke an ein Referat zum Thema *Gewalt in der Schule*«, meinte er.

»Was halten Sie von *Mobbing in der Schule*?«, schlug ich stattdessen vor. »Das wäre passender.«

Wieder hielt ich seinem Blick stand und wieder gewann ich das stumme Duell.

»Bis morgen!«, forderte er schließlich, und um seine Autorität nicht zu untergraben, stimmte ich zu.

Trotzdem war ich sehr erleichtert, als die Tür hinter uns zufiel und wir Lehrer und Parallelklassenschülerin los waren. Oder Vater und Tochter?

»Anna, hör mal …!«, begann Matthilda und wirkte extrem schuldbewusst.

»Ist gut!«, behauptete ich, obwohl ich innerlich immer noch kochte. Nicht wegen Matthilda, sondern wegen des Jungen und seiner Freundin, die zuließ, dass andere Mädchen beschimpft wurden.

»Wirklich, ich …«, versuchte Matthilda es noch einmal. Erst jetzt fiel mir auf, dass sie nicht nur schuldbewusst, sondern sogar leicht panisch wirkte, und blieb stehen.

»Es ist gut!«, wiederholte ich noch einmal und zog sie in eine beruhigende Umarmung.

»In Zukunft gebe ich mir mehr Mühe, mache meine Hausaufgaben und das Referat und schreibe alles auf und …«, versprach sie plappernd.

»Matthilda, es ist wirklich alles in Ordnung!«, beschwichtigte ich und schob sie ein wenig zurück, damit sie mir in die Augen sehen konnte.

»Wirklich?«, hakte sie nach.

»Ja, aber beim nächsten Mal trittst du erst und fällst dann selber theatralisch hin und weinst, weil er angefangen hat, und die rassistischen Sprüche erwähnst du dann besser auch sofort!«, riet ich ihr. Ein weiteres Mal absolut politisch inkorrekt.

»Ehrlich?«

»Ehrlich!«, betonte ich und nahm meine kleine renitente Leihtochter an die Hand. Sie ließ es nicht nur geschehen, sondern sah mich von unten her an, mit einem stolzen Lächeln im Gesicht.

❤

Das Atelier war immer noch komplett geöffnet und die Ausstellung auf der zweiten Ebene für jedermann zu besichtigen. Dank der großartigen

Berichte und der verschiedenen Zeitungsartikel hoffte Juliane auf einen großen Zulauf und ich drückte ihr die Daumen. Auch wenn das bedeutete, dass ich ins obere Stockwerk verbannt wurde und dort meine Arbeitszeit möglichst dekorativ abstehen durfte.

Immerhin war noch der kleine Tresen aufgebaut, so dass ich mir die ersten zwanzig Minuten damit vertrieb, aufzuräumen und Gläser und Flaschen herzurichten.

»Entschuldigung?«, maunzte eine Stimme hinter mir und brachte mich dazu, aufzustehen, obwohl ich noch halb unter dem Tresen hockte und mir deshalb schmerzhaft den Kopf stieß.

»Mist!«, fluchte ich und rieb mir die Stelle, die sicher bald zu einer Beule werden würde.

»Sie neigen zur Selbstverstümmelung, oder?«, erkundigte sich die exzentrische Stimme und ich blinzelte nach oben.

»Ja?!«, meinte ich. »Ab und zu.«

Hatte die stolze Katzenbesitzerin beim letzten Treffen ihre Katze unter ihren Arm geklemmt und als Handtasche benutzt, so war es dieses Mal tatsächlich so, dass das Katzenvieh in einem Beutel saß. Ich blinzelte abermals, aber der Eindruck blieb: Der Beutel sah aus wie die Katze selbst. Da konnte die Edelmarke noch so sehr als Logo auf der gut sichtbaren Seite der Tasche blitzen, hässlich blieb hässlich.

»Kann ich Ihnen einen Sekt anbieten?«, erkundigte ich mich und verfluchte mich selbst dafür, dass ich nicht etwas von Elisabeths Punsch abgefüllt und griffbereit hatte. Den hätte ich jetzt brauchen können! Schließlich hatte mich die Katzenfrau mit Jürgen auf der Damentoilette erwischt, und egal wie kurzsichtig sie war, sicher würde sie mich aus so kurzer Distanz wie der Sektreichnähe erkennen.

»Später vielleicht!«, lehnte sie ab und mir fiel ein Stein vom Herzen. »Aber vielleicht mag der junge Mann ja einen?«

Ich sah in die Richtung, in die Maunzis Besitzerin mit zusammengekniffenen Augen sah, und fluchte abermals. Dieses Mal leise. Dann stürzte ich hinter der Theke hervor und an der älteren Frau vorbei. »Ich habe den Sekt vergessen!«, behauptete ich, obwohl der bereits gut sichtbar auf der Arbeitsfläche stand.

Ohne auf sie zu achten, hetzte ich Richtung Toiletten und ging im Geiste meine Optionen durch. Ich konnte mich Traummann Max als

Brünette oder als Blondine präsentieren und entschied mich innerhalb einer Nanosekunde für die Dunkelhaarige. Schließlich wusste er, dass Sabines Schwester Künstlerin war. Oder glaubte es zumindest zu wissen. Und so kam ich wenigstens nicht in die Verlegenheit, erklären zu müssen, warum eine seiner PR-Mitarbeiterinnnen zufällig hier war. Bei meinem Glück würde er die blonde Anna sonst noch für einen Stalker halten.

Folgerichtig flocht ich mir einen roten Bauernzopf, steckte ihn hoch und kramte die brünetten Locken aus meiner Tasche, um sie mir aufzusetzen und zurechtzuzupfen. Zufrieden mit dem Ergebnis verließ ich die Toilette und schlenderte in Richtung Tresen. Mit einem Blick vergewisserte ich mich, dass Juliane immer noch bei ihrer kleinen gemütlichen Frauengruppe saß, bevor ich mich an Max wandte.

Er zuckte bei meinem »Hallo!« erschrocken zusammen, und nachdem er mich angesehen hatte, blickte er sich panisch um. Also hatte ich mir seine Reaktion am Vortag nicht eingebildet!

»Oh, hallo!«, meinte er nun, sichtlich entspannter, und ließ mich darüber rätseln, wovor er Angst hatte.

»Sabines Schwester«, erinnerte ich ihn und verkniff mir die Frage nach seinem seltsamen Verhalten.

»Ich weiß!«, gab er zu und lächelte mich an. Dabei wirkte er fast schüchtern. Etwas, das ich ihm gar nicht zugetraut hatte und das Schmetterlinge in meinem Bauch fliegen ließ.

»Sie wollten meine Wohnung wohl nicht?«, erkundigte er sich und wirkte schlagartig wieder wie Thor. Wunderschön, unnahbar und ein wenig arrogant.

»Nein, sie ist zu groß und sicher zu teuer«, behauptete ich und fügte, provoziert durch seine plötzlich wieder so selbstgefällige Art, hinzu: »Und zu einsam.«

»Deswegen wollte ich sie loswerden!«, gab er zu und lächelte so jungenhaft, dass ich mich einen Moment lang fragte, ob ich mir die selbstgefällige Arroganz vielleicht nur eingebildet hatte.

Verwirrt und prüfend sah ich ihn an und ihm direkt in die Augen. Ein verhängnisvoller Fehler, denn die waren genauso toll wie sein Lächeln.

Sekundenlang war ich versucht, ihn nach einem Date zu fragen – vorzugsweise zur Hochzeit meiner Schwester.

Zu meinem Glück unterbrach mich ein Maunzen der exzentrischen Katzenfrau. »Entschuldigung, haben Sie die nette Verkäuferin gesehen?«

»Nein, Entschuldigung«, log ich ungerührt und hoffte, dass die Kurzsichtigkeit der älteren Dame stark genug war.

»Ist eine hübsche Rothaarige!«, behauptete sie und ich fühlte mich trotz ihrer Blindheit geschmeichelt. Immerhin hatte sie bei dem jungen Mann ja auch nicht komplett falsch gelegen.

»Ich glaube, sie ist Richtung Gang C gegangen«, meinte ich und deutete vage in die genannte Richtung, was die Katzentasche ... äh ... die Katze aus der Tasche ... dazu veranlasste, sich mir entgegen zu recken und ihren Kopf gegen meine Hand zu drücken.

»Seltsam, normalerweise lässt sie sich nicht von Fremden anfassen«, meinte die Tierbesitzerin und musterte mich mit zusammengekniffenen Augen, als hätte ich einen Affront begangen – oder als wäre ich ein Weltwunder.

»Ist eine ganz Süße«, schwindelte ich. »Wahrscheinlich spürt sie, dass ich sie mag.«

»Ja, so ist Maunzi!« Die Katzenlady trat einen Schritt zurück und brachte ihre Katze vor mir und meiner Aufmerksamkeit in Sicherheit. »Ich schau dann mal in Gang C nach.«

»Machen Sie das!« Ich sah ihr zu, wie sie mich suchen ging, und ignorierte den Hauch schlechten Gewissens.

»Man muss schon extrem tierlieb sein, um Maunzi zu mögen«, kommentierte Max, kaum dass die Exzentrikerin außer Hörweite war.

»Ja«, stimmte ich zu und war versucht, hinzuzufügen, dass die Katze nicht mich geliebt hatte, sondern nur die Katzenleckerlis in meiner Hosentasche.

»Ich helfe der Dame mal, die Verkäuferin zu finden, behauptete ich, da ich sah, wie sich Juliane der Treppe nach oben näherte.

»Prima!«, meinte Max und sah ihr entgegen. »Genau die Frau, die ich gerade brauche!«

»Dann lass ich euch allein«, meinte ich, da Juliane genau die Frau war, die ich gerade nicht brauchte. »Man sieht sich!«

Rasch bog ich in den ersten Gang ab und folgte der Kurve so schnell ich konnte, um am anderen Ende in Richtung Gang C abzubiegen.

Hinter einer Säule versteckt nahm ich die Perücke ab und verstaute sie blicksicher in meiner Handtasche, bevor ich zur Katzenlady ging.

»Ah, da ist sie ja!«, wurde ich euphorisch empfangen. »Maunzi hat Sie schon vermisst.«

»Tatsächlich?« Ich tat erstaunt, steckte dem Katzenvieh aber unauffällig ein Leckerchen zu. Bei seinem Umfang kam es auf eines mehr oder weniger ohnehin nicht an.

»Ich interessiere mich für dieses Bild hier, haben Sie einmal einen Preis für mich?«

Ich trat einen Schritt näher an das Bild heran, um das Schild zu studieren. Aber es gehörte eindeutig nicht zu dieser Fotografie. Vermutlich nicht einmal zu dieser Ausstellung.

»Da muss ich einmal in den Unterlagen nachsehen«, gab ich zu und prägte mir die Nummer ein, die auf dem Rahmen stand. Beim Weitergehen fiel mir ein, dass zwischen mir und den Unterlagen Max und Juliane stehen würden. Der eine hielt mich für brünett, die andere für rothaarig. Ich überlegte kurz, dann griff ich zum Handy und wählte Julianes Nummer.

»Hi Juliane, du stehst gerade vor dem Ausstellungsbuch. Kannst du mir den Preis für das Bild 371 geben?«

»Hängt kein Schild daneben?«, erkundigte sich Juliane. Sie klang verärgert. Wahrscheinlich weil ich ihr Intimgespräch mit dem wunderbaren Max störte.

»Doch, aber es gehört nicht zum Foto«, meinte ich schuldbewusst.

»So ein Mist!«, fluchte meine Chefin und ich schrumpfte um ganze zwei Zentimeter.

»Entschuldigung!«

»Nicht dein Fehler, ich habe nach deiner gestrigen Verkaufsorgie alle neu ausgedruckt und aufgehängt«, gestand sie.

»Soll ich den Preis frei verhandeln?«, hakte ich nach, davon inspiriert, dass ich nichts mit dem aktuellen Schilderdesaster zu tun hatte, und von meinem gestrigen Erfolg euphorisiert.

»Wer will denn kaufen?«

»Hier oben ist ja nur ein Gast«, lachte ich. »Die Frau mit der Katze.«

»Sicher? Hier muss auch noch eine heiße Brünette herumlaufen, die ein Bild kaufen will.«

Eine heiße Brünette? Ich blickte mich um, konnte aber niemanden entdecken. Zumindest nicht in diesem Gang. Dann schnürte es mir die Kehle zu. Eine heiße Brünette? Die ich nicht gesehen hatte. Folglich musste sie nach meinem Weggang von der Theke hier herauf gekommen sein. Und nur einer konnte sie gesehen und bewertet haben: Max.

Und das konnte nur eines bedeuten: Max stand auf Brünett – und auf Frauen, die nicht aussahen wie ich. Eben auf heiße Modeltypen.

»Keine heiße Brünette in Sicht!«, knurrte ich.

»Ich komme in euren Gang!«, beschloss Juliane.

»Dann suche ich die Brünette?!«, schlug ich vor.

»Spitze!«, lobte meine Chefin. »Lass sie nicht ohne Bild entkommen. Ihre Tochter sagte, sie will eines kaufen.«

Das wurde ja immer besser! Mit einem beschwingenden Hochgefühl ging ich die Gänge ab, fand aber keinen weiteren Kunden. Dafür aber den Weg zurück zur Theke – und damit zu Max und Matthilda.

Max und Matthilda?!

Gerade noch rechtzeitig gelang es mir, einen Schritt zurückzutreten, so dass die beiden mich nicht sehen konnten.

Max und Matthilda!

Ich konnte spüren, wie es hinter meiner Stirn zu pochen begann und ich Kopfschmerzen bekam. Dem kleinen Mistbalg würde ich den Hals umdrehen! Ein Bild konnte ich mir doch gar nicht leisten! Außerdem … Max fand mich heiß? Also mein Brünetten-Ich?

Ich lehnte mich gegen eines der Ausstellungsstücke und lugte um die Ecke. Dort stand mein Traummann mit meiner Fake-Tochter und unterhielt sich immer noch angeregt. Er mochte Tiere und Kinder und hatte einen guten Wohnungsgeschmack, hatte einen Job und war Künstler und fand mich heiß?!

Von einem Geräusch aufgeschreckt, duckte ich mich hinter das Ausstellungsstück und verharrte reglos. Fast reglos. Es dauerte einen Moment, bis ich begriff, dass das Geräusch von mir gekommen war oder besser gesagt von meinen knirschenden Zähnen.

»Mama?«, hallte Matthildas Stimme durch das Atelier und übertönte das Knirschen, verstärkte aber leider die Kopfschmerzen.

»Verflucht!«, maulte ich und kramte die blonde Perücke aus der Handtasche. Sie sah deutlich zerrupfter aus als die brünetten Haare und auch mein Outfit stand in keinem Verhältnis zu den Businessröckchen, die ich in der PR-Agentur tragen würde.

»Hier!«, meinte ich und bog frisch erblondet um die Ecke, um meine Leihtochter und Max anzustrahlen.

»Oh, was für ein Zufall!«, behauptete ich und tat erstaunt, weil der Sohn meines Chefs im selben Atelier war wie ich.

»Tilda, was kann ich für dich tun?«, erkundigte ich mich, süffisant freundlich.

»Das Referat …«, begann sie und wirkte schlagartig so schuldbewusst, dass ich ihr nicht mehr böse sein konnte. »Kann ich dafür an deinen Computer?«

»Natürlich!«, meinte ich vollkommen überrascht von ihrer harmlosen Bitte.

»Ehrlich?«, hakte sie ungläubig nach.

»Nein, ich lüge dich an!«, lachte ich. »Natürlich kannst du an den Computer!«

»Danke!« Ungestüm umarmte sie mich, dann, als sei ihr ihre eigene Dankbarkeit peinlich, gab sie Max die Hand und hastete die Treppe hinab.

»Und? Schon ein Bild gefunden?«, erkundigte sich Max und sowohl seine Frage als auch seine Nähe trieben meinen Puls in gefährliche Höhen.

»Sekunde!«, rief ich Matthilda nach und folgte ihr nach unten, bis ich aus Max′ Blickweite war.

Ohne darauf zu reagieren, dass ich kurz vor einem Wutanfall stand, zog mich meine Leihtochter in eine Ecke.

»Perücke ab!«, riet sie mir, als hätte ich das blonde Teil nicht nur ihretwegen aufsetzen müssen. Trotzdem tat ich wie befohlen und verwandelte mich wieder zurück in Anna, die im Atelier arbeitete.

Sekunden später kam Juliane die Treppe hinab.

»Hast du sie gefunden?«, erkundigte sie sich und ich schüttelte benommen den Kopf. Auf keinen Fall konnte ich dieses Perücken-Persönlichkeitstauschspiel noch lange durchhalten!

»Hat denn die Katzenlady etwas gekauft?«, fragte ich, um meine Chefin abzulenken.

»Lass es mich so ausdrücken: »Hast du die Visitenkarte unseres nicht mehr einzigen Kunden?«

»Jawoll!« Ich konnte spüren, wie sich ein Strahlen auf mein Gesicht schlich. »Ich habe sie sogar schon in dein Buch geheftet und sicherheitshalber auch noch einmal alles aufgeschrieben.«

Ich deutete in Richtung Haupttheke.

»Du bist ein Schatz!«, meinte Juliane, bevor sie sich der merkwürdigen Katzenfrau anschloss, die ebenfalls wieder im Erdgeschoss angelangt war.

»Ich habe meine Momente«, murmelte ich und rieb mir die Schläfen.

♥

Und da ich die ab und zu tatsächlich hatte, bekam Matthilda, mein einziges akutes Sicherheitsleck, ein striktes Atelierverbot. Dafür musste ich ihr das Versprechen geben, mit ihr zusammen den Garten schick zu machen.

Jeden Tag ein bisschen, während sie ihre Hausaufgaben machte.

Abends würde sich mich abfragen. Französisch. Und mein Leben würde perfekt sein. So perfekt wie in den letzten zwei Stunden meiner Atelierarbeit, die ich dank Max´ rascher Verabschiedung wieder in rothaarig erledigen konnte.

♥

Die Erleichterung über die gelungene Trennung der drei Leben kam erst, als ich schon wieder zu Hause war. Und dort hielt sie leider auch nicht lange an, da Matthilda auf mich zugestürzt kam.

»Was hast du wieder angestellt?«, erkundigte ich mich.

»Ich habe das Referat zum Thema Mobbing fertig«, verkündete mein Mini-Me und hielt mir vor Augen, dass sie mir vielleicht doch gar nicht so ähnlich war. Ich für meinen Teil hätte das Referat nämlich komplett vergessen. Korrektur: hatte es bereits komplett vergessen gehabt.

»Prima!«, heuchelte ich. »Lass gleich mal hören!«

Matthilda folgte mir ins Zimmer und setzte sich auf das kleine Sofa, um mir ihren Text vorzulesen.

»Das ist richtig gut!«, lobte ich, als sie fertig war. »Vor allem, weil du die Chance nicht genutzt hast, um dem Jungen eins auszuwischen!«

»Ich war versucht«, gab sie zu.

»Kann ich mir vorstellen!«

Obwohl sie grinste, konnte ich spüren, dass sie noch mehr sagen wollte, sich aber noch nicht vollständig traute.

»Wo drückt der Schuh?«, erkundigte ich mich und setzte mich neben sie.

»Bei meinen Zensuren!«, murmelte meine Leihtochter und wich meinem Blick aus.

»Was ist mit deinen Zensuren?«, fragte ich alarmiert. Wir hatten alle Aufgaben erledigt und auch die Arbeiten, die ich immer wieder aus dem Tornister fischte, waren okay gewesen. Was hatte ich übersehen?

»Sie sind zu gut«, erklärte Matthilda und sah immer noch zu Boden, als schäme sie sich.

Ich starrte sie an und war ernsthaft verwirrt. »Wie können Zensuren denn zu gut sein?«

»Ich will nicht aufs Gymnasium!«

Und ich war versucht, mir die Hände vors Gesicht zu schlagen, weil sich nun alle Puzzleteile zusammenfügten: In der dritten Klasse war alles bestens gewesen, Matthildas Noten gut, die Hausaufgaben gemacht und in der vierten, entscheidenden Klasse ging es plötzlich bergab und alles war voller roter Markierungen.

»Wieso nicht?«, erkundigte ich mich und versuchte zu begreifen, warum ein schlaues Mädel wie meine Matthilda ihre Chance nicht nutzen wollte.

»Na, weil meine Freundin wegen ihrer Freundin auf die Gesamtschule will«, erklärte Mini-Me ernst. »Aber ich habe mich auch schlau gemacht und die haben echt tolle Kurse – auch weiterführende und da kann ich ja auch mein Abitur machen – und sogar noch Extrakurse besuchen, wie Russisch oder Spanisch. Die haben dort eine Theater-AG und einen Schachclub. Aber studieren will ich nicht!«

»Was willst du denn mal werden?«, fragte ich, da mein kleines Gegenüber tatsächlich einen Plan zu haben schien.

»Reich und berühmt«, antwortete Matthilda wie aus der Pistole geschossen.

»Die Antwort hätte von mir sein können«, lachte ich und setzte mich zu ihr. »Also! Was kann denn deine Gesamtschule, was das Gymnasium nicht kann?«

Wie auf Kommando zückte Matthilda eine Broschüre und reichte sie mir. Mini-me war wirklich vorbereiteter als ich und mir im Planen weit überlegen. Verdammt!

Und doppelt verdammt, da die Broschüre wirklich gut aussah. Dank meines Studiennebenfaches Pädagogik hatte ich keine gute Meinung von Gesamtschulen, aber das hier schien so etwas wie die Eliteschule unter ihnen zu sein. Zusätzlich zum normalen Unterricht wurden nachmittags andere Fremdsprachen zusätzlich geboten: Russisch, Chinesisch, Spanisch, Italienisch, es gab Mathegruppen, eine Schachakademie, ein umfassendes Sportangebot inklusive Schwimm- und Reitsport und Leichtathletik.

Der einzige echte Haken war die Entfernung. Die Schule befand sich weder in Fuß- noch in Reichweite und selbst mit öffentlichen Verkehrsmitteln würde es nicht ohne Umsteigen gehen.

»Hast du mit deiner Mutter darüber«, ich wedelte mit der Broschüre, »geredet?«

»Sie hört doch nie zu!«, maulte Matthilda, zog eine Schnute und hatte vermutlich sogar Recht.

❤

Leider musste ich eine Stunde später feststellen, dass Lena sehr wohl zuhörte – daran änderten weder ihre drei Jobs noch das Baby noch ihre Müdigkeit etwas.

Unnachgiebig vertrat sie ihre Meinung, der zufolge Matthilda selbstverständlich intelligent genug für ein Gymnasium war und dementsprechend auch auf eines zu gehen hatte, da Bildung wichtig war.

»Matthilda soll nicht so enden wie ich. Mit drei Jobs und zwei Kindern von zwei verschiedenen Ehemännern«, fasste Lena schließlich zusammen und gab ihren Ängsten ein Gesicht – ihr eigenes.

»Das mit den Ehemännern liegt nicht an der Schulbildung!«, widersprach ich.

»Zumindest nicht an meiner!«, gab mir Lena recht und lachte.

»Aber mal ernsthaft: Sie will nur wegen ihrer besten Freundin Ramona auf die Gesamtschule und die will nur auf die Gesamtschule, weil wiederum ihre beste Freundin dorthin will.«

Ich überlegte kurz, ob ich Lena erzählen sollte, dass die Freundschaft zwischen Ramona und dem anderen kleinen Supermodel heute empfindlich gelitten hatte, entschied mich aber dagegen.

»Ich denke, du solltest dir die Broschüre mal anschauen. Selbst ich finde diese Schule genial!« Ich schlug die Seite mit den Nachmittagskursen auf. »Und ich bin von der Pädagogik eher negativ geprägt worden.«

»Dann braucht Matthilda ein Jahr länger für ihr Abitur«, argumentierte Lena.

»Und kann vielleicht mit zwei weiteren Fremdsprachen angeben und außerschulischen Aktivitäten.«

Lena nahm das Heft zur Hand und prüfte die Angebote. Selbst eine überkritische Mutter wie meine eigene hätte spätestens an dieser Stelle zugestimmt. Nur Lena fand zielstrebig das Killer-Argument, indem sie den Lageplan der Schule aufschlug. »Und wie soll Matthilda zur Schule kommen? Oder wieder nach Hause?«

Zukunftsaussichten

Obwohl ich mich darüber ärgerte, mich auf Matthildas Erpressung mit dem Garten eingelassen zu haben, hätte es mich auch schlimmer treffen können. Schließlich war sie bereit, mitzuhelfen, sobald es ihre Hausaufgaben zuließen. Und wie der Teufel es so wollte, hatte sie heute nichts auf. Zumindest stand nichts in ihrem Heft, und da ich keine Lust hatte, allein anzufangen, würde ich den Teufel auch schon dort lassen, wo er war, und weder nachhaken noch Matthildas Freundin anrufen.

Das war pädagogisch zwar nicht wertvoll, aber manchmal musste man einfach auf das eigene Wohlbefinden Rücksicht nehmen.

Aus diesem Grunde schloss ich meinen MP3-Player an das Radiogerät an, das ich mit viel Aufwand und einem langen Verlängerungskabel auf die Treppe bugsiert hatte, und lud mir einen Soundtrack runter.

»Was machst du da?«, erkundigte sich Matthilda, welche die vermooste Treppe nach unten sprang, als könnten ihr die rutschigen Pflanzen nichts anhaben.

»Was Fieses!«

»Was nicht anders zu erwarten war!«, kommentierte sie, wirkte aber sehr zufrieden. Kurz war ich versucht, doch noch einmal wegen der Hausaufgaben zu fragen, verwarf den Gedanken aber mit einem Blick in Richtung Garten.

»Zieh dir besser eine lange Hose an!«, riet ich.

»Warum?«

»Vertraust du mir?«, erkundigte ich mich und hätte mich im selben Moment für die Frage ohrfeigen können. Aber zu meiner Überraschung ging Matthilda wirklich wieder ins Haus und kam Minuten später in einer langen Latzhose zurück.

Genauso lange hatte ich gebraucht, um das Album zu laden und die Boxen zu platzieren, um wenigstens für die richtige Grundstimmung zu sorgen.

»Woher hast du denn *das* Teil?«, erkundigte ich mich und konnte das leichte Entsetzen in meiner Stimme nicht ganz verbergen. Einen viel zu großen Blaumann? Jetzt ernsthaft?!

»Hat mir Jürgen zum letzten Geburtstag geschenkt!«, verkündete Matthilda und ich verdrehte die Augen. Der Kerl wusste wirklich, was wir Frauen wollten!

Anscheinend sah mein Ausleihkind die Sache genauso, denn sie stimmte in mein Lachen ein.

»Wir machen das hier aber nicht, weil du glaubst, dass Jürgen dich mit dem Teil dazu inspiriert hat, oder?«

Matti schüttelte bestimmt den Kopf. »Nein, aber in einem Garten sollte man spielen können – und baden. Einfach Spaß haben.«

Ich nickte zu den drei Punkten, obwohl ich das mit dem Spaß bezweifelte. Zumindest in der nächsten Zeit.

»In Ordnung!«, sagte ich bestimmt. »Dann versuch in meiner Schneise zu bleiben!«

Würdevoll kämpfte ich mich durch das hüfthohe Gras in Richtung Geräteschuppen, während die ersten Takte vom Jurassic-Park- Soundtrack durch den Garten klangen. Der Schuppen war nur vier Meter entfernt, aber ich rechnete sowohl mit Dinosauriern als auch mit Säbelzahntigern – und auch damit, dass ich, bei dem kleinen Schuppen angekommen, ein Sauerstoffzelt benötigen würde.

»Ich glaube so langsam, meine Idee war doof!«, meinte Matthilda und klang außer Atem.

»Erst jetzt?«, erkundigte ich mich und trampelte das Gras vor der Hütte weit genug platt, um die Tür öffnen zu können.

Sekunden später wünschte ich mir, ich hätte es nicht getan, denn eine Horde kleiner weißer Spinnen fiel vom Dachbalken, kaum dass ich das Holz berührt hatte.

Matthilda und ich kreischten um die Wette und der plötzliche Energiestoß, der durch meinen Körper floss, ließ mich einen meterweiten Sprung nach hinten machen.

Aus sicherer Entfernung warteten wir darauf, dass sich das Tierzeug in Sicherheit gebracht hatte, und lugten dann durch den offenen Türspalt ins Innere der Hütte. In Griffweite standen zwei Besen und ich konnte Harken, Hacken, Schaufeln und einen Spaten erkennen. Etwas tiefer im Schatten waren kleinere Gerätschaften für Blumenbeete zu erkennen, inklusive einer an der Wand hängenden Minisense.

»Ich nehme den Rasenmäher!«, rief Matthilda und deutete auf den größten Gegenstand, der sich in der Hütte befand.

»Der wird uns die nächsten Stunden nichts nutzen.«

»Stunden?« Matti klang entsetzt, während ich todesmutig nach dem Besen griff und die Spinnweben vom Türdurchgang entfernte.

»Was hast du gedacht?« Ich sah mich um und ließ meinen Blick besonders lange auf der Höhe des Grünzeugs ruhen, bis mein Leihkind begriff, auf was ich hinauswollte.

»Also, falls du doch eine Hexe bist, wäre jetzt ein guter Zeitpunkt, es zu sagen und einmal mit den Fingern zu schnippen«, schlug ich vor.

Die kleine Blaumannträgerin streckte mir die Zunge raus.

»Schade!«, kommentierte ich, wischte einmal blind mit dem Besen nach oben und in Richtung der kleinen Gartengeräte, bevor ich mich einen Schritt in die Gartenhütte hineinwagte. Schnell schnappte ich mir die Minisense und eine Schere, die der Größe nach zu urteilen für Hecken gedacht war.

»Ich schlage vor, wir kürzen erst einmal das Graszeug«, schlug ich vor. »Und dazu sollten wir an der Terrasse anfangen.«

Ich erwähnte nicht, dass ich nur eine Vermutung darüber anstellte, was das Steinzeug war, das ich am Ende der Moostreppe unter meinen Füßen gespürt hatte.

»Wir haben eine Terrasse?«, erkundigte sich Matthilda zweifelnd und ich nickte, lachte, schüttelte den Kopf und zuckte schließlich mit den Schultern.

»Scheiße!« Sie sah mich mit einer Mischung aus Ehrfurcht, Unglauben und Argwohn an, bevor sie losprustete und in mein Lachen einstimmte.

»Ich denke, wir brauchen Handschuhe!«, meinte Matti endlich, als sie nach Minuten wieder genug Luft zum Sprechen bekam.

Ohne meine Antwort abzuwarten, flitzte sie durch die Grasschneise und ich machte mir nicht die Mühe, ihr zu verraten, dass im Inneren der Gartenhütte einige Handschuhpaare lagen. Denn um nichts in der Welt wollte ich meine Finger da reinstecken. Zu groß war meine Angst vor dem, was ich darin finden würde.

»Falls du einen Flammenwerfer findest, bring ihn mit!«, rief ich ihr stattdessen nach und sah ihr hinterher. Doch statt der ins Haus laufenden Matthilda sah ich mich mit Jürgen konfrontiert, der mich so anstarrte, als sei ich für das Desaster verantwortlich, das er einen Garten nannte.

»Hilfst du mit?«, erkundigte ich mich und hielt ihm die kleine Sense entgegen, um meiner Frage einen gewissen Nachdruck zu verleihen. Leider war Jürgen immun gegen Subtilität und schüttelte den Kopf.

»Nee, Gartenarbeit ist nicht so meins«, behauptete er und machte einen Schritt zur Seite, um auf der Moostreppe Matthildas Leben nicht noch durch zusätzliche Enge zu gefährden.

»Ehrlich? Wäre ich nie drauf gekommen!«, spottete ich.

»Aber ich könnte einen Grill besorgen? Und Kohle und etwas zu essen?«, schlug er vor.

»Prima!«, meinte ich und ergänzte, weil Mattis Weitergehen meine Aufmerksamkeit auf diese Stelle lenkte: »Etwas gegen Moos wäre auch noch toll – und irgendwas, womit man eine Terrasse wieder fit und grasfrei bekommt.«

»Welche Terrasse?« Jürgen sah sich um, als sähe er die Steinfläche direkt an der Treppe zum ersten Mal. Was vermutlich sogar der Wahrheit entsprach.

»Wie steht es mit Gartenstühlen und einem Tisch?«, schlug Matthilda dreist vor und reichte mir ein paar ihrer Handschuhe. Sie passten wie angegossen.

❤

Geschlagene drei Stunden später war das Unkraut nur noch knöchelhoch und wir hatten uns bis zum anderen Ende des Gartens durchgekämpft. Hier fand ich auch endlich die passende Hecke zu meiner Schere.

»Ich habe gedacht, hier wäre schon Schluss mit dem Garten und das wäre die Begrenzung zum Nachbargarten«, meinte Matthilda und betrachtete das grüne Ungetüm, als sei es eine Mischung aus erträumtem Ziel und persönlicher Nemesis.

»Schon?«, jammerte ich. Von mir aus hätte der Garten ruhig kleiner sein können. Deutlich kleiner. Dass er sich jetzt auch noch deutlich vergrößert hatte und die Begrenzung wieder in weite Ferne gerückt war, trieb mir neuen Schweiß auf die Stirn.

Ein Teil davon war Angstschweiß.

»Ich bin mir noch nicht einmal sicher, ob ich wissen will, was hinter dem Grünzeug ist«, stellte ich klar.

»Dornröschen. Klarer Fall!«, behauptete Matti und wir kicherten um die Wette.

»Wer küsst sie?«, erkundigte ich mich. Wenn der Garten schon so schlimm aussah, wollte ich mir das dazugehörige Dornröschen lieber nicht vorstellen.

»Ich nicht!«, wiegelte mein Leihkind vehement ab.

»Schnick-Schnack-Schnuck?«, schlug ich vor.

»Ach was, wir holen Onkel Jürgen!«, lachte Matti. Hauptsächlich, weil Onkel Jürgen gerade mit seinem Einkauf die Gartentreppe nach unten ging und Mühe hatte, auf dem Moos nicht auszurutschen.

»Ja, wir holen Onkel Jürgen!«, stimmte ich zu und folgte meinem kleinen Ich auf dem Fuße. Nur um Sekunden später stocksteif stehen zu bleiben und meine beste Freundin, anzustarren.

»Hattest du mir nicht versprochen, es *nicht* wie in einem Hollywoodfilm werden zu lassen?«, erinnerte ich sie schließlich.

»Dir auch einen schönen Tag!«, lachte Nina und warf ihre perfekten Haare zurück. Eine Geste, für die ich sie spontan hasste.

»Du wolltest nichts mit ihm anfangen und ihm nicht das Herz brechen«, maulte ich.

»Jürgen meinte, ihr könntet Hilfe gebrauchen?!«, erkundigte sich meine Freundin, ohne auf meine Worte zu reagieren.

»Erde an Nina?«, fragte ich und war versucht, mit den Händen vor ihrem Gesicht herum zu wedeln, um ihre Reaktionen zu prüfen.

»Ich bin doch kein männermordender Vamp!«, protestierte sie und gab endlich doch zu erkennen, dass sie meine Worte wahrgenommen hatte.

»Und ich alt genug, um auf mich und mein Herz selbst aufzupassen!«, meinte Jürgen, während er versuchte, aus den verschiedenen Teilen einen Grill zusammenzusetzen.

»Ihr habt es versprochen!«, flehte ich und selbst Matthilda nickte zustimmend.

»Wir machen nichts. Wir helfen nur!«, versprach Nina.

»Alles, was im Garten geschieht, bleibt auch im Garten!«, zitierte Jürgen irgendeinen Film, in dem es vermutlich um Las Vegas und ungeplante Spontanhochzeiten ging.

»Einfach ignorieren!«, riet Matthilda und zog mich wieder zurück in Richtung unserer Arbeit.

Immerhin begann Nina tatsächlich, das Moos von der Treppe zu kratzen und mit irgendeinem frisch gekauften Mittelchen zu wienern. Es war, als hätte der Liebeszauber aus meiner eleganten, sehr wohl männermordenden Bestie ein zahmes, wenn auch noch immer elegantes Frauenzimmer gemacht.

Wäre durch sie und Jürgen nicht mein brünettes Zweitleben in Gefahr gewesen, hätte ich diesen Umstand – und auch die beiden zusammen – ganz süß gefunden. Naiv von mir, aber trotzdem ganz süß.

»Noch diese eine Entdeckung und den Rest machen wir morgen?«, schlug Matti vor, während wir uns wieder der Hecke näherten, und ich nickte. Schließlich hatte ich das Gefühl, meine Hände wollten sich von meinem Körper scheiden lassen. Noch nie in meinem ganzen Leben hatte ein Körperteil von mir so unglaublich wehgetan.

»Prima Idee!«, lobte ich.

»Und guck mal«, forderte Matthilda, »wir sind nicht die einzigen euphorischen Deppen!«

Unglaublicherweise hatte sich auch Jürgen in ein anderes Wesen verwandelt und seinen Anti-Garten-Grundsatz über Bord geworfen. Auf den Knien hockend half er Nina dabei, Steine von Grünzeug zu säubern.

Leider war unser Grünzeug deutlich höher als das der zwei Liebesverzauberten und dabei so unglaublich dicht, dass es keinen Anhaltspunkt gab, an dem man mit dem Schneiden anfangen konnte.

Nach einer kurzen Diskussion entschieden wir uns dafür, das Gewächs erst einmal niedrig zu kämpfen, und ich begann schon einmal, während Matthilda eine zweite Schere suchen ging.

»Strom und eine elektrische Heckenschere, die Damen!«, unterbrach Nina nach wenigen Minuten unsere Bemühungen und reichte mir ein wahres Ungetüm mit der gefühlten Reichweite von einem Meter.

»Ich habe den Nachbarn gefragt!«, meinte sie und deutete vage in Richtung des rechten Zaunes.

»Ich liebe unsere Nachbarn!«, beschloss ich, obwohl zu befürchten war, dass die sich im ersten oder zweiten Stock ihres Hauses einen Beobachtungsposten gesichert hatten und von dort aus observierten, wie wir gegen die Wildnis kämpften.

Im aktuellen Fall dauerte der Kampf beinahe eine Stunde, bis Matthilda und ich vor einer etwa ein Meter hohen und frisch schmalgetrimmten Hecke standen. Die Hütte, die sie verborgen hatte, war tatsächlich groß genug, um Dornröschen gefangen zu halten.

»Wahnsinn!«, kommentierte ich und machte die Heckenschere endgültig aus. Erst dann fiel mir auf, dass eine Wegschneise eine gute Idee gewesen wäre.

»Wusstest du, dass hier so eine Hütte existiert?«, erkundigte ich mich und drehte mich zu Jürgen und Nina um, die sich von ihrer Terrasse getrennt hatten, um zu unserer Entdeckung zu stoßen.

Der augenblickliche Besitzer des Gartens schüttelte den Kopf. Seinen ungläubigen Blick weiterhin auf die große Hütte geheftet, half er mir, Matthilda über die Hecke zu bugsieren und ebenfalls heil auf die andere Seite zu bekommen.

Ich deutete auf die Tür. »Matthilda, dir gebührt die Ehre!«

Einen Moment lang sah mich der kleine Gartenkobold mit stolzem Blick an, dann kamen die Erkenntnis und das Lächeln. »Du hast doch bloß Angst vor Spinnen?!«

»Ach!«, gab ich zu und beäugte die Frontseite der Gartenhütte. Leider war von dem Holz wegen des rankenden Efeus nicht viel zu erkennen, das Glas des rechten Fensters wies einen dicken Riss auf und das linke Fenster war samt dem Rahmen nicht mehr vorhanden.

»Abreißen«, schlug Jürgen vor, noch Sekunden bevor Matthilda die Türklinke in der Hand hielt. Immerhin war die Tür dank ihrer Einwirkung aufgegangen und gab den Blick ins Innere preis.

Es war leer – bis auf die obligatorischen Spinnen, Spinnweben und das Ungezieferviechzeugs, das sich im Laufe der Verwahrlosung in einem Garten anzusammeln pflegte. Aber immerhin waren alle vier Wände komplett erhalten und sahen – soweit ich es beurteilen konnte – sogar recht gut aus. Selbiges galt für den Boden, und auch das Dach schien dicht zu sein.

»Fängt auch mit ‚A' an, aber ich dachte eher an Aufbauen.« Ich klopfte gegen das Holz der Wand, bevor ich mich einen Schritt ins Innere wagte und vorsichtig den Boden überprüfte.

»Ich denke, es wäre klüger, beim Dach anzufangen«, murmelte Matthilda, schob sich aber neben mich. »Und zwar von außen.«

Obwohl sie Recht hatte, konnte ich nicht anders, als gegen das Dach zu klopfen. Von innen. Zum Glück hielt es.

»Ich denke, das würde wirklich gehen«, meinte ich, während sich langsam ein Bild in meinem Kopf zusammensetzte. Das konnte klappen! Wirklich!

»Was schwebt dir vor?«, erkundigte sich Matthilda, der meine geistige Abwesenheit aufgefallen war und deren Misstrauen mich aus meinen Gedanken riss.

»Verrate ich dir unter vier Augen!«, versprach ich mit einem Blick in Richtung Jürgen und Nina. Besser, ich verriet den beiden erst einmal nichts. Dann konnte ich hinterher immerhin noch so tun, als hätte ich es nie probiert – falls es schiefging.

Doch als ich in Matthildas konspirativ strahlende Augen sah, wusste ich, dass es nicht schiefgehen würde!

❤

Die Woche verlief perfekt. Tagsüber lernte ich für die Uni, wurde weiter von Hagar in der PR-Agentur eingearbeitet, kümmerte mich um Matthilda und ihre Schulangelegenheiten und abends war ich entweder im Atelier oder im Garten.

Dort erwies sich Matthilda als pflegeleichtes Goldstück, das anfallende Arbeiten mit wachsender Begeisterung ausführte und sogar die Hausaufgaben rasch und ohne Nörgeleien erledigte, um mehr Zeit mit ihrem liebgewonnenen grünen Daumen verbringen zu können.

Die Terrasse hatten wir mit Jürgens Hilfe und unter Ninas Aufsicht rasch gesäubert und die zwei Turteltauben hatten dort inzwischen einen Pavillon aufgestellt. Das eiserne Gerüst hatte Jürgen fest installiert und sowohl mit der Hausfassade als auch mit den Terrassenfliesen verbunden, während das Dach und die Seitenteile aus Stoff abnehmbar waren. Sie würden das Letzte sein, was wir im Garten fertigstellten – zur Einweihungsparty.

Doch bis dahin übernahm Matthilda unter Jürgens Anleitung das bunte Anmalen der Fliesen und ich verpasste dem Rasen den letzten Schliff. Jetzt, nachdem er langsam auf eine normale Höhe gebracht worden war, sah er sogar sehr gut aus, sehr dicht und grün, und nichts erinnerte mehr an den Dschungel, der sich hier seit der Zeit von Adam und Eva erstreckt hatte.

Missmutig pflückte ich den Efeu vom Gartenhaus und hoffte insgeheim, dass sich Matthilda nicht mehr an meinen hirnrissigen Plan erinnerte. Was hatte ich mir nur bei der Idee gedacht? Ich warf einen Blick auf meine Leihtochter, die begeistert die Terrasse buntkleckste. Nur zu schnell hatte ich das Holz und die Zäune von dem Klettergewächs befreit.

»Fangen wir heute mit unserem Projekt an?«, erkundigte sich Matthilda und ihre plötzliche Materialisation an meiner Seite brachte mich dazu, beinahe über einen der Zäune zu springen.

»So schlimm sehe ich auch nicht aus!«, behauptete Mini-me und drohte mir mit dem Pinsel.

»Nein, nur sehr bunt!«, gestand ich und versuchte, mit dem Daumen einen besonders großen Farbklecks von ihrer Stirn zu entfernen.

»Wenn du jetzt auch noch Spucke nimmst, beiße ich dir den Finger ab«, warnte mich die Buntmamsell und ihr Blick ließen mich wissen, dass sie keine Ausrede würde gelten lassen. Schließlich hatten wir Hammer, Säge, Nägel, Schrauben, Akkubohrer, einige Bretter in verschiedenen Größen, Styropor, Heißkleber, Plastikrohre und jede Menge Pinsel und noch mehr Farben – und ich keine einzige Ausrede.

»Also?«

»Also was?«

»Womit fangen wir an?«, erkundigte sich Matthilda, deren gute Laune ungetrübt schien.

»Wir bereiten einen Schornstein vor und einen Erker«, schlug ich vor. »Dann klauen wir Nina zwei der neuen Blumenkästen und schnorren uns bei Jürgen eine Leiter.«

»Das klingt doch wie ein Plan!«, rief mein Leihkind und strahlte mich an, während ich mich wieder dem kleinen Geräteschuppen zuwandte. Genau! Wie ein Plan! Leider nicht wie ein guter!

❤

Eine Stunde später war ich von mir selbst überrascht und hochzufrieden. Den Schornstein hatten wir aus einem runden Plastikrohr gebastelt. Dabei hatten wir die obere Öffnung wasserdicht verklebt, so dass unser Schornstein auch wetterfest war. Und um das Ganze hexenhafter zu gestalten, hatten wir zwei weitere kleinere und dünnere Plastikrohre jeweils ein wenig versetzt auf das erste Rohr geklebt. Et voilà! Mit ein wenig Farbe hatten wir einen wunderbaren Schornstein für unser Hexenhaus.

Auch den Erker hatten wir windschief hinbekommen. na ja, eigentlich hatten wir geschummelt, indem wir statt der Holzbretter Jürgens Styropor missbraucht, zurechtgeschnitten und mit der Heißklebepistole passend zusammengeklebt hatten. Das Ergebnis hatten wir – ebenfalls mit heißer Klebe – auf dem Dach angebracht und dort entsprechend der restlichen Konstruktion angemalt und wetterfest lackiert.

Trotzdem sahen Jürgen, Nina und Lena, die zu viert – mit dem schlafenden Baby Tom – die Terrasse in Beschlag genommen hatten, aus, als wollten sie uns zu unserem Werk applaudieren.

»Bei der großen Hütte sollten wir unbedingt das Holz nehmen«, meinte Matthilda, obwohl sie sichtlich zufrieden mit dem Ergebnis war.

»Ja, und wir sollten ein echtes Fenster einbauen«, fügte ich ihrer Forderung hinzu.

»Und das Dach für den Erker aufschneiden?«, erkundigte sich Matthilda und brachte mich ins Grübeln.

Ich verzog das Gesicht. Irgendwie wurde das ja gerade immer mehr Arbeit statt weniger. »Ich denke, das sollten wir Jürgen fragen – ist schließlich sein Garten.«

Ohne eine Erwiderung abzuwarten, schnappte ich mir eines der breiteren Bretter und nagelte es leicht schräg am oberen Fensterrahmen fest, so dass es an der einen Seite über den eigentlichen Rahmen hinausragte. Dasselbe machte ich mit dem unteren Rahmen und mit der Seite, an der sich der Griff befand.

»Sieht toll aus!«, lobte Matthilda.

»Wird noch toller«, meinte ich und deutete auf ihren Pinsel.

»Echt jetzt?« Die Kleine sah mich ungläubig an.

»Na klar! Klecks schon los!«, forderte ich und deutete auf die Farben, die Nina zu uns gebracht hatte. »Das sieht doch schon bei der Terrasse perfekt aus!«

»Echt jetzt?«, wiederholte Matthilda, wirkte aber nicht mehr ganz so ungläubig wie zuvor, eher geschmeichelt. Und während sie mit dem Streichen begann, widmete ich mich dem zweiten Fenster und der Tür, die Gott sei Dank auch nach außen aufging, so dass man die zweiten Rahmen leicht schräg nageln konnte.

Als ich zurücktrat und das Ergebnis des Tages betrachtete, war ich redlich stolz. Allerdings hatten wir noch einen Haufen Holz übrig und … zwei Einwegpaletten, die ohnehin niemand vermissen würde … Ich zog die Paletten an die näher zum Haus gelegene Wand der Gartenhütte und legte sie auf den Boden. Dann prüfte ich die Längen der verschiedenen Holzstücke und griff nach dem Akkubohrer.

Eine halbe Stunde später waren Matthilda und ich nahezu zeitgleich fertig. Sie mit den farbtechnischen Verschönerungen, ich mit dem schiefen Unterstand für das noch zu erwerbende Kaminholz.

»Du hast ja sogar schon die Halter für die Blumenkästen angebracht!«, wunderte sich Matthilda und ich wunderte mich mit ihr. Wann hatte ich denn daran gedacht? Aber die Tatsache war unstrittig: Ich *hatte* daran gedacht!

»Aber das Aufhängen und damit den letzten Schliff überlasse ich dir!«, versicherte ich und drückte meinem kleinen Ich den ersten Kasten mit den bunten Hornveilchen in die Hand.

»Wollen wir noch einen Besenhalter machen?«, erkundigte ich mich, als die Kästen hingen.

»Wofür?«, fragte Matthilda misstrauisch und beäugte die Hütte, als könne sie von ihr eine Antwort bekommen.

»Na, damit du morgens dein Fluggerät nicht so lange suchen musst, sondern sofort zur Schule durchstarten kannst, kleine Hexe!«, erklärte ich und brachte mich lachend mit einem Sprung aus Pinselreichweite.

»Mama!«, maulte Matthilda gespielt beleidigt und schreckte ihre Mutter auf. »Anna ist gemein zu mir.«

Bevor Lena sich einmischen konnte, begann Tom zu weinen und die Laune seiner Mutter sank schlagartig. »Na toll! Du hast das Baby aufgeweckt!«

Ohne weiter auf Matti einzugehen, stand sie auf und ging ins Haus, und selbst der friedfertige Jürgen, der mit Nina auf der Bank kuschelte, verdrehte die Augen.

Nur Matthilda schien die Reaktion ihrer Mutter nicht zu merken und ließ sich ihre gute Laune nicht verderben. »Was bauen wir als Nächstes?«

»Einen Babyknast für den Garten«, kommentierte ich, war mir aber noch nicht sicher, ob wir den Zaun nicht extrahoch machen sollten, damit man notfalls auch gestresste Mütter sicher unterbringen konnte.

»Einen Babyknast?«

»Offiziell nennen wir es natürlich Riesenlaufstall mit Kuschelecke«, erklärte ich und war nicht in der Lage, das breite Grinsen auf meinem Gesicht zu unterdrücken.

»Und mit einem Sandkasten«, schlug Matti begeistert vor – und als sie merkte, dass sie vielleicht für ihr Alter zu begeistert gewirkt hatte, fügte sie hinzu: »Für Tom.«

»Natürlich!«, meinte ich und ein neuer Plan begann sich in meiner Fantasie zu formen. Sozusagen für Hexen im Wachstum.

»Echt jetzt?!« Matthilda schien trotz der letzten Tage und unseres heutigen Erfolgs noch nicht an sich selbst und ihre Vorschläge glauben zu können.

»Klar!«

»Groß?«, hakte sie nach und ihr Blick wanderte von Jürgen über Nina zu mir.

»Riesig!«, stimmte ich zu und sofort sprang meine auf Hexe geeichte Fantasie wieder an.

❤

Samstagvormittag war ich so früh wach, dass die Uhrzeit eigentlich gesetzlich verboten sein musste. Solche Uhrzeiten hatte es gar nicht zu geben. Und wenn, dann sollten sie doch bitteschön mit einem Schlafzwang versehen werden.

Leise, um die anderen nicht zu wecken, schlich ich mich in die Küche und mit dem dort zubereiteten Sandwich Richtung Terrasse. Ein wenig morgendliche Sonne würde vielleicht auch die restlichen meiner Lebensgeister wecken und …

»Was macht ihr denn hier?«, entfuhr es mir beim ersten Blick durch die geöffnete Tür.

»Frühstücken?«, schlug Jürgen vor.

»Aber es ist doch mitten in der Nacht.«

»Herzilein, ich muss gleich arbeiten«, erklärte Elisabeth und griff nach einer Tasse, um mir einen Kaffee einzuschenken.

»Und ich stehe immer so früh auf!«, verkündete Lena, als sei das ein besonderer Verdienst.

»Es ist *viel* zu früh, um freiwillig wach zu sein!«, behauptete ich abermals und mit mehr Nachdruck. Schließlich zeigte die Uhr noch keine Acht an.

»Ist nicht jeder ein Student!«, lachte Jürgen und fing sich einen bösen Blick von mir ein.

»Und jetzt ehrlich!«, forderte ich.

»Ich wollte gleich mit Nina eine Überraschung für dich und Matti organisieren.«

Ich sah zu Lena, die immerhin den Anstand hatte, ertappt auszusehen.

»Und ich auch!«, nuschelte sie in ihr Brötchen, wurde aber durch das Babyfon gerettet, in dem es erst verdächtig knackte und knarzte. Dann war ein jammerndes Baby zu hören.

»Guck mich nicht so an!«, forderte Elisabeth. »Ich muss wirklich arbeiten.«

Tatsächlich sah sie als Einzige so aus, als habe sie heute nicht vor, den Tag mit Gartenarbeit zu verbringen. Genauso gut hätte sie von jetzt auf gleich bei einem Fotoshooting für ein Kosmetikerhandbuch teilnehmen können.

»Aber ich komme später dazu!«, versprach sie, während sie aufstand und ihren Teller und ihre Tasse zusammenstapelte, um sie wieder mit ins Haus zu nehmen.

»Hatte ich gerade Überraschung gehört?«, erkundigte sich Matthilda, die am oberen Treppenabsatz auftauchte.

»Wir stehen schon ein wenig länger da, mmmh?«, erkundigte ich mich.

»Du hattest mir versprochen, dass ich beim Babykna… Babylaufstall helfen darf«, erinnerte sie.

»Fangen wir nach dem Frühstück mit an!«, behauptete ich und hoffte, dass mein Geist bis dahin gemerkt hatte, dass mein Körper längst aufgestanden war.

»Dann muss ich los!« Jürgen sprang auf und hetzte die Treppe nach oben, ohne seinen Teil der Frühstücksorgie mitzunehmen. Ohne eine

Sekunde zu zögern, adoptierte Matthilda seinen Teller und sein Messer, um sich eine Schokostulle zu schmieren.

Dreißig Minuten später war ich wirklich wach und ging mit Matthilda die möglichen Stellen für den Babyknast ab. Nach einigem Für und Wider entschieden wir uns dafür, ihn so anzulegen, dass er von der Terrasse gut einsehbar war und man den Sandkasten und die geplante Kuschelecke nahtlos würde anbauen können.

»Für die Größe brauchen wir aber mehr Holzbretter«, meinte ich mit einem skeptischen Seitenblick auf die verschieden großen Stücke, die von unserem letzten Baueinsatz übrig geblieben waren.

»Nicht wirklich!«, behauptete eine Stimme hinter mir und ich fuhr auf dem Absatz herum, während Matthilda mit einem kleinen Schrei nach vorne und außer Reichweite sprang.

»Überraschung!«, verkündet Jürgen und lud die Bretter ab, die er bis zu uns getragen hatte. Dann deutete er auf Nina, die ebenfalls Bretter in unsere Richtung schleppte.

»Es ist zwar eher C-Ware, aber es soll ja auch windschief werden, richtig?«, erkundigte sich der Künstler und schob seine grüne Baskenmütze ein wenig nach oben, um sich mit der Hand über die Stirn zu streichen.

»Ein bisschen Sperrmüll ist aber auch dabei«, lachte Nina und lud nicht nur Bretter ab, sondern auch einige lackierte Stöcke.

»Wir laden ab und ihr fangt an zu bauen!«, befahl sie und fügte hinzu: »Ist ein bisschen mehr geworden bei uns.«

»Mehr?«

»Es reicht für eine Kuschelecke«, verdeutlichte Jürgen das Ausmaß der Überraschung und ich wusste nicht, ob ich ihm spontan den Hals umdrehen oder ihm um den selbigen fallen wollte.

Matthilda schien es ähnlich zu gehen, denn sie warf mir einen fragenden Blick zu.

»Wollen wir einen feststehenden Babypark oder einen, der quasi unkaputtbar ist?«

»Unkaputtbar klingt super!«, meinte Matthilda und griff nach dem ersten Stück Holz, um es prüfend in der Hand zu wiegen.

»Unkaputtbar, falls ich später einen Hund haben möchte«, verfügte Jürgen und brachte Matthilda und mich zum Lachen. Aber es war Nina, die den offensichtlichen Gedanken aussprach: »Und der Sandkasten ist ab dann die Hundetoilette?«

Ich hatte keine Ahnung, ob das, was ich tat, professionell war oder richtig oder falsch – aber es hielt. Windschief, wie geplant, mit dicken und dünnen Brettern im Wechsel, Stöcken und unterschiedlich großen Zwischenräumen – alle zu klein, als dass sie für ein Baby gefährlich werden konnten – und mit seltsamen Querverstrebungen, die für den gewissen hexenhaften Charme sorgen sollten.

Erst dann grub ich die von Matthilda vorgegebene Umrandung dünn aus und füllte sie mit einem schnelltrocknenden Betonmix. Drei Stunden versprach die Werbung und damit würde der Betonmix beinahe schneller fertig sein als die Lackierung trocken.

»Ich habe gehört, hier wird Hilfe benötigt?«, erkundigte sich eine Stimme hinter mir. Sie kam mir vage vertraut vor, aber mir fiel kein Mann ein, zu dem sie passte.

»Prima!«, strahlte Matthilda an mir vorbei, und während ich mich nicht traute, nach hinten zu sehen, trat Ramona an mir vorbei und beäugte neugierig, was wir geschaffen hatten. Und jetzt konnte ich auch die Stimme einordnen.

»Was machen *Sie* denn hier?«

»Oh, ich bin auch schon mal begeisterter empfangen worden!«, lachte der Mann und verdrehte die Augen.

»Entschuldigung!«, meinte ich. »Aber bei Lehrern, Rektoren oder sonstigen Lehrenden bekomme ich immer sofort ein schlechtes Gewissen.«

»Wahrscheinlich hat Anna in ihrer Schul- und Unizeit so viel verbrochen, dass es auch absolut gerechtfertigt ist«, kommentierte Matthilda.

»Vermutlich!«, stimmte ich zu. »Aber wir schicken trotzdem niemanden weg, der freiwillig helfen will!«

»Freiwillig ist gut«, lachte der Mann, »genötigt trifft es eher.«

Er deutete auf seine Tochter, die sich unaufgefordert einen Pinsel geschnappt hatte und Matthilda dabei half, den Zaun bunt zu lackieren.

»Apropos: Ich bin Thorsten!« Er reichte mir die Hand.

»Anna.« Ich schwieg einen Moment. »Ist es überhaupt erlaubt, dass sich Lehrer mit den Eltern ihrer Schüler privat treffen?«

»Nun ja, erstmal ist Matthilda ja bald keine Schülerin mehr von mir und zweitens wäre es in dieser Stadt ansonsten extrem schwer, überhaupt rauszugehen, da ich dann ja mit niemandem reden dürfte.«

Wir schwiegen uns einen Augenblick an und trotz der guten Argumente fand ich die Situation eher … befremdlich.

»Also?« Thorsten krempelte betont arbeitsam die Hemdsärmel nach oben. »Was kann ich tun?«

»Ausgraben!«, meinte Matthilda, ohne ein Blatt vor den Mund zu nehmen. »Wir planen nämlich noch einen Sandkasten für meinen kleinen Bruder.«

»Und ihr solltet schneller graben, denn der Sand ist schon da!«, meinte eine betont zufriedene Lena-Stimme von der Terrasse.

»Mama?«

»Überraschung!« Lena strahlte ihre Tochter an und schlenderte langsam zu uns rüber.

»Thorsten, Lena. Lena, Thorsten«, stellte ich die beiden Erwachsenen vor, da ich keine Ahnung hatte, ob sich Lena an Matthildas Klassenlehrer erinnerte oder ihn beim Vornamen kannte. Außerdem fand ich, dass die beiden ein reizendes Paar abgeben würden … und … verdammt! Das mit dem Verkuppeln schien wirklich in der Familie zu liegen.

»Normalerweise würde ich fragen, was Tilda angestellt hat, aber ich denke, das hier ist Freizeit?!«, sagte Lena und sah von Thorsten zu Matthilda und schließlich zu mir.

»Ach wo«, wiegelte Thorsten ab. »Sie ist eh lieb und brav!« Dabei sah er aus, als wäre er versucht, dem Objekt seines Lobes die Haare zu wuscheln. Dabei hing sein Blick allerdings wie gebannt an Lena, deren Wangen so rot wurden, als hätte die Schmeichelei ihr gegolten.

»Ich hoffe, es hat niemand meiner Mutter Bescheid gesagt!«, murmelte ich. Das würde mir zu meinem Glück noch fehlen: Unter einer brünetten Perücke zu schwitzen, während ich dabei zusehen durfte, wie Nina und Jürgen miteinander rummachten und wie Lena und Thorsten einander anhimmelten. Gott, waren Erwachsene manchmal doof! Ich wandte mich den noch nicht ganz ins »Doof« hineingewachsenen Kindern zu.

»Matthilda? Wenn eine von euch will, kann sie mir bei der Kuschelecke helfen. Die andere kann weiterklecksen, dann werden wir schneller fertig.«

»Ich helfe!«, beschloss Matthilda, drehte sich aber noch einmal zu ihrer neuen, alten Freundin. »Wenn du fertig bist, kannst du uns helfen – oder umgekehrt.«

Die Mädchen tauschten ein Lächeln und beinahe wäre ich diejenige gewesen, die Matthilda über den Kopf wuschelte. Die konnte aber auch süß sein!

❤

Ich ließ mich in die Kuschelecke fallen, obwohl ein kleiner Teil von mir wusste, dass das eine ganz und gar schlechte Idee war. Denn ob ich jemals wieder würde aufstehen können, würde nur die Zeit zeigen.

Der Babyknast war komplett fertig, ebenso die Sandkastenecke, die wir mit einem Zeltdach versehen hatten. Matthilda und ich hatten die Kuschelecke mit Holzboden, drei Wänden und Dach fertigbekommen und sogar noch die hexenhaften Verbesserungen für die große Hütte angebracht. Bei der Gaube hatten wir geschummelt und doch wieder nur eine Attrappe auf das Dach gebaut, aber die Tür war neu, der Schornstein echt – Jürgen hatte vor, demnächst das Innere mit mir zusammen auszubauen und sich dort einen echten Kamin zu leisten – und die Bank davor frisch vom Sperrmüll.

Mit zwei Blumenkästen versehen und einer schwarzen Kunststoffkrähe wirkte das Ganze wie eines dieser unglaublich teuren Schmuckstücke, die sich manche Leute extra anfertigten.

»Jetzt noch der richtige Anstrich und wir haben ein echtes Hexenhaus!«, meinte Matthilda und ließ sich in die Kissen neben mir fallen.

»Aber das ist ein Projekt für später!«

»Definitiv!« Sie schloss zufrieden die Augen, während ich genau das Gegenteil tat und unser Werk betrachtete.

»Es ist unglaublich schön geworden!«, schwärmte ich andächtig. Wer hätte gedacht, dass man mit Holz, Farbe und wenig Aufwand so etwas Tolles auf die Beine stellen konnte? Und dabei auch noch Spaß hatte?

»Nicht ‚man'« betonte Matthilda und bewies mir, dass ich die Angewohnheit, Gedanken laut auszusprechen, immer noch nicht ganz abgelegt hatte, »du!«

Ich nickte, obwohl sie es gar nicht sehen konnte, und griff nach dem Zeichenblock, den Jürgen hatte liegen lassen. Rasch skizzierte ich die Hexenhütte von innen und einige Vorschläge, wie der Ausbau aussehen könnte. Mit Bettecke, mit Sitzecke oder mit einer Zwischenebene als Lösung, um beides unterzubringen. Ich zeichnete einen Arbeitsplatz auf und eine kleinere Sitzecke und überlegte, wie man die beiden so umbauen könnte, dass man daraus mit wenigen Handgriffen dann eine romantische Bettecke hinbekommen konnte und …

»Die Anna ist aber auch einfach nie zufrieden, oder?«, erkundigte sich Thorsten, der mehr oder weniger heimlich auf das Papier gelinst hatte, bei Lena.

»Ich fürchte, sie hat gerade ihren Ehrgeiz entdeckt!«, lachte Nina und ließ sich neben mir nieder.

»Hätte ich das, hätte ich noch den Stoff für den Holzhimmel in der Kuschelecke angebracht«, protestierte ich und deutete auf das bloße Holz. Für die Masse an bunt bedruckten und bestickten Kissen hatte es noch gereicht, aber für die restliche Verzierung …

»Dafür habt ihr ja mich!« Elisabeth war um das Holzgebilde herumgekommen und blickte neugierig ins Innere. »Es sind ja nur ein paar Handgriffe!«

»Wenn du mich fragst, sind es ein paar Handgriffe zu viel!«, gähnte ich. »Aber schön, dass du von der Arbeit wieder da bist – hier gibt es auch noch genug zu tun!«

»Ich habe Punsch gebraut, der weckt die Lebensgeister!«, behauptete die Kosmetikerin und scheuchte Thorsten und Lena in Richtung Terrasse, während sich Matthildas Freundin Ramona ebenfalls einen Platz in der Kuschelecke suchte.

Wenig später, ich war mit den Skizzen fertig und hatte es geschafft, nicht einzuschlafen, kamen die drei wieder, mit Jürgen und einem Grill, Kerzen, Fackeln, Decken und Punsch im Schlepptau. Sekundenlang wurde um mich herum gepuzzelt, bis auch die letzte Stoffbahn dort hing, wo sie hingehörte, und das bunte Moskitonetz uns vor gierigen Blutsaugern schützen würde. Und während Elisabeth Punsch einschenkte, Jürgen den Grill anschmiss und Lena jeden ungefragt mit Decken einwickelte, verteilte Thorsten Kerzen und Fackeln.

Es war warm und schön und kuschelig und sogar der Punsch von Elisabeth war erträglich. Vor allem, weil ich ihn wieder in die arme Palme kippte – die jetzt den Eingang zum Babyknast beziehungsweise zur Kuschelecke zierte.

»Glaubst du, man kann Geld damit verdienen?«, nuschelte ich in mein Bratwurstbrötchen, als Jürgen mir die Skizzen klaute, damit sie keine Senf- oder Ketchupflecken bekamen.

»Mit Gartengestaltung?«, fragte er in einem Tonfall, der mir zeigte, wo er meinen augenblicklichen IQ ansiedelte. Und das nach nur einem einzigen Elisabeth-Punsch.

»Mit Hexenhäuschen!«, korrigierte ich entrüstet. Jürgens Tonfall hatte ich doch wohl frühestens nach drei Gläsern Punsch verdient.

»Ich guck nach!«, meinte Nina über das Gespräch von Lena und Thorsten hinweg und zückte ihr Handy. Nach wenigen Minuten, die ich nutzte, um mein Essen zu genießen und den Punsch heimlich gegen einen Apfelsaft zu tauschen, meinte sie: »Es gibt eine Firma, die Hexenhäuschen anbietet, aber sie bieten keinen Renovierungsservice oder ein Rundum-Glücklich-Paket an.«

Sie reichte mir das Handy, auf dessen Display das Ergebnis der Suchmaschine zu sehen war. Ein sehr kurzes Ergebnis, das mir sehr gut gefiel und meine Idee unterstützte.

»Aber du wirst eine Webseite brauchen und Referenzen«, meinte Thorsten. Er klang deutlich angeschlagener, als ich mich fühlte – was nur an dem aufputschenden Punsch liegen konnte.

»Eine ungefähre Preisliste«, nuschelte Lena, die es eigentlich hätte besser wissen müssen. Schließlich war die Palme in Reichweite.

»Bilder!«, ergänzte Nina und kuschelte sich an Jürgen, der den Platz am Grill aufgegeben hatte.

»Und eine Vermarktungsidee!«, vervollständigte Elisabeth, die als Einzige noch hundertprozentig wach wirkte, und deutete auf die beiden Kinder. »Ich denke, wir sollten die beiden ins Bett bringen.«

»Und uns auch!«, meinte Nina mit einem auffordernden Blick in Richtung Jürgen.

Ich verdrehte die Augen, verkniff mir aber jede dumme – oder auch kluge – Bemerkung. Wenn ich als Rothaarige mein Geld mit Hexenhäuschen verdienen wollte, sollte ich lernen, nicht aus dem Glashaus heraus mit Steinen zu werfen. Denn genau das war es, was ich machen wollte. Also nicht das Steinewerfen … das Hexenhäuschenbauen.

Es geht voran

Ich stoppte an der Ecke und winkte in Richtung Ramona. Ungewohnterweise kam das Mädchen an diesem Morgen alleine und wechselte sogar die Straßenseite, um Matthilda zu begrüßen.

»Du kannst ruhig mitkommen!«, sagte Matthida, als ich keine Anstalten machte, die beiden Kinder ebenfalls zu begleiten.

»Nein, nein«, wiegelte ich ab. »Die Ecke ist Tradition!«

»Sie ist nur faul!«, übersetzte Matti ihrer neuen, alten besten Freundin und strahlte sie an. Ich bekam noch eine Abschiedsumarmung, bevor die beiden ihren Weg zur Schule fortsetzten.

»Hei!« rief ich den beiden nach, weil mir noch etwas Wichtiges einfiel.

»Was habe ich vergessen?«, rief Matthilda zurück, doch ich schüttelte den Kopf.

»Auf welche weiterführende Schule willst du eigentlich, Ramona?«, erkundigte ich mich laut, um den Autolärm zu übertönen.

»Anna!«, tadelte Matthilda, doch es war zu spät. Ich wusste, dass kein Kind der Welt jetzt noch würde widerstehen können. Und ich wusste auch, dass die beiden ab sofort jede freie Minute mit der zukünftigen Schulplanung verbringen würden – um mir später das Ergebnis zu präsentieren.

Gut gelaunt bummelte ich zur Haltestelle und setzte mich in die Straßenbahn in Richtung Uni. Wo ich von den ersten Panikattacken gequält wurde und immer wieder in meinen Französisch-Deutschen-Text blickte. Nur weil ich inzwischen im Zweit- und Drittleben glücklich war, hatte das erste ja schließlich nicht aufgehört zu existieren.

❤

Aufgeregt, nervös und pünktlich kam ich im Prüfungsraum der Uni an. Jürgens Rat entsprechend hatte ich mir Kaugummi besorgt, um meine Panik in Grenzen zu halten. Es schien zu funktionieren.

Zumindest, bis es klingelte, und ich begann, die Minuten zu zählen. Fünf Minuten bis zur Prüfung. Und außer mir war niemand da. Ohne mich einen Deut darum zu scheren, wie mein Verhalten auf Außenstehende wirken musste, stellte ich meine Tasche an einen der zahlreichen leeren Plätze und begann, im Raum auf und ab zu gehen. Nach zwei Minuten wechselte ich auf den Flur. Aber auch dort war niemand zu sehen.

Noch zwei Minuten. Ich hastete zurück in den Raum und zu meiner Tasche, um zu prüfen, was ich mir aufgeschrieben hatte. Die Zeit stimmte. Der Raum auch.

Sicherheitshalber prüfte ich trotzdem draußen das Schild. Die Nummer stimmte. Ungeduldig blickte ich auf die Uhr. Und wieder auf den Gang. Immer noch war niemand zu sehen. Außer mir befand sich niemand auf dieser Ebene des Universitätsgebäudes.

Angespannt ging ich die dreißig Meter bis zur Ausgangstür, öffnete sie und verließ das Gebäude. Auch die Außenfarbe stimmte. Ich war definitiv zur richtigen Zeit im richtigen Gebäude und im richtigen Raum.

Es sei denn, ich hatte mir etwas Falsches aufgeschrieben.

»Das ist wieder sooo typisch!«, motzte ich, wütend auf mich selbst, und packte meine bereitgelegten Sachen zusammen. Blieb nur zu hoffen, dass nicht genau jetzt die Prüfung in irgendeinem anderen Raum oder Gebäude stattfand.

Ein junger Typ stürmte in den Raum und sah sich genauso panisch um, wie ich mich fühlte.

»Bin ich im Raum 619?«, erkundigte er sich atemlos.

»Soweit es mich betrifft, ja«, entgegnete ich. Nun erst recht verunsichert.

Trotz meiner Antwort ging er noch einmal aus dem Raum hinaus und überprüfte das Schild, das außen angebracht war. Anscheinend mit demselben Ergebnis, zu dem ich zuvorgekommen war, denn er kam zurück.

»Und? Sind wir?«, fragte ich trotzdem, weil ich so langsam die Grenze zur normalen Nervosität überschritten hatte und beinahe hyperventilierte.

»Jawoll!«, meinte er zufrieden.

»Und hier findet die Französischklausur statt?«, hakte ich kleinlaut nach, da der Neuankömmling spontan jede Ungeduld und Panik verloren hatte.

»Na klar!«, lachte er.

»na ja, weil ja niemand hier ist«, meinte ich, zuckte mit den Schultern und machte eine Geste, die den ganzen Raum mit einschloss.

»Die anderen haben sicher Schiss, weil der Text so schwer ist«, glaubte mein Gegenüber.

»Ist er?«, erkundigte ich mich und meine innere Stimme flüsterte: *Hätte ich das vorher gewusst, wäre ich doch gar nicht hergekommen.*

Erst dann fiel mir ein, dass es ohnehin vollkommen egal war, wie schwer der Text war. Ich musste ihn ja gar nicht übersetzen.

»Wir haben uns aber nicht im Vorbereitungskurs gesehen?!«, bemerkte der junge Mann tadelnd.

»Nein«, antwortete ich ehrlich. »Ich habe bis jetzt nicht einmal gewusst, dass es einen Vorbereitungskurs gibt.«

»Gibt es. Jedes halbe Jahr«, erklärte der Typ mit Blick auf die Uhr und klang ein wenig besserwisserisch.

»Oh!«, machte ich. Hauptsächlich weil mir nichts Besseres einfiel.

»Verdammt! Der Kurs wäre echt hilfreich gewesen, da ich jahrelang die falsche Sprache gelernt habe«, gab ich zu und lächelte ihn an. »Und? Wie war der Kurs?«

»Gut. Ein wenig einsam«, erklärte er und setzte sich auf den Tisch, der für die Lehrenden reserviert war. Allerdings nicht für deren Hintern, sondern für das Lehrmaterial.

»Wieso?«

»Ein halbes Jahr lang wird ein Roman behandelt, mit einfacher Sprache und einer dementsprechend einfachen Übersetzungsklausur. Dieser Kurs ist jedes Mal total überbelegt und das nächste halbe Jahr vereinsamt man dann ziemlich.«

»Es waren also nicht viele Leute da?«

»Genau zehn.« Jetzt war es an meinem Gegenüber zu lachen.

»Dann war es vielleicht gut, dass ich nicht dabei war!«, meinte ich. Nicht auszudenken, wenn ich ständig dran gekommen wäre, ohne eine Ahnung zu haben.

Mein einziger Mitstreiter schwieg und sah mich prüfend an. »Ist es der erste Versuch in einer Französischklausur?!«

»Ja, und der sollte besser klappen, ich möchte meinen Magister endlich bekommen«, behauptete ich und sah ebenfalls auf die Uhr. Wenn wir nur zu zweit die Klausur schrieben, dann sollte doch wenigstens der Professor mal endlich aufkreuzen. Er war schon zehn Minuten überfällig!

»So alt sind Sie doch noch nicht« schmeichelte mir der junge Mann, siezte mich aber provokativ.

»Sagt der Richtige!«, konterte ich und setzte mich auf meinen Platz, obwohl alles in mir danach schrie, wieder auf und ab zu gehen. Stattdessen packte ich meine Stifte wieder aus.

»Der Raum ist scheiße zu finden!«, betonte mein Gegenüber, der wegen meines Komplimentes immer noch ein wenig rot im Gesicht war.

»Ja. Ich habe drei Semester gebraucht, bis ich wusste, dass ich ihn nur von Eingang Süd erreichen kann«, gestand ich.

»Zwei Semester eher als ich«, gab er zu. »Ich hasse diese Uni.«

»Dito!«

Wir schwiegen, bis ich meinte: »Ob es den anderen auch so geht und sie den Raum einfach nicht finden?«

Der Mann auf dem Fronttisch sah auf die Uhr. »Es ist aber auch schon echt spät!«

Er baumelte mit den Beinen und schien zu überlegen, bis er zu demselben Schluss kam wie ich. »Ich denke, es kommt keiner mehr.«

Ich griff nach meinen Stiften, um sie wieder in die Tasche zu räumen, wurde aber verunsichert, weil mein Gesprächspartner seine Tasche öffnete und anscheinend nach Arbeitsunterlagen kramte.

»Und wir sind hundertprozentig richtig?«, hakte ich skeptisch nach. Irgendetwas war seltsam. Wie in einer Horrorgeschichte.

»Hundertprozentig«, bestätigte er.

»Aber der Professor sollte den Raum schon finden…«, gab ich zu bedenken. »Dafür wird er schließlich bezahlt.«

»Sie erkennen mich wirklich nicht, oder?« Der Mann, der immer noch vollkommen entspannt auf dem Fronttisch saß, reichte mir ein Blatt Papier und ich starrte die Überschrift und den Text minutenlang an, bevor der Groschen fiel.

»Oh, verdammt!«, meinte ich schließlich. »Sie sind der Prof.?«

»Wir sind uns schon begegnet«, behauptete er, obwohl ich mich kein bisschen erinnern konnte. Ich nahm aber an, dass er einer der Leute war, die mein Prüfer mir vorgestellt hatte, und er bei meinem mündlichen Test im Hauptfach dabei sein würde.

»Wie viele Studenten haben sich denn für heute angemeldet?«, fragte ich kleinlaut.

Einen Moment schwieg mein Gegenüber, aber ich konnte sehen, wie die Lachfältchen um seine Augen langsam deutlicher hervortraten und sein wahres Alter verrieten, dann platzte er heraus: »Nur Sie!«

Während er lachend auf seinen Lehrstuhl glitt, war ich mir nicht sicher, ob er mich an- oder auslachte, aber ich konnte wetten, das wäre meinem brünetten Ich niemals passiert.

Verunsichert griff ich nach dem Text und war einen Moment versucht, ernsthaft in Panik zu geraten und einfach aus dem Raum zu stürmen. Der Text ergab keinen Sinn! Erst dann erinnerte ich mich daran, dass er ja auf Französisch war, und es gelang mir, meine aufgewühlten Emotionen unter Kontrolle zu bekommen. Nach zwei Anläufen erkannte ich die Passage: Es war direkt der Anfang der Novelle und damit die Textstelle, die ich am besten auswendig kannte.

Entzückt griff ich nach meinem Bleistift und begann, die deutsche Übersetzung über den Text zu schreiben, da ich mich mit Hilfe dieser Visualisierung am besten an alles erinnern konnte. Erst als ich damit fertig war, schrieb ich alles noch einmal säuberlich und sehr, sehr langsam auf den ausgeteilten Papierbogen. Doch trotz aller Langsamkeit war ich bereits nach einer Stunde fertig und nach weiteren zehn Minuten hörte ich auf, mehr Zeit zu schinden, und gab den Zettel ab.

»Das war schnell!«, lobte der Chef der Übersetzung und sah ebenfalls auf die Uhr, provozierte damit bei mir aber nur ein Nicken.

»Warten Sie ruhig einen Moment!!«, forderte er mich auf, als ich Anstalten machte, meine Sachen einzupacken und zu gehen.

Er zückte seinen Rotstift und überflog den Text.

»Okay, das ist jetzt eine Mischung aus peinlich und schräg«, kommentierte ich und versuchte gar nicht erst, meine Nervosität zu verbergen.

»Offiziell ist ja noch Zeit bis zum nächsten Läuten«, meinte er und markierte einen Fehler an der Seite. Nach einer zweiten Markierung unterschrieb er den Text und gab mir einen bereits vorbereiteten Zettel.

»Ihr Leistungsnachweis!«

Ich starrte den jungen Professor an und spürte, wie mein Mund offenstand, sah mich aber außer Stande, ihn zu schließen. So einfach war das gewesen? Die ganze Zeit über?

Mein Blick fiel auf die glatte Zwei und langsam sackte Erleichterung durch meine Adern und verteilte sich in meinem Blutkreislauf. »Gott sei Dank!«

Und ich hatte sogar rechtzeitig aufgehört zu übersetzen! Nichts wäre peinlicher gewesen – und schwerer zu erklären –, als einen Satz zu viel hinzuschreiben.

»Lassen Sie sich im Sekretariat den Stempel in Ihr Studienbuch geben und dann ab zu Ihrem Professor für das Thema der Magisterarbeit!«, befahl mein Prüfer und riss mich aus meiner aktuellen Starre. Wie betäubt machte ich mich auf den Weg.

❤

Gehorsam ließ ich mir im Sekretariat meinen Stempel geben und alle Unterlagen ins Computersystem der Uni übertragen, bevor ich mich zu meinem Prüfer aufmachte.

Zu meinem Entsetzen saß dort der Mann, dessen Übersetzungstest ich gerade erst entkommen war, und trank einen Kaffee.

»Sie haben also bestanden?«, erkundigte sich mein Professor, als habe er nicht eine Sekunde lang an meinen Fähigkeiten gezweifelt.

Sein Gegenüber prostete mir breit grinsend zu. »Und sie findet, ich sehe jung aus!«

»Fishing for compliments?«, meinte ich. »Das werde ich jetzt aber weder bestätigen noch wiederholen.«

Der Herr der Übersetzungsklausuren lachte nur und zwinkerte meinem Prüfer gutgelaunt zu.

»Zählt Schmeichelei eigentlich schon als Bestechung?«, erkundigte der sich.

»Wenn Sie gewusst hätte, wer ich bin, bestimmt«, erklärte der Kaffee-Mann und ich schaufelte mir geistig mein Grab. Niemals nicht würde der mich jemals wieder ernstnehmen. Geschweige denn mich eine mündliche Prüfung in Literaturwissenschaft bestehen lassen. Unter normalen Umständen schon nicht – aber nun erst Recht nicht mehr!

»Die beiden Autoren und Texte hatte ich Ihnen schon genannt«, meinte mein Professor, der von meinen Ängsten nichts mitbekam. »Vergleichen Sie ‚Undine' und ‚Die kleine Meerjungfrau' in Hinsicht auf die magischen Konzepte, die Metapher und die Darstellung der Frau im mystischen Wesen.«

Ich verzog die Lippen, da diese drei Themen sehr vage, dafür aber umso umfassender waren.

»Und die Zitate auf Dänisch, bitte!«, fügte mein Professor hinzu.

Großartig!, dachte ich. *Wieder eine Sprache, die ich nicht kann.*

»Schreiben Sie die deutsche Übersetzung doch einfach über den dänischen Text!«, schlug mein Übersetzungsprüfer vor und erinnerte mich daran, meine Gedanken für mich zu behalten. Doch erst der zweite Peinlichkeitsanfall trieb mir die Röte auf die Wangen: Wusste er, dass ich geschummelt hatte, oder war sein Vorschlag wirklich nur ein unverbindlicher Tipp? Und falls es das Erste war, würde er mich dann in meiner mündlichen Prüfung vor allen anderen auffliegen lassen? Mit neuen Befürchtungen machte ich mich auf in mein Drittleben.

❤

Doch auch hier gab es neuen Grund zur Sorge: Unter Hagars Anleitung übertrug ich Daten und Businessmodelle in ein speziell für unsere PR-Firma konzipiertes Programm und erstellte daraus einen Vortrag. Beziehungsweise den animierten Hintergrund zu einem Vortrag, denn das echte Zeigen und Sprechen würde natürlich live erfolgen. Zum Glück nicht durch mich, sondern Max.

Mir blieb allerdings nur zu hoffen, dass er auch kommen würde. Und zwar pünktlich, denn bis jetzt war noch keine Spur von ihm zu entdecken und die Laune seines Vaters war auf einen neuen Tiefpunkt gesunken.

»Keine Sorge!«, beschwichtigte mich meine Erzfeindin. »Falls er nicht auftaucht, übernehme ich das.«

Ich nickte tapfer und betete trotzdem weiter. Schließlich würde Hagar heute das Unternehmen verlassen und in Zukunft nicht mehr als mein Rettungsschirm gegen Max' Unberechenbarkeit zur Verfügung stehen.

»Ist er immer so …?« Ich suchte verzweifelt nach einem geeigneten Adjektiv, das nicht ganz so negativ besetzt war.

»Unzuverlässig?«, schlug Hagar vor und nahm kein Blatt vor den Mund.

Ich nickte abermals.

»Erst seit …«, begann sie, wurde aber von Max´ Ankunft unterbrochen.

»Ach, der Herr hat den Anstand, auch endlich aufzutauchen!«, fauchte sein Vater in einem Tonfall, den ich ihm nie zugetraut hätte.

»Wieso?« Max tat unschuldig und wirkte so erstaunt, dass ich es ihm beinahe abkaufte. Nur sein kurzer Blickwechsel mit Hagar ließ darauf schließen, dass der hübsche Hüne genau wusste, weswegen sein Vater wütend war.

»Du hältst in einer halben Stunde den Vortrag und bist noch nicht einmal vorbereitet!«, maulte Herr Hansen.

»Ich habe dir mehrfach gesagt, dass ich keinen Vortrag halten werde!«

»Als zukünftiger Chef dieser Firma wirst du jeden einzelnen verdammten Vortrag halten müssen.« Hansen Senior sah aus, als stehe er kurz vor einem Wutanfall.

»Ich will aber nicht der verdammte Chef dieser verdammten Firma werden – und auch keine verdammten Vorträge halten!«

»Er ist genial bei Vorträgen«, flüsterte Hagar mir zu. Sicherheitshalber leise genug, um weder vom Vater noch vom Sohn gehört werden zu können.

»Natürlich wirst du Chef!« Hansen sagte es, als bestünde nicht der geringste Zweifel an dieser Aussage. »Darauf arbeiten wir doch schon seit Jahren hin!«

»Darauf arbeitest *du* seit Jahren hin!«, betonte Max.

»Aber die Arbeit macht dir Spaß!«, behauptete sein Vater.

»Aber nicht vierzehn Stunden am Tag.«

»Entweder ganz oder gar nicht!«

»Großartig!« Max machte auf dem Absatz kehrt und stampfte in sein Büro. »Einfach großartig!«, war noch einmal zu hören, bevor die Tür hinter ihm ins Schloss knallte.

Herr Hansen schien gänzlich unbeeindruckt vom Auftritt seines Sohnes zu sein und blieb an dem Tisch stehen, an dem Hagar arbeitete, während ich versuchte, im Erdboden zu versinken.

»Lena, bring doch bitte Max gleich die Unterlagen und speichere den Vortrag im System, damit er sich vorbereiten kann.« Er zögerte einen

Augenblick. »Am besten, du bleibst bei ihm sitzen, damit er sich auch wirklich vorbereitet!«

Er musste meinen Gesichtsausdruck bemerkt haben, denn er lachte: »Wer eine Zehnjährige bändigen kann, schafft das auch mit renitenten Dreißigjährigen!«

Er klang, als wäre er sich seiner Sache sehr sicher. Ich für meinen Teil war es nicht und konnte seinen Optimismus nicht nachvollziehen.

Trotzdem tat ich, wie mir geheißen, und schlich – mit unguter Vorahnung – nach einem Klopfen in Max´ Büro. Er wirkte immer noch sehr, sehr wütend und angespannt, so dass ich nur kommentarlos die Unterlagen auf seinen Schreibtisch legte und mich in halbwegs sicherer Entfernung, bei der kleinen Sitzgruppe in der Eingangsecke, niederließ.

»Ach, ein Babysitter?!«, kommentierte er, ohne aufzusehen.

»Entschuldigung«, murmelte ich, machte aber keine Anstalten zu gehen, obwohl sein Tonfall deutlich genug gewesen war.

In diesem Moment knackte es in der Gegensprechanlage und das Geräusch ließ mich zusammenzucken. »Maximilian, du musst auch meine Termine um 15 und 16 Uhr übernehmen – und die nächsten drei Tage komplett.«

»Das macht er doch extra!«, empörte sich Max, als die Anlage schwieg, griff aber nach dem Haufen, den ich vor ihn platziert hatte, um sich die Ausführungen mit zusammengepressten Lippen durchzulesen.

Schließlich betätigte er selbst einen Knopf an der Anlage und als die nicht funktionierte, griff er zum Telefon. »Hagar, verschieben Sie bitte meine Termine für diese Woche.« Sie antwortete etwas, das ich nur erraten konnte, denn Max meinte: »Nein, verschieben, nicht absagen. Um Himmels Willen nicht absagen!«

Immer noch wütend legte er auf und murmelte, als wäre ich gar nicht anwesend: »Und das nur, weil er selbst keine Hobbys, Wünsche oder Träume hat.«

Seltsamerweise gelang es mir, den Mund zu halten – und sicherheitshalber schaffte ich es sogar, nicht daran zu denken, dass mein Juniorchef vielleicht schlichtweg den Wunschtraum seines Vaters übersah, ihn zu seinem Nachfolger zu machen.

❤

Wunschträume waren es auch, die mich die nächsten zwei Stunden beschäftigten. Hagars Abschied aus der Firma war selbst für mich unerwartet traurig und sogar ihre Kollegen, die Urlaub gehabt hatten, waren kurz gekommen, um sie zu verabschieden. Demnächst würde man meine hagere Erzfeindin in ihrem eigenen kleinen Comicbuchladen antreffen. Wer hätte das gedacht?

Kurz war ich sogar versucht, ihr von meinem Traum zu erzählen und bei ihr Know-How-Klau zu betreiben. Doch das war selbst mir als neuer Lügenkönigin zu kniffelig. Was wäre, wenn sie mich enttarnte? Ich konnte mir beim besten Willen nicht vorstellen, dass ausgerechnet Hagar dichthalten würde. Und je mehr sie von mir, also von Lena, wusste, desto eher würde sie sich später etwas zusammenreimen können. Also verzichtete ich darauf, sie auszufragen, und wünschte ihr einfach nur viel Glück für die Zukunft.

Meinen eigenen Traum erreichte ich dann beinahe schneller, als mir lieb war – und aus eben beschriebenem Anlass auch nicht halb so informiert, wie ich vielleicht hätte sein können. Trotzdem war es kein Problem, mich beim Gewerbeamt mit meiner Idee selbständig zu melden und sogar einige Broschüren abzustauben.

Mit meinem Steuerberater – also eigentlich dem meiner Mutter – besprach ich anschließend, wie ein Businessplan auszusehen hatte, und bekam ein Beispiel nicht nur in die Hand gedrückt, sondern auch per E-Mail zugeschickt, damit ich sofort damit loslegen konnte, einen mathematisch fundierten Plan zu erstellen.

❤

Doch trotz all meiner Euphorie musste dieser rechnerisch ausgeklügelte Plan erst einmal warten, da heute Atelier-Nachmittag war und mein rothaariges Ich keine Zeit und Lust auf Mathematik hatte. Stattdessen kochte es mit wachsender Begeisterung Kaffee und Tee, servierte Wässerchen und Sekt, schnitt Kuchen an und plauderte mit gelangweilten und langweiligen, dafür aber gut betuchten Damen.

Umso irritierender war die plötzliche Stille, die mir sogar in der Küche auffiel und mich dazu brachte, erst einmal aus meiner sicheren Position heraus durch einen schmalen Türspalt zu spähen.

Das Erste, was mir auffiel, waren die beinahe ehrfürchtigen Gesichter der weiblichen Ateliergäste, die alle in eine Richtung sahen. Das Zweite war der breite, männliche Rücken unter einem engen T-Shirt. Und obwohl mir persönlich dieser Rücken zu voluminös war, glitt mein Blick wie von selbst weiter, hinab zu der schmalen Hüfte und dem knackigen Po, der sich unter dem ebenfalls engen Jeansstoff abzeichnete. Eindeutig übertrieben. Sowohl das Muskulöse als auch die Kleiderwahl. Die Welt war schließlich keine »Mister Universum Show«.

Als sich der Mann in meine Richtung drehte, konnte ich das leise Seufzen einiger Frauen bis in die Küche hinein hören. Dabei war es nur Arnold. Arnold? Ein kalter Schauer lief mir über den Rücken. Meine Mutter hatte ihn doch nicht etwa hergelockt, um mich mit ihm zu verkuppeln, oder?

»Scheiß was drauf«, murmelte ich und schnappte mir das Tablett, um zu den Frauen zurückzugehen. Beinahe im selben Moment, in dem ich die Küche verließ, öffnete sich abermals die Eingangstür und ließ die kleine Glocke fröhlich bimmeln. Hagar!

Meine kurze Erleichterung, dass nicht ich das Opfer eines Verkupplungsversuches war, verflog innerhalb einer Nanosekunde. Genauso lange benötigte mein Gehirn, um mich daran zu erinnern, dass ich rothaarig war. Und … wusste Hagar von Sabine oder meiner Mum, dass ich eine Brünette war? Verdammt!

Ich stand wie angewurzelt mit dem Tablett in der Hand zwischen Küche und Frauengruppe, hatte keine Chance zu fliehen und keine, herauszufinden, was Hagar wusste.

Zum Glück verhinderten Arnolds begeisterte Begrüßung und anschließend seine massive Gestalt, dass meine Lieblingsfeindin mich entdecken konnte. Durch ihren Begleiter verdeckt, ließ sie sich nach oben führen zu der Ausstellung, die ich heute nebenbei betreuen durfte, da Juliane einige Bilder neu platzieren wollte.

Mist!

Angespannt stellte ich die vorbereiteten Getränke, Gläser und Tassen auf den Tisch und versuchte, einen klaren Gedanken zu fassen. Doch nach oben zu den beiden musste ich, soviel stand fest.

Nach einem kurzen Abstecher in Richtung Küche und einer kleinen Eindeckung, was die Grundversorgung – zwei Gläser und zwei Tassen,

Kaffee, Milch, Zucker und Wasser – anbelangte, schritt ich die Treppe hinauf nach oben.

Rot oder Braun, Braun oder Rot? Ich konnte mich partout nicht entscheiden. Hatte Sabine gepetzt, oder hatte sie ihrer besten Freundin gegenüber dichtgehalten?

In letzter Sekunde, bevor ich die obere Etage betrat, entschied ich mich für rothaarig. Hauptsächlich, um Hagar nicht auf die Spur meines Drittlebens zu führen. Es musste reichen, wenn sie mich bei der Hochzeitsvorbereitung mit anderen Haaren erlebte.

Aber erst einmal muss sie alle anderen erleben, dachte ich, als ich bemerkte, dass sich nahezu alle anderen Damen ebenfalls auf den Weg nach oben gemacht hatten. Benutzte Arnold etwa einen Testosteron-Lockduft? Ich blickte nach unten und stellte fest, dass lediglich die Katzenlady und ihre Maunzi unten sitzengeblieben waren.

Kopfschüttelnd sah ich zu, wie sich die anderen Frauen im Atelier verteilten und darauf hofften, möglichst dekorativ zu wirken und Arnold aufzufallen. Das konnte doch alles nicht wahr sein!

Verunsichert blieb ich an der oberen Theke stehen und fragte mich, ob ich vielleicht gemeinsam mit der Katzenlady zum Augenarzt gehen sollte. Offensichtlich stimmte nämlich auch mit meinem Sehvermögen etwas nicht. Oder mit meiner Nase.

Fünf Minuten später stellte ich fest, dass es Hagar ähnlich zu gehen schien. Sie schlenderte zwar mit Arnold die Gänge entlang, wirkte aber ganz und gar nicht glücklich. Er redete dafür umso entspannter vor sich hin, flirtete mit jeder Frau, die in seiner Nähe war, beäugte sie und schien seine Chancen sehr genau abzuwägen. Selbst als er seinen Arm um Hagar legte, sah er dabei in Richtung Juliane, die auf einer Leiter stand und dadurch ihre immer noch sehr hübschen, wohlgeformten Beine gekonnt und vollkommen ungewollt platziert hatte. Dass sie einen kurzen Rock trug, machte Arnolds Sexismus noch deutlicher und einen Moment lang gönnte ich der hageren Hexe diesen Begleiter von ganzem Herzen.

Dann erinnerte ich mich an die Hagar, die mich in der PR-Agentur eingearbeitet hatte und die ich wirklich nett gefunden hatte.

Verdammt!

Mein Gewissen ließ mich mein Handy zücken und eine SMS tippen: Bin im Atelier. Brauchst du Hilfe?

Die Antwort ließ keine zehn Sekunden auf sich warten: Bitte!!!

Entschlossen bog ich um die Ecke und steuerte direkt auf das Pärchen zu.

»Anna?« Hagar schien einen Augenblick zwischen Erleichterung und Verwirrung zu schwanken, dann musterte sie mich finster. Anscheinend hatte Sabine ob meines Perückentricks wider Erwarten dichtgehalten.

»Kennen wir uns nicht?«, fragte Arnold, der mich deutlich freundlicher ansah. Also genauso freundlich wie alle anderen anwesenden Frauen.

»Hat mir deine Mum nicht erzählt, dass du die Haare jetzt braun hast?« Hagar runzelte die Stirn, während sich Arnold an selbige griff. »Ah, diese Anna bist du!«

Obwohl er einen verwirrten Blick von seiner Begleiterin erntete, stimmte ich ihm zu. »Ja, genau! Die Anna, deren Mutter so verzweifelt ist, dass sie Männern sogar Geld bietet, damit sie mit ihr ausgehen.«

Hagar wirkte beeindruckt von meiner Offenheit. Dann runzelte sie die Stirn und wandte sich misstrauisch zu ihrem Begleiter. »Hat sie dir auch Geld für mich geboten?«

»Ein Abendessen!«, gab Arnold zu, als könne er das ganze plötzliche Theater um sein Date nicht verstehen.

»Ich denke nicht, dass Hagar es nötig hat, mit jemandem wegzugehen, der sich nur mit ihr trifft, um ein Abendessen abzustauben!«, behauptete ich, hakte meine Lieblingsfeindin resolut unter und zog sie von ihm fort. »Sie ist nämlich hübsch und klug und nett!«

Auch wenn sie zumindest Letzteres nur zeigte, wenn ich nicht ich war, dachte ich, behielt diese Weisheit aber für mich, da ich genau wusste, wie man sich fühlte, wenn man für ein Blind Date »verschachert« wurde.

Ganz empathisch führte ich Hagar nach unten und in Richtung Sitzgruppe. »Kann ich dir einen Sekt anbieten?«, erkundigte ich mich fürsorglich und betete, dass ich mein Verhalten nicht in wenigen Sekunden bereits bereuen würde.

»Danke, ich denke, ich fliehe gleich weiter!«, sagte Hagar mit einem skeptischen Blick in Richtung Maunzi. »Aber warum sind deine Haare noch rot?«

Ich seufzte. »Dann hat Sabine also wirklich nicht gepetzt?«

»Was soll sie gepetzt haben?«, erkundigte sich Hagar und musterte mich wieder mit einem unergründlichen Blick.

»Ich wollte wegen des Brautkleides lieber brünett sein, habe mich aber nicht ans Färben getraut und es erst einmal mit einer Perücke probiert«, fasste ich das Wesentliche zusammen. Es war nicht einmal gelogen – nur eben nicht die volle Wahrheit.

Als spüre Hagar meine Auslassung, sah sie mich so lange und nachdenklich an, dass ich schon den ersten Anflug von Angst in mir aufsteigen spürte. Doch dann meinte sie: »Ich würde die Haare an deiner Stelle auch nicht färben. Sie sind toll. Ich habe dich schon immer um dieses unglaubliche Rot beneidet.«

Mir klappte der Mund auf, und obwohl ich wusste, dass ich vermutlich einen extrem dümmlichen Eindruck machte, gelang es mir nicht, meinen Kiefer zu kontrollieren. Zum Glück sah mich meine Lieblingsfeindin nicht an, sondern beäugte sorgenvoll die Treppe, auf der Arnold gerade mit Juliane im Schlepptau nach unten kam.

»Auf jeden Fall noch einmal danke für die Hilfe!«, meinte sie, umarmte mich zu meiner Überraschung und floh dann aus dem Atelier und vor ihrem Blind Date.

❤

Gott sei Dank musste ich mich nicht mehr mit Blind Dates herumärgern, dachte ich, obwohl es ein seltsames Gefühl war, meinem Fake-Freund Jürgen dabei zuzusehen, wie er mit Nina flirtete.

Inzwischen hatte ich meinen Businessplan soweit fertiggestellt, wie mir Juliane hatte helfen können. Als Austausch für Arnolds Telefonnummer, die ich dank Berhards Nimm-ab-und-werd-sportlich-Kärtchen immer noch besaß.

»Punsch?«, erkundigte sich Elisabeth und legte ihre Hände von hinten auf meine Schultern. Wie eine Person schüttelten alle den Kopf, so dass die Kosmetikerin die Einzige blieb, die ihr Gebräu trank. Und da sollte mal einer sagen, wir würden nicht schnell lernen!

»Schau mal!«, forderte Jürgen und hielt mir sein Handy hin. »Das sind die Bilder von unserem Hexengarten.«

»Super!«, sagte ich und griff nach dem gereichten Objekt.

»Hab ich dir doch gesagt, sie hat sie noch nicht gesehen!« Nina grinste siegessicher. »Wahrscheinlich hat Wattebällchen ihr Handy mal wieder irgendwo vergessen.«

»Festtackern!«, murmelte Elisabeth in ihre Tasse hinein und für einen Moment glaubte ich, eine grüne Wolke aus dem warmen Getränk aufsteigen zu sehen.

»Ich hatte mein Handy den ganzen Tag lang dabei«, protestierte ich. Was mir meine Freunde aber auch immer zutrauten!

»Ich hab sie dir heute Mittag auf WhatsApp geschickt«, erklärte Jürgen.

»Ah! Daran liegt es! Ich bin nämlich gar nicht auf WhatsApp!«

»Doch, aber als Anna-Lena Gercke, schon vergessen?«, erinnerte mich Jürgen, der es für meinen Nebenjob in der PR-Agentur als wichtig befunden hatte, mich auf jeder potentiell interessanten virtuellen Plattform anzumelden. Etwas, das ich wirklich vergessen hatte. Sekundenlang zupfte irgendetwas diesbezüglich an meiner Aufmerksamkeit, wurde aber von den Bildern verdrängt, die auf dem Display vor mir erschienen.

»Die sind phantastisch!«, meinte ich andächtig. Sie zeigten alles, was Matthilda und ich geschaffen hatten. Nicht nur das Hexenhäuschen, sondern auch den Babyknast, den Sandkasten und die Kuschelecke. Sogar den Besenständer, den ich heimlich hergestellt hatte und den Matti erst noch entdecken musste. Auf einigen Bildern hatte mich Jürgen sogar mit erwischt, so dass mich Fotos in verschiedenen Stadien der Fertigstellung zeigten.

»Und…«, kündigte Nina an und drehte ihren Laptop in meine Richtung, um mich zu korrigieren: »*Wir* sind phantastisch!«

»Oh, wow!« Ich starrte die Webseite an und erst langsam sickerten die wichtigen Informationen in meinen Verstand. »Ihr habt mir eine Internetseite erstellt?«

»Gern geschehen!«, trompetete Nina und deutete auf Kurzbeschreibung, Angebote und Preise.

»Der Wahnsinn!«, kommentierte ich. Das war perfekt. Meine Freunde waren perfekt. Und ein bisschen auch ich selbst. Ich spürte einen Hauch Stolz auf mich selbst in meinem Inneren aufsteigen. Das war mein Projekt. Meines. Nicht das von irgendeiner Fake-Anna mit blonden oder brünetten Haaren, sondern meines. Mein Leben wartete nur noch auf den idealen Moment!

»Nur die Preise fehlen noch und die Angebote müssten dementsprechend noch einmal überarbeitet werden«, erklärte meine beste Freundin. »Ich zeige dir, wie es geht!«

»Das lerne ich nie!«, behauptete ich. Wenn ich für etwas keine Geduld hatte, dann war es für mich selbst.

»Solltest du aber schnell!«, meinte Matthilda betont unschuldig.

»Wieso?«, erkundigten sich Elisabeth, Jürgen, Nina und ich unisono.

Einen Moment lang wirkte meine Leihtochter so schuldbewusst, dass ich es mit der Angst zu tun bekam. Dann gab sie sich einen Ruck. »Weil die Webseite schon online ist.«

»Ist sie nicht!«, behauptete Nina mit einem leicht panischen Unterton, der vermutlich in der mangelhaft gestalteten Preisliste begründet lag, und drehte den Bildschirm zu sich, um sich wild durch das Webseitenmenü zu klicken.

»Ist sie doch!« Matthilda grinste mich an wie eine Glücksfee auf Crack. »Das hätte Anna sonst nämlich nie gemacht!«

»Sie hat sie wirklich freigeschaltet!«, meinte Nina schockiert.

Shit!

»Nicht so schlimm!«, beruhigte ich sie. Hauptsächlich auch mich selbst. Denn was sollte in so kurzer Zeit schon geschehen sein?

»Ich glaube, ich habe mich noch nicht deutlich genug ausgedrückt!«, meinte Nina und drehte das Display wieder zu mir.

»Ich habe schon einen Kunden?!«, staunte ich und wusste nicht, ob ich verärgert, geschmeichelt oder panisch werden sollte. Im Geiste ging ich bereits meine Ausreden durch und versuchte seine wirklich … kreativ beschriebenen Ideen nicht zu visualisieren. Ich hatte nicht einmal ansatzweise genug Geld, um sie umzusetzen oder das benötigte Material vorzustrecken.

»Nicht irgendeinen Kunden«, korrigierte meine beste Freundin, klickte blind ein Feld an und ich erstarrte.

Das Schicksal war so ein fieses Biest!

Zukunft mit Aussicht

Mein Zimmer sah aus, als hätte eine Bombe eingeschlagen. Eine, die Stoffe und Kleidungsstücke verteilte wie eine gute Fee ihren magischen Staub.

Aber ich hatte schließlich auch gleich mehrere Probleme: Erstens wollte ich perfekt sein, zweitens musste ich aussehen wie ich selbst, hatte aber gar keine Ahnung, wie das ausschauen sollte, was aber an drittens lag: Ich durfte Max auf gar keinen Fall und unter gar keinen Umständen an mein Zweit- oder Drittleben erinnern.

Folgerichtig hatte ich im ersten Schritt rote Haare, die ich offen trug. Im zweiten Schritt hatte ich auf jedwedes Make-up außer Wimperntusche verzichtet, da sowohl die blonde Anna als auch die brünette stets gut, und im Falle der erfolgreichen Sexbombe auch kunstvoll, geschminkt waren.

Bei der Kleidung schieden Kostüme aus, da die an Anna aus der PR-Agentur erinnern würden. Jeans und Blusen fielen aus, da beide zum Auftritt von Miss Brünett gehörten. Ich seufzte tief und ließ meinen Blick über das Chaos schweifen. Wer hätte gedacht, dass drei Leben dermaßen anstrengend werden konnten?

Wie zur Bestätigung meiner Gedanken platzte Matthilda, ohne anzuklopfen, in mein kleines Reich und musterte mich.

»Du siehst aus wie eine Zigeunerin!«, kommentierte sie schließlich, bevor sie sich umsah. »Was ist denn hier passiert?«

Sie starrte in meinen Kleiderschrank, der beinahe leer war, und leichtes Entsetzen schlich sich auf ihr Gesicht.

»Ich hatte nichts anzuziehen«, erklärte ich. Das war doch wohl offensichtlich!

»So wie es hier aussieht, hast du zu viel anzuziehen«, korrigierte meine Leihtochter und das Entsetzen wurde von einem hämischen Lächeln abgelöst.

»Ich brauche zwei weitere Kleiderschränke!«, behauptete ich und konnte selbst hören, dass die Frau, zu der die Stimme gehörte, leicht hysterisch klang. Vielleicht hätte ich mir in dem zweiten, kleinen Raum doch kein Arbeitszimmer einrichten, sondern ihn als begehbaren Kleiderschrank nutzen sollen – so wie Elisabeth es tat.

»Wieso nimmst du nicht einfach einen Größeren?«, schlug Matthilda vor und klang im Gegensatz zu mir ganz vernünftig. Zu meiner Verteidigung musste allerdings gesagt werden, dass ich mich schon seit drei Stunden durch all meine Kleidungsstücke probiert hatte.

»Ich nehme lieber drei Kleinere – dann kann ich in jedem die Anziehsachen für eines meiner Leben verstauen und komme nicht durcheinander«, erklärte ich. Es klang wirklich ganz schön vernünftig – und gleichzeitig ganz schön durchgeknallt.

»Du magst diesen Max, oder?«, erkundigte sich mein kleineres Ich überraschend emphatisch.

»Ja. Natürlich!«, gab ich zu. Es hatte schließlich keinen Sinn zu leugnen. Wer würde Max nicht mögen? Herrje, der Typ sah aus wie Chris Hemsworth als langhaariger Film-Thor.

»Und wie stellst du dir das vor?« Jetzt klang Matthilda nicht mehr wie eine kleine Version meiner selbst, sondern eher wie ihre Mutter.

»Ich werde ihn nicht angraben, wenn du das meinst!«, beschwichtigte ich den nicht ausgesprochenen Tadel.

»Und wenn er dich angräbt?«

»Das wird nicht passieren!« Ich lachte, obwohl mir eher wehmütig zumute war. Genauso gut hätte ich sagen können: Leider wird es nicht passieren. Also zumindest nicht dieser Anna. Vielleicht der blonden Anna-Lena Gercke. Aber die trug ja auch enge Klamotten, breite Gürtel anstelle von kurzen Röcken, Korsetts, Push-ups und war immer kunstvoll zurechtgemacht. Künstlich.

»Du gräbst dir dein eigenes Grab!«, prophezeite Matthilda.

»Ich weiß!« Dafür erinnerte ich sie aber auch nicht daran, wer überhaupt an meiner Situation schuld war.

Andererseits hätte ich natürlich der Versuchung auch widerstehen und Max absagen können. Aber wie hatte Oscar Wilde so schön geschrieben: »Versuchungen sollte man nachgeben. Wer weiß, ob sie wiederkommen.«

Schicksalsergeben reichte mir Matthilda zwei bunte Ketten in unterschiedlicher Länge von meinem Schmuckständer und deutete auf einige Armbänder. »Wenn du schon einen auf Hippie machst, dann auch richtig!«

»Woher weißt du, was ein Hippie ist?«, fragte ich misstrauisch. Blieb zu hoffen, dass sie es wirklich wusste und »Hippie« nicht für ein modernes Schimpfwort für »durchgeknallte, bunt gekleidete Frau« hielt.

»Ich lebe mit Jürgen und Elisabeth unter einem Dach? Schon vergessen?«, meinte sie, als erkläre das alles.

Tat es vielleicht auch. Jetzt, wo ich darüber nachdachte, erklärte es in der Tat eine ganze Menge. Den Punsch zum Beispiel.

»Denkst du daran, mich heute eher abzuholen?«, erkundigte sich Matthilda und schnappte sich ungefragt eine Strähne meines langen roten Haares.

»Natürlich!«, behauptete ich und sah dem Ex-Teufel dabei zu, wie er die Strähne flocht und dabei ein buntes Lederband einarbeitete, das unten in drei Federn und einigen farbenprächtigen Holzperlen endete.

»Jetzt sehe ich aus wie eine Mischung aus Indianer, Hippie und Zigeuner«, meinte ich mit einem kritischen Blick in den Spiegel.

»Erstens siehst du so immerhin kein bisschen aus wie deine beiden anderen Persönlichkeiten und zweitens …« Meine Leihtochter schwieg einen Moment, bevor sie meinte: »… also, ich finde dich so verdammt heiß.«

❤

Ich fand mich auch ganz schön heiß. Was aber nicht an meinem Outfit oder generell meinem optischen Erscheinungsbild lag, sondern daran, dass ich ein gutes Stück der Strecke gelaufen war, denn ich war zu spät dran. Wie hatte das denn passieren können?

Es musste an meinem Karma als Rothaarige liegen, denn bei jedem Blick auf die Uhr steigerte sich meine Panik ein Stückchen mehr, so dass ich abgehetzt zu der Adresse kam, bei der ich mich schon auf meiner Wohnungssuche eingefunden hatte. Dummerweise hatte ich mir nicht gemerkt, wo die Klingel gewesen war, so dass ich weitere wertvolle Sekunden damit verschwendete, die winzigen Knöpfe mit den noch winzigeren Aufschriften zu prüfen und mich zu fragen, ob ich eine Brille benötigte.

Die aufschwingende Tür traf mich vollkommen unerwartet, dafür aber umso härter, und die Schmerzen sorgten dafür, dass ich weder schimpfen noch einen anderen Laut von mir geben konnte.

»Ist alles okay?«, erkundigte sich eine schrecklich bekannte Stimme bei mir und brach den Bann.

»Sieht es vielleicht so aus, als wäre alles okay?«, gab ich zurück, rieb mir den Kopf und wurde so langsam ernsthaft sauer. Die beiden anderen Annas hatte Max mit seinen Türattacken wenigstens verfehlt. Aber ausgerechnet *mich* musste er natürlich treffen. Dass es sich bei uns um dieselbe Person handelte, war mir egal, es ging hier schließlich um mein echtes Ich!

»Tut mir leid!«, meinte mein Kunde zerknirscht und beäugte das Paket in seiner Hand, als sei es an seinem Malheur schuld.

»Sollte es verdammt noch mal auch!«, fauchte ich. »Man kann Türen nämlich auch langsam öffnen.«

»Wenn ich sage, dass mir das in diesem Monat schon zum dritten Mal passiert ist, werden Sie es nicht glauben, oder?«

»Dass Sie selbst eine Tür vor den Kopf bekommen haben? Aber sofort!«, behauptete ich, ihn absichtlich falsch verstehend. Schön zu wissen, dass man auf einen optischen Leckerbissen wie Thor auch wütend sein konnte!

»Nein, dass ich fast jemanden mit der Tür getroffen habe«, wiegelte er ab.

»Fast? Das war ein Volltreffer!«, protestierte ich gereizt und rieb die Stelle, die von dem direkten Einschlag der Tür betroffen war.

»Eis?«, schlug er betont freundlich vor.

»Wie viel Schmerzensgeld bekommt man wohl für so was?«

»Kommt auf den Kopf an«, konterte er, nicht mehr ganz so freundlich. Entweder war meine Verärgerung ansteckend, oder er war vorher schon auf hundertachtzig gewesen, hatte es an der Tür ausgelassen und nur kurzfristig vor Schreck über den Treffer vergessen. Ich war trotzdem wütender und hielt seinem Blick ungerührt stand, bis er einknickte.

»Na ja, ist ja ein schöner Kopf«, gab er zu und verzog die Lippen zu einem leicht süffisanten Grinsen, was meinen Ärger trotz der Schmeichelei erneut anfachte.

»Oha, schöne Köpfe sind mehr wert als die nicht so schönen?«, erkundigte ich mich.

»Egal, was ich jetzt sage, es ist falsch, oder?«, riet er, plötzlich ganz Frauenversteher.

»Nein, das mit dem Eis war schon ganz okay!«, lenkte ich ein. Hauptsächlich, weil mir das Erlöschen seines Lächelns nicht gefiel.

»Der Ratschlag, langsamer Türen zu öffnen, auch«, gab er zu und winkte mich hinter sich her in den Hausflur.

»Aber immerhin weiß ich jetzt, warum Sie besser die Hände von Werkzeug fernhalten sollten.«

Max drehte sich erstaunt und verwirrt zu mir um.

»Sie sind doch Max Hansen, oder?« Ich tat, als riet ich nur.

»Kommt darauf an, was Sie mir verkaufen wollen?!«

»Wir sind verabredet?!«, erinnerte ich ihn und legte den Kopf schräg. Entweder war ich schwerer getroffen, hatte mich im Termin vertan oder … hatte er sich vertan?

»Die Hexenhäuschenfrau!« Er schlug sich an die Stirn und ich atmete erleichtert auf. Er hatte sich vertan! Das war doch einmal eine nette Wendung des Schicksals.

»Und ich hatte gedacht, Sie wollten vor mir fliehen!«, meinte ich und deutete zurück gen Haustür. Max lachte, öffnete seine Wohnung und stellte den Karton ab, bevor er mich einließ.

»Aber doch niemals!«, gab er in einem Tonfall zurück, den man durchaus als Flirten interpretieren konnte und der mir einen heißen Schauer über den Rücken laufen ließ.

»Was hat Ihnen die Tür eigentlich getan? Oder lag es an mir?«, erkundigte ich mich und Max' Lachen ließ meine Knie weich werden.

»Also an Ihnen mit Sicherheit nicht. Haben Sie Eltern?« Er stellte die Frage so selbstverständlich, als würde sie alles erklären – was durchaus der Wahrheit entsprach.

»Sind Sie nicht zu alt, um sich von denen ärgern zu lassen?«, fragte ich und nahm den Beutel mit kleinen Eisstücken entgegen, den Max mir reichte.

»Eltern hören nie auf, einen zu ärgern!«

»Akzeptiert!« Ich nickte verständnisvoll, bevor ich mich in der Wohnung umsah. Erst jetzt fielen mir die Fotos auf, die ich beim ersten Mal wohl nicht registriert hatte. Sie waren toll.

»Danke!«, meinte Max und machte mich darauf aufmerksam, dass ich meine Gedanken schon wieder laut ausgesprochen hatte. Ich wurde von meinen Fehlern echt nicht klüger!

Diesen letzten Gedanken wiederholte ich gleich darauf noch einmal, da es an der Tür klingelte und Max wieder der Blondine mit den atemberaubenden Kurven öffnete. Da konnte ich noch so sehr schnüren oder pushen, an diese Figur kam ich nicht heran.

»Sowas?!« Sie beäugte mich missgünstig.

»Sowas?!«, lächelte ich und schaffte es, sie genauso herablassend zu mustern, wie sie es bei mir tat. Etwas, das ich normalerweise gar nicht in meinem Repertoire hatte und das nur an der Beule liegen konnte. Normalerweise war ich echt liebenswürdig und eher ein Kandidat für den Friedensnobelpreis.

»Eine Frau!«, meinte sie und schüttelte den Kopf, als könne sie es nicht fassen, dass andere Frauen existierten und gar in Max´ Wohnung herumlungerten.

»Deine Sachen stehen dort!« Max war wieder zu mir gekommen und musste sich dementsprechend umdrehen und zurückdeuten.

»Danke!«, gab die Blondine in einem Tonfall zurück, den sich andere Leute für eine Kriegserklärung aufsparten. Trotzdem bückte sie sich extrem lasziv zu dem Paket und sorgte dafür, dass ihre langen Beine in dem kurzen Rock besonders gut zur Geltung kamen.

Unwillkürlich blickte ich zu Max – der natürlich auf das wohlplatzierte Hinterteil stierte. Schlagartig fühlte ich mich nicht nur fehl am Platze, sondern auch wie eine Frau zweiter Klasse. Nichtsdestotrotz regte sich in mir der Wunsch, ich hätte mich nicht wie ein Hippie angezogen, sondern wie die blonde Anna-Lena aus der Agentur. Bei der Vorstellung verdrehte sich etwas in mir und mein Mund wurde trocken.

Die Blondine, sich ihrer Wirkung sehr wohl bewusst, sah zu mir und Max, als erwarte sie etwas. Als nichts geschah, wurde ihr Blick, der nun ganz und gar mir galt, noch kühler, bevor sie sich zum Gehen wandte.

Als die Tür hinter ihr zufiel, atmete Max erleichtert aus.

»Endlich!«, seufzte er und fügte hinzu: »Das war meine Ex.«

»Oh!«, machte ich. Eine Ex. Dann war es gar kein intimer Blick seinerseits auf ihren Hintern gewesen, sondern eher eine Kontrolle, ob sie nicht mehr mitnahm als nur das Paket. Seinen Schlüssel zum Beispiel, der direkt am Eingang auf dem Tischchen gelegen hatte. Und deswegen war auch die Stimmung zwischen ihnen, die mir schon bei der Wohnungsbesichtigung aufgefallen war, so … spannungsgeladen. Plötzlich fühlte ich mich viel leichter und … befreiter. Ein Gefühl, das sich noch vertiefte, als mich Max eingehend musterte, als sähe er mich nun zum ersten Mal richtig.

»Ich hatte Sie mir ganz anders vorgestellt.«

»Im Blaumann?«, lachte ich.

»Ja«, gab er zu und sein Lächeln brachte meine guten Vorsätze ins Wanken.

»Der kommt noch«, versprach ich und machte mir eine geistige Notiz. »Spätestens wenn die richtige Arbeit anfängt.«

Max musterte mich abermals und schien sich vorzustellen, wie ich in dem unvorteilhaften Anzug aussehen würde. Und trotz meines jetzigen Aufzugs erkundigte er sich: »Kennen wir uns?«

Ich tat, als müsste ich überlegen, musterte ihn so ausgiebig wie er mich zuvor, dann schüttelte ich den Kopf. »Ich denke nicht.«

Da war nicht einmal eine allzu große Lüge, denn außer seinem Namen und der Vorliebe, Türen recht aggressiv zu behandeln, wusste ich nicht viel von dem Thor-Lookalike.

»Okay«, meinte mein Gegenüber und wirkte regelrecht erleichtert. Irgendwann musste ich wirklich mal herausfinden, warum. Ob es an mir lag? An seiner Ex? An der Tür? Mir fiel beim besten Willen nichts ein, das sein Verhalten auch nur annähernd erklären konnte.

»Wollen wir uns setzen?«, schlug Max vor und deutete in Richtung Wohnzimmer.

Ich nickte stumm und platzierte mich bewusst auf dem Sofa, so dass ich meine Unterlagen auf dem Tisch ausbreiten konnte und Max Gelegenheit gab, sich neben mich zu setzen, um direkt mit hineinzusehen.

»Das große Haus auf der Webseite kommt meiner Idealvorstellung schon sehr nahe«, begann Max. »Ich hatte an drei mal vier Meter gedacht, einen Kamin und eine Sitzgruppe. Dazu bräuchte ich einen kleinen Arbeitsplatz und einen Kühlschrank, der holzverkleidet sein sollte, damit er zum Rest passt.«

Ich nickte und machte mir auf dem Klemmbrett Notizen.

»Ich dachte an zwei Etagen: unten sitzen und arbeiten und oben könnten eventuell Gäste übernachten?«

Wieder schrieb ich Max´ Wunsch auf und ließ das Brett dann langsam sinken, um mir meine Gedanken nicht anmerken zu lassen. Das Unterfangen war schon extrem anspruchsvoll!

Ich nagte an meiner Unterlippe, bevor ich nach dem Block mit der Millimeterlineatur griff und einen frisch angespitzten Bleistift zückte.

»Draußen fände ich eine Veranda mit Hollywoodschaukel toll«, fuhr Max fort und lenkte meine Gedanken auf das »kostspielig«. Wieso hatte ich doch gleich geschrieben, dass der Preis erst nach Fertigstellung fällig war?

Ach ja … hatte ich nicht. Das war ja Nina gewesen.

Wie unendlich blöde! Wenigstens die Hälfte hätte sie doch wirklich vorher fordern können. Was machte ich denn, wenn mein Projekt Max nicht gefiel und er sich weigerte zu zahlen? Das Ganze wieder abreißen?

»Einen Dachgiebel hätte ich auch gerne und eine passende Hundehütte.«

Ich korrigierte mich innerlich. Selbst mit der Hälfte des Endpreises als Vorkasse würde ich finanzielle Probleme bekommen. Fakt war, ich konnte mir diese Hütte schlichtweg nicht leisten. Nicht einmal, wenn ich viele Dinge aus Sperrmüll baute.

»Das Fundament habe ich fertig, aber ich befürchte, an mir ist wirklich kein geschickter Handwerker verloren gegangen«, erklärte Max und wieder war sein Lächeln zum Dahinschmelzen. Und genau das taten meine guten Vorsätze ebenfalls. Denn mal ehrlich: Das Fundament war ja schon fertig!

»Ich würde auch fünfhundert anzahlen?«, schlug Max vor, so als ahne ein Teil von ihm meine Bedenken, und ließ mich aufatmen. Damit konnte ich immerhin anfangen – und vielleicht würde ich innerhalb dieser ersten Bauphase eine Idee haben, wie es weitergehen konnte.

»Prima!«, meinte ich und hoffte, dass mir die Erleichterung nicht zu sehr ins Gesicht geschrieben stand.

»Wo und wann geht es los?«, fragte Max, griff nach meiner Skizze und fragte erst dann: »Darf ich?«

Er betrachtete, was ich aufs Papier gebannt hatte, und urteilte: »Das ist sehr gut.«

»Nur ein erster Entwurf«, wiegelte ich ab, obwohl ich mich geschmeichelt fühlte. »Ist die Sitzecke okay, oder dachten Sie eher an einen Tisch und zwei Bänke?«

»Nein, ich finde eine Eckbank toll!«

»Ich könnte den Tisch auch trotzdem rechteckig machen und mit zwei kleinen Bänken davor. Oder den Tisch eher dreieckig mit einer langen Bank?«, gab ich zwei Optionen zu bedenken.

»Dreieckig ist cool!«

»Dann wird der Schreibtisch ebenfalls dreieckig und kommt in die Ecke!«, beschloss ich. Denn immerhin sollte das Ganze bei aller zusammengewürfelt erscheinenden Hexenhaftigkeit in sich stimmig sein.

»Sie sind der Boss!«

»Anna«, korrigierte ich automatisch und ohne dass mein Gehirn in diesen Prozess involviert war.

»Bitte?«

»Mein Name … ist … Anna«, bemühte ich mich zu sagen, denn inzwischen hatte sich mein Verstand eingeschaltet und mich darauf hingewiesen, dass ich echt grunddämlich gewesen war, ihm meinen echten Vornamen zu nennen.

»Max!«, stellte sich Max zu allem Überfluss höflich vor und reichte mir die Hand. Eine sehr angenehme Hand.

»Leiter oder Treppe?«, lenkte ich vom Thema ab und schickte ein Stoßgebet gen Himmel. Immerhin hieß in meinem Alter wirklich jede dritte Frau Anna oder Anna-Lena, Anna-Maria, Anna-Sophia oder bei den Familien, die sich kein zweites »a« hatten leisten können, hießen sie Anne.

»Leiter, nein …«, Max schüttelte den Kopf und schien keinen weiteren Gedanken an meinen Namen zu verschwenden, sondern sein Traum-Hexenhaus zu visualisieren. »Ich denke, ich nehme doch nur eine Ebene!«

Perfekt! Ich korrigierte die Endsumme meiner Anfangsinvestition geistig ein wenig nach unten.

»Eine zweite kann man nachträglich einbauen!«, versprach ich und machte mir eine geistige Notiz, das Häuschen ein wenig höher als üblich zu planen.

»Man könnte auch die Sitzecke zum Gästebett umbauen«, dachte ich laut. »Dazu würde auch der dreieckige Schreibtisch passen.«

»Genial!«, kommentierte Max und fragte nahezu im gleichen Atemzug: »Tee?«

»Gerne!«

Während er aufstand und in der Küche herumwerkelte, machte ich zwei weitere Skizzen und überlegte, wie ich die Höhenunterschiede zwischen Eckbank, Tisch und Schreibtisch einplanen konnte und wo sich welche Möbel im Inneren am besten platzieren ließ.

Als Max wiederkam, freute ich mich über einen perfekt zubereiteten schwarzen Tee und er freute sich wiederum über seine Optionen, von denen er eine auswählte.

»Schön!«, meinte ich zufrieden und nahm einen Schluck. Max mochte eine Aversion gegen Türen haben, keine Ahnung vom Handwerken und Probleme mit seinem Vater und seinem Job, aber Teekochen konnte er auf alle Fälle.

»Wann können Sie anfangen?«, fragte er, korrigierte sich aber sofort: »Wann kannst *du* anfangen?«

»Das klingt eilig.«

»Ich wollte meinem Vater das Häuschen zum Ruhestand schenken!«, erklärte mein Lieblingsteekocher.

»Wann ist es denn soweit?«, erkundigte ich mich. Herr Hansen hatte es nicht gesagt, aber es würde erklären, warum er mit Max in der Firma so Gas gab.

Mein Gegenüber verdrehte die Augen. »Keine Ahnung. Vorgestern.«

Ich lachte, obwohl mir kein bisschen nach Lachen zumute war. Ob ich meinem dritten Job – den, der Geld zum Leben und zum Träumen einbrachte – behalten durfte, wenn Herr Hansen seinen Hut nahm?

Trotz meiner Befürchtungen und meines akuten Geldnotstandes schlug ich vor: »Morgen?!«

Max nickte zustimmend und nannte die Adresse. Ich verschluckte mich fast an meinem perfekten Getränk.

»*Das* ist die Adresse *Ihres Vaters*?« Ich war so entsetzt, dass ich gar nicht wusste, auf welchem Wort die Betonung am angebrachtesten gewesen wäre.

»Ja«, meinte Max und wurde ein wenig rot.

»Ich muss meine Preise erhöhen!«, entfuhr es mir, was meinen Kunden zum Lachen brachte.

»So deutlich hat mich noch niemand darauf hingewiesen, dass ich reich bin.«

»Lass es mich anders ausdrücken: Willst du mich heiraten?« Die Worte waren aus meinem Mund gekommen, bevor ich oder mein Gehirn sie einer eingehenden Prüfung hatten unterziehen können, und im selben Moment hätte ich mich ohrfeigen können. Wieso, wieso? Konnte ich nicht einmal in meinem Leben ein Fettnäpfchen auslassen oder meine Gedanken nicht laut aussprechen?!

»Müsstest du dir da nicht mehr Mühe geben?«, erkundigte sich Max humorvoll, obwohl seine Wangen glühten. »So als Heiratsschwindlerin?«

»Keine Ahnung, da fehlt mir die Erfahrung!«, gab ich zu und konnte spüren, wie auch mir leichte Hitze ins Gesicht stieg.

»Wollen wir uns den Garten ansehen, damit du dir besser ein Bild machen und dich vorbereiten kannst?«, änderte Max das Thema und brachte uns wieder zurück zum seriösen Aspekt des Treffens.

»Gerne!«, meinte ich erleichtert. Mit Flirten kannte ich mich nicht aus – und mit interessanten Männern erst recht nicht.

❤

Schon als sich das schmiedeeiserne Tor öffnete, rutschte mir das Herz in die Hose. Hätte ich Max auch nur für eine Sekunde lang ernsthaft als Partner in Betracht gezogen, so wusste ich jetzt, dass ich keine Chance hatte. Nie, nicht und unter gar keinen Umständen. Er war nicht nur reich. Er war … exorbitant, schrecklich wohlhabend. Oder zumindest seine Eltern waren es. Kein Wunder, dass seine Ansprüche an eine Gartenhütte … exquisit waren. Und teuer.

Zu meiner Überraschung hielt Max direkt nach dem Tor an und stieg aus. Ich tat es ihm nach, bevor er ganz um das Auto herumkommen und mir die Tür öffnen konnte. Trotz dieser eigentlich charmanten Geste blieb ein schaler Geschmack in meinem Mund zurück. So als wolle Max nicht, dass ich mich zu nahe an das Haus begab – als sei Proletariat ansteckend.

Erst dann fiel mir ein, dass er seinem Vater ja ein Geschenk machen wollte, ergo der Herr Papa nichts von mir wissen sollte. Jeder andere Gedanke entsprang wohl nur meinen spontanen Minderwertigkeitskomplexen, die mich beim Anblick des Gartens überkommen hatten. Des Parks, korrigierte ich mich in Gedanken. Ein Garten war … überschaubar. Alles ab Fußballfeldgröße hatte schlichtweg kein Recht mehr, in dieselbe Kategorie zu fallen wie der grüne Platz, den ich in den letzten Wochen gemeinsam mit Matthilda zivilisiert hatte.

Zum ersten Mal, seitdem ich die kurvige Ex von Max gesehen hatte, war ich sehr froh, dass ich keine hochhackigen Schuhe trug, sondern bequeme Sandalen, die zu meinem lässigen Outfit und der Farbpracht der mich umgebenden Blumen passte.

»Traumschön!«, kommentierte ich, nicht nur, weil ich optisch sehr gut hierher passte, sondern auch, weil ich den Gartenteich (Gartensee) entdeckt hatte und die mächtige Trauerweide, unter der ich mit einiger Fantasie das versprochene Fundament entdecken konnte.

»Ich hätte vielleicht nicht genau diesen Platz gewählt, aber gut …«, meinte ich, weil meine Fantasie die Gelegenheit genutzt hatte, um mir einige Zukunftsvisionen vorzugaukeln.

»Was ist falsch?«, erkundigte sich Max nervös.

»Ich bin Pessimist«, bekannte ich. »Wenn ich einen Baum sehe, denke ich an einen Sturm und daran, was dann passieren könnte.«

»Du kannst Bäume nicht leiden?«, drehte er mir belustigt die Worte im Munde herum. Zu meinem Glück und seinem Pech brach etwas Großes, Flauschiges bellend durch die Büsche und hatte den frechen Fragesteller umgerissen, bevor er sich in Sicherheit bringen konnte. Oder ich mich, denn das dreifarbige Etwas schien auch mich zu Boden freuen zu wollen.

»Ich hoffe, du magst Hunde«, japste Max, der unter dem Fellberg begraben war.

»Finde ich toll!«, gab ich zu und als der Dreifarbige beim Klang meiner Stimme anhielt, fügte ich hinzu: »Und der hier ist wirklich der Hammer!«

Wie sein Herrchen, ergänzte meine innere Stimme und hatte immerhin den Anstand, es dieses Mal leise zu tun. Doch bevor ich mich darüber freuen konnte, nicht wieder die Handpuppe meiner Gedanken geworden zu sein, fügte die Stimme hinzu: »Katzen allerdings finde ich seltsam.«

»Lass das nicht meine Mutter hören!«, warnte mich Max, während sich der Hund über mich und meine Worte zu freuen schien, denn er schmiegte sich an meine Beine und ließ sich ausgiebig kraulen.

»Notiz an mich selbst: Katzenleckerlis dabeihaben«, meinte ich über den Hunderücken hinweg zu Max, der sich langsam vom Boden aufrappelte.

»Die sind das Einzige, womit man das Vieh bestochen bekommt«, gab Max zu und ich kramte lachend ein Leckerchen aus meiner Umhängetasche. Seit Maunzi war ich auf katzenhafte Situationen bestens vorbereitet, und da ich Hunde ohnehin mehr mochte, auch auf die, und so steckte ich meinem neuen Freund einen kleinen, knochenförmigen Happen zu.

»Du bekommst auch eine Hütte. Eine ganz tolle. Versprochen!«

»Klassische Bestechung!«, kommentierte Max, als ein zweiter knochenförmiger Happen seinen Besitzer wechselte.

»Man sagt nicht umsonst, Liebe geht durch den Magen«, erinnerte ich.

»Kannst du kochen?«, erkundigte sich Max, ließ aber offen, ob er flirtete oder nur auf ein leckeres Essen spekulierte.

»Nicht wirklich!«, gestand ich und fügte ein »Glaube ich« hinzu. Schließlich hatte ich es noch nie ernsthaft ausprobiert.

»Moritz mag dich!«, behauptete er und brachte mich erneut zum Lachen. Einmal, weil er die Aussage so betonte, als meine er sich selbst, und außerdem wegen des Namens.

»Moritz? Jetzt ernsthaft?«, prustete ich und sah geistig schon einige kleinere Überraschungen rund um die Hütte Gestalt annehmen.

»Meine Eltern haben einen merkwürdigen Sinn für Humor!« Dieses Mal war Max´ Gesicht ernsthaft rot und sogar seine Ohren hatten die Farbe von Tomaten angenommen.

»Ich glaube, ich finde deine Eltern toll!«, meinte ich und prüfte das Fundament. Es war auch ganz okay.

»Also? Sind wir im Geschäft?«, fragte Max. Ohne meine Antwort abzuwarten, reichte er mir die versprochenen fünfhundert Euro aus seiner Börse. Geld, das gerade einmal für den Baustart reichte.

Aber ich konnte unmöglich absagen. Unmöglich!

»Verdammt!«, fluchte ich laut – und im nächsten Moment fiel mir auch ein weiterer Grund ein, weswegen ich laut fluchen sollte. Deswegen tat ich es gleich noch einmal: »Verdammt!«

Ich hatte Matthilda vergessen!

❤

Obwohl ich die Uhr angestrengt anstarrte, blieb die Zeit dieselbe und tickte sogar ungerührt weiter, während Max ein weiteres Auto, das in zweiter Reihe parkte, hupend umrundete.

Als wäre es ihm ein ernstes persönliches Anliegen, schimpfte er mit mir um die Wette und verfluchte dabei sogar mehr andere Verkehrsteilnehmer als ich. Vergeblich!

Natürlich wartete Matthilda nicht mehr an der verabredeten Ecke.

»Soll ich dich fahren?«, fragte Max und einen Moment lang war ich ernsthaft versucht, sein Angebot anzunehmen. Dann dachte ich an die Konsequenzen und daran, was in Filmen in solchen Situationen immer geschah, und schüttelte den Kopf. Besser, wenn er keine Ahnung hatte und nicht mehr über mich wusste, als unbedingt notwendig war.

»Danke, aber es ist nicht weit und vielleicht lungert sie unterwegs irgendwo herum«, wiegelte ich ab, und obwohl mein erster Kunde nicht gänzlich überzeugt wirkte, beließ er es dabei.

Es gelang mir, den Schein aufrecht zu erhalten, bis er außer Sichtweite abgebogen war, vermutlich unter lautem Fluchen, Schimpfen und Nörgeln, dann fiel der Rest meiner gespielten Lässigkeit von mir ab und ich hetzte los.

Endlich machte sich das morgendliche Training mit Lena bezahlt und ohne aus der Puste zu kommen, gelangte ich zu Hause an.

Matthilda saß am Küchentisch und ich brach erleichtert zusammen. Erst dann fiel mir auf, dass sie nicht reagiert hatte.

»Es … tut …mir … leid!«, keuchte ich. »Hexenhäuschen … Max.«

Mein Leihkind nickte, ohne von seinen Hausaufgaben aufzusehen, und nachdem ich mehrfach tief durchgeatmet hatte, begann ich zu erklären: »Ich habe mir den Garten und das Fundament ansehen müssen und dann ganz vergessen, dass ich dich heute hätte eher abholen müssen.«

»Hatte ich dir extra gesagt!«

»Ich weiß!«, gab ich zerknirscht zu. »Kann ich dir irgendwobei helfen?«

»Bin fertig, danke!«, meinte Matthilda, immer noch in ihre Aufzeichnungen vertieft.

»Es tut mir wirklich leid, Matthilda!« Ich strich ihr mit der Hand über den Rücken, aber sie weigerte sich immer noch, auf mich einzugehen. »Kann ich es wiedergutmachen?«

»Da gibt es nichts wiedergutzumachen!«, sagte sie finster und sah auf. Dabei wirkte sie, als habe sie mir den Krieg erklärt.

»Ein Entschuldigungseis?«, schlug ich vor. »Auf dem Weg ins Atelier?«

»Ich darf nicht ins Atelier«, erinnerte sie mich an das Versprechen, das ich selbst ihr abgenommen hatte.

»Aber bis zur Eisdiele darfst du doch, oder?« Weil ich wusste, dass sie nur stichelte, machte ich eine belustigte Frage aus meinem abermaligen Angebot.

»Danke. Aber nein danke!«, wiederholte Matthilda und packte ihre Schulsachen in den Tornister, ohne auf mich einzugehen. Und ohne auf die Uhr zu sehen, meinte sie: »Außerdem musst du los!«

Verdammt!

❤

Ich fühlte mich immer noch wie ein Schwerverbrecher, als ich im Atelier ankam. Da half es auch nicht, wenn ich dachte: *Es war nur einmal.* Oder: *Es hätte jedem passieren können.*

Denn es war mir passiert, und zwar obwohl Matti mich extra daran erinnert hatte – und nicht einmal einen triftigen Grund hatte ich vorbringen können. Außer vielleicht, dass ich damit beschäftigt gewesen war, nicht vor Max´ Füße zu sabbern.

Mechanisch und scheinbar gut gelaunt verrichtete ich meine Arbeit und betete für eine ruhige Schicht. Die erste Stunde verging, die zweite, und auch in der dritten geschah nichts. Nur der verwöhnten Maunzi schien ein Hund über die Leber gelaufen zu sein, denn nach ausgiebigem Schnüffeln an dem Katzenkeks bekam ich einen Tatzenhieb versetzt, den ich mir nur mit Max´ Hund erklären konnte.

In der vierten Stunde klingelte mein Handy, und da meine großartige Chefin Juliane es erlaubte, zog ich mich für den Rückruf ins obere Stockwerk zurück.

»Hansen«, meinte eine Stimme kurz angebunden, als abgenommen wurde.

»Hallo, Anna-Lena Gercke hier. Sie hatten mich angerufen?!« Bei der Stimme meines anderen Chefs wurde mir ganz mulmig. War ich aufgeflogen? Hatte diese blonde Lena-Tussi aus meinem Drittleben etwas falsch gemacht und die PR-Firma in den Ruin getrieben?

»Ja, habe ich!« Herr Hansen klang so erleichtert, dass ich meine Befürchtungen augenblicklich vergaß. »Haben Sie in der nächsten Woche Zeit? Es geht um langweilige Zusatzarbeit, die man auch gut von zu Hause aus machen kann«, behauptete er und fügte hinzu: »Natürlich bezahlt!«

»Langweilige Zusatzarbeit gegen Bezahlung klingt toll!«, meinte ich und atmete auf. So langsam konnte ich Anna aus meinem Drittleben wirklich gut leiden. Sie sorgte dafür, dass ich in meinem Erstleben meinen Hexenhäuschen-Traum verwirklichen konnte!

»Es ist aber wirklich langweilig«, warnte mich mein Chef. »Also so langweilig, dass es kein anderer machen möchte.«

Ich musste lachen. Der Mann hatte ja keine Ahnung! Langeweile war perfekt! Und zu Hause musste ich dafür nicht einmal in irgendwelche Rollen und irgendwelche Perücken schlüpfen und … Stimmen, die klangen, als seien ihre Besitzer auf der Treppe und auf dem Weg nach oben, brachten mich aus dem Konzept und ließen mich nach unten spähen, während mein Chef weiterredete: »Sie müssen Daten in verschiedene Tabellen einpflegen.«

»Shit!«, fluchte ich und brachte mich mit einem raschen Schritt nach hinten außer Sichtweite der zwei näherkommenden Frauen. Meine Mutter und Sabine! Was machten denn die beiden hier?

Ich sah mich hektisch nach einem Fluchtweg um und hetzte dann in Richtung Toiletten.

»Schade!«, meinte mein Chef. »Aber das hatte ich befürchtet.«

»Nein, der Fluch galt einem Missgeschick.« Ich gab mir Mühe zu lachen, um seine Bedenken zu zerstreuen.

»Alles in Ordnung?«

»Ja, die Palme hat überlebt«, improvisierte ich. »Ich mach´s! Das klingt nämlich exakt nach der Arbeit, die ich im Moment brauche«, gab ich zu.

»Spitze! Dann mache ich die Unterlagen fertig, damit Sie morgen nach der Arbeit loslegen können?« Mein Chef klang immer noch so erleichtert, dass ich mich fragte, ob es vielleicht doch einen Haken gab.

»Sind fünfhundert in Ordnung?«, erkundigte er sich.

Ich vergaß den Haken und dachte an das Hexenhaus, das ich sogar nahezu ohne Startkapitel zugesagt hatte – und der Zusatzjob würde mich schon nicht durch Langeweile umbringen. Wie hieß es so schön? Wer nicht wagt, der nicht gewinnt?

Gut gelaunt verabschiedete ich mich und begann dann hektisch, meine Haare zu flechten, um sie unter der brünetten Perücke zu verstecken. An Langeweile würde ich aber ganz sicher nicht sterben. Nicht während ich drei Leben parallel führte!

»Hallo, Schatz! Da bist du ja!«, begrüßte mich meine Mutter. Sie hatte sich bereits bedenklich der Toilette genähert und ich konnte von Glück sagen, dass sie mich nicht auf frischer Tat ertappt hatte.

»Hei, was macht ihr zwei Hübschen denn hier?«, fragte ich so überrascht, wie ich nur konnte.

»Ich wollte deiner Schwester deine Fotos zeigen!«, verkündete meine Mutter und ließ es wie eine Drohung klingen. »Sie wusste nämlich gar nicht, dass du auch ausgestellt worden bist.«

»Ach, das bisschen!«, wiegelte ich ab, da Sabine mich skeptisch beäugte.

»Die sind toll!«, behauptete meine Mutter und hakte sich bei meiner Schwester und mir unter, um uns in den Gang zu führen, den ich ihr gezeigt hatte. Ein gutes Gedächtnis hatte die Frau!

»Ich dachte nämlich daran …« Mum verstummte einen Moment und wartete, bis sie unsere volle Aufmerksamkeit hatte. »Bei der Hochzeit. Anna ist doch sowieso da. Und sie könnte die Fotos machen.«

»Nein!«, meinten Sabine und ich unisono und sahen uns über Mums Kopf hinweg an. Ich panisch, Sabine entsetzt.

»Mum, ich habe weder das Zubehör noch die Erfahrung«, argumentierte ich.

»Aber du bist gut!«

»Das eine hat mit dem anderen nichts zu tun«, behauptete ich.

»Außerdem habe ich schon einen tollen Fotografen!« Sabine klang beleidigt, und so, wie sie den Satz betont hatte, wusste ich auch ohne zusätzliche Worte, was sie von mir hielt.

»Ja, aber hat er schon so gute Bilder gemacht, dass sie in einem Atelier ausgestellt wurden?« Meine Mutter schien bei der Bemerkung vor Stolz um zwei Zentimeter zu wachsen – aber das lag vielleicht auch nur daran, dass ich um genau diese Zentimeteranzahl schrumpfte.

»Anna kennt dich außerdem viel besser und weiß, wie sie dich in Szene setzen kann.« Anscheinend hatte meine Mutter bemerkt, dass sie mit einer schwesterlichen Gefühlsbindung hier nicht weiterkam, und versuchte es nun ebenfalls mit Argumenten. »Und du sparst Geld.«

Zum ersten Mal wirkte Sabine irritiert und als würde sie mich wirklich in Betracht ziehen, so dass ich mich augenblicklich gezwungen sah, daran zu erinnern, dass ich null Erfahrung als Hochzeitsfotografin hatte. »Und du willst ja die Hochzeit nicht wiederholen, nur weil die Fotos nicht so hübsch geworden sind.«

»Dann mach doch um Himmels Willen die gestellten Fotos mit diesem Typen und lass Anna die Bilder von der Feier knipsen«, schlug meine Mutter als Kompromiss vor.

»Aber will Anna denn gar nicht feiern?«, fragte Sabine so harmlos und unschuldig, dass ich mich beinahe persönlich angegriffen fühlte.

»Aber sie hat doch so ein gutes Auge für Fotos«, jammerte meine Mutter. »Sie kann doch beides machen.«

»Mum, als Trauzeugin kann ich nicht beides machen«, beschwichtigte ich sie, wusste aber, dass sie nicht auf mich hören würde. Das tat sie nie.

»Aber es wäre so eine tolle Chance und du würdest Folgeaufträge bekommen.«

»Mama! Anna ist keine Hochzeitsfotografin und will sicher auch keine Folgeaufträge!«, behauptete Sabine resolut. Etwas, das ich an ihr wider Willen bewunderte – vor allem, weil Mum meist auf sie hörte.

»Du hast Anna doch gehört, sie ist Trauzeugin, will feiern und kann auch gar keine Hochzeitsfotos machen!«, fasste meine Schwester in einer Tonlage zusammen, die mich gewohnheitsgemäß zum Widerspruch anstachelte.

»Ich könnte!«, behauptete ich, bevor mein Verstand eingriff.

»Du könntest!«, lenkte Sabine so schnell ein, dass es einer Lüge gleichkam. »Aber deine Schwester heiratet nur einmal und möchte, dass du entspannt mitfeiern kannst!«

Sie lächelte mich über Mums Kopf hinweg an und ich war versucht, ihr den kleinen, dürren Hals umzudrehen, weil sie mir nicht einmal hübsche Fotos zutraute. Dass sie Recht hatte, spielte dabei nicht die geringste Rolle.

Ein Leben, Zwei Leben, drei Leben

Das mit dem Rechthaben und dem Ich-fühl-mich-dadurch-schlecht ging direkt am nächsten Morgen und schon bei meiner ersten Begegnung mit einem anderen Lebewesen weiter.

Matthilda sagte zwar artig »Guten Morgen«, »Danke« und »Bitte«, aber ansonsten ließ sie mich deutlich spüren, dass ich sie enttäuscht hatte und zurzeit eine Persona non grata war. Und je mehr ich versuchte, lustig zu sein oder sie aufzuheitern, desto schlimmer schien es zu werden … weswegen ich nach fünf Minuten einfach die Klappe hielt und einfach nur neben ihr herging bis zu unserer Ecke. Ich hatte es verbockt. Ziemlich.

❤

Um mich von meinem schlechten Gewissen abzulenken, stürzte ich mich in die Arbeit. Als Erstes nutzte ich die Zeit, um zur Uni zu fahren und dort in der Bibliothek der Vergleichenden Literaturwissenschaft zu recherchieren.

Zum Glück hatte mir mein Prüfer verraten, dass er erst im letzten Semester ein Seminar zum Thema »Wassergeister« gehalten hatte und ich mich durch den dazugehörigen Stehordner mit dem Thema vertraut machen konnte. Ganz zu schweigen natürlich von der raschen Aneignung von Hintergrundinformationen, passenden Zitaten und empfehlenswerter Sekundärliteratur.

Nach kurzem Suchen stieß ich auf weitere alte Seminarordner, die ich kurzerhand ebenfalls komplett kopierte: »Frauenbilder im Märchen« und »Kunstmärchen«.

Insgesamt wurde ich beinahe hundert Euro für Fotokopien los, da sich auch unter den weiterführenden Büchern einige befanden, die es leider nicht mehr zu kaufen gab, deren Wissen ich aber unbedingt benötigte.

Wenn das so weiterging, würde ich bald ein viertes Leben und einen vierten Job brauchen!

Dieser Eindruck verstärkte sich noch, als ich die bestellten Bücher abholte und gefühlt wieder mehr Geld loswurde, als Max´ Inneneinrichtung kosten würde.

Immerhin konnte ich die Rückfahrt und meinen von Schuldgefühlen hervorgerufenen Drang nach Aktivität dazu nutzen, die deutsche Übersetzung über den dänischen Originaltext zu schreiben. Dazu hatte ich mich extra für eine Kinderbuchversion der »kleinen Meerjungfrau« entschieden – mit Zeichnungen. Und da sowohl die deutsche als auch die dänische Ausgabe dieselben Zeichnungen hatte, war es recht einfach, die Texte übereinanderzulegen.

❤

Beinahe genauso einfach, wie meine Notizen und Skizzen von Max´ Wunschhaus durchzugehen und zu Hause eine maßstabgetreue Zeichnung auf den Block zu zaubern.

Doch erst bei dem Problem mit der Sitzecke, die man in ein Bett umwandeln können sollte, gab mein schlechtes Gewissen in Bezug auf Matthilda Ruhe.

Ich zuckte zusammen, als der erste Schrei durch das Haus hallte, und mein Puls begann zu rasen. Dann begriff ich, dass der Schrei nur von Baby-Tom gekommen war – was meinen Puls allerdings kein bisschen beruhigte.

Immerhin hatte ich mit einem weichen Bleistift gezeichnet, so dass ich die plötzliche Kurve nach oben halbwegs wegradiert bekam. Ich bearbeitete den Küchentisch immer noch mit dem Radiergummi, als Lena mit dem inzwischen nur noch penetrant weinenden Tom den Raum betrat.

»Soll ich dir helfen?«, erkundigte ich mich, weil sie versuchte, mit der einen, freien Hand ein Fläschchen zuzubereiten, ohne meine Anwesenheit zu registrieren.

»Danke!«, meinte Lena ein wenig irritiert, überließ mir aber augenblicklich das Milchpulver und den Zugang zum Wasserhahn.

»Ist Matthilda immer noch sauer auf mich?«, erkundigte ich mich, obwohl ich die Antwort schon kannte.

»Matthilda ist sauer auf dich?« Lena schwieg einen Moment. »Ich dachte, sie sei sauer auf mich.«

»Wieso?«

»Weil sie generell sauer auf mich ist!«, erklärte Lena, als sei dieser Zustand das Normalste von der Welt. »Immerhin findet sie es gut, dass ich mich mit Ramonas Vater verstehe.«

»Aha!«, machte ich, schüttelte das Fläschchen und sah zu, wie Lenas Ohren rot wurden.

»Gut«, korrigierte Lena. »Nicht *so* gut!«

»Natürlich!«, meinte ich gönnerhaft, auch wenn ihre Ohren etwas anderes behaupteten.

»Und? Auf welche Schule will Ramona jetzt gehen?«, wechselte ich das Thema zu meiner einzigen Möglichkeit, bei meinem kleinen Ich noch zu punkten.

»Fängst du schon wieder damit an?«, meinte Lena genervt.

»Die Anmeldefristen sind fast vorbei!«, erinnerte ich.

Meine Freundin seufzte und nahm die Flasche entgegen. »Wenn dir keine Lösung für das Problem der Entfernung einfällt, brauchst du mit dem Thema nicht wieder anzufangen – nie wieder!«

Sie setzte sich neben mich an den Tisch und allein ihre Haltung ließ mich innerlich gefrieren, obwohl ich wieder versuchte, mich auf meine Berechnungen zu konzentrieren. Ein Akt der Unmöglichkeit, solange Baby Tom schrie und Lena abweisend wie eine Mauer wirkte. So langsam ahnte ich, wie sich Matthilda Tag für Tag fühlen musste, wenn es um ihr Bestes ging.

❤

Oder Max.

Als ich in die Firma kam, war bereits wieder ein lebhafter Streit im Gange. Alle Mitarbeiter hatten sich in ihren Büros verbarrikadiert und taten geschäftig. Nur ich fühlte mich vollkommen fehl am Platze: Hagar war nicht mehr da und die anderen, die normalerweise ebenfalls an unserem Tisch saßen, hatten noch frei. Wahrscheinlich hatten sie sich von Elisabeth in die Zukunft sehen lassen und entschieden, zwei Wochen Urlaub zu nehmen. So viel zum guten Betriebsklima!

Seufzend hängte ich meine Jacke auf, setzte mich an den Computer und überlegte, was schlimmer war: der schreiende Tom mit der von akutem Schlafmangel geplagten Lena oder die keifenden Hansens.

Ich hatte nichts zu tun, mein Selbsterhaltungstrieb verhinderte jedoch, dass ich jemanden nach Arbeit fragte, denn es gab nur zwei mögliche Adressaten: Hansen Senior oder Hansen Junior.

Beide Optionen fielen aus.

Weswegen ich mit wachsender Begeisterung zuhörte.

»Du kannst nächstes Wochenende nichts vorhaben!«, behauptete der Senior, klang aber weniger wie ein Hellseher, denn wie jemand, dem die Felle davonschwammen.

»Habe ich aber – und zwar seit Monaten!«, argumentierte Max.

»Es ist aber wichtig für die Firma«, protestierte sein Vater und ich fühlte mich wie in einer Zeitschleife. Hatten wir dieselbe Diskussion nicht schon einmal gehabt?

»Es ist immer wichtig für die Firma.«

»*Deine* Firma geht vor!«, betonte Hansen Senior.

»Es ist nicht *meine* Firma«, erklärte Hansen Junior und seine Betonung ließ mich wissen, dass es auch nicht erst das zweite Mal war, dass dieses Gespräch lautstark ausgetragen wurde.

»Wird es aber.«

»Du weißt, dass ich diesen Termin habe.«

»Und? Wie viel Geld bekommst du dafür? Ist es genug, um den entgangenen Auftrag zu deckeln?«

»Es geht nicht ums Geld«, widersprach Max.

»Nein, es geht ums Prinzip!«, stimmte sein Vater zu. »Du musst Prioritäten setzen.«

»Habe ich. Nur dass *meine* Prioritäten andere sind als *deine*.«

»Verdammt nochmal, Max, ich mach das doch nur für dich«, behauptete Hansen Senior und versuchte, seriös und kompromissbereit zu klingen.

»Dann verschiebe deinen eigenen Termin!«, verlangte der Genannte.

»Kann ich nicht.«

»Ich auch nicht.«

Obwohl ich die beiden nicht sehen konnte, spürte ich selbst durch die Tür hindurch, wie sie sich anfunkelten. Beide nicht gewillt, auch nur einen Millimeter nachzugeben. Etwas, das mich an meine Mutter und mich erinnerte. Auch sie hatte vermutlich mit ihren Datingaktionen und ihrem Verhalten immer nur mein Bestes im Sinn gehabt. Aber manchmal war das Beste der Eltern eben nicht das Beste für einen selbst.

Herrje … ich klang in Gedanken ja schon wie meine Schwester! Sagenhaft vernünftig. Das musste an der Haarfarbe liegen.

Ich fühlte nach meiner Perücke und versuchte, mich bei allen Kopfschmerzen, der Verwirrung und dem Streit der beiden Hansens daran zu erinnern, wer ich gerade war. Ich war doch blond?! Waren die nicht immer herzlich und gut gelaunt? Und sexy? Ich fühlte mich nicht sexy, eher wie jemand, der immer noch im Erdboden versinken wollte. Erst recht, als Max ohne Gruß an mir vorbeistampfte und in sein Büro ging.

»Wag es nicht, jetzt einfach zu gehen!«, schimpfte sein Vater hinter ihm her und tatsächlich blieb Max stehen. Allerdings nicht, weil die Drohung gewirkt hatte. Eher im Gegenteil.

»Was sonst?«, fragte er, ohne sich zu seinem Streitpartner umzudrehen.

»Kannst du auch gleich kündigen!«, verkündete der zornig.

»Weißt du was? Vielleicht tue ich das auch!« Max ließ seine Türklinke los und wandte sich gen Ausgang.

»Und? Dann willst du von dem einen Auftrag leben?«, argumentierte sein Vater in einem Tonfall, der auch schon ohne vorangegangenen Streit für extrem schlechte Laune gesorgt hätte.

»Ist immerhin ein Anfang!«, meinte Max und verließ das Büro. Dabei stieß er die Tür so energisch auf, dass sie auf der anderen Seite gegen die Wand knallte – und wie durch ein Wunder stand ich dieses Mal nicht im akuten Gefahrenradius.

Dafür konnte sich Matthilda nur mit einem Sprung in Sicherheit bringen.

»Tilda?« Mir blieb der Mund offen stehen und ich sah sicherheitshalber auf die Uhr. Aber es passte, ich war nicht zu spät.

»Ist dem der kleine böse Bruder über den Weg gelaufen?«, erkundigte sich mein kleines Ich erstaunlicherweise kein bisschen darüber erbost, dass sie beinahe Opfer einer Tür geworden wäre.

»Hä?«, machte ich verständnislos. Was hatte ein kleiner böser Bruder mit ihrer Schule zu tun oder der Tür? Und seit wann hatte Max einen kleinen bösen Bruder?

»Loki?«, schlug meine Leihtochter vor und fügte hinzu: »Avergers? Film?«

Trotz dieser Stichpunkte sah ich sie immer noch verständnislos an.

»Na, wenn Max ausschaut wie Thor aus dem Film, dann ist doch der Rest nur logisch, oder?«, erklärte Matthilda deswegen.

Ich nickte stumm, fragte mich aber immer noch, wer mir mehr leidtun sollte: Max oder sein Vater.

»Ich komme auch nur vorbei, um dir die Liste zu bringen!«, verkündete Matthilda und gab den Grund ihrer Friedfertigkeit preis.

»Welche Liste?«, erkundigte ich mich irritiert und erntete ein Augenverdrehen von meinem Mini-me. »Wusste ich es doch!«

»Nochmal: welche Liste?«, hakte ich nach. Ich wusste nichts von irgendeiner Liste und war mir auch keinerlei Schuld bewusst. Zumindest nicht in dieser Hinsicht.

»Hallo, Herr Hansen.« Matti strahlte meinen Chef so an, dass ich beinahe Schuldgefühle bekam. Mich hatte sie nie so angestrahlt!

»Hallo, Matthilda!« Hansen strahlte zurück, als hätte es den Streit mit seinem Sohn nie gegeben.

»Die für die Klassenfahrt. Ich hatte dir eine Kopie an die Tür geklebt«, verkündete Matthilda in meine Richtung.

»Da klebt sie gut«, kommentierte ich trocken. Als wenn ich auf die Tür achten würde!

»In Augenhöhe und von außen«, erklärte meine Tochter in spe und behauptete: »Man kann gar nicht rein- und rausgehen, ohne sie zu sehen.«

»Ich denke, deine Mutter sieht das anders!«, lachte Hansen und für einen Moment sah Matti so aus, als wolle sie widersprechen – nicht wegen der Tatsache, dass man sehr wohl rein- und rausgehen konnte, ohne die Liste zu bemerken, sondern wegen der Bezeichnung »Mutter«.

»Ich denke dran!«, versprach ich deswegen, nahm ihr den Zettel aus der Hand und überflog das Aufgeschriebene.

»Ist wichtig!«, betonte Matthilda nochmal. »Die anderen verlassen sich darauf, dass ich alles, was draufsteht, morgen mitbringe!«

»Wird postwendend erledigt!«, versprach ich. »Bring ich heute Abend mit.«

Plötzlich vibrierte es in meiner Jackettasche. Verwundert legte ich den Zettel auf den Schreibtisch, um zu prüfen, was es war. Dann fiel mir ein, dass ich mein Handy zur Abwechslung dabeihatte. Da sollte einer sagen, ich wäre nicht lernfähig.

»Es kann ja schon mal kein Notfall wegen dir sein!«, meinte ich zu meiner Leihtochter, da allein solche Telefonate während der Arbeitszeit geführt werden sollten.

»Vielleicht die Schule?«, schlug Matthilda, ganz kongeniales Mini-me, vor – mit einem Blick in Richtung meines Chefs.

»Na, gehen Sie schon dran!«, forderte der. »Ist vielleicht wichtig.«

War es nicht, ich erkannte die Nummer und war spontan versucht, so zu tun, als hätte ich mein Telefon doch in der Küche liegen gelassen.

»Hallo?«, meldete ich mich stattdessen und sah zu, wie Herr Hansen Matthilda zum Empfangstresen lotste und ihr eine kleine Tüte Gummibärchen in die Hand drückte. Kein Wunder, dass sie ihn angrinste wie den Weihnachtsmann.

»Hi, Schatz!«, begrüßte mich meine Mum, ohne sich selbst zu melden.

»Hi, Mum.«

»Ich wollte mich nur noch mal dafür entschuldigen, dass du nicht die Hochzeitsfotos machen darfst«, meinte sie.

»Ist doch kein Problem.«

»Ich finde es schade, dass Sabine so uneinsichtig ist.« Sie seufzte, um ihren Worten mehr Ausdruck zu verleihen. Sabine? Genau! Ich verdrehte die Augen, auch wenn es niemand sehen konnte.

»Als wenn ein außenstehender Fotograf unsere Familie so gut in Szene setzen könnte wie du!«, tröstete sie.

»Mum, Sabine hat Recht!«, wiederholte ich entschieden. So als könnten eine Wiederholung oder Entschiedenheit bei meiner Mutter etwas bewirken.

Und genau das geschah: nichts. Sie schniefte und folgte ihrem eigenen Drehbuch: »Aber ich habe ja noch Zeit, sie bis zum Wochenende zu überzeugen.«

»Bis zum Wochenende?«, erkundigte ich mich, obwohl ich natürlich gewusst hatte, dass die Hochzeit am Wochenende war … an diesem Wochenende … Wochenende. Fotograf. Und … es fiel mir wie Schuppen von den Augen. Natürlich!

Max war Künstler, hatte Sabine auf der Ausstellung vage behauptet. Ihr Künstler. Und den Fotografen hatte sie als attraktiv und Single beschrieben … Und Max würde auf der Hochzeit sein und … Oh, mein Gott! … Endlich fiel bei mir der Groschen: Max war gar nicht der Freund des Fotografen … Er war selbst der Fotograf! Deswegen hatte sich meine Schwester auch die ganze Zeit über so vage ausgedrückt und deshalb hatte Max solche Panik gehabt, ich könne mich auf der Ausstellung verplappern. Was ich natürlich nicht gekonnt hatte – dafür hatte Sabine vermutlich in Anbetracht meiner Tollpatschigkeit gesorgt.

Aber das erklärte auch, warum Max´ Vater so wütend war. Irgendwann zwischendurch musste Max es ihm gebeichtet haben – und seitdem hing der Haussegen schief.

❤

Gott sei Dank klappte aber außerhalb dieses Segens alles: Der Schlüssel, den Max mir am Tag zuvor überlassen hatte, passte, das Tor zum Haus ließ sich öffnen und ich konnte problemlos einfahren und an derselben Stelle wie beim letzten Mal halten.

Ich stellte den Transporter ab, den Lena sich ein zweites Mal geliehen hatte. Dieses Mal direkt für mich und dafür, dass ich die Reste der Sperrmüllausbeute und das gekaufte Holz transportieren konnte.

Max beäugte mich und den Kram, den ich anschleppte, neugierig, bevor er lachte: »Statt Blaumann bist du eine Graufrau.«

Verwirrt starrte ich auf meine Hose und die Schubkarre, die ich mit den ersten Sachen gefüllt hatte und die nur darauf wartete, in Richtung Trauerweide geschoben zu werden.

»Ich dachte, du könntest Hilfe gebrauchen und ich kann mich ablenken«, erklärte Max und es klang wie eine Entschuldigung.

»Klingt eher nach Stressabbau«, kommentierte ich, da ich mich an seinen unrühmlichen Auftritt im Büro erinnerte.

»Ist es«, gab Max zu, schwieg dann aber wieder. Er war ganz offensichtlich nicht auf eine Unterhaltung erpicht, weswegen ich mich selbst von ihm ablenkte und den Weg vom Transporter bis zum Fundament mit Planken auslegte, damit der Rasen nicht zu sehr in Mitleidenschaft gezogen wurde.

»Ist ganz schön viel Holz«, meinte Max mit einem Blick auf den Wagen und den Weg, der später ebenfalls seinen Teil zum Hexenhäuschen beitragen würde.

Ich nickte und legte eine dicke Teichfolie auf den Boden. Dort konnte ich das Holz sortieren, lagern und vorbehandeln.

»Ist das ein Fertigbausatz?«, erkundigte sich Max und legte den ersten Schwung Holz vor mir auf die Folie.

»Nein, das wäre ja wie Schummeln«, meinte ich und fügte nur in Gedanken hinzu, dass seine Ansprüche für einen Fertigsatz deutlich zu anspruchsvoll gewesen wären. »Ich habe sie extra zuschneiden lassen.«

Und markiert. Deswegen konnte ich das Holz sortieren, sobald es auf der Plane lag. Jede Wand hatte eine eigene Farbe und jede Position war von unten angefangen mit aufsteigenden Zahlen gekennzeichnet.

»Wie viel willst du heute schaffen?«, ächzte Max, der mit einer neuen Ladung Holz kam.

»Dank deiner Hilfe schaffe ich heute den Boden!«, meinte ich und fragte mich, wie ich auch nur für eine Sekunde hatte glauben können, das ganze Zeug allein schleppen zu können. Da musste ich mir für die Zukunft unbedingt etwas einfallen lassen. Oder Max einstellen. Wenn er sich öfter mit seinem Vater stritt, konnte ihm dieser Stressabbau nicht schaden – und die Türen in seiner Nähe würden es mir danken.

»Was ist los?«, fragte Max argwöhnisch, weil er das Lächeln in meinem Gesicht nicht interpretieren konnte.

»Ich habe gerade überlegt, welchen Stress du abbauen willst«, schwindelte ich nur leicht.

»Ist eine lange Geschichte«, wich er aus und verschwand rasch wieder in Richtung Transporter. Ich zuckte mit den Schultern. Wer nicht über seine Probleme reden wollte, dem konnte ich nicht helfen. Aus diesem Grund lenkte ich meine Aufmerksamkeit wieder auf die wichtigeren

Dinge und machte mich an die schnelle Grundierung, die ich auf die sortierten Holzteile auftrug.

»Fertig!«, verkündete Max und ließ mich aufsehen. Tatsächlich sah er mehr aus wie der Donnergott als je zuvor. Allerdings schien er einen langen, erbarmungslosen Kampf hinter sich zu haben und hatte es sogar geschafft, sich eine Schramme auf der Stirn zuzuziehen.

»Hat sich das Holz gewehrt?«, fragte ich stirnrunzelnd.

»Der Busch hat zurückgeschlagen!« Max deutete zurück und erst jetzt sah ich den kleinen Trampelpfad, der durch den Garten zum Transporter führte.

»Warum hatte ich doch gleich einen Bohlenweg ausgelegt?«, erkundigte ich mich gespielt nachdenklich.

»Weiß ich auch nicht«, lachte Max. »Aber das war eine Abkürzung.«

»War mir klar!« Ich verdrehte die Augen und stellte im selben Augenblick fest, dass ich flirtete. Und mich dabei gut fühlte. Wie ich selbst und ganz natürlich. Etwas, das mich unwillkürlich zum Lachen brachte, denn es gefiel mir gut. Zu gut.

Ich räusperte mich, weil mir schlagartig das Lachen im Halse steckenblieb, dann wandte ich mich wieder meiner Aufgabe zu. Konzentration, Anna! Konzentration!

»Wo kann ich helfen?«, erkundigte sich Max mindestens genauso angespannt wie ich. Ein Umstand, der dafür sorgte, dass ich am liebsten »nirgendwo« geantwortet hätte. Aber das konnte ich nicht sagen. Und es stimmte ja auch gar nicht. Zumindest wäre es nur ein Teil der Wahrheit gewesen.

Ich kontrollierte die Uhrzeit, aber es lohnte sich noch, weiterzumachen.

»Als Erstes müssen die Sockellatten vorgebohrt werden, dann miteinander verschraubt. Dann müssen sie mit dem Fundament verschraubt werden und dann kommen die Bodenbohlen«, erklärte ich und Max nickte, obwohl er im selben Moment mit Blick auf die Latten widersprach: »Die ergeben kein Rechteck.«

»Huch!«, tat ich erschrocken. »Was du nicht sagst!«

»Verstehe!«, behauptete er. »Es ist ja auch ein Hexenhäuschen.«

»Bingo!«, meinte ich und war plötzlich sehr froh, dass ich ihn nicht fortgeschickt hatte.

»Wie hast du deine Familie dazu bekommen, dass du sowas«, er nickte in Richtung der Latte, die ich gerade vorbohrte, »machen kannst?«

»Gar nicht«, gab ich zu und ließ den Bohrer sinken. »Mein Vater hat die Familie verlassen, als ich noch ein Kind war, er war der Handwerker und hat mich immer mithelfen lassen. Wahrscheinlich wäre er begeistert – aber das werde ich nie herausfinden.«

Ich verschraubte die ersten Latten miteinander. »Ich tue manchmal so, als sei er gestorben, und gehe auf den Friedhof, um mit ihm zu reden, weil das einfacher ist, als sich vorzustellen, dass er irgendwo mit einer anderen Familie zusammenlebt und keinen Gedanken an mich verschwendet.«

Ich schwieg einen Moment lang und ließ meine eigenen Worte sacken. So präzise hatte ich es bislang noch nie formulieren können, nicht einmal für mich selbst.

»Das habe ich noch nie jemandem gesagt«, meinte ich wehmütig und sah ihn verwundert an. Wieso konnte ich mit einem Wildfremden über so etwas reden, aber nicht mit meiner Mutter, Sabine oder meinen Freunden?

»Tut mir leid!«, meinte Max und wirkte so betrübt, wie ich mich fühlte.

»Ist ja nicht deine Schuld!«

»Mein Vater ist ein Sturkopf!«, sagte er.

»Dann ist er vielleicht mit meiner Mum verwandt?«, schlug ich vor. »Die kann mit dem Kopf durch Wände gehen.«

»Ich hoffe doch nicht!«, lachte Max und verunsicherte mich mit seinen Worten, aber auch mit dem Lachen. War das noch Flirten?

Ich starrte auf das Holz in meinen Händen und hoffte auf eine Antwort. Mit Holz kannte ich mich aus. Mit Menschen nicht.

»Wenn sie wüsste, was ich mache, würde meine Mum Amok laufen«, gab ich ehrlich zu.

»Was will sie denn für dich und deine Zukunft?«, fragte mein Gegenüber.

»Keine Ahnung? Sie schleppt dauernd irgendwelche Männer an, um mich zu verkuppeln, und hofft, dass die mich ernähren.«

»Warum? Kann man vom Hexenhäuschenbauen genauso schlecht leben wie von der Fotografie?«, hakte Max nach.

»Vermutlich!«, gab ich zu, obwohl ich keine Ahnung hatte. Weder davon, wie viel ich verdienen konnte, noch davon, wie viel er als Fotograf bekam. »Mein Businessplan behauptet, ich könne davon leben.«

»Meiner auch!« Max lachte wieder und half mir, die nächste Bodenbohle zu verschrauben.

»Und dein Vater?«, erkundigte ich mich und legte so viel Mitgefühl in die Frage hinein, wie ich mich traute.

»Der möchte, dass ich seine Firma übernehme. Eher heute als morgen.« Max schnaubte und legte die nächste Bohle zurecht. »Er findet, Fotografie ist ein nettes Hobby. Allerdings habe ich keine Zeit für ein Hobby. Dafür hat er gesorgt.«

Ich nickte und wir schraubten friedlich die restlichen Bodenbohlen an.

»Ist es denn ein Hobby?«, erkundigte ich mich, als wir fertig waren und ich nach der Abdeckplane griff, um den Boden zu schützen.

»Ja, ich wäre damit zufrieden, wenn es eines ist. Ich mag den Job. Aber eben nicht nur den Job.«

Wieder musste ich nicken. Das konnte ich gut nachvollziehen. Kurz war ich versucht, Max die Wahrheit zu sagen und die ganze Geschichte zu erzählen. Einfach, weil ich das Gefühl hatte, er würde es verstehen. Dann war der Moment verflogen.

Denn mal ehrlich: Wer würde verstehen, dass ich drei Leben nötig hatte, um mich selbst zu verwirklichen? Nicht einmal ich selbst, dachte ich, als mir die Idee kam, dass es vielleicht doch keine so gute Idee gewesen war. Alles, meine ich.

»Klingt, als solltest du ihm genau das sagen!«, riet ich Max und wunderte mich, warum ich für andere weise Ratschläge hatte, aber was mich selbst betraf, keine Ahnung von gar nichts. Am allerwenigsten davon, wie ich aus der Nummer mit den drei Leben wieder glimpflich herauskommen sollte.

❤

Das fing schon bei meinem Zweitleben an, das ich für meine Mum führte. Das würde ich ändern. Also direkt nach der Hochzeit. Oder noch besser: Vielleicht jetzt sofort? Zumindest einen Teil davon.

Nachdenklich schüttelte ich meine brünetten Haare und verteilte die Gedecke, die sie auf dem Tisch der hinteren Terrasse platziert hatte.

Gerade als ich fertig war, kam meine Mum mit weiteren Utensilien und dem Handy am Ohr heraus, nur um Sekunden später aufzulegen und mir zwei weitere Teller in die Hand zu drücken. »Wir sind zwei Leute mehr.«

»Lass mich raten: Sabine und Gregor.«

»Nein!«, meinte meine Mutter und klang dabei so extrem selbstgefällig, dass ich an Hanspeter, Bärhard und Arnold denken musste.

»Hagar?«, riet ich und schickte ein stummes Stoßgebet gen Himmel.

»Nein, Sabine bringt den Fotografen mit.«

»Shit!«

»Nein, großartig!« Meine Mutter strahlte mich an, als habe sie ein kleines Wunder vollbracht. »Dann hat deine Schwester den direkten Künstler-Vergleich.«

Ich starrte meine Mum an und spürte lange unterdrückten Zorn in mir aufsteigen. Drückte ich mich wirklich so unklar aus?

»Und falls Sabine bei ihrer Meinung bleibt: Er soll gut aussehen!«

»Mum!«, protestierte ich und mein Tonfall ließ sie zusammenzucken.

»Ich dachte an mich«, behauptete sie nicht sehr glaubwürdig und so, als habe sie eher aus Gewohnheit vergessen, dass ich ja zurzeit einen Freund hatte.

»Und die Tassen?«, fragte ich nach, dankbar darüber, eine Ablenkung geboten zu bekommen. Bevor meine Mutter antworten konnte, hatte ich auf der Stelle kehrtgemacht und war ins Haus gehetzt, direkt ins Bad, um mehr Make-up aufzulegen und danach trotzdem auf eine Sonnenbrille zurückzugreifen. Erst als ich mit dem Ergebnis meiner Tarnung zufrieden war, kam ich mit Untertellern und Tassen wieder auf die Terrasse.

»Ah, da ist sie ja!«, meinte meine Mutter großspurig. »Anna, das ist Maximilian. Maximilian, das ist Anna!« stellte sie uns vor.

»Wir sind uns auf der Ausstellung begegnet!«, meinte ich.

»Ja, die war toll!«, lobte Max, sah dabei aber meinen Kopf an, als habe er etwas anderes gedacht. Vermutlich hing es mit einer Tür zusammen.

»Und ich habe seine Wohnung besichtigt!«, ergänzte ich, weil ich nicht dastehen wollte wie ein dummes Schaf.

»Wohnung?«, fragte meine Mutter verwirrt.

»Ja, Sabine wollte mir bei meinem Auszug helfen.« Ich lächelte Max an und war froh über die Sonnenbrille. »Die Wohnung war toll. Leider viel zu groß und vermutlich auch zu teuer.«

»Anna wohnt jetzt in einer WG«, erklärte meine Mutter. »Mit ihrem Freund, seiner Tochter und einer Verkäuferin.«

Ich atmete auf, weil meine Mum Matthildas Namen nicht erwähnt hatte. Oder besser: die Namen, denn auch Lena wäre in diesem Zusammenhang verdächtig gewesen.

»Apropos: Was macht dein Freund?«, erkundigte sich die Frau, die mich erzogen hatte, blickte aber zu ihrer älteren Tochter. »Ist noch keine Verlobung in Sicht?«

»Eher das Gegenteil«, erklärte ich, um wie geplant schon einmal einen Ball aus meiner Jongliernummer zu nehmen. Lange würde es ohnehin nicht mehr gutgehen. Außerdem …

»Ja, stimmt!«, meinte meine Mum. »Seine Tochter erwähnte etwas von wegen Weltreise?!«

»Seine Tochter?« Mein Herz setzte einen Schlag aus.

»Ja, ich habe neulich mit ihr gesprochen, als du dein Handy in der Küche vergessen hattest.«

»Mal wieder«, murmelte meine Schwester hilfsbereit.

»Sie war sauer auf dich und meinte, Jürgen würde demnächst lange fort sein«, plapperte meine Mutter arglos weiter und trieb mich näher an einen Herzinfarkt. Stumm betete ich um eine Eingebung. Sooo hatte ich mir die Erleichterung durch den fehlenden Ball nun wahrlich nicht vorgestellt!

»Fahr doch mit!«, riet meine Mutter, ungeachtet der Tatsache, dass ich ein eigenes Leben hatte.

»Ich habe noch meine Magisterarbeit und die mündliche Prüfung«, erinnerte ich sie deswegen.

»Kannst du auch später machen – oder ihr fahrt erst danach.« Meine Mutter wischte den Einwand mit einer Handbewegung fort.

»Als Rucksacktourist? Neee…«, meinte ich, »und ein ganzes Jahr ist mir auch zu lange.«

Keines meiner drei Leben mochte Rucksacktourismus. Mit einem All-Inclusive-Urlaub könnte ich mich hingegen anfreunden.

»Nimmt er seine Tochter mit?«, erkundigte sich Sabine und erinnerte mich daran, dass Matthilda ja auch auf ihrer Hochzeit eingeladen war.

»Die ist in dieser Zeit bei ihrer Mutter«, behauptete ich und fühlte mich, als sei ich vom Regen in die Traufe geraten … ich brauchte eine Kinderperücke. Mindestens. Wenn nicht einen besonders kleinen Maulkorb.

❤

Und genau darüber wäre ich auch froh gewesen, als ich um halb zehn Uhr abends rechtschaffen erledigt nach Hause kam. Ich war sozusagen müde für drei.

»Hei, da ist ja meine Hausaufgabenkontrolle!«, begrüßte mich Matthilda und ließ mich die Uhrzeit kontrollieren. Doch es blieb halb zehn. Immerhin klang es, als hätte sie mir verziehen. Zumindest, bis ihr Blick misstrauisch wurde. »Wo sind denn die Sachen für die Klassenfahrt?«

Scheiße!

Die hatte ich ganz vergessen!

Zu viel Leben, zu viel Chaos

Da es gestern Abend zu spät gewesen war, um noch einkaufen zu gehen, und heute zu früh, denn der Ausflug sollte laut Matthilda ja schon um halb acht losgehen, hatte ich meine Vorräte geplündert und war sogar noch bei Elisabeth, Nina, Jürgen und Lena betteln gegangen. Als Fazit hatte ich einiges an Knabberzeug zusammenbekommen und sogar noch die gewünschte Anzahl an kleinen Apfelsaft-Flaschen erwirtschaftet. Gut, es war kein Apfelsaft, sondern Elisabeths alkoholfreier Punsch in Grün, aber besser als nichts, oder?

Matthilda schmollte trotzdem und weigerte sich, mit mir weiter als bis zur Ecke zu gehen. Lieber wollte sie die drei Plastiktüten mit den gesammelten Vorräten selber tragen.

Ihr Anblick, wie sie unter der Last beinahe zusammenklappte, aber zu stolz oder zu stur war, um sich helfen zu lassen, war beinahe mehr, als ich ertragen konnte. Ich fühlte mich scheußlich und konnte nur hoffen, dass ich genug von dem Kram zusammenbekommen hatte, damit Matti keinen Ärger bekam. Denn leider hatte auch sie nur noch eine vage Vorstellung davon gehabt, was auf der Liste gestanden hatte, die natürlich immer noch in der PR-Agentur auf meinem Schreibtisch lag.

Allerdings hätte ich mein letztes Hemd darauf verwettet, dass das Minimodel, das mich von der anderen Straßenseite mit einem hämischen Grinsen bedachte, alle Punkte der Liste auswendig kannte. Ebenso wie Ramona, die wieder mit ihr gemeinsam ging. Das Leben war manchmal wirklich ungerecht!

❤

Nach einem kurzen Zwischenstopp in der WG, bei dem ich mich in eine heiße Blondine mit Businesskostüm und perfektem Make-up verwandelte, machte ich mich auf den Weg zur PR-Agentur.

Gewohnheitsgemäß wartete ich nicht auf den Aufzug, sondern nahm die Treppen und genauso gewohnheitsgemäß zögerte ich an der Tür.

»Sie beißt nicht!«, meinte Max, der ebenfalls die Treppe genommen hatte und hinter mir auftauchte.

»Ich hatte eher Angst, dass sie von innen aufgestoßen wird und gegen meinen Kopf prallt«, gab ich zurück und beglückwünschte mich zu dieser schlagfertigen Antwort. Doch Max sah mich an, als wüsste er nicht, wovon ich spreche, dann erst zuckte ein Lächeln über sein Gesicht. Galant öffnete er mir die Tür und ließ mich vorangehen.

»Nur zur Sicherheit, nicht weil ich ein Fan von Knigge bin!«, behauptete er.

»Ist doch gelogen!«, lachte ich. Dann sah ich zu, wie er zum Büro seines Vaters ging, und wappnete mich innerlich für Streit und Gebrüll. Aber es blieb still. Auch die anderen Kollegen schienen überrascht zu sein.

Nachdenklich nahm ich an meinem Schreibtisch Platz und begann mit der Arbeit. Doch nach wenigen Minuten überwog meine Neugierde und nach ein paar weiteren Minuten hatte ich eine Ausrede gefunden, um mich direkt vor dem Büro des Chefs aufzuhalten: Ich musste Kopien machen.

Mit einigen Zetteln in der Hand platzierte ich mich vor dem Kopierer und tat, als müsse ich einige Einstellungen ändern – nur für den Fall, dass mich jemand beobachtete.

Tatsächlich belauschte ich von dort, wie Max meinem Rat – also dem Rat der rothaarigen Anna, die sein Hexenhäuschen baute – folgte. Ganz normal und mit ziemlich genau denselben Worten, die er am Tag zuvor benutzt hatte, schilderte er seinem Vater, was er wollte und wie er sich seine Zukunft vorstellte. Ich war wahnsinnig stolz auf ihn!

Und ein bisschen auch auf mich, denn ich nahm mir vor, seinem Beispiel zu folgen. Denn wenn Max seiner Familie die Wahrheit sagen konnte, konnte ich das sicher auch und … Ich reagierte nicht schnell genug, als Max verkündete, dass er seine Muse anrufen wollte, und so klingelte es nach einer gefühlten Nanosekunde in meiner Hosentasche. Ein Laut, der sich sogar ohrenbetäubend laut anhörte.

Beinahe genauso schnell ging die Tür vor mir auf und Max schaute sichtlich verwirrt auf den Flur hinaus und dann auf mich.

Unwillkürlich drückte ich den Startknopf des Kopierers und das Geräusch riss mich aus der Erstarrung. Auflegen und nahezu gleichzeitig die Leitung meines Handys blockieren war fast eine einzige Handlung, genau wie meine gespielte Begrüßung: »Mama, ja?«, sagte ich und wartete einen Moment ab. »Ja, sicher!«

Ich nickte wie zur Bestätigung und ignorierte Max´ verwirrten Blick. Erst nachdem meine fiktive Gesprächspartnerin abermals zu Wort gekommen war, legte ich auf und meinte zu ihm: »Entschuldigung, meine Mutter, wegen Matthilda.«

Das war die einzige Ausrede, die mir spontan eingefallen war. Doch das Schicksal hatte zugehört. Die Tür zur Firma ging auf und ausgerechnet meine Leihtochter kam hereinspaziert.

»Dann kannst du deine Mutter ja zurückrufen«, meinte Max und deutete in Richtung Eingang, als sei ich blind. »Sie ist hier!«

Dann wandte er sich, anscheinend durch meinen Schwindel beruhigt, wieder seinem Vater zu.

»Was machst du denn hier?« Ich drehte mich zu Matthilda und selbst in meinen Ohren klang meine Stimme nicht freundlich. Eher aufgebracht.

»Ich hatte keinen Schlüssel mit und mir war langweilig«, erklärte meine Leihtochter, als sei es selbstverständlich, bei Langeweile auf meiner Arbeitsstelle aufzukreuzen.

»Aber«, ich runzelte die Stirn und warf einen Blick auf die Uhr, »was ist denn mit dem Ausflug? Der sollte doch bis 16 Uhr gehen.«

Was also machte Matthilda jetzt schon wieder zurück – und dann auch noch gelangweilt hier bei mir?

»Welcher Ausflug?«, erkundigte sich Mini-me mit einer Mischung aus Scheinheiligkeit und Angriffslust.

»Matthilda?!«

»Lass diesen Tonfall. Du bist nicht meine Mutter!«, fauchte sie. Nahezu im selben Augenblick schien ihr aufzugehen, was sie gesagt hatte, denn sie sah sich panisch um. Zum Glück war außer uns beiden niemand in Hörweite.

»Was ist mit dem Ausflug?«, fragte ich noch einmal und konnte trotz meiner drohenden Enttarnung einen tadelnden Unterton nicht ganz aus meiner Stimme verbannen.

»Ich bin nicht mitgefahren – oder überhaupt zur Schule gegangen«, erklärte Matthilda. Sie schien sich sehr sicher zu sein, dass ich sie weder verpetzen noch bestrafen würde, denn sie klang wie jemand, der genau wusste, was er tat – beziehungsweise getan hatte.

»Aber …«, protestierte ich und versuchte, mich zu erinnern. Die Ecke. Ich hatte doch gesehen, wie Matthilda weiterging in Richtung Schule. Allerdings hatte sie auch genug Möglichkeiten gehabt, sich zu verstecken – oder einfach an der Schule vorbeizugehen.

»Wieso?«, fragte ich also, statt ihre Aussage in Frage zu stellen.

»Ich hatte nicht eine einzige Sache mit, für die ich verantwortlich gewesen bin!«, jammerte das Mädchen und bedachte mich mit einem vorwurfsvollen Blick, der nicht ganz spurlos an mir vorüberging.

»Aber andere coole Sachen«, behauptete ich.

»Den Punsch von Elisabeth? Oh bitte!« Matthilda lachte höhnisch und ich konnte mir lebhaft vorstellen, was ihre Klassenkameraden von dem grünen Saft gehalten hätten.

»Du hattest Schokolade und Chips«, erinnerte ich sie.

»Ein paar Salzstangen und Schokolade, die so ekelig ist, dass sie niemand freiwillig essen würde«, korrigierte Matthilda und ich musste ihr leider recht geben. Die meisten der Schokoladen waren eher für erwachsene Gaumenfreuden hergestellt worden und auch die Geschmacksrichtung der Chips war eher gewöhnungsbedürftig.

»Das ist trotzdem kein Grund zu schwänzen!«, behauptete ich und gab mir Mühe, Matthildas Blick standzuhalten.

Es gelang mir hauptsächlich, weil die Stimmen hinter der Tür wieder lauter wurden und den nächsten Streit ankündigten.

»Ich bin davon ausgegangen, dass eine Entschuldigung bedeutet, dass du deinen Fehler eingesehen hast«, meinte Hansen Senior und ruinierte das Ergebnis meines Ratschlags.

»Hast du eigentlich zugehört?« Max klang enttäuscht.

»Klar habe ich vernommen, dass du ein Hobby brauchst«, behauptete sein Vater. Offenbar hatte er ein anderes Gespräch geführt als das, was ich belauscht hatte.

»Nicht *ein* Hobby. *Dieses* Hobby. Und ich mache es gerne«, betonte

Max und versuchte ganz offensichtlich, weiter zu erklären und den fragilen Frieden zu bewahren.

»Du wirst mit 65 noch genug Zeit dazu haben!«, behauptete sein fünfundsechzigjähriger Vater, der ja kurz vor seiner Rente stand.

»Mit 65 Jahren?«, wiederholte Max, anscheinend nicht nur entsetzt über das konkrete Alter, sondern auch darüber, dass sein Vater nichts von seiner vorangegangenen Ausführung begriffen hatte. »Ich kündige!«

Mit diesen Worten wurde die Tür aufgerissen und Matthilda und ich wurden beinahe über den Haufen gerannt. Max hatte die Firmenetage bereits verlassen, bevor sein Vater ebenfalls in der Tür erschien und ihm hinterherrief: »Du kannst nicht kündigen!«

❤

Hatte er aber und dementsprechend fiel auch Max´ Stimmung am Nachmittag aus. Zum Glück schien er zu den Menschen zu gehören, die ihre Laune nicht an allen anderen ausließen, sondern sich tatsächlich auf die Leute beschränkten, auf die sie wütend waren.

»Ich dachte nach gestern, ein wenig Hilfe würde ganz gut ankommen!«, begrüßte er mich und schenkte mir ein unglaubliches Lächeln, das meine Knie weich werden ließ

Ich nickte, bemühte mich, nicht rot zu werden und das Lächeln zu ignorieren. Was mir nur gelang, indem ich meine Finger beschäftigte und mir einen Zopf machte. Immerhin würden so meine Haare nicht ständig in meinem Gesicht hängen und stören.

»Hilfe wird gerne angenommen – dann geht es schneller«, erwiderte ich, als ich wieder sprechen konnte, ohne peinlich zu stottern.

»Ich will aber gar nicht, dass es schneller geht!« Max zwinkerte mir zu und sein Lächeln zog sich noch ein wenig in die Breite, obwohl er inzwischen das noch verbleibende Material beäugte. »Ist das wirklich alles?«

»Erstens: Bist du einfach ein Charmebolzen oder flirtest du mit mir?«, fragte ich skeptisch. »Und zweitens: Nein, das Zeug fürs Dach fehlt noch.«

Dafür hatte mein Geld nämlich nicht gereicht.

»Na wenn du das nicht merkst …« Max ließ seinen Satz geheimnisvoll offen, schien aber genug gesagt zu haben, da er auf seinem Trampelpfad in Richtung Hütte ging. Ich, ganz brave Angestellte, nahm meinen Bohlenweg.

»Tue ich tatsächlich nicht!«, murmelte ich leise. Max hörte mich trotzdem.

»Frauen.« Er verdrehte die Augen. Aber ich hatte immer noch keine Ahnung. Wirklich nicht!

»Wie ist es heute in der Firma gelaufen?«, erkundigte ich mich, während ich das Holz abdeckte, obwohl ich die Antwort kannte. Aber es lenkte ihn immerhin ab und brachte das Gespräch zurück auf für mich neutraleren Boden.

»Schrecklich!«, gab Max zu und half mir, die ersten Bohlen aufeinander zu stecken. »Ich habe gekündigt.«

Er griff nach der nächsten Bohle und platzierte sie meiner stummen Anweisung entsprechend. »Vielleicht wurde ich auch gekündigt, so sicher bin ich mir nicht mehr.«

»Ich denke, es ist die Firma deines Vaters?«, hakte ich nach. »Dann kann das ja schnell und unkompliziert rückgängig gemacht werden?!«

»Mit der Familie zu arbeiten ist nie eine gute Idee!«, behauptete Max. »Außerdem weiß ich gar nicht, ob ich es rückgängig machen möchte.«

»Und wie lange ist es vorher gut gegangen?«, erkundigte ich mich.

»Zehn Jahre!«, gab er zu.

»Und es gab keinen Kompromiss bezüglich der Fotografie und der Zeit?«

»Mein Vater hört nicht zu. Egal, was ich sage und tue, er hört nicht zu.« Verbissen steckte Max eine weitere Bohlenreihe aufeinander.

»Was ist mit deiner Mutter, könnte sie nicht vermitteln?«

»Nur wenn es um ihre Katze oder ihren Catering-Service geht – ich glaube nicht, dass sie sich für Kunst interessiert.« Max hielt inne und sah mich nachdenklich an. »Danke fürs Zuhören und dafür, dass es dich interessiert.«

»Gerne!« Ich schenkte ihm ein Lächeln, hauptsächlich, weil sowohl das Zuhören als auch das Interesse ehrlich waren und für mich selbstverständlich. Selbst wenn er nicht ausgesehen hätte wie der Donnergott.

»Zeig deinem Vater doch einfach, was du tust«, schlug ich vor und hätte mich im selben Moment ohrfeigen können. Hatte ich gerade den Chef aus meinem Drittleben in mein Zweitleben eingeladen? Also zur Hochzeit meiner Schwester? Ich Idiot!

»Er würde eh nicht kommen!«, behauptete Max, doch mein Puls raste weiter. Ich musste wirklich mehr aufpassen und meine Leben getrennter halten – ich konnte schließlich schon von Glück reden, wenn ich das Max-Projekt abschließen konnte, ohne aufzufliegen!

Ich seufzte leise, weil ich ihn wirklich nett fand und gerne mehr auf seine Flirts eingestiegen wäre. Wenn man es genau nahm, war er genau das, was ich gewollt hatte – in jedem meiner drei Leben – und er passte sogar in das Beuteschema meiner To-Do-Liste. Einen Moment lang schämte ich mich für diesen Gedanken, da ich damals einfach »irgendeinen reichen Kerl« hatte haben wollen, aber im Grunde meines Herzens hatte ich schon bei der Verlobungsfeier meiner Schwester gewusst, dass ich log. Ich war einfach keine Frau für halbe Sachen oder für irgendeinen Kerl. Und außerdem ... was sollte ich denn machen, wenn Max derjenige welcher war?

Nachdenklich kaute ich auf meiner Unterlippe und hing meinen Gedanken nach, während wir gemeinsam die Bohlen der Wände aufeinander steckten, bis wir die vierte Reihe vollendet hatten. Penibel kontrollierte ich die Steckverbindungen und achtete darauf, dass sie passten und bündig abschlossen.

»Was jetzt?« Max wischte sich über die Stirn und hinterließ eine schmutzige Spur.

»Jetzt sieht es aus wie eine Kriegsbemalung!«, sagte ich grinsend und reichte ihm ein Taschentuch. Nach dem dritten Anlauf hatte er die Spur endlich vollständig entfernt und ich ärgerte mich darüber, dass ich nicht mutiger war und mich nicht getraut hatte, die Initiative zu ergreifen. Andererseits wäre es das Dümmste gewesen, das ich hätte machen können.

Innerlich hin- und hergerissen, versuchte ich mich wieder auf die vor mir liegende Aufgabe zu konzentrieren. Je schneller ich sie hinter mich brachte, desto schneller könnte ich mich darum kümmern, alle meine Leben zu einem einzigen zusammenzufügen – oder zwei der fiktiven Annas zu töten.

»Jetzt kommt der Türrahmen«, verkündete ich und steckte die Zargen alleine zusammen, da Max immer noch in seinem Gesicht zugange war. Erst als ich das wuchtige Ungetüm fertig hatte, half er mir, es aufzurichten und in Position zu bringen.

»Stopp!«

Max hielt erschrocken inne. »Immer noch?«

Er befühlte seine Stirn, als könne er die Schmutzspur ertasten.

»Nein, du hast innen und außen vertauscht!«, erklärte ich und drehte die Zarge um, bevor wir sie befestigten. »Und jetzt hör auf, dich für eine *Schöner-bauen-Modelshow* fertigzumachen!«

Einen Augenblick lang stutzte Max, dann schlich sich ein Lachen auf sein Gesicht. »Ich könnte also bei einer Modelshow mitmachen?«

»War ja klar, dass er nur das hört!«, flachste ich und wunderte mich darüber, dass ich es bei Max trotz aller Schönheit, Sympathie und Anziehungskraft schaffte, schlagfertig zu sein – und zu flirten.

Vielleicht war die echte, tollpatschige Anna durch ihre zwei weiteren Persönlichkeiten so sehr abgelenkt, dass sie sogar die Fettnäpfchen übersah?

Zufrieden mit sich selbst und meinem Kompliment half mir Max dabei, die zwei Fenster für die Frontseite der Hütte zusammenzubauen. Danach kamen die beiden Seitenfenster an die Reihe, bevor wir die restlichen Bohlen feststeckten und die Fenster einsetzten. Passgenau!

Nur bei den obersten Bohlen hatte Baby-Tom gewonnen. Bei seinem Geschrei hatte ich irgendwann zermürbt aufgegeben, so dass ich nun mit Hilfe meiner kleinen Stichsäge die fehlenden Steckverbindungen schneiden musste, bis wir zu den Firstbohlen kamen.

»Wahnsinn!«, kommentierte Max und trat einige Schritte von dem Hexenhäuschen weg. »Das sieht jetzt schon toll aus!«

Nachdenklich folgte ich ihm und betrachtete das, was plötzlich zu unserem Projekt geworden war, und versuchte, aus meinen eigenen Emotionen schlau zu werden – mal abgesehen davon, dass Emotionen ausgerechnet im Zusammenhang mit Max kaum schlau genannt werden konnten.

Ich betrachtete die schiefe Tür, die krummen Fensterrahmen und die nicht rechtwinklige Veranda, bei der nur noch der lustige Zaun fehlte, und machte mir im Geist Notizen, was noch alles zu tun war und in welcher Reihenfolge.

»Das Dach ist ein Projekt für morgen!«, beschloss ich mit einem Blick auf die Uhr. Wir waren ohnehin viel weiter als geplant – und noch nicht weit genug, um meinen Seelenfrieden wiederherzustellen.

»Morgen kann ich nur vormittags und nur ganz kurz!«, meinte Max mit einem bedauernden Unterton.

»Oh!«, machte ich, weil mir auffiel, dass ich auch nicht konnte. Wegen derselben Hochzeit.

»Sollen wir das Dach auf nächste Woche verschieben?!«, erkundigte sich Max und sah mich erwartungsvoll an. Entweder ging es ihm emotional ähnlich wie mir oder ihm lag das Projekt wegen seines Vaters mehr am Herzen als normalerweise.

Vielleicht brauchte er auch einfach einen kräftezehrenden Ausgleich und ein wenig Spaß mit einer unkomplizierten Person, flüsterte meine boshafte innere Stimme. Sie klang verdächtig nach meiner Mutter und leider auch so, als wüsste sie, wovon sie sprach.

»Gerne!«, behauptete ich trotzdem. Hauptsächlich, weil ich auch gerne eine nette, unkomplizierte Person um mich herum haben wollte.

»Max?«

Ein grauer Irrwisch mit mehreren »Unterfarben« brach aus dem Gebüsch, aber ich zuckte wegen der Stimme zusammen. Sie gehörte meinem Chef, Max´ Vater.

»Ich komme!«, rief mein Helfer zurück.

»Wo bist du?« Dieses Mal klang die Stimme deutlich näher, so als käme ihr Besitzer über den Trampelpfad in unsere Richtung.

»Ich sagte doch, ich komme!« Max klang genervt und ging der Stimme so schnell entgegen, dass es fast ein Jogginglauf war.

»Kannst du nicht einmal machen, was ich sage?«, motzte er außerhalb meiner Blickweite und hinter Büschen verdeckt seinen Vater an.

»Das sagst *du* mir?«, kam es im selben Tonfall zurück. Beinahe konnte ich mir wieder vorstellen, wie sich die beiden Streithähne gegenüberstanden. Beide nicht gewillt, auch nur einen Zentimeter nachzugeben.

Doch zu meiner Überraschung fingen beide plötzlich an zu lachen.

»Es ist ein Geheimnis!«, erklärte Max dann und klang ungewohnt ernst. »Am Teich und ich bitte dich, nicht hinzugehen – auch nicht heimlich, wenn ich nicht hier bin.«

»Okay!«, willigte sein Vater ein und ich glaubte, so was wie ein Schulterklopfen zu hören. Gott sei Dank war Nina nicht hier, um von Herrn Hansen zu lernen!

»Versprochen?«

»Versprochen!«, wiederholte Herr Hansen. Und dieses Mal war es wirklich ein Schulterklopfen.

»Das klingt aber nach *Happy End*!«, behauptete eine kindliche Stimme hinter mir und sorgte dafür, dass ich beinahe einen Satz in den Teich machte.

»Bist du wahnsinnig? Was machst du hier?«, fuhr ich zu Matthilda herum.

»Ich dachte, du würdest dich freuen?«, murmelte meine Leihtochter, eingeschüchtert von meiner Reaktion.

»Matthilda, Max kennt dich, du bist die Tochter von Lena aus der PR-Agentur!«, meinte ich und versuchte, vernünftig zu klingen, nicht böse.

»Und du könntest meine Stiefmutter sein«, sponn Mini-me die Geschichte weiter, doch ich schüttelte den Kopf.

»Die bin ich doch schon als brünette Anna«, erinnerte ich. »Außerdem versuche ich gerade, mein Leben unkomplizierter zu gestalten!«

Matthilda sah mich nachdenklich an. Mit einem Ausdruck im Gesicht, der mir nicht gefiel. Dann meinte sie kleinlaut: »Ich dachte, du bräuchtest vielleicht Hilfe!«

Jetzt wieder neugierig, beäugte sie das Häuschen. »Das sieht aber schon gut aus!«

»Danke! Auch für das Hilfsangebot!«, meinte ich friedfertiger. »Aber Max hat sich mir schon aufgedrängt.«

»Das sehe ich!« Jetzt wandte sich Matthilda wieder von dem Hausprojekt ab und endlich konnte ich den Ausdruck auf ihrem Gesicht einordnen. Sie war eifersüchtig!

»Er ist der Kunde und er bezahlt!«, erinnerte ich meine kleine Hexe und versuchte, noch einmal ganz rational zu erklären: »Und du kannst hier nicht einfach auftauchen. Stell dir vor, Max sieht dich oder sein Vater!« Ich konnte spüren, wie ich wieder ärgerlich wurde, und panisch, kam aber nicht gegen meine Gefühle an. »Woher wusstest du überhaupt, wo ich bin, und wie bist du hier hereingekommen?«

»Die Antworten sind ‚dein Notizbuch‘ und ‚über den Zaun‘«, lächelte Matthilda mit einem Zähnefletschen.

»Kommst du so auch ungesehen hier wieder raus?«, erkundigte ich mich, immer noch mit einem leichten Hauch Panik in der Stimme, da das Schweigen von Max und Herrn Hansen eigentlich nur bedeuten konnte, dass Max wieder auf dem Rückweg zu mir war.

»Na klar!«, behauptete Matthilda und verschwand genauso schnell, wie sie gekommen war. Und genauso schnell war auch Max wieder da und sah mich besorgt an. »Ist alles in Ordnung? Blass steht dir zwar ganz vornehm, aber jetzt bist du grade kreidebleich!«

Ich schluckte. Kreidebleich? Vornehme Blässe? Er flirtete mit mir – wirklich mit mir!

»Ja!«, behauptete ich. »Alles okay.« Sogar nahezu perfekt! Jetzt musste ich nur noch meine zwei anderen Persönlichkeiten um die Ecke bringen und mit dem kleinen Biest noch einmal in Ruhe über diesen Vorfall reden. Sonst würden noch alle drei Annas an der Aufregung oder der Angst vor Entdeckung sterben.

❤

Immerhin musste ich mich vor diesem Abend nicht fürchten, denn dieses Mal war ich vorgewarnt und innerlich für die Anwesenheit von Sabine und Max gewappnet. Von der Perücke und dem Outfit natürlich einmal ganz abgesehen.

Und während ich mich herrlich entspannt fühlte, weil Max Gefallen an der rothaarigen, echten Anna gefunden hatte und mit ihr flirtete, wirkte meine Schwester gestresster als je zuvor. Ich gönnte es ihr von ganzem Herzen!

»Also, Schatz!«, begann meine Mum sichtlich beunruhigt. »Was hat das spontane Notfalltreffen zu bedeuten?«

»Es bedeutet, dass unser Festsaal heute abgesagt hat!«, fasste Sabine zusammen und wirkte wie jemand, der bereit war, einen Mord zu begehen.

»Was?«, keifte meine Mutter.

»Kann doch nicht sein!«, behauptete Max und wirkte ebenfalls schockiert.

»Das können die doch nicht einfach so machen!«, stammelte ich. Es war doch alles perfekt organisiert gewesen. Die kleine, romantische Kapelle, in der die Trauung sein sollte, der gemütliche Weg durch den Wald, auf dem sich die Hochzeitsgesellschaft die Füße vertreten und die Fotos gemacht werden sollten, und dann der Schlosssaal.

Aber Sabine wirkte nicht, als wenn sie spaßte, und ich konnte die ersten Tränen in ihren Augen glitzern sehen.

»Sie haben aus Versehen eine Doppelbuchung für den Saal im System hinterlegt!«, jammerte sie und ich nahm alles zurück, was ich eben gedacht hatte. Niemand, wirklich niemand hatte es verdient, den schönsten Tag seines Lebens dermaßen versaut zu bekommen!

»Was ist mit Alternativen?«, erkundigte ich mich und mein Verstand versuchte krampfhaft, mich von Ideen zurückzuhalten. »Zum Beispiel das Atelier?«

Sabine starrte mich an, als seien mir drei Köpfe gewachsen. »Das Atelier?«

»Das Atelier!«, wiederholte ich.

»Bist du ein Echo?«, meinte meine Mutter unhöflich, nickte aber nach einer Minute des stillen Überlegens. »Es ist geeignet.«

»Klar wären die Kapelle und das Schloss toller gewesen«, gab Max zu. »Aber das Atelier ist eine nette Alternative und ich könnte bis morgen Fotos von euch und den geladenen Gästen aufhängen.«

Das Atelier? Fotos von den Gästen? Hatte der sie noch alle? Hatte ich sie noch alle? Wieso hatte ich nicht einfach die Klappe halten können?

Weil ich meine Schwester nicht im Stich lassen konnte. Natürlich nicht! Ich Depp!

»Rufst du an?«, fragte Sabine und hatte mir schon ihr Handy in die Hand gedrückt, bevor ich mir eine Ausrede einfallen lassen konnte.

»Das mache ich!«, beschloss Max und entwendete mir das Telefon sofort wieder, um es der Braut in spe zurückzugeben.

»Wir müssen alle Leute informieren!« Sie wandte sich zu mir. »Anna, du übernimmst die Emails!«

»Lass uns erst warten, was Max erreicht«, riet ich, plötzlich ganz vorausschauende Planerin.

»Natürlich!«, sagte Sabine aufgeregt und reichte mir trotz meines Einwandes eine Liste.

»Mama übernimmt die Anrufe und ich schicke allen eine SMS. Und danach vergleichen wir unsere Listen, damit wir auch wirklich niemanden vergessen!«, verfügte die hektische Braut.

»Aber die Kapelle bleibt?«, fragte ich und war erleichtert, als meine Schwester nickte.

»Dann können wir es auch nach der Hochzeit dort noch einmal ankündigen und jedem einen Zettel mit der Adresse und der Wegbeschreibung geben«, schlug ich vor.

»Eine sehr gute Idee!«, lobte meine Mum überschwänglich.

»Und wir müssen das Catering informieren«, rief ich in Erinnerung.

»Es klappt mit dem Atelier!«, verkündete Max. »Und das Catering informiere ich.«

Er tauschte einen Blick mit Sabine, den ich nicht deuten konnte, der aber meine Mutter, jetzt, wo die aktuelle Gefahr für die Hochzeit gebannt war, offensichtlich wieder an ihre Kuppelleidenschaft denken ließ.

»Was macht eigentlich dein Globetrotter?«, erkundigte sie sich bei mir.

»Nicht ablenken!«, rief Sabine und deutete auf die Listen, die sie verteilt hatte.

»Ist aber doch wichtig!«, behauptete meine Mutter und ausnahmsweise musste ich ihr Recht geben. Unter diesen Umständen war es sogar immens wichtig. Schließlich mochte Max mein wahres Ich!

»Ich habe mich endgültig von ihm getrennt. Das bringt unter diesen Umständen nichts«, meinte ich.

»Also kommst du alleine?« Meine Mutter klang entzückt.

»Mama, ich will weder mit Berhard noch mit Hanspeter, Ottokar oder Arnold kommen!«, protestierte ich vorsorglich und versuchte, nicht in Richtung Max, der eine Nummer in seinem Handy zu suchen schien, zu schmachten.

»Aber du brauchst einen Begleiter.« Meine Mum schwieg und sah Sabines Fotografen an, der nicht reagierte. Schließlich sah sie ein, dass sie offensiver werden musste, und fragte: »Was ist denn mit Maximilian?«

»Ich komme mit meinem Vater!«, erklärte der abgelenkt.

»Was?« Ich verschluckte mich an meiner eigenen Frage und bekam einen Hustenanfall, der in einen inneren Würgereiz überging. Das konnte doch alles nicht wahr sein!

»Das ist aber doch keine echte Begleitung!«, tadelte meine Mutter. »Außerdem würde er als Frau oder Tanzpartner sicher albern aussehen!«

Max sah von seinem Handy auf und erst jetzt schien ihm aufzugehen, dass das Gespräch in eine ganz andere Richtung ging.

»Dann könnt ihr euch vielleicht nicht nur die Hochzeitsfotos teilen, sondern euch auch gegenseitig begleiten?«, schlug meine Mutter nun ganz indiskret und nur scheinbar spontan vor. Wahrscheinlich hatte sie diesen Vorschlag schon seit gestern geübt.

»Mum!«, der Protest kam von Sabine und wirkte echt.

»Hochzeitsfotos teilen?« Max sah mich erstaunt an und wirkte gleichzeitig so schockiert, dass es mir im Herzen wehtat.

»Meine Mutter ist der Meinung, das könne ich auch.« Ich sah sie strafend an. *Ich* hatte doch nur einen Begleiter gewollt. »Was aber gar nicht stimmt.«

Max wandte sich zu Sabine und sein Gesichtsausdruck hatte etwas Flehendes.

»Vielleicht könnte ich seine Begleiterin spielen und er mir alles über Objektive und so beibringen?«, schlug ich vor, weil ich mir sehr sicher war, dass meine Mutter diese Vorstellung lieben würde.

Ich hatte Recht.

Und dass Max nur ja sagte, um seinen Job nicht zu gefährden, machte mir auch fast gar nichts aus.

Drei Leben sind Zwei zu viel

Es war dumm, vor der Hochzeitsprobe noch einmal bei meinem Projekt vorbeizuschauen – aber es beruhigte mich.

Es gab etwas, das ich konnte, und damit war ich kein ganz hoffnungsloser Fall mehr.

Mit diesem guten Gefühl lud ich die Holzsachen ab, die ich am Abend zuvor noch halbwegs vorbereitet und teilweise schon zusammengebaut hatte, weil ich ohnehin nicht hatte schlafen können. Wie denn auch, wenn ich mit meinem absoluten Traummann zu einer Hochzeit gehen würde. Leider wusste der Traummann nichts von mir oder davon, dass er mein Traum war. Ich seufzte leise, als ich die Teile betrachtete, die für den Verandazaun und die Hollywoodschaukel gedacht waren. Es fehlte nur noch das Zeug für das Dach. Und dann musste ich diese ganzen Annas loswerden – so schnell wie möglich!

»Wer wird denn so missmutig dreinschauen?«, erkundigte sich eine Stimme hinter mir und ließ mich herumfahren, Sekunden bevor mich ein grauer Wirbelwind von den Füßen riss und begeistert versuchte, mit der Zunge mein Gesicht zu begrüßen.

»Guten Morgen! Ich dachte, du hast heute keine Zeit?«

»Nein, nur kurz Zeit!«, korrigierte Max und wirkte, als habe er schon seit geraumer Zeit auf meine Ankunft gewartet.

»Sind das die Sachen für die Innenausstattung?«

»Ja, es sei denn, du möchtest plötzlich eine Dachterrasse mit Tisch und Bänken«, neckte ich.

»Man sagt wohl nicht umsonst, dass Rothaarige frech sind!«

»Wer sagt das?«, erkundigte ich mich skeptisch.

»Alle, die nicht rothaarig sind!«, lachte Max.

»Deswegen bekomme ich so selten Einladungen oder Anfragen zu einem Date!«, entgegnete ich und schlug mir mit der Hand spielerisch vor die Stirn, als ginge mir ein Licht auf.

»War das gerade eine Aufforderung?« Max betrachtete mich über die eben ausgeladene Bank hinweg.

»Ich wäre doch eine schlechte Rothaarige, wenn ich das jetzt mit einem einfachen Ja oder Nein beantworte, oder?«, spielte ich sein Spiel mit und er nickte andächtig.

»Aber das ist sicher auch der Grund, warum ich plötzlich gerne mit dir als Begleiterin auf diese Hochzeit gehen würde«, gab er zu und zog mir schlagartig den Boden unter den Füßen weg. Zu meinem Glück hatte er sich aber bereits abgewandt und trug die Bank über meinen Bohlenweg in Richtung Hexenhäuschen.

»Begleiterin? Hochzeit?«, stammelte ich, griff nach der anderen Hälfte der Bank und versuchte, mein geistiges Niveau wieder einzufangen, um aus dem verbalen Treibsand zu entkommen. Ab hier konnte ich mir ja nur noch meine eigene Wortgrube bauen.

»Ja, ich habe meinen ersten richtig ernsthaften Auftrag – für den ich richtig bezahlt werde. Ich werde den ganzen Tag als Hochzeitsfotograf unterwegs sein.«

»Also nur ein halber Künstler?«

»Kunst ist Arbeit, und man muss schon Erwartungen erfüllen«, belehrte mich Max und sah zu unserem Projekt. »Das solltest du doch wissen?!«

»Entschuldigung!«, meinte ich. »Kannst du das denn?«

Mein Auftraggeber sah mich verwundert und ein wenig beleidigt an.

»So war das nicht gemeint«, betonte ich. »Ich meinte nur … es ist sicher ein Unterschied, ob man fotografiert, was man mag, und das dann auch so aufs Papier bannen kann, wie man es mag, oder ob man seriöse Hochzeitsfotos macht.«

Max seufzte und nickte. »Schon, aber beides ist eine Kunstform.«

Ich dachte einen Moment nach, nickte dann aber. Nur weil Kunst einer bestimmten Erwartungshaltung folgte, oder Regeln unterlag, wurde daraus ja nicht weniger Kunst. Vielleicht sogar genau das Gegenteil.

»Also«, begann ich, obwohl mein Puls raste und ich die Worte kaum ausformuliert bekam. »Wieso willst du plötzlich und unerwartet lieber mit mir zu einer Hochzeit?«

Max sah mich an, als hätte er Probleme, meinem Gedankensprung zurück zu seiner Aussage zu folgen.

»Ist deine Begleiterin so schlimm?« Ich musste einfach fragen und konnte der Versuchung beim besten Willen nicht widerstehen.

»Sie ist … nett.«

Natürlich war mir das kurze Zögern vor dem Attribut nicht entgangen und entgegen meiner ursprünglichen Absicht fühlte ich mich ein wenig gekränkt. Etwas energischer als vielleicht notwendig setzte ich den Akkubohrer an und montierte die Winkel zwischen den Einzelteilen der Bank.

»Sie hat einen Buckel und ist langweilig?«, riet ich pikiert über die Bohrgeräusche hinweg.

»Nein, aber ihre Mutter …« Max ließ den Satz ins Leere laufen und gab meiner Fantasie genügend Spielraum, um weiter raten zu können.

»Ist ganz schrecklich aufdringlich?«

»Und will eigentlich, dass meine Begleiterin, aka ihre Tochter, die Fotos macht«, stimmte mein Gegenüber zu.

»Wow!« Ich setzte mich auf die fertige Bank und starrte auf den See. Endlich fand mich jemand nicht schrecklich, sondern nett. Also jede Anna – auf ihre Art. Fast konnte ich eifersüchtig werden!

»Ja, wow!« Max setzte sich neben mich auf die Bank und genoss ebenfalls die Aussicht. »Außerdem glaube ich, dass es mit dir sehr lustig wäre.«

»Vertrau mir, ich nehme jedes Fettnäpfchen mit, das ich finden kann!« Absichtlich ließ ich meine Worte nach einer Warnung klingen. Falls sich Max für die rothaarige Anna entschied, sollte er wenigstens vorher wissen, auf was er sich einließ!

Max lachte leise und sehr tief. Ein Geräusch, das kleine Schmetterlinge in meinem Körper zum Fliegen brachte.

»Also, ich finde das sehr sympathisch!«, behauptete er mit einem Seitenblick auf mich, der mich zum Seufzen brachte.

»Dieser Irrglaube legt sich, sobald man live dabei ist«, erklärte ich wahrheitsgemäß. Davon konnten alle Leute in meiner näheren Umgebung ein Liedchen singen. Und noch keiner hatte es sympathisch, nett oder überhaupt erträglich gefunden.

Trotzdem sah Max einen Moment lang so aus, als wolle er mich küssen, um meine Zweifel zu zerstreuen. Und genau diesen Moment lang überlegte ich, ob ich Max die Wahrheit gestehen sollte, obwohl alles dagegen sprach. Schließlich benötigten alle drei Annas ihn: die blonde Anna-Lena für den PR-Job und um den Hexenhaustraum zu finanzieren, die brünette Anna als Begleitung und die Rothaarige … nun, die musste erst einmal ihr erstes Projekt fertigbekommen, um ihren Traum auch weiterhin zu leben.

»Max?« Die Stimme von Herrn Hansen Senior schallte bis zu uns rüber und brachte den grauen Hundeirrwisch dazu, augenblicklich in die Richtung seines Besitzers zu laufen.

»Entschuldige, ich muss los!« Max stand auf und sah mich so bedauernd an, dass ich mir wünschte, ich wäre heute die Anna an seiner Seite.

»Viel Spaß!«, wünschte ich ihm und konnte die Hitze auf meinen sicher rotglühenden Wangen spüren.

Langsam, um sicherzugehen, dass Vater und Sohn fort waren, wenn ich bei meinem Transporter ankam, folgte ich Max über den Bohlenweg und tatsächlich konnte ich noch sehen, wie ein schicker dunkler Wagen um die Ecke bog und auf der öffentlichen Straße verschwand. Perfekt.

Bedächtig zog ich mich im hinteren Teil meines Wagens um, steckte mir die Haare hoch, befestigte die Perücke und nutzte den vorderen Teil nur, um mein Make-up im Tageslicht aufzutragen und mein Handy zu kontrollieren.

Zu meinem Entzücken hatte ich eine SMS über einen Zahlungseingang. Das Extrageld war da, ich konnte mein erstes Hexenhäuschen fertig bekommen!

Also besser konnte es doch kaum noch werden!

❤

Ich kam gerade noch rechtzeitig in der Kapelle an, um meine Position als Trauzeugin einzunehmen und nicht unangenehm aufzufallen.

»Gott sei Dank ist das nur eine Probe!«, flüsterte mir Hagar empört über meine späte Ankunft zu.

»Stimmt!«, gab ich ungerührt zu und schenkte ihr ein Lächeln, auf das sie keine Antwort parat hatte. Stattdessen sah sie meine Schwester an, die hinreißend aussah, auch ohne ihr Brautkleid schon wie die blonde Prinzessin aus einem Disneyfilm. Sie zwinkerte mir zu, da ich ohne Begleiter auf dem Präsentierteller stand, während das Blumenmädchen Hagar immerhin einen Mann an ihrer Seite hatte. Als er sich zu mir umdrehte, konnte ich mir ein Lächeln nicht ganz verkneifen. Hanspeter sah sogar sehr glücklich aus, wie er Hagars Hand hielt und wahrscheinlich schon im Geiste durchging, mit was er seine Begleiterin über den Abend hinweg füttern würde, um sie bei Laune zu halten.

Während der Pfarrer zum Altar trat, beobachtete ich, wie Max perfekte Positionen für seine Fotos suchte und schließlich innehielt, um die Eintretenden zu fotografieren. Gregor wirkte wie die Verkörperung von Prinz Charming aus dem Märchen, meine Mutter wie eine liebenswerte Ausgabe von Cruella de Vil und ihr Begleiter … war Berhard.

Mir fiel die Kinnlade nach unten, weil sie ihren Toyboy öffentlich machte, und Hagar, die wohl schon seit Minuten auf diesen Moment gelauert hatte, begann leise zu kichern. Gefühlte zwei Minuten später gelang es mir endlich, den Mund wieder zuzumachen und zu beobachten, wie alle ihre Position einnahmen und dann dem Protokoll folgten, das die beiden Verlobten, die auf Wolke sieben schwebten, vorher ausgehändigt hatten.

Ich schwebte ebenfalls, denn es klappte wunderbar: Ich hatte sogar die Ringe parat – zum richtigen Zeitpunkt.

❤

Ein wenig widerwilliger ließ ich mich dazu überreden, noch mit ins Atelier zu fahren und alles zu überprüfen. Aber da ich den Vorschlag gemacht hatte und mir als Trauzeugin eine tragende Rolle zufiel, konnte ich schlecht ablehnen.

Hochzeitlich geschmückt war das Atelier kaum wiederzuerkennen und auch Juliane hatte sich feierlich herausgeputzt, um sich später unter die Gäste mischen zu können. Beim Anblick ihres Begleiters war es nun an Hagar, mit offenem Mund zu staunen. Nur Arnold schien ungerührt – oder zu verliebt, um Hagars Reaktion zu bemerken.

Ich tat ebenfalls so, als bemerke ich beides nicht, machte einen Bogen um Juliane und kontrollierte stattdessen den Aufbau der Tische und des Caterings.

»Lena?« Ich starrte meine Mitbewohnerin an, die gerade das Besteck neben den Tellern platzierte.

»Hej!«, begrüßte sie mich und sah sich dann verunsichert um.

»Ist schon okay, glaube ich!«, sagte ich und sah mich ebenfalls um. Solange ich Max´ Vater mied und meiner Chefin nicht unter die Augen kam, konnte ich die brünette Anna bleiben. Sicher würde der Trubel dafür sorgen, dass mich niemand mit meinen anderen Identitäten in Verbindung brachte – und auch das atemberaubende Kleid würde von mir ablenken … also von meinem Gesicht und den Haaren.

»Gut!« Lena atmete auf und deutete in Richtung Küche. »Torsten ist für eine kranke Kollegin eingesprungen.«

»Torsten?«, wiederholte ich schwer von Begriff.

»Ramonas Vater?!«, erklärte Lena und fügte gleich, weil sie meinen Gesichtsausdruck bemerkte, hinzu: »Ist doch lustig!«

»Ja, für jemanden mit einer gewaltigen Menge an Galgenhumor!«, bestätigte ich und schrak zusammen, als die Katzenlady aus der Küche kam. Beinahe hätte ich sie nicht erkannt, denn heute trug sie keine Katze, sondern eine Brille.

»Hallo, Frau Hansen!«, begrüßte Lena sie, und nur mit Mühe und Not konnte ich verhindern, dass mir zum zweiten Mal an diesem Tag die Kinnlade nach unten klappte. Frau Hansen? Das war Max´ Mutter? Eine Firmenchefin und … langsam glitten die Puzzleteile an ihren Platz und ich begriff, dass die Hansensche Katzenlady die Chefin der Cateringfirma war, für die Lena arbeitete.

Mir gelang ein freundliches Lächeln und ein Nicken. Eigentlich passte es ja recht gut, dass Max Fotograf werden wollte. Die Qualitäten seiner Mutter waren sicher auf etlichen Feiern gefragt und dann konnte man die Hansens gleich im Doppelpack buchen. Ob Herr Hansen Senior auch schon auf diese Idee gekommen war? Eigentlich war ein Fotograf in der Familie doch ideal für eine PR-Firma.

Ich sah zu, wie Max‘ Mutter zu ihrem Mann schlenderte und dabei ganz anders wirkte als in ihrer Freizeit. Viel souveräner und deutlich weniger exzentrisch.

»Gut, dass sie heute eine Brille trägt«, meinte ich. Wer weiß, zu wem sie sonst gegangen wäre. Wahrscheinlich hätte sie sonst nicht einmal ihren Sohn bemerkt, der schon wieder dabei war, alle möglichen Winkel durch seine Kamera zu erforschen.

»Die hat sie doch immer auf«, meinte Lena und sah mich an, als hätte ich eine Katzentasche – mindestens. »Hat sie ja auch nötig!«

»Hmm…«, machte ich, weil ich Ersteres besser wusste und bei Zweiterem voll und ganz zustimmen musste.

»Wo ist denn Matthilda?«, erkundigte sich eine kindliche Stimme und unterbrach die Zufriedenheit, mit der ich zugesehen hatte, wie Mutter und Vater Hansen meinen Begleiter betrachteten.

Erst nach einer Schrecksekunde fiel mir ein, dass immer noch alles in Ordnung war. Ich war brünett und Ramona kannte mich auch als Brünette. Aber … verdammt …, ich hatte Matthilda komplett vergessen und ihre Perücke und …

»Matthilda!«

Ich hatte meine Leihtochter in meine Arme gerissen, bevor sich zu der Erleichterung auch alle anderen Emotionen gesellen konnten. Erst Verwirrung und Panik sorgten dafür, dass ich mich wieder von ihr löste. Das, und ihre resolute Abwehr meiner Umarmung.

»Was machst du denn hier?« Ich versuchte, die Kleine von den anderen zu entfernen, ohne Aufmerksamkeit auf mich zu lenken.

»Ich bin eingeladen!«, meinte sie würdevoll und betrachtete mich, als sei sie sich bei mir nicht so sicher.

»Zur Hochzeit, das ist doch nur die Probe«, behauptete ich so selbstsicher, als hätte ich Matthilda nicht vergessen – oder die Tatsache, dass ich sie irgendwie tarnen oder verstecken musste.

»Du hast mir absichtlich nichts gesagt!« Sie sah mich anklagend an und ihr Blick glitt über die anderen Anwesenden, wobei sie auch ihre Mutter mit einem bitteren Blick bedachte.

»Matti, das ist nur die Probe«, beschwichtigte ich sie. »Die Hochzeit ist erst am späten Nachmittag.«

»Eben und als Blumenkind hätte ich doch wohl von Anfang an dabei sein müssen!«

»Du bist Blumenkind?«, fragte ich skeptisch und schüttelte den Kopf. Ich hätte doch gewusst, wenn meine Schwester ein Blumenkind hätte haben wollen – oder ausgerechnet meine Matthilda zu einem gemacht hätte.

»Anna?«, meinte Lena hinter mir und auch ohne mich umzudrehen, wusste ich, dass meine Freundin nach einer Erklärung verlangte.

»Hallo Matthilda«, grüßte meine Mutter und gesellte sich zu uns.

»Matthilda?«, wiederholte Hagar, die mit Max näher gekommen war und starrte erst meine Leihtochter, dann mich an. Nur Max schien das Mädchen noch nicht erkannt zu haben.

Da ging es ihm wie dem Mann in Kellnerkluft, der mit einem Tablett Gläser die Treppe hinaufkam. »Brauchen wir mehr, Lena?«

»Lena? Matthilda?« Verwirrung hatte sich auf Max´ Zügen breitgemacht und sein Blick glitt von der echten Lena zu mir, zu Matthilda und wieder zu mir.

»Wusste ich es doch, ich kenne das Mädchen!« Herr Hansen schien einen Moment lang begeistert zu sein, dann erst fiel ihm die allgemeine Anspannung auf und er verstummte, wobei er stirnrunzelnd seinen Sohn betrachtete.

Nur meine Mum, die plapperte weiter: »Schön, dass du hier bist. Obwohl sich Jürgen und Anna getrennt haben.«

»Ihr habt euch … was?« Matthilda starrte mich so entsetzt an, als sei ich an dem ganzen Dilemma, in dem ich gerade steckte, selber schuld. Dann erst begriff ich: Sie war über die Trennung entsetzt, von der sie bislang nichts gewusst hatte – auch wenn die genauso fiktiv war wie unser Zusammensein.

»Erst willst du mich nicht hier haben und dann trennst du dich auch noch von Onkel Jürgen!«, schrie sie mich an.

»Onkel Jürgen?« Meine Mutter sah mich an, als hätte ihr jemand einen Schlag verpasst.

»Matthilda!«, versuchte ich in meiner vernünftigsten Stimme. Aber inzwischen kamen auch alle anderen näher.

»Anna?«, fragte Max´ Mutter, offenbar erfüllte die Brille ihren Zweck und sie hatte mich erkannt. Also eigentlich das rothaarige Mich.

»Matthilda, Matthilda«, äffte mich der kleine Wüterich ungerührt nach. »Du bist nicht meine Mutter!«

Inzwischen hatten wir wirklich die volle Aufmerksamkeit aller Anwesenden. Auch die meiner vollkommen verwirrten Atelierchefin Juliane und meiner zahlreichen Ex-Blind-Dates.

»Du interessierst dich doch überhaupt nicht für mich«, keifte Matthilda und schien das Interesse der anderen zu genießen. »Genau wie Mama. Niemand interessiert sich für mich.«

»Matthilda, es reicht!«, versuchte Lena ihre Tochter zu stoppen, aber die war gerade erst dabei, sich in Rage zu reden.

»Du bist sogar drei Personen und keine einzige davon kann mich in Wirklichkeit leiden oder schert sich um andere!«

»Was meint sie?«, fragte Max mit einer Stimme, die schon längst begriffen hatte, was dem Verstand noch verschlossen war.

»Ich meine damit, dass Anna«, Matthilda wandte sich zu meiner Mum und Max, »immer noch ihre roten Haare hat, oder«, sie drehte sich zu Herrn Hansen, »eine blonde Perücke trägt und einen auf meine Mutter macht.«

Sie atmete durch und fügte hinzu. »Ansonsten ist sie brünett. Aber wie sie auch aussieht, sie ist egoistisch und rücksichtslos!«

Dieses Mal waren es alle anderen, denen die Kinnladen nach unten klappten. Max fing sich als erstes und meinte schockiert: »Ich wusste, ich kenne dich!«

»Kann ich es erklären?«, bat ich, brachte aber keinen einzigen Ton heraus. Die vorwurfsvollen Blicke waren zu viel für mich. Genau wie die Anzahl an Menschen.

»Dann ist Matthilda gar nicht deine Tochter?«, fragte Herr Hansen.

»Zum Glück nicht!«, wütete Matthilda und kuschelte sich an Lena, die mit der Situation vollkommen überfordert wirkte, aber froh darüber schien, noch eine Rolle im Leben ihrer Zehnjährigen zu spielen.

»Dann bist du auch nicht als Künstlerin erfolgreich?«, kombinierte meine Mum und sah, da ich wie gelähmt vor der versammelten Menge stand, zu Juliane, die die Lippen fest zusammengepresst hatte und den Kopf schüttelte.

»Und was ist mit Jürgen?«, erkundigte sie sich und wirkte, als hätte ich sie geschlagen.

Dieses Mal gelang mir ein Kopfschütteln und dann tat ich, was ich am besten konnte – ich floh.

Aus drei mach eins

Wann genau ich hergekommen oder wie ich den Weg gefunden hatte, wusste ich nicht mehr. Aber mein Hexenhäuschen war genau der Zufluchtsort, den ich brauchte. Das erste und letzte Häuschen, das ich würde bauen können.

Nein, das war eigentlich auch falsch. Selbst jetzt, wo ich wie in Trance die Veranda und die Hollywoodschaukel fertiggestellt und mit dem Dach angefangen hatte, war das Häuschen ja nur halb gebaut. Wie alles würde ich auch das nicht hinbekommen. Ich konnte mir nicht vorstellen, dass Max morgen noch kommen würde, um mit mir wie verabredet das Dach fertigzumachen.

Eine einzelne Träne rollte mir über die Wange. Ich hatte doch nur meine eigenen Träume verwirklichen wollen, nicht andere verletzen. Wieso ging nur immer alles schief, was ich machte?

»Dieses Mal hast du dir aber wirklich ein Ganzkörperfettnäpfchen ausgesucht!«, meinte Sabine und setzte sich neben mich auf die Bank.

»Deine Vorwürfe fehlen mir grade noch zu meinem Glück«, schniefte ich und war mir einen Augenblick lang nicht sicher, ob ich mir meine Schwester nicht einbildete. Genauso wie ich manchmal die anklagende und spöttische Stimme meiner Mutter in meinem Kopf hörte.

Dann zog sie mich in den Arm und allein diese tröstliche Berührung brachte mich zum Weinen. Wie hatte ich nur glauben können, ich könnte drei Leben auf einmal führen?

»Solltest du nicht in der Kirche sein, mit Vorbereitungen beschäftigt – du weißt schon …?«, fragte ich und versuchte, von Sabine abzurücken, um ihre Haare und ihr Make-up nicht vollständig zu ruinieren. »Glücklichster Tag im Leben und so?«

»Das ist kein glücklicher Tag für mich, wenn meine kleine Schwester unglücklich ist!« Sie strich mir über den Rücken und sorgte dafür, dass ich mich langsam beruhigte.

»Woher wusstest du, dass ich hier bin?«, schnüffelte ich.

»Ich hab Matthilda bedroht«, antwortete sie in einem so resoluten Tonfall, dass ich ihre Aussage sofort glaubte.

»Das kleine Biest«, meinte ich trotzdem. Es wäre beinahe alles gut gegangen.

»Ich glaube, sie ist bloß einsam und hat sich verraten gefühlt«, versuchte Sabine das Verhalten der Kleinen zu erklären und insgeheim musste ich ihr Recht geben. Schließlich hatte ich vergessen, dass zu meinen drei Leben ja auch noch andere Leute und deren Gefühle gehörten.

»Jetzt ist sie auf jeden Fall nicht nur Blumenmädchen – ihre Mutter, Jürgen und seine echte Freundin Nina habe ich auch eingeladen. Deine andere WG-Mitbewohnerin ist für die echte Lena Gercke eingesprungen und wird heute Abend kellnern.«

»Du bist so toll!«, schluchzte ich. Zum ersten Mal seit langer Zeit, ohne dabei das nagende Gefühl von Neid in mir zu spüren.

»Weiß ich doch!«, lachte Sabine. »Kann ich dir bei irgendwas helfen?« Sie deutete auf das Häuschen und stand auf, bevor ich antworten konnte, um die erste Bank ins Innere zu transportieren.

»Wieso bist du so nett zu mir?«, fragte ich misstrauisch und sah mich um.

»Ich bin immer nett zu dir«, behauptete Sabine, »und wenn es dir mal anders vorkommt, dann nur, weil ich mir Sorgen um dich oder deine Zukunft mache – oder Gedanken darüber, ob du glücklich bist.«

Ich sah sie prüfend an, doch sie hielt meinem Blick nicht nur stand, sondern meinte auch: »Dafür sind Geschwister da – um in dieser Beziehung zu nerven.«

Ich nickte und stand auf, um bei der Bank mit anzufassen. »Mütter wohl auch?!«

»Mütter ganz besonders!«, betonte Sabine und verdrehte die Augen, als wüsste sie, wovon sie sprach.

»Weißt du, dass Mum Männern Geld dafür geboten hat, mit mir auszugehen?«, erkundigte ich mich skeptisch, weil ich immer noch den Haken an Sabines Verhalten suchte.

»Ist nicht wahr!«

»Ist wohl wahr!«, bestätigte ich und Sabine kicherte los.

»So schreiend komisch ist das gar nicht!«, protestierte ich, musste aber auch lachen.

»Weißt du …«, lachte Sabine immer noch atemlos, »… dass ich Gregor unter den wachsamen Augen von … dreihundertdreiunddreißig Putten … kennengelernt habe?«

»Was?!« Ich starrte Sabine an, doch sie schien es ernst zu meinen.

»Aber … aber … ich dachte …« Ich verstummte, weil ich auf einmal keine Ahnung mehr hatte, was ich eigentlich dachte oder gedacht hatte. Meine Superschwester hatte ihren Mann bei einem Blind Date getroffen, das von Mum organisiert war?

»Ich dachte, er ist Arzt in deinem Krankenhaus?«, meinte ich schließlich und gab mir keine Mühe, meinen Argwohn zu verstecken.

»Ist er auch!« Sabine wischte sich eine Lachträne von der Wange. »Aber ich hätte ihn niemals angesprochen!« Sie deutete nach oben. »Schaffen wir das Dach noch?«

»Keine Ahnung, aber *du* solltest jetzt bei deinem Gregor sein!«

»Zwei Stunden, das schaffen wir!«, beschloss Sabine und hatte die Hütte so schnell verlassen, dass ich sie nicht mehr stoppen konnte.

»Das willst du wirklich machen?«

»Nein, aber du und deswegen helfe ich dir!« Sie lächelte mich an und ignorierte die Tatsache, dass sie jetzt irgendwo entspannt bei einem Gläschen Sekt in einem Friseursalon sitzen sollte.

»Ich liebe dich!«, sagte ich und wusste mit jeder Faser meines Herzens, dass es die Wahrheit war.

»Aber das weiß ich doch!«, antwortete die Braut in spe und streckte mir die Zunge heraus, bevor sie sich in meine Arbeit stürzte.

Eine Stunde später waren wir fertig. Im doppelten Sinne der Aussage, aber der schlanke blonde Sklaventreiber ließ nicht locker. »Immerhin hast du bewiesen, dass du mit Make-up und Haaren umgehen kannst, also darfst du mir jetzt die Frisur machen und die Schminke.«

»Du bist bekloppt!«, beschloss ich, aber Sabine ließ sich nicht beirren und öffnete ihre Handtasche, um mir Puder und verschiedene Utensilien zu reichen und sich geduldig zurechtmachen zu lassen.

Erst als sie mit dem Ergebnis zufrieden war, wurde sie wieder frech: »Kommst du eigentlich als Rothaarige mit mir zur Hochzeit, als Blondine oder als Brünette?«

»Ich glaube als Rothaarige – da sieht das rosa Kleid auch gleich so richtig schlimm zu aus«, lachte ich. Und ich würde mich bei meinem Spießrutenlauf an dem Abend auch gleich so richtig schlimm fühlen.

»Entschuldige«, bat Sabine, aber die Grübchen auf ihrer Wange verrieten ihre gute Laune.

»Dann war das doch Absicht?!«, riet ich.

»Ja, damit du mich mit deinen Haaren und deiner traumhaften Figur nicht ausstichst«, gab sie zu.

»Ich. Dich. Aussteche?« Ich starrte meine Schwester an und konnte es gar nicht fassen.

»Weißt du? Das Hexenhaus sieht richtig toll aus«, lenkte Sabine ab und offenbarte, dass sie trotz Make-up noch richtig rot werden konnte. »Ich glaube, so was will ich auch.«

Sie stand auf und betrachtete mein Projekt aus verschiedenen Positionen.

»Das passt zu dir«, beschloss sie schließlich.

»Ein Hexenhaus?«, fragte ich, nicht sicher, ob meine Schwester mir gerade ein Kompliment machte, mich beleidigte oder einfach nur versuchte, von ihrer vorangegangenen Aussage abzulenken.

»Ja, es fehlt nur noch ein Besenständer davor«, sagte sie und meinte mit mir unisono: »Für Besucherhexen.«

»Und ich kann nicht mal ein Foto machen, um später auf der Homepage damit zu werben«, meinte ich bedauernd. Wahrscheinlich würde Max noch heute seinen Schlüssel zurückfordern und den Rest der Arbeit – wie etwa das Anmalen – selbst übernehmen. Und Matthilda würde sich auch nicht mehr auf das Grundstück schmuggeln, um Fotos von meinem Projekt zu machen.

»Du hast sogar eine Homepage für deine Arbeit als Hexenhäuschenbauerin?«, erkundigte sich Sabine und klang begeistert. Ohne meine Antwort abzuwarten, zückte sie ihr Handy und begann, Fotos zu machen. Von außen, von innen, von der Veranda und der Hollywoodschaukel und von der zur Liegefläche umgebauten Sitzgruppe.

»Schade, dass wir das nicht noch dekorieren können!«, meinte sie und schob mich vor das Haus, um auch einige Bilder mit mir zu machen. »Das ist eine tolle Idee, warte ab, bis wir das Mama zeigen!«

»Uh!«, meinte ich. Was dann passierte, davon hatte ich eine sehr genaue Vorstellung. »Ich komm nicht zur Hochzeit!«

»Du kommst!«, widersprach meine Schwester.

»Neee…« Ich schüttelte den Kopf. Sie konnte doch nicht wirklich davon ausgehen, dass ich mich in die Höhle des Löwen begab. Dorthin, wo alle sauer auf mich waren.

»Es ist meine Hochzeit!« Sabine sah aus, als würde sie mich notfalls auch gegen meinen Willen hinschleppen.

❤

Nach fünf Minuten wusste ich, dass es schlimm werden würde, nach zehn empfand ich es als Qual und nach fünfzehn wäre ich fortgelaufen, wenn Hagar mich nicht stumm beiseite genommen und mir geholfen hätte.

Max war wütend, Lena war wütend, Herr Hansen, Juliane und die Katzenlady waren wütend – und meine Mum tat so, als kenne sie mich gar nicht. Nur Matthilda wirkte schuldbewusst.

Irgendwie brachte ich die kirchliche Zeremonie hinter mich, reagierte an den richtigen Stellen und hatte die Ringe parat. Also die richtigen Ringe zur richtigen Zeit.

Doch dann kamen die Feier und die Rede der Trauzeugin, vor der ich ohnehin Panik gehabt hatte, rückte näher und näher. Ich konnte das nicht. Nie, nicht und unter gar keinen Umständen!

»Ruhig!« Meine Schwester griff nach meiner Hand. »Wetten, ich bin viel nervöser als du?«

»Die Wette halte ich!«, behauptete ich, atmete aber tief durch, als Hagar, die bisher moderiert hatte, mit dem Mikrofon zu mir trat.

»Keine Angst, ich stehe direkt hinter dir«, flüsterte mir meine Lieblingsfeindin ins Ohr und platzierte sich wirklich wie jemand, der mir Rückendeckung geben wollte.

»Danke!«, flüsterte ich überrascht zurück.

»Kein Grund zu danken«, lachte sie. »Falls du abhaust, werde ich dich an deinen wunderschönen roten Haaren zurückziehen!«

Sie zwinkerte mir vergnügt zu und stellte das Mikrofon auf »on«, bevor sie es mir in die Hand drückte.

Ich schluckte und plötzlich war mein Mund trocken, während alles in mir abermals nach Flucht schrie. Dass die meisten der Anwesenden auf ein neuerliches Missgeschick meinerseits lauerten, machte es nicht besser.

»Hallo, ihr Lieben«, begann ich und atmete noch einmal tief durch. »Ich hatte eine tolle Rede vorbereitet, aber nach den Vorfällen auf der Probe ist sie … sagen wir … veraltet.«

Ich zerriss den Zettel, auf dem sowieso die schlimmste Rede aller Zeiten gestanden hatte, und improvisierte, was mir auf dem Herzen lag: »Ich habe eine großartige Schwester, die beste, die man sich wünschen kann. Wisst ihr? Sie ist Ärztin. Eine sehr erfolgreiche Ärztin, sie hat ihr Studium in null Komma nichts abgeschlossen, hat es sogar selbst finanziert – als Model. Sie ist wunderschön, nett, warmherzig und sie hat mit Gregor einen tollen Fang gemacht.«

Ich wandte mich zu Gregor. »Gregor, ich kann dich wirklich gut leiden, aber wenn du ihr wehtust, breche ich dir beide Beine.«

An dieser Stelle erntete ich einige kleinere Lacher, was bewies, dass meine Spontanrede entweder ganz gut war oder einige Leute noch keine Ahnung von mir und der Probe hatten. Trotzdem verliehen mir diese Reaktionen ein wenig Selbstsicherheit. »Ich habe heute etwas Wichtiges begriffen: Auch wenn Sabine meine Schwester ist und in allem so unglaublich viel schöner und toller und großartiger als ich, so bin ich nur eines, nämlich stolz auf sie. Denn wenn sie mir sagt, dass ich so, wie ich bin, okay bin, dann reicht mir das.«

Ich sah auf und blickte direkt in das Publikum. »Ja, ich war neidisch auf Sabine. Mein Leben lang. Ich studiere seit neun Jahren Literatur, ohne eine Ahnung zu haben, was ich danach mache. Kein Mann interessiert sich für mich – es sei denn, meine Mutter bekommt ihn durch ein leckeres Essen oder Geld dazu, mit mir auszugehen.«

Ich zwinkerte Arnold und Hanspeter zu, versuchte, den missmutigen Max, der sich hinter seinem Fotoapparat verbarg, zu ignorieren und lächelte meine Mum an. »Aber ich weiß jetzt, dass sie das nicht macht, weil sie mich für einen hoffnungslosen Fall hält, sondern weil sie es gut mit mir meint und im Gegensatz zu mir nicht nur von einem Mann träumen will.«

Ich drehte mich zu Matthilda. »Ich liebe dich, Matthilda, und auch wenn deine Mama anderer Meinung ist als du, so liebt sie dich auch. Sie sorgt sich um dich und will dein Bestes. Und auch wenn ich schusselig bin, Termine verpasse und du dich manchmal benimmst wie … na ja, wie ich: Ich liebe dich.«

Ich schluckte, weil ich gegen die Tränen ankämpfen musste. Nichts, was ich getan hatte, konnte ich wiedergutmachen, aber wenigstens Ehrlichkeit hatten alle Anwesenden verdient.

»Es tut mir leid, dass ich die Termine vergessen habe, dass ich verpasst habe, dir von der Hochzeitsprobe zu erzählen. Aber falls Lena, deine Mum, mich noch in deine Nähe lässt, biete ich dir gerne an, dich und Ramona zur Schule zu fahren. Ich habe mit Torsten gesprochen, wir würden uns wöchentlich abwechseln.«

Ich schwieg und versuchte, meine Gedanken zu sortieren. »Wie die meisten von euch wissen, bin ich jemand, der jedes Fettnäpfchen mitnimmt und immer das Falsche macht oder sagt, aber ich habe niemandem wehtun wollen. Ich wollte nur herausfinden, was ich will – und dass meine Mutter stolz auf mich ist. Damit ich einmal in meinem Leben stolz auf mich selbst sein kann. So, wie ich stolz auf meine Schwester bin, die ich sehr liebe.«

Ich drehte mich zu der Angesprochenen und prostete ihr zu: »Ich liebe dich und wünsche dir alles Gute für die Ehe – euch beiden!« Damit machte ich das Mikrofon aus und flüsterte, fettnäpfchensicher und gut über die Boxen für alle hörbar, in Richtung Gregor: »Denk dran, falls du ihr weh tust, breche ich dir die Beine.«

Zu meiner Überraschung wurde mein Fehler mit Applaus belohnt und auch meine Entschuldigungsrede schien nicht halb so schlimm aufgenommen worden zu sein wie befürchtet. Nur Max fing mich auf dem Weg zum Buffet ab und meinte höhnisch: »Und wie viel davon war echt?«

»Du magst es ja nicht glauben, aber alles«, meinte ich schuldbewusst. Ich konnte es ihm kaum verübeln, dass er böse auf mich war. Mit guten Ratschlägen für ihn war ich schnell bei der Hand gewesen – ohne auch nur einen einzigen davon im eigenen Leben befolgt zu haben.

»Die Stelle, an der du erklärst, es wäre nicht um Geld gegangen, hast du wohl absichtlich weggelassen!«, kommentierte er. »Oder die mit den

Betrugsabsichten in der Firma, Fräulein Heiratsschwindlerin!« Er musterte mich so herablassend, dass ich mich schlecht fühlte. Aber nur einen winzigen Moment lang. Bei dem Wort »Kündigung« schlug das Gefühl in Wut um und ich hatte ihm seinen Schlüssel in die Hand gedrückt, bevor ich meine Gedanken sortiert hatte. »Bitte, dein Schlüssel für das Anwesen deiner Eltern und der andere ist für dein Hexenhäuschen.«

Er starrte die beiden Metallobjekte verwirrt an. »Du baust es nicht mehr fertig?«

»Es *ist* fertig!«, maulte ich. »Sogar die Hundehütte.«

»Gut!« Max steckte die Schlüssel weg und wollte zu seinen Eltern gehen, die mich misstrauisch beäugten.

»Ach«, stoppte ich ihn, »es wäre super, wenn du mir morgen das restliche Geld überweisen könntest – das stimmte nämlich auch: Ich war hinter deinem Geld her.«

Max' Gesichtsausdruck änderte sich und wechselte von wütend und misstrauisch zu skeptisch.

»Ich arbeite hier in der Galerie, um Geld für die Miete und das Essen zu haben«, erklärte ich. »Um den PR-Job habe ich mich dank meiner Mitbewohner beworben, weil ich so das Startkapital der Hexenhäuschenfirma erwirtschaften wollte. Schließlich kostet das Material erst einmal Geld und das muss vorgestreckt werden.«

»Und warum hast du keine Vorkasse genommen?« Wieder bedachte mich Max mit einem Lächeln, das so herablassend war, als hätte er mich direkt einer Lüge bezichtigt.

»Weil ich dumm bin und naiv und nicht drüber nachgedacht habe«, erklärte ich.

»Nein«, sprang Matthilda zu meiner Verteidigung ein. »Weil ich die Webseite online geschaltet habe, bevor sie fertig war.«

»Du hättest mir absagen können.« Max wirkte kein bisschen überzeugt.

»Hat sie aber nicht, weil sie dich schon bei der ersten Begegnung gut fand, als du ihr bei der Wohnungsbesichtigung fast die Tür vor den Kopf geknallt hast, du Trampel!«, fasste Matthilda zusammen und warf sich dann in meine Arme. »Verzeihst du mir?«

»Natürlich!«, meinte ich und kämpfte die Tränen nieder. »Ich bin hier doch der Idiot, dem verziehen werden muss!«

»Das war eine schöne Ansprache!«, behauptete Sabine und umarmte mich, obwohl sie so Gefahr lief, mein verweintes Make-up auf ihrem perfekten Kleid zu verschmieren.

»Bis auf den Part mit dem Beinebrechen«, korrigierte Gregor und gab mir ebenfalls einen Drücker. »Mit den roten Haaren finde ich dich besser.«

»Ich auch!«, gestand meine Mutter, die ebenfalls so wirkte, als hätte sie bereits das ein oder andere Tränchen heimlich abgetupft.

»Es tut mir leid!« Ich umarmte sie und nahm dann das Taschentuch entgegen, das sie mir reichte. Nur am Rande nahm ich wahr, dass Max verschwunden war.

»Vielleicht hätte ich den Jungs kein Geld bieten sollen?«, gab meine Mum zu und wirkte ein wenig schuldbewusst.

»Hättest du nicht!«, stimmte Hagar zu, die sich mit Arnold und Juliane im Schlepptau zu uns gesellt hatte. Der Hüne wirkte so schuldbewusst, als hätte ihm seine neue Freundin, aka meine Atelierchefin, gehörig die Leviten gelesen.

»Kommst du zurück nach Hause?«, erkundigte sich meine Mum hoffnungsvoll. Wahrscheinlich plante sie schon meine nächsten dreißig Dates.

»Nein, Anna muss auf das Haus aufpassen, während ich weg bin!« Jürgen schlang seinen linken Arm um mich, während er mit dem rechten Nina fest im Griff hatte. »Wir sind ja demnächst auf Weltreise.«

»Ihr?« Ich starrte von Nina zu Jürgen und wieder zurück. Anscheinend hatte mein dreilebiges Abenteuer doch etwas Gutes gehabt.

»Aber du kannst ja mal abends vorbeikommen, ich koche was für Matthilda, Lena, Elisabeth und uns beide«, bot ich an. Dann überlegte ich einen Moment und korrigierte mich: »Oder besser: *Du* kochst.«

Unter dem Lachen meiner Freunde und Familie schlängelte sich Elisabeth, Kellnerin auf Zeit, mit einem Tablett bis zu mir und reichte mir ein Glas mit grüner Flüssigkeit.

»Punsch?«, fragte sie, obwohl ich das Getränk bereits in der Hand hatte, und verteilte auch das restliche Gebräu.

»Was meinst du?«, flüsterte sie mir zu. »Ob der leckere Ottokar auch etwas will?«

Mit dem Kinn deutete sie auf die gruselig-rothäutige Figur, die verloren in einer Ecke stand und die meine Mutter anscheinend als Blind

Date für irgendeine arme Seele, die zum Glück nicht ich war, mitgenommen hatte.

Ich schüttelte mich bei dem Gedanken. Aber immerhin wusste ich jetzt, dass die Flüssigkeit sehr wohl auch bei der Herstellerin persönlich wirkte, und nahm mir fest vor, eine größere Armada an Zimmerpflanzen zu besorgen.

❤

Immer noch auf der Suche nach einer unauffälligen Möglichkeit, meinen Punsch zu entsorgen, lief ich meinem persönlichen Albtraum direkt in die Arme.

»Tanzt du mit mir?«

»Warum?«, erkundigte ich mich und beäugte meinen Punsch, als hätte er es auch aus der Entfernung geschafft, die Intelligenz der Anwesenden auszuschalten. Oder zumindest die Intelligenz eines Anwesenden. »Willst du mich weiter anfauchen oder ist das einfach, weil keine Blondine mit dicken Möpsen da ist?«

Max sah mich verwundert an, doch ich hatte seine Behauptung, ich sei hinter seinem Geld her gewesen, genauso wenig vergessen wie meine Kündigung in der PR-Agentur.

»Weißt du, du schmeißt mit Steinen und behauptest, ich wäre hinter deinem Geld her, dabei sitzt du doch selbst im Glashaus.«

»Ich verstehe dich nicht!«, behauptete Max und schürte mit seiner Leugnung meine Wut noch weiter.

»Na, ich erinnere mich zufällig an die Wohnungsbesichtigung«, fauchte ich und fühlte mich wieder genauso unzulänglich wie in diesem Moment. »Du flirtest erst am Telefon mit einer Frau, dann mit mir und dann lässt du mich einfach für diese blonde Kuh stehen.« Max starrte mich versteinert an, aber ich nahm gerade richtig an Fahrt auf. »Und bei unserem zweiten Treffen, wo du mir dann tatsächlich eine Tür vor den Kopf geknallt hast, da kommt dieselbe laszive Blondine in die Wohnung geschneit und wackelt aufreizend mit dem Hintern, um dich von mir abzulenken – was ihr auch großartig gelungen ist.«

Ich schnaubte. »Du gehst mit der brünetten Anna zu einer Hochzeit – sagst aber der rothaarigen Hexenhäuschenbauerin Anna, du wärst viel lieber mit ihr unterwegs.«

»Du nimmst wirklich jedes Fettnäpfchen mit, oder?«, lachte Max und dieses Mal war ich mir sicher, dass er mich auslachte. »Die Frau, mit der ich telefoniert habe, war deine Schwester, die mich vor dir und deiner Tollpatschigkeit gewarnt hat, und die laszive Blondine war meine Ex und ist nur hinter meinem Geld hergewesen. Aus diesem Grund hat sie auch schon seit Wochen, bis sie dich gesehen hat, versucht, mich wieder mit ihrer großartigen Figur zu ködern.« Max' Blick wanderte überdeutlich über meinen Körper. »Ich stehe auf Frauen mit großartiger Figur.«

Max räusperte sich. »Und mit der brünetten Anna …« Er verstummte und seine plötzliche Sprachlosigkeit machte mich misstrauisch.

»Sag bloß, meine Mutter hat dir Geld geboten oder etwas zu essen?«

Ein feines Lachen zuckte kurz um seine Mundwinkel. »Das hat Sabine von Anfang an zur Bedingung gemacht, damit ich mir als Fotograf meine ersten Lorbeeren verdienen darf.«

Deswegen! Ich schlug mir vor die Stirn. »Deswegen hat sie so auf deiner Anwesenheit bestanden, obwohl Mum ihr mit meinen fotografischen Fähigkeiten dermaßen auf den Wecker gegangen ist.«

»Und dann hattest du einen Freund und ich meinen Frieden.«

»Aber nachdem ich mit Jürgen Schluss gemacht hatte …«, begann ich, als das letzte Puzzleteil an Ort und Stelle rutschte.

»… sollte ich wieder dein Begleiter sein, genau!«, erklärte Max.

»Dann sind wir wohl quitt?«, fragte ich.

»Noch lange nicht!«, behauptete Max und weckte neue, schlimme Befürchtungen, die meine Fantasie Amok laufen ließen. »Ich habe nämlich deiner Mutter gerade eben Geld für dich geboten«, behauptete er. »Viel Geld! Einen ganzen Haufen Geld.«

Er hielt mir die Hand hin. »Also, spielst du heute Abend meine Begleiterin oder muss ich sie verklagen?«

Mit gemischten Gefühlen ließ ich mich auf die Tanzfläche führen und auch Max schien einen Moment lang unsicher zu sein.

»Wenn ich um ein Date bitten würde, welche Anna würde auftauchen?«, fragte er schließlich nach dem ersten Tanz.

»Welche hättest du denn gerne?«, erkundigte ich mich und rückte ein wenig von ihm fort, um seinen Gesichtsausdruck besser sehen und einschätzen zu können, ob er mich aufzog, flirtete oder es ernst meinte.

»Ich glaube, ich würde diese seltsame, verschrobene Rothaarige gerne näher kennenlernen. Du weißt schon, die ohne Geld, aber mit Hexenhäuschenambitionen!«, gab er zu und zog mich wieder näher zu sich. Unwillkürlich hielt ich die Luft an, als sich sein Gesicht dem meinen näherte.

»Das mit der Kündigung war übrigens Blödsinn!«, sagte eine Stimme hinter uns. »Max hat diesbezüglich gar nichts zu sagen und …«

Mehr von Herrn Hansens Satz bekam ich nicht mit, denn in diesem Augenblick legten sich Max´ Lippen auf meine. Ich bekam nicht einmal mehr mit, dass meine Katzenlady ihren Mann mit den Worten »Ich denke, wir halten uns hier raus!«, unterbrach und auf die Tanzfläche zog. Längst hatte ich vergessen, wo ich war, wer ich war und wieso ich überhaupt eine Sekunde lang an mir oder meiner Persönlichkeit gezweifelt hatte.